Sara Douglass
Tochter des Krieges

PIPER

Zu diesem Buch

Im Europa des späten vierzehnten Jahrhunderts herrschen unsagbare Schrecken und verheerende Epidemien. Dämonen unterwandern die Welt und entfachen kriegerische Konflikte. Dem Dominikanermönch Thomas Neville wurde prophezeit, dass ein verschollenes Buch die Mächte des Bösen bannen könne. Er folgt der Spur des Buchs an den englischen Hof. Dort soll nach dem Tod des Königs dessen undurchsichtiger und anmaßender Sohn Richard zum neuen Herrscher gekrönt werden. Ist Richard der todbringende Dämonenkönig, vor dessen Ankunft gewarnt wurde? Und auf welcher Seite steht die verführerische Margaret, die Thomas allen kirchlichen Vorschriften zum Trotz begehrt? Die Suche nach der Wahrheit treibt Thomas nicht nur in tiefe Gewissensnot, sondern bringt ihn auch in größte Gefahr.

Sara Douglass, geboren 1957, ist Historikerin. Mit ihrer Kompetenz als Professorin für mittelalterliche Geschichte verleiht sie ihren Romanen eine einzigartige Authentizität und Lebensnähe. Auf Deutsch erschienen die Epen »Unter dem Weltenbaum«, »Die Macht der Pyramide« und »Im Zeichen der Sterne« sowie der neue Zyklus »Das dunkle Jahrhundert«, der in das von Krieg und dämonischen Mächten beherrschte Mittelalter führt. Seit 2005 bewohnt Sara Douglass das romantische Anwesen Nonsuch (Ohnegleichen) auf Tasmanien. Mehr zur Autorin unter www.saradouglass.com

Sara Douglass

TOCHTER DES KRIEGES

DAS DUNKLE JAHRHUNDERT 2

Aus dem australischen Englisch von
Sara Riffel

Piper München Zürich

Entdecke die Welt der Piper Fantasy:

Piper-Fantasy.de

Von Sara Douglass liegen bei Piper vor:
Hüter der Macht. Das dunkle Jahrhundert 1
Tochter des Krieges. Das dunkle Jahrhundert 2
Diener des Bösen. Das dunkle Jahrhundert 3
Gesandter des Teufels. Das dunkle Jahrhundert 4
Die Sternenbraut. Unter dem Weltenbaum 1
Sternenströmers Lied. Unter dem Weltenbaum 2
Tanz der Sterne. Unter dem Weltenbaum 3
Der Sternenhüter. Unter dem Weltenbaum 4
Das Vermächtnis der Sternenbraut. Unter dem Weltenbaum 5
Die Göttin des Sternentanzes. Unter dem Weltenbaum 6
Die Weltenbaum-Saga 1. Das Original. Die Sternenbraut · Sternenströmers Lied
Die sterblichen Götter Tencendors. Im Zeichen der Sterne 1
(im Taschenbuch geteilt in: Die Erben der Götter und Dämonensturm)
Die Wächter der Zeiten. Im Zeichen der Sterne 2
(im Taschenbuch geteilt in: Wächter der Träume und Sternensohn)
Die letzte Schlacht um Tencendor. Im Zeichen der Sterne 3
(im Taschenbuch geteilt in: Gebieterin des Dunkels und Weltenschlacht)
Der Herr des Traumreichs
Die Glaszauberin. Die Macht der Pyramide 1
Der Steinwandler. Die Macht der Pyramide 2
Die Macht der Pyramide. Die Glaszauberin · Der Steinwandler. Zwei Romane in einem Band

Ungekürzte Taschenbuchausgabe
Mai 2010

Titel der australischen Originalausgabe:
»The Nameless Day. The Crucible: Book One«, Teil 2, Voyager / Harper Collins Publishers,
Sydney 2000

Umschlagkonzeption: semper smile, München
Umschlaggestaltung: Guter Punkt, München | www.guter-punkt.de
Umschlagabbildung: Wei Chen, China / Agentur Luserke
Autorenfoto: A. J. Jennings
Satz: Satz für Satz. Barbara Reischmann, Leutkirch
Papier: Munken Print von Arctic Paper Munkedals AB, Schweden
Druck und Bindung: CPI – Clausen & Bosse, Leck
Printed in Germany ISBN 978-3-492-26742-7

Im Gedenken an meinen treusten Leser,
Michael Goodwin

10. September 1981 – 16. März 1998

Was bisher geschah

Tief in den Wäldern von Nürnberg befindet sich eine Schlucht, die das Tor zur Hölle birgt. Jahrhundertelang wurde ihr Geheimnis von der Kirche gehütet, und in jeder Generation wurde nur einem einzigen Geistlichen das Wissen um den Höllenschlund offenbart. Dieser Geistliche hatte keine leichte Aufgabe: Zweimal im Jahr musste er zum Schlund reisen, um mithilfe eines Buches voller magischer Beschwörungen die Dämonen in die Hölle zurückzuverbannen. Im Jahr 1348, zur Zeit der großen Pestepidemie, kam es jedoch zu einem bedauernswerten Zwischenfall. Der Mönch Wynkyn de Worde, der damals über den Höllenschlund wachte, infizierte sich mit der Pest und starb. Mit ihm starb auch das Wissen um den Schlund, und das Buch mit magischen Beschwörungen, das er in einer Schatulle bei sich trug, verschwand spurlos.

Dreißig Jahre später erscheint der heilige Michael dem jungen Dominikanermönch Thomas Neville, um ihm Wynkyn de Wordes Aufgabe zu übertragen. Die Dämonen haben sich inzwischen unter die Christenheit gemischt und sind kaum noch von echten Menschen zu unterscheiden. Thomas begibt sich auf die Reise, um nach Wynkyns Schatulle zu suchen. Er verstößt damit gegen die Weisungen seines Ordens und bringt den Ordensgeneral Richard Thorseby gegen sich auf. In der Schlucht bei Nürnberg angekommen, wird Thomas von der Bäuerin Odile verführt. Während des Liebesaktes sieht er jedoch seltsamerweise das Gesicht einer anderen Frau vor sich. Zu seiner großen Überraschung trifft er dieselbe wunderschöne und geheimnisvolle Frau im Lager der Engländer in Chauvigny wieder. Sie ist die Geliebte von Thomas' Onkel Baron Raby und wird ihm als Lady Margaret vorgestellt. Thomas hält Margaret für eine Dämonin und beschließt, ihr gegenüber misstrauisch zu bleiben.

Frankreich

»Es leit doch Peg gar all zu fern.
Beid, zu den Nächten und den Tagen
Will ich dein Schwert ohn Klagen tragen,
Wohin du kehrst, da folg ich mit.
Es geht iedoch ein scharpfer Ritt
Von Waffenknechten, die wir sind,
Du kleines Gretlein bist darfür ein Wind.
Will halten deinen Stegereifen,
Deins Rosses Fell mit Bürsten streichen,
Und trag ich deine Lanzen schwer,
Das tu ich alles, und noch mehr.«

Ein Lied (für Margarethe)
Mittelalterliche englische Ballade

KAPITEL EINS

Die Prim an Allerheiligen
Im einundfünfzigsten Jahr der Regentschaft Eduard III.
(Tagesanbruch, Montag, 1. November 1378)

– I –

Thomas saß die ganze Nacht lang wach und grübelte, maßlos wütend und verdrossen.

Nachdem Will ein paar Worte mit einem Wachmann auf dem Gang gewechselt hatte, hatte er Thomas in ein kleines Gelass geführt, das etwa dreißig Schritte von Rabys Unterkunft entfernt lag. Will wies Thomas die Pritsche zu, die ein Wachtposten aufgestellt hatte, mit der unmissverständlichen Warnung, ihm den Bauch aufzuschlitzen, sollte er versuchen, zu fliehen.

Um seinen Worten Nachdruck zu verleihen, hatte Will die Tür geöffnet, vor der drei Wachen standen: Männer mit tiefen Narben im Gesicht und kalten Augen, deren Hände auf den Heften ihrer Schwerter ruhten.

Er war ein Gefangener … seiner eigenen Landsleute!

Und des Ordensgenerals.

Und er wurde von einfachen Soldaten gefangen gehalten.

Er! Ein Neville. Ein dominikanischer Mönch. Ein Vertrauter des heiligen Michael!

So saß er auf seiner Pritsche und haderte mit sich und seinem Schicksal bis in die frühen Morgenstunden hinein, als er auf einmal über sich lachen musste. *Herr, vergib mir meinen Hochmut,* betete er. Kein Wunder, dass der schwarze Prinz – und König Eduard, soweit er wusste – und sein Onkel wütend auf ihn waren. Kein Wunder, dass der Ordensgeneral ihn in Ketten zurück nach England gebracht haben wollte.

Schließlich hatte er den Konvent in Rom ohne zu fragen verlassen. Er war ohne Erlaubnis durch halb Europa gereist. Und er hatte über merkwürdige Erscheinungen und noch seltsamere himmlische Aufträge geredet.

Wer hätte ihm da Glauben schenken sollen?

Und besonders, dachte Thomas nun endgültig ernüchtert, nach all den Missgeschicken und Missetaten in seiner Kindheit und Jugend.

Es war auch kein Wunder, dass sein Onkel und der schwarze Prinz so wütend auf ihn waren. Der englische Thron und der Hochadel waren auf die Gunst der Kirche angewiesen. Das Oberhaupt eines der mächtigsten Orden innerhalb der Kirche zu verärgern – noch dazu eines, das ihnen die Inquisition auf den Hals schicken konnte! –, war ein unerhörtes Vergehen.

Er holte tief Luft. Gott hatte ihn in dieses Dilemma geführt, um sein Durchhaltevermögen und seine Entschlossenheit auf die Probe zu stellen.

Er würde nicht versagen. Die Umstände schienen zwar gegen ihn zu sprechen, doch er konnte sie zu seinen Gunsten wenden. Der Ordensgeneral wollte, dass er nach England zurückkehrte? Gut, denn dahin musste Thomas ohnehin reisen, um Wynkyns Schatulle zu finden, und wenn der Ordensgeneral wütend war, dann hieß das, dass er umso schneller dorthin gebracht werden würde.

Wenn er erst einmal in England war, würde Thomas entscheiden, wie er am besten mit dem Zorn des Ordensgenerals umgehen könnte.

Im Augenblick musste er das Vertrauen seines Onkels und das des schwarzen Prinzen zurückgewinnen.

Und dann … war da noch *sie*. Die Hexe als Geliebte seines Onkels zu sehen, hatte ihn bestürzt, wenn auch nicht völlig überrascht. Es bestätigte für ihn nur, wie weit die Dämonen gehen würden, um ihr Ziel zu erreichen.

Er hatte geglaubt, er könne sich einfach von ihr abwenden, ihr den Rücken kehren. Doch dass sich die Frau in der Nähe seines Onkels befand, bedeutete, dass er ihr nicht aus dem Weg gehen konnte. Wenn er sich von ihr abwandte, würden ihm die Dämonen außerdem einfach ein anderes Hindernis in den Weg legen, eine andere »Prüfung«, die er womöglich nicht so leicht erkennen würde. Nein, wie dieses verfluchte Höllengeschöpf in der Schlucht gesagt hatte, der Teufel, den man kannte, war besser als einer, der einem unbekannt war. Die Dämonen glaubten, sie könnten Thomas mit Margaret in Versuchung führen. Doch er war sich sicher, dass ihnen das nicht gelingen würde. Sie war schön und anmutig, aber all das war sicher nur dämonische Magie, mit deren Hilfe er verführt werden sollte. Nein, diese Margaret konnte ihn, Thomas Neville, niemals von seiner Liebe und Treue zu Gott abbringen.

Thomas beschloss, dass er sie genau beobachten würde … vielleicht konnte er von ihr sogar noch mehr über die dämonische Verschwörung erfahren, die der Herrschaft Gottes und der Kirche über die Welt ein Ende setzen sollte. Jeder Krieger, ob nun in Rüstung oder heilige Gewänder gehüllt, wusste, dass ein Feind, den man verstand, einer war, den man bereits besiegt hatte.

Doch wenn er sie beobachten wollte, musste er zuerst die Gunst seines Onkels zurückgewinnen.

Thomas seufzte und rutschte unruhig auf seinem Lager hin und her. Er hatte die Sache nicht gut angefangen.

Er bemerkte, dass Will immer noch wach war und ihn unter den Decken seines Bettes hervor musterte. Zweifellos hatte er in den letzten Stunden eine ganze Reihe von Gefühlen über Thomas' Gesicht huschen sehen.

»Ich bin ein Narr gewesen, Will«, sagte Thomas leise.

»O ja, da habt Ihr wohl recht.«

»Würdest du dich eine Weile mit mir unterhalten? Die Nacht ist lang gewesen, aber sie ist noch längst nicht vorbei. Komm, Will, ich bin einige Jahre nicht mehr zu Hause gewesen, und es gibt sicher viele Neuigkeiten zu berichten. Sag mir, wann ist Lady Raby gestorben?«

»Vor etwa einem Jahr«, sagte Will ein wenig zögernd, setzte sich auf und zog die Decke fest um die Schultern.

»Zweifellos an Erschöpfung«, sagte Thomas lächelnd, dann bekreuzigte er sich und wurde wieder ernst. »Möge Gott ihrer Seele gnädig sein, aber … heiliger Herr im Himmel! Raby hat ihr einfach keine Ruhe gelassen.«

Entwaffnet von dem Charme, den Thomas, wenn nötig, an den Tag legen konnte, zuckte es um Wills Mund, und er beruhigte sich etwas. »Rabys Burg hallt vom Fußgetrappel seiner Nachkommen wider. Er hat ungewöhnliches Glück. Wie viele Männer können schon elf Kinder ihr eigen nennen?«

»Ja.« Die meisten Kinder starben vor dem fünften Lebensjahr und erlagen entweder Krankheiten oder den schrecklichen Qualen der Geburt. Raby war wahrhaft gesegnet.

Thomas grinste. »Elf Kinder! Kein Wunder, dass ich in die Kirche eingetreten bin, Will. Nach der Geburt seines vierten

Sohnes habe ich die Hoffnung aufgegeben, seine Ländereien zu erben!«

Will lachte lauthals, und kurze Zeit später unterhielten sich die beiden Männer, als seien sie ihr ganzes Leben lang gute Freunde gewesen.

Raby blickte immer noch unversöhnlich drein, als Thomas kurz nach der Morgendämmerung sein Gemach betrat.

Thomas schaute sich rasch um. Die Hexe war nicht zu sehen.

»Sie ist nicht hier«, sagte Raby. »Sie ist fortgegangen, um Gloucesters Gemahlin zu besuchen.«

»Ich war letzte Nacht unfreundlich zu ihr«, sagte Thomas. »Ich wünschte, ich könnte meine Worte zurücknehmen.«

»Du hast gut reden«, sagte Raby. »Gerade du «

Einen schrecklichen Moment lang glaubte Thomas, Raby spiele darauf an, dass er Odile in den Wäldern vor Nürnberg beigelegen hatte, doch dann wurde ihm klar, dass sein Onkel Alice meinte … und das Vorkommnis, weswegen Thomas in die Kirche eingetreten war, um Buße zu tun.

Thomas wandte den Blick ab, damit sein Onkel nicht sah, dass er ihn beschämt hatte. Alles und jeder hatte ihn in den letzten Monaten an Alice erinnert und ihm für seine Schuld an ihrem Tod Vorwürfe gemacht. Er war in die Kirche eingetreten, um dafür zu sühnen. Würde ihn denn niemand jemals seine Schuld vergessen lassen?

Raby blickte ihn an und wies dann mit einer Geste auf den Tisch. In einem Krug aus Bergkristall befand sich mit Wasser verdünnter Wein, und auf einem Teller lag etwas Brot und Obst. »Setz dich und iss.«

Thomas setzte sich, nahm den Brotlaib und brach ein Stück davon ab, das er jedoch nur verlegen zerpflückte.

»Was kann ich tun, um mein Vergehen wiedergutzumachen?«, fragte er schließlich und blickte Raby an, der in einen Apfel biss und den Blick seines Neffen erwiderte.

»Nicht nur mein Verhalten Lady Rivers gegenüber«, sprach Thomas hastig weiter, »sondern auch dir und dem schwarzen Prinzen gegenüber. Ich habe mit meinen Taten den Namen der Nevilles befleckt und den Prinzen zutiefst verärgert.«

Raby hob erstaunt die Augenbrauen. Es entsprach nicht Thomas' Art, so reumütig zu sein. Er kaute seinen Apfel und antwortete nicht.

»Ich unterstehe deinem Befehl und dem des schwarzen Prinzen«, sagte Thomas, »bis ihr mich dem Ordensgeneral übergebt.«

»Genug, Tom«, sagte Raby und schluckte den Bissen Apfel hinunter. »Ich kann deine Reue nicht ertragen!«

Er seufzte und legte den angebissenen Apfel hin. »Du bist vor kurzem in Paris gewesen und hast mit Philipp gesprochen. Und wohl auch mit dem Dauphin?«

»Ja, obwohl ich den Dauphin nur sehr kurz östlich von Paris getroffen habe.«

»Nun, was immer du in Erfahrung gebracht hast, wird zweifellos mehr sein, als wir wissen. Tom, wir fragen uns, was wir tun sollen. Sollen wir mit Philipp verhandeln – und wer kann ihm schon trauen? – oder mit Karl? Sollen wir unseren kriegsmüden Männern und dem bevorstehenden Winter zum Trotz gen Paris ziehen, um Karl zu einer Entscheidung zu zwingen? Oder sollen wir den Winter hier abwarten … und riskieren, dass Karl eine Streitmacht aushebt, um uns im Frühling gut ausgerüstet entgegenzutreten? Gott weiß, dass Frankreich über weitaus mehr Kräfte verfügt als England. Andererseits vertreten manche die Auffassung, wir sollten einfach mit König Johann nach England zurückkehren und die Verhandlungen von dort aus weiterführen ...«

Thomas nickte und lächelte in sich hinein, als Raby seine Rede unterbrach. Es war klar, welche Entscheidung des schwarzen Prinzen er nicht gutheißen würde.

Raby beugte sich über den Tisch. »Wir müssen uns auf dem Laufenden halten, und du wirst wesentlich in unserer Gunst steigen, wenn du uns etwas Wichtiges mitteilen kannst.«

»Aber ihr wusstet doch bereits, dass ich zu euch kommen und euch eine Botschaft von Philipp bringen würde. Ihr wusstet, dass ich den Konvent Sant' Angelo in Rom verlassen und, nun ja, Erscheinungen gehabt habe. Der Prior von Sant' Angelo muss Thorseby benachrichtigt haben, und der Ordensgeneral hat daraufhin den schwarzen Prinzen in einem Brief gebeten, mich festzunehmen. Aber woher wusstet ihr, dass Philipp mich zu euch schicken würde?«

»Weil halb Frankreich davon gewusst hat«, knurrte Raby und lehnte sich in seinem Stuhl zurück. »Bolingbroke hat seine Spione, und einer von ihnen hat die Nachricht weitergeleitet, dass du mit Philipp gesprochen hast und unterwegs zu uns bist. Es brauchte nicht viel Phantasie, um sich auszurechnen, dass Philipp die Gelegenheit nutzen würde, um uns mit dem plötzlichen Angebot eines Bündnisses aus der Fassung zu bringen.«

Raby stand auf. »Aber solange wir hier am Tisch sitzen und Äpfel essen, werden wir gar nichts entscheiden. Komm mit. Diese Untätigkeit ist schwer zu ertragen. Ich will dir mein neues Schlachtross zeigen – der schönste Destrier, den ich je gesehen habe –, und währenddessen kann ich dir von unserem glorreichen Sieg über Johann berichten.«

Sein Gesicht leuchtete auf. »Schließlich haben wir immer

noch den französischen König in unserer Gewalt! Wenn wir hungrig genug sind … nun, dann können wir ihn vielleicht essen!«

Thomas lachte und erhob sich. »Werde ich nicht streng bewacht? Musst du mir nicht das Schwert an die Kehle halten?«

Raby hielt inne und betrachtete Thomas. »Gibst du mir dein Wort, dass du nicht fliehen wirst?«

»Du hast mein Wort.«

»Dann kannst du dich in der Festung frei bewegen. Komm mit, Neffe, ich will sehen, ob dein Auge für Pferde immer noch so gut ist wie früher.«

Kapitel zwei

Am Fest von Allerheiligen
Im einundfünfzigsten Jahr der Regentschaft Eduard III.
(Montag, 1. November 1378)

– II –

Raby führte Thomas zu den Ställen hinunter, machte jedoch einen kleinen Umweg, um seinem Neffen das Gefolge zu zeigen, das er selbst zum Feldzug des schwarzen Prinzen beigesteuert hatte. Raby hatte fünfundzwanzig Ritter mitgebracht – jeder mit mindestens drei Pferden und einem Gefolge von Adjutanten, Edelknappen und Pagen –, sechsundvierzig Bewaffnete, die jeweils über zwei Pferde und einen Kammerdiener verfügten, sechzig berittene Langbogenschützen (jeder mit nur einem Pferd, da sie eher zu Fuß kämpften als auf dem Pferderücken, und insgesamt fünfzehn Adjutanten) sowie fast achtzig Fußsoldaten. Er war mit seinem Beitrag sehr zufrieden. Besonders stolz war Raby auf seine Langbogenschützen. Sie waren Veteranen der Kriege König Eduards gegen die immer wieder aufbegehrenden Schotten und überaus erfahren. Raby prahlte gern damit, dass jeder von ihnen während der Schlacht bei Poitiers mindestens vierzig französische Berittene zur Strecke gebracht hatte.

Die meisten Männer befanden sich in ihren Quartieren; manche säuberten ihre Bogen und bespannten sie neu, manche reinigten ihre Schwerter und ölten sie gegen die feuchte Witterung des Winters ein. Die Bogenschützen waren zusätzlich zu ihren Bogen auch mit Schwertern und Dolchen ausgerüstet. Vielen wurden gerade die Haare geschnitten – die Bogenschützen mussten ihr Haar sehr kurz tragen, damit es sich nicht in den Bogensehnen verfing –, einige befiederten Pfeile neu und andere räumten ihre Quartiere auf. Dabei war es ihnen weniger um die Ordnung zu tun als darum, dass eine Festung, die nicht vorbildlich sauber gehalten wurde, schneller von Krankheiten heimgesucht wurde. Die Bögen der Schützen hingen ordentlich an Gestellen, Pfeile wurden in Truhen gelagert – jeder Bogenschütze trug mindestens sechzig Pfeile in seinem Köcher –, und die geringe Habe der Männer war zu ordentlichen Bündeln zusammengerollt unter den Schlafpritschen verstaut.

Als Raby Thomas schließlich in die Pferdeställe führte, stellte dieser fest, dass die Unterkunft der Pferde ebenso sauber war wie die der Männer. Die Ställe waren in einzelne Bereiche aufgeteilt worden, in denen die unterschiedlichen Rassen untergebracht waren – die Hierarchie der Pferde wurde fast genauso streng befolgt wie die der Menschen. Die Schlachtrosse der Ritter, starke und kräftig gebaute Geschöpfe, waren etwas abseits der kleineren Pferde der Bewaffneten und der Bogenschützen untergebracht. Sie wurden auch untereinander getrennt gehalten, denn sie waren nervöse Hengste, die als Kampfmaschinen und Fortbewegungsmittel gezüchtet wurden, und die meisten von ihnen schlugen ständig mit den Hufen aus oder schnappten mit den Zähnen nach allem, was sich bewegte. Stallburschen eilten um die Pferde herum, striegelten sie, misteten die Ställe aus, fütterten die Tiere und hielten dabei stets Abstand von den Gebissen und Hinterhufen der Schlachtrosse.

In einem Armeelager, dachte Thomas, *geht es genauso geschäftig und wichtigtuerisch zu wie in einer lebendigen Marktstadt.*

Er sog prüfend die Luft ein. Der süße Duft von frisch gebackenem Brot wehte herüber und überdeckte den warmen Geruch der Ställe, und er hätte schwören können, dass er zudem den scharf würzigen Geruch von röstendem Fleisch herausriechen konnte.

Raby sah ihn an und lächelte. »Es ist Feiertag, Tom. Heute Abend wird es ein Bankett geben. Wenn du lange genug vor dem schwarzen Prinzen im Staub kriechst, wirst du vielleicht sogar eingeladen.«

»Ein Bankett für die Fürsten ist gut und schön, Onkel, aber dieser Duft muss die Soldaten doch vor Hunger in den Wahnsinn treiben.«

»Chauvigny ist von den Franzosen gut mit Vorräten bestückt worden, Tom. Nach der Schlacht bei Poitiers ist die Garnison von hier geflohen, ohne auch nur einen Brotkanten wegzuwerfen. Heute Nacht werden alle reichlich zu essen haben ... und auch noch in den nächsten Monaten, sollte sich Eduard dazu entschließen, hierzubleiben. Außerdem hat Lancaster mit den Bürgermeistern der umliegenden Städte ein Abkommen getroffen. Sie versorgen uns mit allem, was wir brauchen ... und wir greifen sie dafür nicht mehr an.«

Thomas brummte zustimmend. Der Herzog von Lancaster war ein ausgezeichneter Unterhändler und Vermittler. Er hatte bereits zwei Ehen ausgehandelt, die ihm jede ein Vermögen an Land und Einkommen eingebracht hatten. Durch seine erste Ehe mit Blanche war er in den Besitz des Herzogtums von Lancaster gekommen; seiner zweiten Ehe mit

Konstanze verdankte er das Königreich Kastilien. Durch seine Gemahlinnen und seine eigenen gewitzten Erwerbungen und Geschäfte war Lancaster mittlerweile der reichste und mächtigste Mann Englands – sein Reichtum übertraf selbst den seines Vaters, Eduard III. Dies zwang Lancaster zu einem ständigen diplomatischen Balanceakt zwischen denen, die ihn verdächtigten, auf den Thron gelangen zu wollen, denen, die Tag und Nacht daran arbeiteten, ihn zu stürzen, und denen, die sich bei ihm einschmeicheln wollten. Einem Bürgermeister, der angesichts des überragenden Erfolgs der gegnerischen Armee zu Tode erschrocken war, etwas Brot und Fleisch abzuringen, war für ihn ein Leichtes.

»Ah, hier ist er!«, sagte Raby und blieb vor der Box eines großen schwarzen Hengstes stehen. »Ist er nicht wundervoll?«

Beeindruckt von dem muskulösen Tier, blieb Thomas stehen. Es war bestimmt achtzehn Handbreit hoch, sein schwarzes Fell glänzte vor Gesundheit, seine Augen waren groß und klug – und funkelten überaus kampfeslustig.

Raby und Thomas hielten sich in respektvollem Abstand.

»Er ist ein Spanier«, sagte Raby und Thomas' Bewunderung stieg noch weiter. Die Ritter schätzten spanische Schlachtrosse über alles – sie waren ein Vermögen wert. Kein gewöhnlicher Ritter konnte sich ein solches Tier leisten, und Thomas vermutete, dass es selbst Raby mit seinen zahlreichen Burgen und Ländereien nicht leichtgefallen war, die nötigen Mittel dafür aufzutreiben.

Raby grinste, während er Thomas' Gesicht beobachtete. »Er hat mich nicht einen Farthing gekostet«, sagte er. »Nur eine üble Wunde an meiner linken Schulter.«

»Aha«, sagte Thomas, der begriffen hatte, »er ist Teil deiner Kriegsbeute. Und der Mann, der ihn geritten hat?«

»Wartet verzweifelt darauf, dass seine Familie das Lösegeld aufbringt, das ich fordere. Gütiger Himmel, Tom, so viele Grafen, Barone und Herzöge, wie wir gefangen genommen haben – England wird nach diesem Krieg um einiges reicher sein!«

»Hmm.« Thomas wagte sich etwas näher an den Destrier heran, um ihn genauer in Augenschein zu nehmen, ohne dabei seine Augen und Zähne aus dem Blick zu verlieren. Die Adligen zogen aus zwei Gründen in den Krieg. Zum einen natürlich, weil sie den Krieg gewinnen wollten, und zum anderen, noch wichtiger, um so viele Ritter der feindlichen Streitmacht wie möglich gefangen zu nehmen. Auf dem Schlachtfeld ließ sich wahrlich ein Vermögen verdienen – und verlieren. Wenn es dem schwarzen Prinzen jemals gelang, dem Dauphin ein Lösegeld für König Johann abzupressen, würde England die nächsten Jahrzehnte in Goldmünzen schwimmen. Raby hatte seine Sache offenbar gut gemacht, doch das überraschte Thomas nicht. Sein Onkel war ein hervorragender Krieger und hatte ein gut ausgebildetes und kampferfahrenes Gefolge hinter sich. Zweifellos kehrte jeder seiner Männer nach dem Sieg bei Poitiers wesentlich reicher nach Hause zurück.

Thomas strich mit der Hand über die Flanke des Rosses und besänftigte den übellaunigen Hengst mit leisen Worten.

»Ich hoffe«, sagte eine Stimme hinter ihm, »dass Ihr den Ordensgeneral Thorseby ebenso leicht besänftigen könnt wie dieses Tier.«

Thomas drehte sich vorsichtig um und achtete darauf, den Hengst nicht zu erschrecken, damit er keinen heftigen Huftritt in den Bauch abbekam.

»Ihr Herren«, sagte er und verneigte sich.

Eduard, der schwarze Prinz, und sein Bruder, der Herzog von Lancaster, Johann von Gent, hatten sich zu Raby gesellt. Sicher hatten beide nach ihren eigenen Pferden gesehen, um sich zu vergewissern, ob es ihnen gut ging; die Beziehung zwischen Ross und Reiter war von großer Bedeutung, kein Ritter vernachlässigte jemals sein Reittier oder vergaß, es mindestens einmal am Tag zu besuchen.

Der schwarze Prinz und Lancaster musterten Thomas nachdenklich. Als Junge war er sehr viel versprechend gewesen und seine Abstammung so gut, dass es ein schwerer Schlag gewesen war, ihn an die Kirche zu verlieren.

Und dass er nun aus dem selbst gewählten Stall entfloh und durch halb Europa galoppierte wie ein durchgegangenes, undressiertes Schlachtross, war eine große Schande.

»Ich kann verstehen«, sagte Lancaster, »warum ein Mann in den heiligen Orden eintritt. Aber er soll dabei seinen eigenen Willen aufgeben und nur noch Gottes Willen gehorchen, wie ihn die Kirche vertritt. Er sollte nicht Dinge tun, die jedem Vertrauen zuwiderlaufen, das jemals in ihn gesetzt wurde.«

Thomas verbeugte sich noch einmal, diesmal tiefer. Lancasters ruhige Worte verletzten ihn, wohingegen das Gebrüll des schwarzen Prinzen ihn nur wütend gemacht hatte. Er richtete sich wieder auf und blickte dem Herzog in die Augen. Lancaster war groß, der größte von Eduards Söhnen und ein hagerer, schlanker Mann. Tiefe Furchen zogen sich an beiden Seiten seiner Nase bis zum Kinn und gingen strahlenförmig von seinen Augen aus. Seine Haare, die einstmals dunkelbraun gewesen waren, waren nun zu einem stumpfen Grauton verblasst. Man sah Lancaster die Last seiner Sorgen an, obwohl er nicht krank wirkte wie sein älterer Bruder.

»Ich bin ein großer Narr gewesen«, sagte Thomas und blickte den schwarzen Prinzen und Lancaster unerschrocken an, »und habe meine Familie und die Krone Englands beschämt. Ich bitte um Eure Gnade und lege mein Schicksal in Eure Hände, bis Ihr mich dem gesegneten Ordensgeneral übergebt.« Thomas neigte den Kopf und faltete die Hände vor der Brust. »Ich bereue mein Benehmen zutiefst, Ihr edlen Herren.«

Der schwarze Prinz und Lancaster tauschten kurze Blicke aus. Wie Raby zuvor, glaubten auch sie Thomas' Worten und seiner demütigen Miene nicht ganz. Es entsprach einfach nicht Thomas' Wesen … zumindest nicht dem des Thomas, den sie kannten.

Andererseits waren beide erfahrene Krieger, Höflinge und Diplomaten. Wenn Thomas sein Wort gab, dass er sich ihren Befehlen fügen würde, nun dann …

»Ich erwarte Eure Weisungen«, sagte Thomas wie auf ein Stichwort. Schließlich war er im selben Umfeld aufgewachsen und hatte dieselben Verhaltensregeln gelernt wie die beiden Prinzen, die nun vor ihm standen.

»Und werdet Ihr unsere Befehle auch befolgen?«, fragte Lancaster.

Thomas blickte ihm in die Augen. »Ja, mein Fürst. Soweit es mein Mönchsgewand erlaubt.«

Lancaster und der schwarze Prinz verzogen den Mund zu einem gequälten Lächeln. Aber sie waren es dennoch zufrieden. Als Geistlicher eines heiligen Ordens unterstand Thomas in erster Linie der Kirche und nicht ihnen.

Lancaster musterte Thomas. »Dieses Gewand steht Euch nicht, Tom. In Helm und Rüstung habt Ihr mir besser gefallen. Und ich finde, mit Eurem geschorenen Kopf seht Ihr reichlich närrisch aus.«

»Ich bin Geistlicher und dann erst ein Mann, Herr.«

»Nun gut … mein Bruder sagte mir, Ihr hättet mit dem hübschen König von Navarra gesprochen. Werdet Ihr uns nun mehr über ihn und sein Angebot berichten?«

»Mit Freuden, mein Prinz.«

Die vier Männer wandten sich von Rabys Neuerwerbung ab, und die Prinzen und Thomas brachten dabei ihre Bewunderung für den Destrier zum Ausdruck – zu Rabys ausgesprochener Freude. Dann traten sie auf den Stallhof hinaus unter ein paar Obstbäume, deren blattlose Äste sich schwarz vor dem klaren Himmel abzeichneten.

»Philipp bietet an, sich mit Euch zu verbünden, um …«

»Ja, ja«, sagte der schwarze Prinz. »Ich bin sicher, er hat versprochen, sein Leben dafür zu geben, damit ich endlich den französischen Thron besteigen kann. Zweifellos hat er auch versprochen, mir Karls Kopf und Eier auf einem Tablett zu servieren.«

»Ganz so hat er sich nicht ausgedrückt«, sagte Thomas und erntete einen verärgerten Blick des schwarzen Prinzen.

Sie sprachen ein wenig über Karl, und Thomas berichtete ihnen alles über sein Treffen mit ihm und dass er nach La Roche-Guyon gegangen war, in der Hoffnung, dort mehr Truppen aufzutreiben.

Die Prinzen und Raby hörten zu, doch Thomas konnte ihnen über den Dauphin nicht viel Neues berichten. Karl tat nur, was jeder andere Prinz auch getan hätte … obwohl selbst das für den Dauphin eher untypisch war.

Der schwarze Prinz tat die Neuigkeiten über Karl mit einer wegwerfenden Handbewegung ab.

»Der Zustand der nördlichen Provinzen und Paris interessiert uns mehr«, sagte er zu Thomas. »Was könnt Ihr uns darüber berichten?«

Thomas erzählte ihnen, was er von dem blutigen Aufstand der Bauern gegen ihre Herren gesehen hatte und was er über Marcel und seine Revolte wusste. Er erklärte ihnen Marcels Anliegen, für Recht und Würde der einfachen Männer und Frauen zu kämpfen.

Nun starrten ihn alle drei Männer höchst verwundert an. Marcels Ideen setzten sie mehr in Erstaunen als Thomas' Beschreibung der Gräuel, die die Familie Lescolopier erlitten hatte.

»Aber das …«, sagte Raby.

»… würde völliges Chaos bedeuten«, beendete Lancaster den Satz für ihn. »Wie denken sie sich das … dieses Recht, den eigenen Lebensweg selbst zu bestimmen?«

Lancaster schüttelte leicht den Kopf, unfähig, diese Vorstellung zu begreifen. »Alle Menschen werden in ihre Stellung im Leben hineingeboren. Manche sind adlig, manche frei, manche Leibeigene, manche unfrei. Das ist der Lauf der Dinge, den man nicht ändern kann. Die Hierarchie hinauf- und hinabzuklettern, auf der Suche nach einem angenehmeren Rang als den, in den man hineingeboren wurde … gütiger Himmel! Wenn nun jeder der Meinung wäre, er könnte seinen ihm zugewiesenen Platz verlassen – dann würde jeder Zimmermann König werden wollen.«

Und vermutlich kein König Zimmermann, dachte Thomas, doch er hielt es für klüger, diesen Gedanken für sich zu behalten.

»Dazu wird es nicht kommen«, sagte er. »Philipp und Karl sind beide genauso empört wie Ihr. Paris wird nicht lange durchhalten.«

»Ich habe gehört, dass Philipp und Karl die Stadt belagern«, sagte der schwarze Prinz und blickte durch die Äste der Obstbäume zum Himmel hinauf, als erwarte er einen himmlischen Vergeltungsschlag. Doch der Himmel leuchtete in ruhigem, weichem Blau, die einzige Wolke weit und breit war ein Schwarm Schwalben, die vor dem Winter in den Süden flohen.

»Ja«, sagte Thomas. »Ich glaube, sie werden sich verbünden, um gemeinsam anzugreifen.«

»Und werden dann über irgendetwas in Streit geraten und sich gegenseitig angreifen«, sagte Lancaster, »oder was immer Philipps Ehrgeiz entgegenkommt.«

Er ging auf und ab, die Hände hinter dem Rücken verschränkt, und dachte nach. »Thomas«, sagte er schließlich und sah ihn an, »befindet sich der ganze Norden Frankreichs in Aufruhr?«

»Ein großer Teil des Nordens ist in Unordnung«, erwiderte Thomas. »Die Menschen ächzen unter der Last der Steuern, die sie zahlen müssen, um den Krieg gegen Euch zu finanzieren. Sie sind voll Zorn darüber, dass ihre Adligen sie nicht beschützen können. Die nördlichen Provinzen sind ein Stapel Brennholz, der nur darauf wartet, dass jemand ein Streichholz daranhält.«

»Und hinzu kommt«, sagte der schwarze Prinz, »dass die beiden ranghöchsten Adligen, Philipp und Karl, miteinander verfehdet sind.« Er wollte noch mehr sagen, aber Lancaster warf ihm einen Blick zu und Eduard schluckte seine Worte hinunter.

Stattdessen wandte er sich an Thomas. »Ihr habt Euch wie ein Narr benommen«, sagte er, »und ich zweifle an der Aufrichtigkeit Eurer Reue. Aber ich achte noch immer Euer Wort. Wenn wir Euch gestatten, Euch in der Festung frei zu bewegen, werdet Ihr unser Vertrauen nicht ausnutzen und zu irgendeiner himmlischen Mission aufbrechen?«

»Ihr habt mein Wort darauf«, sagte Thomas und verbeugte

sich erneut vor den Prinzen. »Aber, mein Prinz, ich würde gern so bald wie möglich nach England zurückkehren, damit ich auch mit dem Ordensgeneral meinen Frieden schließen kann. Wäre es möglich, dass …«

»Ja, gewiss doch«, sagte der schwarze Prinz und winkte ab. »Sobald es uns gelegen kommt. Ich werde ganz sicher nicht nach der Pfeife des Ordensgenerals tanzen. Er kann bestimmt noch ein wenig warten.«

»Herr, es wäre sicher das Beste, wenn Ihr mich so bald wie möglich …«

»Ich schicke Euch zurück, wann es mir passt!«, sagte der schwarze Prinz. »Und im Augenblick könnt Ihr uns noch von Nutzen sein.«

»Wie Ihr wünscht, mein Prinz.« Thomas verneigte sich noch einmal. Obwohl er beschlossen hatte, so bald wie möglich nach England zurückzukehren, war ihm doch bewusst, dass er den schwarzen Prinzen auf keinen Fall noch stärker gegen sich aufbringen durfte … und Lancaster und Raby genauso wenig. Jeder von ihnen könnte ihn auf unbestimmte Zeit in irgendeinen feuchten Kerker stecken, und wenn das geschah, konnte niemand mehr den Dämonen Einhalt gebieten.

Befanden sich tatsächlich unerkannt Dämonen im englischen Lager? Der Erzengel hatte gesagt, dass das englische Lager besonders stark heimgesucht sei … aber welche Gesichter um ihn herum gehörten wahren Christen und welche den Dämonen? *Wer waren sie?*

»Sehr gut, Thomas«, sagte der schwarze Prinz und lächelte dann. »Hat Euch Euer Onkel von dem Bankett heute Abend erzählt?«

Margaret saß am offenen Fenster von Gloucesters Gemach, eine halb fertig gestickte Leinentunika in den schmalen Händen. Sie blickte auf die Vienne hinunter, und obwohl sie sich weit über ihr befand, glaubte Margaret manchmal, die Schatten von Fischen dahinhuschen zu sehen. Neben ihr saß Eleonore, die Herzogin von Gloucester, Gemahlin von Thomas von Woodstock, dem jüngsten und einzigen überlebenden Bruder des schwarzen Prinzen und Johann von Gents. Gloucester selbst war nicht anwesend, und Eleonore hatte nur mit den Achseln gezuckt, als sich Margaret vorsichtig nach ihm erkundigt hatte. Er tat offenbar, was alle Krieger taten, wenn sie sich in einer Festung ausruhten, und Margaret fragte lieber nicht genau nach, was das wohl sein mochte.

Eleonore war im selben Alter wie Margaret, etwa fünfundzwanzig oder sechsundzwanzig, eine große, vornehme Frau mit leuchtend goldenem Haar, das ihr ganzer Stolz war. Heute saß sie etwas unbehaglich da, ihr großer Bauch belastete sie sehr. Eleonore war selbst zum Nähen zu müde, und sie hielt ein wunderschön verziertes und illuminiertes Stundenbuch in den Händen – ihr Gemahl, Thomas, war ein Förderer der Künste und besaß eine umfangreiche Bibliothek. Hin und wieder las sie eine Seite und sprach leise Gebete. Wie jede umsichtige Frau, die die Gefahren einer Geburt näher rücken sah, bereitete Eleonore sich auf den Tod vor.

Die Herzogin stand kurz vor der Geburt ihres vierten Kindes, und Margaret beneidete sie nicht darum, in dieser unwirtlichen Festung ihr Kind zur Welt bringen zu müssen. Ihre Anwesenheit hier war nicht ungewöhnlich. Viele adlige Frauen begleiteten ihre Gatten auf Feldzügen – König Eduards Gemahlin Philippa hatte acht ihrer Kinder geboren, während sie ihrem Ehemann auf seiner ewigen Suche nach mehr Land und Ruhm durch Europa gefolgt war –, doch Margaret hoffte sehr, sich in einer weitaus angenehmeren Umgebung zu befinden, wenn ihre Niederkunft heranrückte.

Wo wird das sein?, dachte sie. *Ich habe kein Zuhause, außer bei Rogers Eltern … wenn sie herausfinden, dass das Kind nicht von Roger stammt, sondern ein Bastard ist, das Ergebnis der Hurerei ihrer Schwiegertochter, was wird dann passieren?*

Außerdem verstand sich Margaret mit Sir Egdon und Lady Jacquetta Rivers nicht besonders. Sie hatten die von ihrem Sohn gewählte Ehefrau nie befürwortet und würden sie sicher dafür verantwortlich machen, dass er auf einer seiner zahllosen Pilgerreisen zu heiligen Stätten, auf der Suche nach einer wundersamen Heilung von seiner Krankheit, in der Fremde den Tod gefunden hatte.

Eleonore musterte Margaret ebenso verstohlen wie diese sie. Eleonore argwöhnte, dass Margaret schwanger war – sie war selbst oft genug schwanger gewesen, um die Anzeichen bei einer anderen Frau zu erkennen –, und fragte sich nun, wie sie das heikle Thema am besten ansprechen sollte.

Schließlich kam Eleonore zu dem Schluss, dass sie rangmäßig so weit über Lady Rivers stand, dass sie überhaupt nicht feinfühlig sein musste. Außerdem schmerzten ihr Rücken und ihre Füße, und sie war nicht in der Stimmung für Nettigkeiten.

»Ihr müsst sehr froh sein, Lady Margaret«, sagte sie verschlagen und hielt den Blick dabei auf das geöffnete Stundenbuch gerichtet, »zu wissen, dass Ihr – gleichwohl Euer Gemahl im Himmel ist – von ihm ein Kind erwartet.«

Margarets Finger hielten inne, dann stach sie zitternd die Nadel ins Leinen, lehnte sich zurück und blickte Eleonore an.

»Ich bedaure zutiefst«, sagte Margaret, »dass mein Kind ohne einen Vater geboren werden wird.«

Eleonore schenkte ihr ein kaltes Lächeln. Ohne einen Vater geboren! Nun, Baron Raby würde das Kind sicherlich nie als sein eigenes anerkennen.

»Vielleicht hofft Ihr darauf, dass Baron Raby für die Zukunft des Kindes sorgt«, sagte sie.

Margaret senkte den Blick und antwortete nicht.

Eleonore seufzte, sie war der Feinsinnigkeiten plötzlich überdrüssig. »Ich kann verstehen, warum Ihr mit Raby das Lager geteilt habt«, sagte sie. Margaret blickte überrascht auf, und ihre Wangen röteten sich. »Aber Ihr glaubt doch sicher nicht, dass er Euch ehelichen wird?«

»Er hat mir das sehr deutlich gesagt ...«

»Ihr könnt nicht einmal darauf hoffen«, sagte Eleonore. Sie biss sich auf die Lippe und fragte sich, wie viel sie erzählen sollte. Margarets Befindlichkeit war ihr herzlich egal, aber es handelte sich um ein äußerst prekäres Thema ...

»Ich habe gehört«, sagte Eleonore vorsichtig, »dass Raby bereits eine neue Ehe plant.«

Margaret machte große Augen, und Eleonore fragte sich, ob sie womöglich doch gehofft hatte, Raby würde sie heiraten.

»Er hat mir noch nichts davon gesagt«, sagte Margaret.

»Vielleicht glaubt er, es gehe Euch nichts an.«

Wütend über diese überhebliche Bemerkung wandte Margaret den Blick ab und gab vor, sich für eine Gruppe Bogenschützen zu interessieren, die auf einem Feld jenseits des Flusses übte.

»Hohe Adlige haben schon manchmal eine Mätresse einer Gemahlin vorgezogen«, sagte sie.

Eleonore wusste sehr gut, worauf Margaret anspielte. Lancaster hatte sich drei Jahrzehnte lang eine Mätresse gehalten, Katherine Swynford, und hatte ihr nicht nur zwei Kinder, sondern auch sein Herz geschenkt. Aber Margaret konnte nicht darauf hoffen, dass Raby mit ihr eine ähnliche Verbindung einging wie Lancaster mit Katherine, besonders da Eleonore gehört hatte, dass … ach! Sie verabscheute es, Geheimnisse zu bewahren, doch sie fürchtete zu sehr, Lancasters und Rabys Zorn auf sich zu ziehen, um Margaret zu sagen, wie hoffnungslos ihre Lage wirklich war.

»Mein Rat an Euch, Lady Margaret«, sagte Eleonore, »ist, so schnell wie möglich wieder zu heiraten. Raby wird sich für Euch einsetzen, und seine Stimme hat einiges Gewicht. Es gibt viele Ritter, die mit Freuden um Eure Hand anhalten würden … selbst mit dem Kind eines anderen.«

Und besonders, wenn sie das Kind eines Adligen gebären würde, der reich genug war, um die mittellose Witwe mit einer großen Mitgift auszustatten. Und Raby würde großzügig sein, wenn es darum ging, Margaret zu verheiraten. Margaret war nicht einmal bewusst, wie gern Raby sich und seiner zukünftigen Braut die Peinlichkeit ersparen würde, dass eine hysterische Frau bei Hof ihren Bauch zur Schau stellte und von ihm Unterhalt verlangte.

»Mein ganzes Leben lang«, sagte Margaret leise und nahm ihre Stickerei wieder auf, »bin ich von einem Mann zum nächsten gereicht worden. Vielleicht wäre es schön, mir einmal meinen Gefährten selbst auszusuchen.«

»Keine Frau sucht sich ihren Gefährten selbst aus«, sagte Eleonore schroff. »Wir müssen den nehmen, den unsere Eltern oder Herren für uns auswählen. Das ist unsere Pflicht.«

Ihr habt gut reden, dachte Margaret. *Gloucester ist ein gut aussehender und vornehmer Mann, der Euch stets nett und großzügig behandelt hat.*

»Ach, Margaret …« Eleonore beugte sich unbeholfen vor und tätschelte Margarets Hand. »Niemand kann sagen, besonders wir nicht, die wir Kinder austragen, dass es nicht das Los der Frauen sei, zu leiden.«

Margaret ließ sich von ihr trösten und schenkte ihr ein Lächeln. Dann wechselte sie das Thema und verwickelte Eleonore in ein lebhaftes Gespräch über die Vorzüge von flämischen Stoffen gegenüber florentinischen.

Doch in Gedanken war sie immer noch bei der Geburt ihres Kindes und Rabys angeblichen, heimlichen Eheverhandlungen. Eleonore wäre bestürzt gewesen, hätte sie gewusst, dass Margaret nicht vorhatte, die »Leiden« der Geburt zu erdulden – nicht, wenn sie einen abgeschiedenen Ort finden konnte –, und dass sie über Rabys heimliche Brautschau Bescheid wusste. Rabys wachsende Sorge, dass Margaret ihm ernste Schwierigkeiten bereiten und seine Eheverhandlungen gefährden mochte, kam ihren eigenen Zielen sogar noch entgegen.

Schließlich war dies der sicherste Weg, um doch noch den Mann ihrer Wahl zu erringen.

Kapitel drei

Komplet am Fest von Allerheiligen
Im einundfünfzigsten Jahr der Regentschaft Eduard III.
(Montagnacht, 1. November 1378)

– III –

Die Nacht war klar, kalt und windstill und drohte in den Morgenstunden in tiefen Frost überzugehen. Überall in Chauvigny bereiteten die Männer sich und die Pferde auf die Nacht vor und häuften Stroh um die Beine und Flanken ihrer Tiere und ihre eigenen Schlafplätze auf. Holz, das es glücklicherweise in den alten Wäldern rund um Chauvigny reichlich gab, wurde in Reichweite aufgestapelt, sodass die Männer nur den Arm unter ihren Decken hervorstrecken mussten, um es aufs Feuer zu werfen. Trotz der Kälte waren die Soldaten in recht guter Stimmung. Am frühen Abend waren Köche und Diener mit ausgehöhlten Brotfladen herumgegangen, die bis zum Rand mit heißem würzigem Fleischragout gefüllt gewesen waren. Dazu hatte es für jeden Mann einen Krug süßen Honigwein gegeben. Schließlich war Feiertag.

Westlich von Chauvigny erstreckte sich ein großer Wald. Viele seiner Eichen und Buchen waren über tausend Jahre alt – große, knorrige Bäume, deren Stämme und Äste von Jahrtausenden voller Stürme und Ungemach gekrümmt waren. Der schwarze Prinz fühlte sich seiner Macht über Mittel- und Südfrankreich so sicher, dass er glaubte, sein Allerheiligenbankett auf einer Lichtung draußen im Wald abhalten zu können. Während des Nachmittags war die Stelle von Zweigen, Steinen und Büscheln vertrockneten Herbstgrases befreit worden; jetzt lag der Erdboden unter einer glatten, vornehmen Schicht von Matten und Teppichen verborgen. In dem Rund der Bäume, die die Lichtung umgaben, steckten Fackeln. Ihr flackerndes Licht wurde von weiteren Fackeln auf übermannshohen Pfählen verstärkt, die zwischen den Bäumen aufgestellt worden waren. Die Lichtung war von Kohlebecken umgeben, die Wärme und Geborgenheit verbreiteten. In der Mitte des Hains, auf einer großen rechteckigen Fläche, die von den auf Böcken ruhenden Tischplatten umgeben war, brannten drei prasselnde Feuer.

Hier, an diesem uralten, von der Natur geschaffenen Ort trotzte der Mensch dem Winter mit einem lodernden Freudenfest aus Licht und Wärme.

Die Tische und dazugehörigen Bänke waren wie im Saal eines Adelshauses aufgestellt worden. Am oberen Ende der Lichtung, dort wo die Fackeln und Kohlebecken besonders dicht standen, befand sich die Haupttafel, an der die bedeutendsten und mächtigsten Männer sitzen würden. Hier, und nur hier, waren die Bänke durch geschnitzte Holzstühle ersetzt worden, und in der Mitte befanden sich drei prächtig verzierte Throne. An den beiden Längsseiten des Hains erstreckten sich die langen Arme der Tafel, die schließlich an ihrem untersten Ende von einem quer stehenden Tisch begrenzt wurden. Die Haupttafel schmückten herrliche Tücher aus feinstem Leinen mit Gobelinstickereien, und hier und dort schimmerte sogar Seide. Die beiden Seitentafeln waren mit reinem, festem Leinen bedeckt, der Tisch am Ende mit einem groberen Stoff, jedoch waren alle Tische gleichermaßen mit getrockneten Sommerblumen und grünem Laub herausgeputzt.

Die einfacheren Tische waren mit hübschen Tellern, Pokalen, Trinkbechern mit Deckel und Zinnlöffeln gedeckt. Auf der Haupttafel jedoch befanden sich edelsteinbesetzte Goldteller und Löffel, die im Fackelschein wie Feuer funkelten. Vor den drei Thronen stand ein prachtvolles goldenes Salzfässchen in der Form des Towers von London. Zweifellos sollte es König Johann an seinen Status als Gefangener erinnern und zugleich den Reichtum und die Macht des schwarzen Prinzen zur Schau stellen.

Serviertische waren in regelmäßigen Abständen an der Außenseite der Tafel aufgestellt. Auf diesen befanden sich Krüge und Kannen, die mit den feinsten gaskonischen Weinen, Apfel- und Birnenmost gefüllt waren. Auf ihnen stapelten sich außerdem Berge von Leinenmundtüchern und Waschschüsseln und Krüge mit süßem Wasser, damit die Gäste sich vor, während und nach dem Essen die Hände waschen konnten.

Schließlich war dies ein Festmahl, das vom Prinzen von Wales gegeben wurde und bei dem ein König der Ehrengast war.

Thomas stand bei einer Gruppe hochrangiger Edelleute, einige Schritte hinter der rechten Seite der Tafel. Er würde ziemlich nahe an der Haupttafel sitzen, und er wunderte sich über die Ehre, die ihm damit zuteil wurde. Die Bankettgäste hatten sich bereits eingefunden, sie standen in Gruppen bei den Tischen oder in der Nähe der Bäume.

Alle schwiegen. Und warteten.

Einige Windhunde und Jagdhunde liefen schnüffelnd um

sie herum. Sie gehörten entweder dem schwarzen Prinzen, Lancaster oder Gloucester und waren für den Abend von der Leine gelassen worden, um das Fest gemeinsam mit ihren Herren zu genießen. In Wahrheit besaßen einige dieser Hunde einen höheren gesellschaftlichen Rang als einige der niederen Ritter, die an dem Festmahl teilnehmen würden, und wurden auch dementsprechend behandelt. Wenn ein Hund den Gewandsaum eines Ritters von niederem Stand besudelte, würde dieser nicht das Gesicht verziehen, sondern die Beschmutzung seines Gewandes mit Haltung hinnehmen.

Thomas bemerkte auch mehrere der Falken des schwarzen Prinzen, die ruhig und mit Kappen versehen hinter der ersten Baumreihe saßen. Auch sie waren hier, um an dem Fest teilzunehmen.

Trotz der allgemeinen Stimmung von Wärme und kaum verhohlener Fröhlichkeit, war Thomas unruhig. Er spürte, dass hinter den Bäumen noch etwas anderes wartete, jenseits des flackernden Scheins der Fackeln und Kohlebecken. Dämonen? Es war Nacht, ihre natürliche Umgebung, in der sie ihre lästige menschliche Gestalt ablegen und sich frei bewegen konnten. Thomas trat unruhig von einem Bein auf das andere; sein Unbehagen wuchs. Warum musste das Bankett auf dieser Lichtung abgehalten werden? Bei Nacht. War dem schwarzen Prinzen denn nicht klar, dass die Nacht von allen möglichen Kobolden und Geistern bevölkert war … auch wenn er nichts von dem Bösen wusste, das aus dem Höllenschlund bei Asterladen entflohen war?

Thomas fröstelte, er steckte die Hände in seine weiten Ärmel und rieb sich die Unterarme. Sollte er dem Prinzen von den Dämonen erzählen? Würde ihm der schwarze Prinz Glauben schenken?

Doch wie konnte sich Eduard vor dem Bösen in Acht nehmen, wenn er seine wahre Natur nicht kannte?

Und wie sollte Thomas seine Reise nach England fortsetzen, wenn er sich dem Prinzen nicht anvertrauen konnte?

»Tom«, sagte eine Stimme hinter ihm, »du siehst aus, als würdest du frieren. Warum hüpfst du so auf und ab? Ist dir kalt?«

Thomas drehte sich um. Es war Bolingbroke … Hal.

Sein Blick wirkte argwöhnisch und ein wenig unfreundlich. Doch trotz seines Argwohns hatte Hal zumindest angedeutet, dass er bereit war, höflich zu sein und sich anzuhören, was Thomas zu sagen hatte.

Was ist von unserer einst so engen Freundschaft noch übrig geblieben?, fragte sich Thomas.

»Ich warte ungeduldig darauf, dass das Fest beginnt«, sagte Thomas mit einem entwaffnenden Lächeln. »Arme Mönche kommen nicht oft in den Genuss eines solchen Luxus.«

Hal schwieg einen Moment lang, seine harten, grauen Augen musterten Thomas eindringlich, und Thomas erinnerte sich daran, was Hal gesagt hatte, als sie in Chauvigny von ihren Pferden gestiegen waren: *Ich bin nicht derjenige, der fortgegangen ist.*

»Wie kommt es«, sagte Hal schließlich leise, »dass du dich für ein solches Leben entschieden hast, Tom? Du hast mir nicht einmal deinen Entschluss mitgeteilt. An einem Sommernachmittag hast du den Turnierplatz verlassen, mir zugelächelt und gesagt, dass du mich bei dem Fest am Abend einmal ausnahmsweise unter den Tisch trinken wirst, und dann … bist du … fortgegangen. Ich habe dich nie wiedergesehen – erst als du vorgestern Abend in den Wald geritten kamst. Warum nur?«

Thomas war sprachlos angesichts von Hals sichtlichem

Schmerz. Ihm war nie klar gewesen, dass er Hal damit Kummer bereiten könnte, dass er ihm nichts von seinem Wunsch erzählte, dem heiligen Orden beizutreten.

Doch dieser Wunsch war auch für ihn sehr überraschend gewesen. Er war im selben Moment über ihn gekommen, als er in sein Gemach zurückgekehrt war, um sich von seinem Knappen und Kammerdiener die Rüstung ausziehen zu lassen, und eine Nachricht vorgefunden hatte … die Nachricht vom furchtbaren Tod von Lady Alice und ihren drei Kindern.

Diese Nachricht hatte mit einem Schlag sein Leben verändert. Der Krieg und die Herausforderungen des Kampfes Mann gegen Mann interessierten ihn nicht mehr.

Stattdessen kam es ihm vor, als hätte sich Gott vom Himmel herabgebeugt und gesagt: *Du musst dein Leben damit verbringen, Buße zu tun, in meinem Dienst, in meinem Hause.*

»Es tut mir leid«, sagte Thomas, obwohl ihm nicht ganz klar war, ob er sich bei Hal entschuldigte oder bei Alice' allgegenwärtigem Geist.

»Du weißt, warum ich in die Kirche eingetreten bin«, fuhr er fort. »Du hast die Nachricht ebenfalls erhalten …«

»Glaubst du, Alice und ihren Kindern ist damit geholfen, dass du Tag und Nacht zu Gott um Vergebung deiner Sünden betest?«, sagte Hal. Die anderen Adligen, die um sie herum gestanden hatten, waren inzwischen einige Schritte weitergegangen, um den Anschein von Zurückhaltung zu wahren. Doch trotz ihrer abgewandten Rücken hörten sie immer noch zu. »Verflucht sollst du sein, Tom, wie ist Alice damit gedient? Oder ihren Kindern? Verdammt, Tom, sie hatte drei Kinder!«

Thomas blinzelte, überrascht über Hals Gefühlsausbruch. Was konnten ihm Alice und ihre Kinder bedeutet haben?

Hal wandte den Kopf ab und seufzte tief. »Ach! Jetzt ist alles verloren, Tom. Alice ist verloren, ihre Kinder, deine Jugend ... du bist verloren.«

»Wie meinst du das?«

»Der Mann, der jetzt vor mir steht, ist nicht mehr der Tom, der einmal mein Freund war«, sagte Hal. »Hier steht jemand, der sich hinter dem Habit eines Geistlichen und seinen Gelübden verbirgt. Der bloße Abklatsch eines Mannes. Jemand, der seine Frömmigkeit dazu benutzt, um andere für seinen eigenen Mangel an Urteilskraft und Barmherzigkeit zur Verantwortung zu ziehen.«

»Hal ... Hal ... du weißt nicht, was ich in den letzten Monaten gesehen, was ich erfahren habe. Wenn ich übermäßig fromm erscheine ...«

Hal verzog das Gesicht.

»... dann liegt das nur am Ernst meiner Aufgabe. Hal, wir haben beide unterschiedliche Wege eingeschlagen. Kannst du das nicht einfach hinnehmen?«

Wieder dachte Hal nach, senkte den Kopf und betrachtete den Boden zu seinen Füßen. Mit dem linken Stiefel schob er etwas Erde zu einem kleinen Haufen zusammen, hob dann den Kopf und blickte Thomas in die Augen.

»Ich gestehe dir das Recht zu, einen anderen Weg einzuschlagen, Tom«, sagte er. »Jeder Mann und jede Frau hat dieses Recht. Ich glaube nur, dass du den falschen Weg für dich gewählt hast. Der Mann, den ich kenne, ist dort drin.« Er klopfte Thomas sanft gegen die Brust.

In der Nähe war ein leises Rascheln zu hören, dann das Läuten von Glocken und eine Hornfanfare.

Hal sah zum gegenüberliegenden Ende des Hains hinüber und richtete den Blick dann wieder auf Thomas, ein sanftes Lächeln erhellte mit einem Mal seine Züge. »Können wir an diesem einen Abend Freunde sein, Tom? Kannst du nur für die Dauer dieses Banketts vergessen, dass du diese Gewänder trägst? Dann hätte ich meinen Freund zurück … und seine Freundschaft könnte den Schmerz in meinem Herzen lindern.«

Thomas öffnete den Mund, um zu erwidern, dass er nicht einfach ablegen konnte, wer und was er war, dass er seinen Schwur gegenüber der Kirche und Gott nicht einfach für die Dauer eines Banketts »vergessen« konnte … doch dann sah er Hals flehenden Blick.

Er streckte die Hand aus. »Also gut, mein Freund … und im Gegenzug kannst du mir von der ruhmreichen Schlacht von Poitiers berichten. Jedes Mal, wenn ich meinen Onkel danach fragen will, werden wir entweder von irgendwelchen Frauen oder von deinem Vater und deinem Onkel unterbrochen!«

Hal drückte Thomas' Hand. »Einverstanden!«

Wieder ertönte die Fanfare, und die beiden drehten sich um, um den Aufzug anzusehen, der nun den Hain betrat: Eduard, der schwarze Prinz, mit König Johann von Frankreich an seiner Seite. Beide wirkten frohgemut und lachten leise, während sie miteinander scherzten. Hinter ihnen folgte Johann von Gent – Lancaster gelang es irgendwie, weitaus königlicher auszusehen als die beiden, die ihm vorausgegangen waren. Hinter Lancaster kamen Gloucester und seine Gemahlin; Eleonore stützte sich schwer auf Gloucesters Arm, dennoch und trotz ihres schwangeren Leibes wirkte sie höchst anmutig und vornehm. Den Abschluss des Zuges bildete Ralph, Baron von Raby.

Thomas war erleichtert, dass die Hexe nicht an seiner Seite war, obwohl er wusste, dass ihr niederer Rang es ihr niemals gestattet hätte, an der Haupttafel zu sitzen.

Die Gruppe ging zu ihrem Tisch hinüber; Diener eilten herbei, um ihnen auf ihre Plätze zu helfen. Eduard ließ sich auf dem mittleren Thron nieder, König Johann zu seiner Rechten. Auf Eduards linken Seite befand sich ein gewöhnlicher Stuhl, wenn auch sehr breit und reich verziert, und auf diesem nahm Eleonore von Gloucester Platz. Da sie die einzige Frau war, die an der Haupttafel saß und die ranghöchste Frau im ganzen Lager, würde sie an diesem Abend die Rolle der Gastgeberin übernehmen. Zu König Johanns Rechten saß Lancaster, ebenfalls auf einem Thron, wie es seinem Rang als König von Kastilien gebührte. Zu seiner Rechten befand sich Raby auf einem gewöhnlichen Stuhl, und Gloucester nahm den letzten Platz am anderen Ende der Haupttafel ein.

Während sie sich setzten, traten die Edelleute lachend und scherzend aus dem Hintergrund und nahmen ihre Plätze auf den Bänken ein.

Hal saß neben Thomas am ersten Tisch, der rechts von der Haupttafel stand. Thomas war sich der außerordentlichen Ehre, neben Bolingbroke sitzen zu dürfen – Hal wäre auch an der Haupttafel nicht fehl am Platze gewesen – und außerdem den Prinzen und Königen an der Spitze der Gesellschaft so nahe zu sein, sehr wohl bewusst.

Er warf einen Blick zu ihnen hinüber, als Diener vortraten, um den Gästen Wasser über die Hände zu gießen und ihnen Leinentücher anzubieten, mit denen sie sich abtrocknen konnten. Er fragte sich, warum sein Onkel an diesem Tisch saß – als Baron gehörte er zwar zum Hochadel, doch war er hochrangig genug, um sein Fleisch mit Prinzen und Königen zu teilen? –, und lehnte sich dann zurück, um sich an dem Fest zu erfreuen.

Vielleicht hatte Hal recht. Es würde ihm nicht schaden, sich an dem Festmahl zu erquicken … und sicherlich war das

Licht zu hell und die Stimmung zu fröhlich, als dass Dämonen oder Kobolde es wagen würden, aus der Nacht hervorzubrechen.

Ein Diener flüsterte ihm etwas ins Ohr, und Thomas lächelte und drehte sich um, um seine Hände in der Schüssel zu waschen, die der Mann ihm hinhielt.

Als das Ritual des Händewaschens beendet war, eilten Diener herbei, die Wein in Becher und Pokale gossen und Wasser in kleine Schüsseln füllten, die an jedem Platz standen, damit die Gäste zwischen den Gängen ihre Finger waschen konnten. Dann servierten sie den ersten Gang des Abends: Eberfleisch mit einer Kruste aus dickem, körnigem Senf, Aale in würziger Sauce, verschiedene Fischsorten und feine Teigpasteten. Jeder Gast benutzte sein eigenes Messer – das er am Gürtel bei sich trug –, um das Essen von der Servierplatte auf einen Brotfladen zu heben. Wie bei jeder adligen Gesellschaft hielten sich die Gäste an gewisse Tischsitten: Niemand berührte das Essen mit der rechten Hand, man nahm sich nur kleine Portionen, die schmackhaftesten Leckerbissen wurden stets zuerst dem Nachbarn angeboten; und alle benutzten die Mundtücher, um sich die Finger abzuwischen, und nicht das Tischtuch. Wie mit den Manieren so stand es auch mit der Unterhaltung – man unterhielt sich höflich und so leise wie möglich, entsprechend der Menge an Wein, die bereits geflossen war. Jeder gab sich die größte Mühe, das Gespräch seiner Tischnachbarn nicht zu stören.

Hal plauderte zunächst nur zögernd, dann jedoch mit wachsender Lebhaftigkeit. Er sprach über Männer, die Thomas sein ganzes Leben lang gekannt hatte, und über ihre Frauen, die ihm weniger bekannt waren.

»Ich habe Northumberlands Standarte gesehen, als ich nach Chauvigny gekommen bin«, sagte Thomas, während

Hal sein Messer dazu benutzte, etwas Salz aus dem Zinnfass vor sich zu nehmen und auf sein Brot zu streuen. »Wo ist der Graf … und …«

»Ist Hotspur hier?«, beendete Hal die Frage für ihn und kaute fröhlich. »Nicht heute Abend. Weder Northumberland noch sein Sohn sind hier, obwohl sie sich ganz in der Nähe befinden. Unsere Nachhut ist von ein paar verstreuten Kompanien der französischen Armee bedrängt worden, und Eduard hat Northumberland und Hotspur ausgeschickt, um mit ihnen aufzuräumen.«

Er lachte. »Der arme Hotspur – er wird wütend sein, wenn er hört, dass er ein solches Festmahl verpasst hat.«

»Wie geht es Hotspur?« Heinrich Percy, der Sohn des Grafen von Northumberland, hatte sich seinen Spitznamen in seiner Jugend eingehandelt, weil er sein Schlachtross in jedem Kampf bis an die Grenzen des Wagemutes – oder der Dummheit, je nachdem, wie man es betrachtete – trieb.

»Wie du dir sicher vorstellen kannst«, sagte Hal, »hat er sich auch in den letzten Jahren nicht allzu sehr verändert.«

»Das überrascht mich nicht im Mindesten«, warf Thomas ein und nahm sich ein wenig Eberfleisch. »Ich hätte schwören können, seine Berufung sei das Nonnenkloster gewesen.«

Hal hielt inne und starrte Thomas an, dann brach er in schallendes Gelächter aus. »Wohl gesprochen, mein Freund! Aber natürlich hat Hotspur eine Berufung zum Nonnenkloster. Ich weiß gar nicht, wie viele Nonnen er ihren heiligen Gelübden abspenstig gemacht hat!«

Thomas musste lächeln – schließlich war er es gewesen, der mit dem Scherz begonnen hatte –, doch er verspürte ein leichtes Unbehagen bei Hals gottlosen Worten und der respektlosen Haltung, die dahinterstand. Zu viele Menschen lachten dieser Tage über Geistliche … zu viele nahmen die heiligen Gelübde nicht ernst … zu viele Geistliche nahmen ihre eigenen Gelübde auf die leichte Schulter!

Gütiger Herr im Himmel, die Dämonen hatten mehr als dreißig Jahre lang Zeit gehabt, um die Menschen mit ihren teuflischen Ideen zu verführen. Wie sollte er die Uhr wieder zurückdrehen können?

»Wie ich sehe, habe ich einen Nerv getroffen«, sagte Hal mit leiser Stimme und musterte Thomas wachsam. »Es tut mir leid, Tom.«

»Nun«, sagte Thomas und verzog den Mund zum Anflug eines Grinsens, »du kannst Buße tun, indem du mir von der wundersamen Schlacht von Poitiers berichtest. Einverstanden?«

»Mit Freuden, Tom! Ach«, Hal lehnte sich mit leuchtenden Augen zurück und wischte sich die fettigen Finger am Mundtuch ab. »Poitiers … was für ein großartiger Sieg. Tom«, er beugte sich erneut vor, nun wieder ernst, »unsere Streitmacht war klein, und die Franzosen waren uns drei zu eins überlegen …«

Hal fuhr fort, die Schlacht zu beschreiben, die größte, an der er jemals teilgenommen hatte, und gestikulierte dabei aufgeregt mit den Händen.

»Es war ein Blutbad, Tom«, schloss er, »unter dem strahlend blauen Himmel und begleitet von Hunderten von Hörnern, Flöten und Pfeifen.«

Thomas nickte und leerte seinen Weinpokal. *Einst hätte ich mich auch in die Erregung des Kampfes gestürzt, das siegreiche Töten und die Freude über die erbeuteten Reichtümer … aber das ist vorbei. Darüber bin ich hinausgewachsen.*

»Ach, Tom«, sagte Hal und bedeutete einem Diener, Thomas Wein nachzuschenken. »Sich von einer kalten Pritsche aufzurappeln, um in den dunklen Stunden eines Wintermorgens die Matutingebete zu sprechen, kann damit nicht ganz mithalten, was?«

»Jeder von uns hat seine Wahl getroffen«, sagte Thomas und bedauerte sogleich den frommen Ton, den er angeschlagen hatte.

»Und doch liegen noch immer viele Entscheidungen vor uns, mein Freund«, sagte Hal mit leiser Stimme, die überraschenderweise voller Liebe war.

Thomas blickte ihn an und wollte ihn fragen, was er damit gemeint habe, doch in diesem Augenblick trat ein Knappe an Hal heran und raunte ihm etwas ins Ohr.

Hal wandte sich wieder Thomas zu. »Entschuldige mich bitte, Tom. Offenbar will Gloucester, dass ich einen Streit zwischen ihm und Raby schlichte, darüber, wie viele Haare der Schweif eines Pferdes hat.« Er hielt inne und grinste. »Mir scheint, der Wein beginnt zu wirken.«

Und damit ging er davon.

Thomas blickte einen Moment lang auf den leeren Platz auf der Bank und stützte sich dann auf dem Tisch auf, wenig interessiert daran, sich mit den anderen Männern zu unterhalten, und wohl wissend, dass auch sie ihm nichts zu sagen hätten. Nicht zum ersten Mal in den letzten Jahren war Thomas froh um die Distanz, die sein Ordensgewand zwischen ihm und anderen Männern schuf.

Diener stellten den nächsten Gang auf den Tisch. Es gab noch mehr Fisch – gegrillt, gebacken, gebraten und klein gehackt –, Hühnchen, gerösteten Schwan, gebackenen Tümmler und Spatzen in Aspik, begleitet von zuckerigen rosafarbenen Süßigkeiten, die die Form von Edelmännern und ihren Damen hatten.

Thomas seufzte, nahm sich einen der überzuckerten Edelmänner und biss nachdenklich hinein. Sein Blick glitt über die Tafel, während seine Gedanken abschweiften, und er wünschte sich, Hal würde zurückkehren.

Dann verharrte sein Blick, und das halbgegessene Zuckergebäck schwebte auf halbem Weg zu seinem Mund in der Luft.

Dort, am gegenüberliegenden Tisch, saß die Hexe. Sie war neben einige andere Damen von niederem Rang gesetzt worden, die meisten von ihnen Frauen, die die adligen Damen im Lager begleiteten, andere, wie Margaret, Geliebte der adligen Männer. Mit sittsam gesenktem Blick saß sie da und trug das gleiche schlichte graue Kleid, in dem er sie auch in der Nacht seiner Ankunft gesehen hatte. Ihr Haar war zu einem langen Zopf geflochten, in den, soweit dies aus der Entfernung zu erkennen war, einige späte Gänseblümchen eingewirkt waren.

Während er sie anschaute, hob sie einen Bissen an den Mund, kostete ein wenig davon, ließ ihn dann wieder sinken und wandte ihr schönes Gesicht ab.

Thomas war so in den Anblick von Lady Margaret Rivers versunken, dass er nicht bemerkte, dass sie auch noch von zwei anderen aufmerksam beobachtet wurde. Johann von Gent, Herzog von Lancaster, und Baron Raby saßen beide schweigend da und hielten den Blick auf sie gerichtet.

Schließlich wandte Lancaster den Kopf und sagte etwas zu Raby.

Raby antwortete, schüttelte den Kopf und machte eine energische Handbewegung, dann lehnten sich beide Männer entspannt zurück und lachten.

In diesem Augenblick betraten Musikanten und Mimen den Platz in der Mitte der Tische, Jubelrufe und Gelächter ertönten und die Feierlichkeiten begannen.

Viele Stunden später, kurz vor der Morgendämmerung, als das Fest längst vorbei war und erschöpfte Diener langsam zwischen den Tischen umhergingen und die Überreste forträumten, stand Thomas immer noch unter einer der großen, alten Eichen. Viele der Fackeln waren schon vor einigen Stunden heruntergebrannt, und nun flackerten nur noch hier und da einige wenige und spendeten den Dienern Licht. Thomas lehnte an einem Baumstamm, die Arme verschränkt, das Gesicht ruhig und friedlich unter der schwarzen Kapuze seines Umhangs.

Hal war nicht zu seinem Platz neben ihm zurückgekehrt, und Thomas hatte die restlichen Stunden des Festmahls – niemand durfte den Tisch verlassen, solange die königliche Gesellschaft noch da war – damit verbracht, zu viel Wein zu trinken und Zuckerzeug und würziges Fleisch zu essen. Manchmal hatte er der Unterhaltung in seiner Nähe gelauscht – hin und wieder hatten seine Nachbarn pflichtbewusst und mehr schlecht als recht versucht, ihn in ihre Unterhaltung mit einzubeziehen – und gelegentlich zu der Hexe hinübergesehen, doch die meiste Zeit hatte er nur dagesessen, über seine Lage nachgedacht und sich über die ständigen Verzögerungen geärgert, die sich ihm auf seiner Reise nach England … und der Suche nach Wynkyn de Wordes geheimnisvollem Buch in den Weg stellten.

Schließlich hatte er sich jedoch dem Trunk hingegeben und seine Gedanken einfach schweifen lassen, bis er irgendwann bemerkte, dass nicht nur die königliche Gesellschaft, sondern auch ein Großteil der anderen Gäste bereits aufgebrochen waren.

Die Hexe war nirgendwo mehr zu sehen.

Weil er so benebelt vom Wein nicht ins Bett gehen wollte – nachdem er nun wieder einigermaßen in der Gunst des Prinzen stand, erwartete ihn ein bequemeres Bett in einem eigenen Gemach –, hatte Thomas einen raschen Spaziergang durch den Wald unternommen. Die Bäume standen nicht sehr dicht, die Nacht war vom Mondschein hell erleuchtet, und er fürchtete keine Gefahr. Nun sah er mit wesentlich klarerem Kopf den Dienern dabei zu, wie sie müde über die Lichtung stolperten, und sprach im Geist Gebete – die Matutin war inzwischen sicher längst vorbei –, sein Blick war trübe, sein Körper entspannt.

»Verzeiht mir, Vater …«

Thomas schreckte zusammen und blickte sich um.

Sie stand vor ihm, die Hände sittsam gefaltet, den Kopf gesenkt.

»Was macht Ihr hier?«, fragte Thomas.

Margaret hob den Kopf und blickte ihn unter ihrer groben braunen Wollkapuze aus großen, dunklen Augen an; sie hatte gegen den aufkommenden Morgenfrost einen Umhang angelegt.

»Ich konnte nicht schlafen«, sagte sie. »Ich muss mit Euch reden.«

»Und was habt Ihr Raby gesagt, als Ihr sein Lager verlassen habt? Dass Ihr nach seinem Neffen sucht, um auch bei ihm etwas Trost zu finden?«

»Er hat die ganze Nacht lang mit dem schwarzen Prinzen und König Johann gezecht. Er hat mich nicht gebraucht.«

»Was tut Ihr dann also hier?«, wiederholte Thomas, sein ganzer Körper war steif vor Anspannung.

»Herr … Thomas …«

»Ihr habt mich als Bruder Thomas anzusprechen, wie es sich gehört.«

Ihre Augen blitzten auf. »Ihr habt mich eine Hure genannt, Thomas. Ich bin kaum diejenige, die sich Gedanken darüber machen sollte, ›was sich gehört‹, nicht wahr?«

»Sagt, was Ihr mir zu sagen habt, und dann verschwindet.«

»Ich wurde verheiratet, als ich sechzehn war«, hob sie an, und Thomas wandte sich ärgerlich zum Gehen. »Nein, wartet, ich muss Euch das erzählen ...«

»Ich habe keine Zeit für ...«

»Ihr müsst Euch Zeit dafür nehmen, Thomas, denn es war Euer Gesicht, das ich gesehen, Euer Körper, den ich in der Nacht gespürt habe, als ich meine Unschuld verlor!«

Thomas machte einen Schritt rückwärts. »Ihr seid verhext!«

»Nicht mehr als Ihr.«

Thomas starrte sie an.

»Ich hatte nichts damit zu tun!«, sagte sie drängend und streckte die Hand aus, als wollte sie ihn berühren, überlegte es sich dann jedoch anders. »Ich glaubte, ich würde Raby beiwohnen und dann ... dann ...«

Offensichtlich bekümmert hielt sie inne und wandte den Blick ab. Thomas, der sie eingehend musterte, dachte, dass sie entweder eine gute Schauspielerin war oder tatsächlich vollkommen unschuldig.

Als Margaret ihn wieder ansah, standen Tränen in ihren Augen. »Ich bin nicht freiwillig zur Hure geworden, Thomas. In den zehn Jahren meiner Ehe bin ich stets eine gefügige Ehefrau gewesen. Ich habe meinen Gemahl von Heiligengrab zu Heiligengrab begleitet, von Jerusalem nach Santiago, von Canterbury nach Rom, immer war er auf der Suche nach göttlichem Beistand gegen seine Schwindsucht – ohne ihn jemals zu erhalten. Er ist vor etwa vier Monaten in Bordeaux gestorben. Unser Vermögen war dahin. Ich war mittellos. Meine Not kam Raby zu Ohren, und er bot mir eine Lösung an. Wenn ich das Lager mit ihm teilte, würde er mich sicher nach England bringen. Er wusste nicht, dass ich noch Jungfrau war. Thomas, ich habe mit meinem Gewissen gerungen, doch ich war erschöpft und hungrig und hatte Angst. Raby ist freundlich zu mir gewesen – Ihr wisst, was für ein angenehmer Mann er ist! Und … und, um die Wahrheit zu sagen, ich hatte es satt, mit sechsundzwanzig Jahren immer noch Jungfrau zu sein. Ich wollte eine Frau werden.«

»Ihr habt Euch Euren Gelüsten hingegeben.«

Sie holte tief Luft, ihr Gesicht war blass, ihre Augen groß und fast schwarz. Thomas wunderte sich nicht darüber, dass Raby jedes Mittel recht gewesen war, um sie für sich zu gewinnen.

Ein Schatten huschte über ihr Gesicht. Wut vielleicht oder Ärger. »Ich habe meinen Gelüsten nachgegeben, ja … genau wie Ihr.«

»Was? Ich …«

»Ich war nicht die Einzige, die am Nachmittag des Tages des heiligen Kenelmus Unzucht getrieben hat! Während ich Raby beilag, müsst Ihr ebenfalls mit einer Frau das Lager geteilt haben!«

»Hexe!«

»Nicht ich! Nicht ich! Ich bin ebenso unschuldig wie Ihr, Thomas.« Sie wartete einen Moment, um der Bedeutsamkeit ihrer Worte Nachdruck zu verleihen. »Ebenso unschuldig wie Ihr.«

Einen Augenblick lang sahen sie sich schweigend an.

»Seid Ihr schwanger?«, fragte Thomas schließlich.

Sie zögerte und nickte dann.

»Dann ist es ein Kind der Hölle. Zweifellos wird es missgestaltet und buckelig geboren werden und die Hörner eines Teufels tragen.«

Margaret zuckte zusammen und wandte den Kopf ab, bevor Thomas sehen konnte, dass er sie ernsthaft verletzt hatte. Sie schlang die Arme fest um sich und wünschte sich, dass irgendwo und irgendwann einmal jemand zu ihr halten und sie lieben würde.

»Ihr wollt dieses Kind gegen mich einsetzen.«

Margaret drehte sich wieder zu ihm um. »Ich werde dieses Kind niemals gegen Euch einsetzen!« Gütiger Himmel, würden alle Männer der Familie Neville nacheinander zu ihr kommen und sie beschuldigen, sie mit diesem Kind reinlegen zu wollen?

»Dann wollt Ihr mir zumindest Schaden zufügen«, sagte Thomas mit ausdrucksloser Stimme.

»Nein … Das will ich nicht, obwohl ich nicht erwarte, dass Ihr mir glaubt.« Mit einer Geste der Unsicherheit oder vielleicht auch der Hilflosigkeit hob Margaret die Hände, fuhr sich mit den Fingern durch ihr glänzendes, dichtes Haar und schob sich dabei die Kapuze vom Kopf.

Das Mondlicht fiel auf ihr Gesicht und ihre ohnehin schon hübschen Gesichtszüge schienen dadurch noch schöner.

»Ich habe von denen, die es zweifellos wissen müssen, erfahren«, sagte Thomas leise, den Blick ruhig auf ihr Gesicht gerichtet, »welches Schicksal mich erwartet, sollte ich in meiner Entschlossenheit wanken. Das Böse wird sich meiner Seele bemächtigen und die Menschheit wird untergehen … aber nur, wenn ich einer Frau meine Seele schenke.«

Margaret überraschte ihn mit einem trockenen Lachen. »Wovor fürchtet Ihr Euch dann, Thomas? Vor mir? Ich will Eure Seele nicht! Außerdem müsst Ihr der Frau Eure Seele *schenken,* nicht wahr? Sie wird Euch nicht entrissen oder gestohlen, Ihr müsst sie freiwillig hergeben. Ihr werdet also nur versagen«, ihr Gesicht verzog sich zu einer Grimasse, »wenn Ihr Euch Eurer irdischen Schwäche hingebt.«

Dann wurde sie wieder ernst. »Ich bin keine Gefahr für Euch, Thomas, es sei denn, Ihr erlaubt mir, Euch gefährlich zu werden.«

Sie streckte die Hand aus und berührte so rasch sein Gesicht, dass er nicht zurückweichen konnte. »Ich kann Euch nur gefährlich werden, wenn Ihr Euch der Liebe hingebt … und ich glaube nicht, dass diese Gefahr besteht. Was meint Ihr?«

Und bevor Thomas noch etwas erwidern konnte, hatte sich Margaret umgedreht und war in der Nacht verschwunden.

Nachdem sie Thomas verlassen hatte, schlenderte Margaret noch eine Stunde ziellos durch die Nacht. Es kümmerte sie nicht, wohin sie ging, sie wollte nur nicht in die Burg zurückkehren.

Sie brauchte Zeit, um nachzudenken und sich die wenigen Minuten mit Thomas noch einmal vor Augen zu führen.

Der Herr allein wusste, warum sie zu ihm gegangen war. Wahrscheinlich hatte sie nur mit ihm sprechen wollen, dachte sie. Einfach nur mit ihm zusammen sein, auch wenn das bedeutete, seine schroffen Worte ertragen zu müssen.

Einmal blieb sie kurz stehen und legte die Hände auf ihren Bauch. Sein Kind wuchs in ihr heran, ihr Gesicht wurde sanfter, und sie lächelte. Ein Kind. Sie hatte sich schon immer Kinder gewünscht.

Sie ging weiter und versuchte sich dabei mithilfe des wenigen, das sie über Thomas wusste, vorzustellen, wie es wäre, das Lager mit ihm zu teilen. Die einstige magische Begegnung bedeutete Margaret nur wenig. Sie wollte wissen, wie es sich anfühlen würde, Thomas in ihrem Körper und ihrem

Geist zu haben. Wie es wäre, wenn er ihr zärtliche Worte ins Ohr flüsterte, seine Hände über ihren Körper strichen, sein Mund ihre Brust liebkoste …

»Ach, Margaret, du bist eine Närrin, dass du dir solche Dinge ausmalst!«, murmelte sie schließlich. »Thomas würde niemals mit Freuden dein Lager teilen und dir erst recht keine Koseworte ins Ohr flüstern!«

Dennoch trug sie sein Kind in sich, und sicherlich würde ihm das irgendwann einmal etwas bedeuten …

Margaret ging zurück zur Burg und in das Gemach, das sie mit Raby teilte, und träumte von einer Zukunft, die wohl niemals Wirklichkeit werden würde.

Kapitel vier

Matutin an Allerseelen
Im einundfünfzigsten Jahr der Regentschaft Eduard III.
(Dienstag am frühen Morgen, 2. November 1378)

– I –

Im Gegensatz zu Margarets Worten verbrachte Ralph, Baron Raby, die verbleibenden Stunden der Nacht nicht damit, mit dem schwarzen Prinzen und König Johann zu zechen.

Nachdem die königlichen Herrschaften und der Hochadel das Fest verlassen hatten, hatte er sich tatsächlich im Gemach des schwarzen Prinzen eine Stunde lang der angenehmen Unterhaltung und dem noch angenehmeren Wein hingegeben, doch dann hatte sich der alte König Johann, stark angetrunken, in seinen Bereich der Burg zurückgezogen, wo ihn sein Bett und der warme, weiche Leib einer Magd erwarteten.

Raby, der schwarze Prinz und Lancaster hatten ihm höflich eine Gute Nacht gewünscht, es sich dann etwas bequemer gemacht und ihre Pokale mit verdünntem Wein nachgefüllt. Kurze Zeit, nachdem König Johann sich zurückgezogen hatte, hatten Bolingbroke und Gloucester sich zu ihnen gesellt.

Die Männer waren nüchtern und bei klarem Verstand.

»Sollen wir mit Philipp verhandeln?«, fragte der schwarze Prinz. Er ging langsam auf und ab, zupfte mit einer Hand an seinem kurzen Bart und schwenkte in der anderen einen leeren Weinpokal. Seine Gesichtsfarbe wirkte so gesund wie schon seit Tagen nicht mehr, und Eduard dachte, dass er endlich das üble Darmleiden überstanden hatte, das er sich bei Poitiers zugezogen hatte.

»Ich bin mir nicht sicher, ob wir überhaupt mit ihm verhandeln sollten«, sagte Lancaster und musterte seinen älteren Bruder wachsam, »und wir sollten keinesfalls einen Schritt darüber hinaus machen. Wir dürfen uns nicht auf einen Handel mit ihm einlassen! Gütiger Herr im Himmel! Philipp würde ohne zu zögern die Jungfrau Maria als Hure an den Teufel verkaufen, wenn sich ihm die Gelegenheit bietet – und der Preis stimmt!«

»Er könnte uns von Nutzen sein, Bruder«, sagte Eduard zögerlich. »Denn … was für Alternativen gibt es schon? Poitiers hat uns kein Königreich eingebracht, nur die reichen südlichen Provinzen. Um den Thron zu erobern, müssen wir nach Paris vorrücken … aber unsere Männer sind so kriegsmüde, dass wir eine völlige Niederlage riskieren, wenn wir es allein versuchen. Mit Philipp an unserer Seite könnten wir den Sieg erringen, noch ehe der Winter herangerückt ist. Ohne ihn müssen wir notgedrungen den Winter abwarten … und den Franzosen damit genug Zeit verschaffen, eine neue Armee auszuheben, mit der sie uns im Frühling entgegentreten können.«

Lancaster knurrte und wandte den Blick ab.

»Verlangt Philipp zu viel für seine Hilfe?«, fragte Bolingbroke und blickte zwischen seinem Vater und dem schwarzen Prinzen hin und her. »Die Gascogne als Gegenleistung für etwas, das er uns vielleicht gewährt? Ist das den Handel wert?«

»Ich schlage vor, wir rücken auf der Stelle aus«, sagte Lancaster und beugte sich mit leuchtenden Augen auf seinem

Stuhl vor, »und schicken Philipp zum Teufel. Der Vorteil ist auf unserer Seite ... die Truppen der Franzosen sind noch in völliger Unordnung, doch je mehr Zeit wir ihnen lassen, desto größer ist die Wahrscheinlichkeit, dass sie sich neu formieren.«

»Unsere Männer sind zu müde, Johann«, sagte der schwarze Prinz, blieb stehen und musterte Lancaster mit ruhigem Blick. »Wir haben in Poitiers einen Großteil unserer Bogenschützen verloren, und du weißt, wie sehr ein Kriegserfolg von ihnen abhängt.«

»Pah!«, sagte Lancaster. »Seit wann bist du so vorsichtig? Und ich sage«, er klopfte auf die Armlehnen seines Stuhls, »wir rücken jetzt aus, ohne Philipps Hilfe. Innerhalb von zwei Monaten könnten wir den französischen Thron für unseren Vater und letztlich auch für dich, Eduard, gewinnen.«

Eduard schüttelte langsam den Kopf. Allein vorrücken? Das wäre Wahnsinn! »Wir riskieren, auf Philipp und Karl gemeinsam zu treffen, Johann. Das würden wir nicht überleben.«

»Ich will mit Philipp kein Bündnis eingehen«, sagte Lancaster und runzelte die Stirn. »Ich will diesem Hundsfott nichts schuldig und schon gar nicht von ihm abhängig sein. Hal«, sein Blick richtete sich auf seinen Sohn, »was meinst du dazu?«

Hal blickte vorsichtig zwischen seinem Vater und seinem Onkel hin und her. Die Worte beider Männer klangen vernünftig ... doch welcher Standpunkt würde den besseren Schlachtplan abgeben? Sich mit Philipp zu verbünden, sofort ohne ihn zu handeln, oder den Winter abzuwarten, um an Stärke zu gewinnen ... dabei aber zu riskieren, dass auch die Franzosen wieder erstarkten?

»Wollen wir Philipp als einen Verbündeten«, fragte er,

»oder als einen Feind? Wenn wir mit ihm verhandeln, gewinnen wir zumindest für ein paar Wochen oder Monate Aufschub. Wenn wir es nicht tun, wird er auf der Stelle zu unserem Feind und sich höchstwahrscheinlich mit Karl verbünden.«

»Und während wir mit ihm ›verhandeln‹«, sagte Lancaster, »wird Philipp sich wahrscheinlich auch mit Karl treffen. Gloucester, Raby, warum seid Ihr so still? Teilt uns Eure Gedanken mit.«

Raby warf Gloucester einen bittenden Blick zu, um als Erster sprechen zu dürfen, dann beugte er sich vor, während seine Finger auf die Armlehnen seines Stuhls trommelten. »Philipp ist gefährlich. Was immer wir tun. Ich kannte ihn als Jungen – der Herr allein weiß, wie viele Sommer er mit mir und Tom verbracht hat –, und ich habe ihm damals schon nicht recht über den Weg getraut. Ich werde es mit Sicherheit auch jetzt nicht tun. Und meine Meinung? Ich denke, Philipp wird alles tun, um auf den französischen Thron zu gelangen. Mein Fürst«, er neigte den Kopf achtungsvoll vor dem schwarzen Prinzen, »ich glaube nicht, dass er Euch helfen will, sondern eher, dass er Euch in jeder Hinsicht behindern will.«

Gloucester nickte. »Aus Lancaster und Raby spricht die Vernunft, Eduard. Philipp ist gefährlich … aber schneiden wir uns selbst die Kehle durch, indem wir vorgeben, mit ihm zu verhandeln, oder indem wir sein Angebot ausschlagen und allein nach Paris marschieren? Ein solches Vorgehen wird mit großer Sicherheit dazu führen, dass Philipp sich mit Karl verbündet … und das bedeutet, dass wir uns bei unserem Vormarsch nach Paris einer stärkeren Streitmacht gegenübersehen.«

Eduard seufzte müde und setzte sich. »Wir können immer noch hier überwintern und auf den Frühling warten …«

»Und damit Philipp und Karl Zeit lassen, um ihre Kräfte gegen uns zu stärken«, sagte Lancaster, »ob nun zusammen oder getrennt.«

»Wir dürfen König Johann nicht vergessen«, sagte Bolingbroke. »Wie können wir ihn am besten für unsere Zwecke einsetzen?«

Lancaster lachte trocken und goss sich noch mehr verdünnten Wein ein. »Ich glaube nicht, dass Karl oder Philipp auch nur ein Goldstück für ihren König bezahlen werden. Ich glaube eher, wir haben ihnen einen Gefallen damit getan, dass wir ihn gefangen genommen haben.«

»Vielleicht kann Tom uns bei der Entscheidung helfen«, sagte Raby vorsichtig. »Er hat mit Philipp gesprochen und die Lage im Norden mit eigenen Augen gesehen.«

Es herrschte Schweigen.

»Aber können wir Tom vertrauen?«, fragte Lancaster ruhig, die Augen auf Rabys Gesicht gerichtet.

Er wandte sich Bolingbroke zu. »Du warst einst sein bester Freund, Hal. Was sagst du? Spricht Tom mit der Stimme der Kirche ... oder mit einer Stimme, die unsere Interessen vertritt?«

Bolingbroke antwortete nicht sogleich.

»Tom hat sich verändert«, sagte er schließlich und musterte angelegentlich den Teppich vor sich. »Er ist nicht der Mann, der er einmal war ... oder vielleicht hat er diesen Mann so tief in sich verborgen, dass er ihn nicht mehr wiederfinden kann. Tom ... Tom war einmal ein Mann voller Leidenschaft, Wärme und Fröhlichkeit, natürlich auch voller Stolz und Ungestüm, aber dennoch von großer Sanftheit. Diesen Mann erkenne ich jetzt nicht mehr in ihm. Ich sehe nur noch eine Kathedrale ...«

»Was meinst du damit?«, fragte Lancaster.

»Er ist wie ein großes Steingebäude. Kalt und herzlos wiederholt er die Litanei einer Kirche, die über und über mit Sprüchen und Fahnen dekoriert ist, die nichts bedeuten. Und wie alle großen Steingebäude verbirgt Tom etwas … ein machtvolles Geheimnis, das tief in seinen Gewölben versteckt liegt.«

»Er ist ganz überraschend aus Rom abgereist«, sagte der schwarze Prinz und setzte sich in die Nähe des Kohlebeckens. »Und ist durch halb Europa gewandert. Aber warum nur? Es war keine Mission, um die ihn die Kirche gebeten hat … die Tatsache, dass ihn der Ordensgeneral nach England zurückholen lässt, um sich sein Tun erklären zu lassen, zeigt, dass der Orden und die Kirche entschieden unzufrieden mit ihm sind.«

»Und diese angeblichen Erscheinungen des heiligen Michael«, warf Gloucester missmutig ein. »Ich traue keinem Mann, der Erscheinungen hat. Der Herr allein weiß, ob er die Wahrheit spricht … oder was für irrige Vorstellungen diese Erscheinungen ihm wirklich eingegeben haben. Vielleicht hat er zu lange gefastet …«

»Tom sagt uns nichts«, sagte Lancaster. »Und er hat uns nichts darüber erzählt, was er vorhatte. Was verbirgt er vor uns? Warum ist er Rom und dem geregelten Leben seines Ordens entflohen? Das gefällt mir nicht.«

»Wer weiß schon, was in seinem Kopf vorgeht!«, sagte Bolingbroke. »Aber er hat mit Sicherheit ein Geheimnis. Ich halte es für ratsam, ein Auge auf Tom zu haben. Ich würde ihn erst dem Ordensgeneral übergeben, wenn wir herausgefunden haben, was für ein Geheimnis er vor uns verbirgt.«

Lancaster knurrte erneut. »Ich will nur wissen, ob Tom uns über Philipps Pläne und das, was er im Norden gesehen hat, die Wahrheit sagen würde. Der heilige Michael kann von mir aus zur Hölle fahren, wenn er uns nicht sagen kann, was Philipp und Karl vorhaben.«

Bolingbroke lächelte über die ketzerischen Worte seines Vaters. »Ich weiß nicht, ob wir Tom völlig vertrauen können, Vater. Aber ich weiß, dass es besser wäre, wenn wir ihn Thorseby erst überlassen, wenn wir wissen, was für ein Geheimnis sich in den tiefen Gewölben seines Geistes verbirgt.«

Der schwarze Prinz machte eine ungeduldige Handbewegung. »Wir werden Tom also noch eine Weile bei uns behalten. Er wird uns nicht die Haare vom Kopf fressen. Bolingbroke und Raby, Ihr sorgt dafür, dass er bei uns bleibt. Ihr seid früher seine engsten Vertrauten gewesen – findet heraus, was für ein Geheimnis er hütet. Aber in der Zwischenzeit können wir ihn selbst noch ein wenig genauer befragen.«

»Wie dem auch sei«, sagte Lancaster. »Du wirst in den nächsten Wochen bezüglich Philipp eine Entscheidung treffen müssen, Eduard. Wenn wir Chauvigny noch vor Winteranbruch verlassen wollen, müssen wir es innerhalb eines Monats tun. Und was immer du sonst entscheidest, zumindest einige von uns müssen aufbrechen. Wir können König Johann nicht über den Winter hierbehalten. London ist der einzige sichere Ort, an den wir ihn bringen können.«

Eduard nickte und entließ die anderen dann mit einer knappen Geste. Er wollte heute Nacht noch seiner geliebten Gemahlin Johanna einen Brief schreiben und dafür brauchte er Ruhe. Mit Johanna zu sprechen brachte stets Klarheit in seine Gedanken ... und wenn er schon nicht mit ihr sprechen konnte, dann wollte er ihr wenigstens schreiben.

Gütiger Himmel, wenn sie doch nur bei ihm wäre!

Margaret hatte zu Rabys Gemach zurückkehren wollen, um zumindest noch ein paar Stunden zu schlafen, wurde jedoch in dem Teil der Festung aufgehalten, in dem sich die Gemächer der meisten Adligen befanden.

»Lady Margaret?«

Sie fuhr herum, überrascht und beunruhigt. Einer von Gloucesters Männern stand hinter ihr, das Gesicht unter dem kugelförmigen Eisenhelm wirkte besorgt.

»Lady Rivers, die Niederkunft der Herzogin ist nahe. Werdet Ihr ihr behilflich sein? Ihr steht nur noch eine andere Dame zur Seite und …«

»Hat niemand nach der Hebamme geschickt?«, fragte Margaret.

Das Gesicht des Mannes wurde hart. »Wir können sie nicht finden«, sagte er. »Sie hat sich ein gemütliches, warmes Bett für die Nacht gesucht, und wir haben Tausende solcher Betten und unendlich lange Korridore, die wir durchsuchen müssten. Madam, beeilt Euch, im Namen der Jungfrau!«

Margaret rührte sich immer noch nicht. Ihr Herz hämmerte, und sie kämpfte die aufsteigende Panik nieder.

Sie wollte nicht bei der Geburt helfen.

Erstaunlicherweise hatte Margaret so gut wie keine Erfahrung mit Geburten. Nachdem sie selbst zur Welt gekommen war, hatte ihre Mutter keine anderen Kinder mehr bekommen, keines ihrer Dienstmädchen war schwanger geworden, und weder Margaret noch ihre Mutter hatten sich mit Geburten im Dorf abgegeben. Die dortige Hebamme war überaus fähig gewesen.

Margaret hatte also in ihrem Elternhaus keine Erfahrungen gesammelt und auch in der Ehe hatte sich keine Gelegenheit dazu ergeben. Roger hatte sie durch halb Europa geschleppt, auf der Reise von einem Heiligengrab zum nächsten, von einer Reliquie zur anderen, und nur wenige der Pilgerinnen, denen Margaret begegnet war, waren schwanger gewesen.

Alles, was Margaret über die Geburt wusste, waren die furchterregenden Geschichten, die sie gehört hatte, seit sie alt genug gewesen war, um sich dem Kreis der älteren Frauen um das Küchenfeuer herum anzuschließen. Geschichten von Frauen, die solche Schmerzen litten, dass sie ihre Helferinnen anflehten, ihrem Leben lieber ein Ende zu bereiten.

Frauen, die derartige Furcht vor den Messern und Haken der Hebammen hatten, dass sie sich auf dem Dachboden einschlossen, um allein und ohne Hilfe zu gebären.

Geschichten von Blut und Metzelei, wenn Ehemänner Schlächter ans Geburtsbett schickten, um auf Kosten ihrer Ehefrau ihren Erben zu retten.

»Ich kann nicht!«, flüsterte sie, die Hand auf den Bauch gepresst. *Sie würde das nicht durchstehen!*

Der Mann packte sie am Unterarm. »Ihr müsst, Lady Margaret, oder ich werde auf der Stelle zu Gloucester gehen und ihm sagen, dass Ihr Euch weigert, seiner Gemahlin zu helfen.«

Margaret entriss ihm ihren Arm. »Es muss doch noch jemand anderen geben …«

»Die Herzogin hat nach Euch verlangt.«

»Aber …«

»Ihr werdet Euch um sie kümmern, Lady Margaret.«

Etwas in der Stimme des Mannes, eine zornige Entschlossenheit, sagte Margaret, dass er sie notfalls gewaltsam in das Entbindungszimmer zerren würde.

Margaret nickte schließlich ungehalten, und der Mann geleitete sie zu Gloucesters Gemach.

Margaret holte tief Luft und betrat dann den Raum.

Eleonore ging ruhig im Zimmer auf und ab, beide Hände in die Seiten gestemmt, um ihren schweren Leib zu stützen.

Als Margaret eintrat, wandte sie sich zu ihr um und sagte lächelnd: »Ach, ich bin froh, dass Walter Euch gefunden hat, Margaret. Ich …«

Eleonore hielt plötzlich inne, ihr Gesicht erstarrte und wurde bleich. Margaret blieb auf halbem Weg zu ihr stehen. Die Herzogin stöhnte auf und schloss die Augen vor Schmerzen.

Als die Wehe vorbei war, blickte sie Margaret forschend an. »Warum so ängstlich, Margaret? Ich habe schon drei Töchter geboren. Sicher wird dieses Kind genauso leicht auf die Welt kommen.«

Margaret versuchte, ruhig zu bleiben. Eleonore hatte recht – sie hatte bereits Kinder geboren, und zwar ohne alle Schwierigkeiten. Es gab nichts zu befürchten.

Außerdem, wäre es nicht sogar besser, hierzubleiben, um ein wenig Erfahrung zu sammeln, damit sie auf ihre eigene Niederkunft vorbereitet war?

Kapitel fünf

Nach der Non an Allerseelen
Im einundfünfzigsten Jahr der Regentschaft Eduard III.
(Dienstag, später Nachmittag, 2. November 1378)

– II –

Thomas hatte nur zwei Stunden schlafen können und war immer noch müde und gereizt, als er schließlich durch die engen, dunklen Gassen von Chauvigny schlenderte. Er konnte Bolingbroke nirgendwo finden, und Raby befand sich offenbar immer noch im Gemach des schwarzen Prinzen.

Er konnte nichts anderes tun, als umherzuwandern und sich so die Zeit zu vertreiben.

Der Rundgang allein hatte schon seinen Reiz. Er war zu lange Edelmann gewesen, um sich in einer militärischen Umgebung nicht zu Hause zu fühlen. Die meisten Männer, denen er begegnete, ließen sich gern auf ein Schwätzchen ein und erklärten ihm die leichten Verbesserungen an Rüstung oder Waffen, die seit Thomas' letztem Feldzug vorgenommen worden waren.

Doch irgendetwas lag in der Luft, und Thomas konnte nicht recht feststellen, was es war. Es schien fast, als hätte sich ein unsichtbarer Dunst über die Festung gelegt. Eine Spannung. Oder bildete er sich das nur ein?

»Ach«, murmelte Thomas, während er auf eine Gruppe Soldaten zuging, die in einem kleinen Hof vor ihren Quartieren um ein Feuer herumstanden. »Ich hätte länger schlafen sollen.«

Nein ... daran lag es nicht, und Thomas wusste es. Er blieb plötzlich stehen, als ihm bewusst wurde, was es war. Er hatte das Gefühl, als würde er gebraucht, als würde irgendjemand irgendwo seinen Namen rufen und verzweifelt die Hand nach ihm ausstrecken ...

»Tom! Tom!«

Thomas blinzelte und richtete den Blick auf die Gestalt, die ihm vom Kreis der Männer aus zuwinkte.

Gütiger Himmel! Es war Wat Tyler!

Nun, das traf sich gut. Thomas hatte sich ohnehin noch mehr mit diesem Mann unterhalten wollen, um seine wahre Natur herauszufinden. War er ein Dämon oder mit den Dämonen im Bunde oder einfach nur töricht? Ein Teil von ihm wünschte sich, dass es Letzteres war. Er und Wat waren sich in Thomas' Jugend sehr nahe gewesen, doch die lange Zeit, die Trennung voneinander und Thomas' Gelübde hatten eine Kluft zwischen sie gerissen – nichts hatte das deutlicher gezeigt als ihr Zusammentreffen in Rom.

Thomas fragte sich, warum er nicht schon früher auf den Gedanken gekommen war, Wat aufzusuchen. Wat Tyler stand schon seit langem in Lancasters Dienst, und es war nicht überraschend, dass er hier war. Wo immer Lancaster war und eine Schlacht stattfand, da war auch Wat.

Thomas schlenderte langsam zu den Männern hinüber und dachte über Wats Verbindung mit Lancaster nach. Sollten der schwarze Prinz und Lancaster nicht davon erfahren, was für ein teuflisches Geschöpf sie in ihrer Mitte beherbergten?

Aber wenn er den Prinzen das erzählte ... dann durfte er ihnen auch nicht das Mindeste verschweigen.

Thomas verlangsamte seine Schritte noch mehr, als ihm ein neuer Gedanke kam: Wat hatte gesagt, dass Lancaster Wycliffes ketzerische Worte guthieß.

Wer war dann das verderbte Geschöpf, Wat ... oder Lancaster?

»Schön, dich wieder in der Gesellschaft guter Männer zu sehen«, sagte Wat, als Thomas sich schließlich zu ihm gesellte. Wat wies mit einer Geste in die Runde. Die meisten waren freie Bürgerliche, die in den Künsten des Schwertes und der Lanze bewandert waren und eigene Einheiten bildeten, um die Ritter im Kampf zu unterstützen.

»Dies sind alles Männer aus meiner heimatlichen Grafschaft«, sagte Wat und schenkte seinen Gefährten ein Lächeln, »Männer, ganz nach meinem Herzen.«

Thomas warf Wat einen argwöhnischen Blick zu. *Männer nach seinem Herzen? Männer, die zur Ketzerei neigten?*

Er blickte in die wachsamen Augen um ihn herum – die meisten der Männer trugen Kettenhemden oder Plattenpanzer, und alle hatten ihre Waffen griffbereit – und stellte fest, dass einer unter ihnen war, der kein Soldat war.

Thomas nickte dem Mann zu, der hinter zwei Soldaten stand.

»Lieber Freund«, sagte Thomas, »es freut mich, dass Ihr hier seid und Euch um das Seelenheil dieser Soldaten kümmert. Aus welcher Gemeinde stammt Ihr?«

Der Geistliche, dessen Gewänder ein wenig unordentlich wirkten, trat vor, damit er direkt mit Thomas sprechen konnte.

»Ich stamme aus London, Mönch. Aber ich kümmere mich um das Seelenheil aller braven Engländer.«

Thomas runzelte die Stirn. Was war das für eine Antwort? Und der Priester hatte keine Tonsur! Sein dunkelbraunes Haar war lang gewachsen und fiel in Locken herab – dieser Mann hatte sich schon monatelang nicht mehr um seine Tonsur gekümmert – und in seinen dunklen Augen leuchtete ein fanatisches Licht, das Thomas augenblicklich missfiel.

»Mein Name ist John Ball«, sagte der Priester und lächelte angesichts von Thomas' offensichtlichem Unbehagen, »und ich vertrete den wahren Glauben.«

»Was meint Ihr damit?«

»Er meint«, sagte Wat, »dass er sich um unser Seelenheil kümmert und nicht um das Wohlergehen der Kirche. Verstehst du, was ich damit sagen will, Tom?«

»Da gibt es keinen Unterschied«, sagte Thomas und hätte noch mehr gesagt, wenn nicht der gesamte Kreis der Männer in Gelächter ausgebrochen wäre.

»Der Kirche geht es nur um ihr eigenes Wohlergehen, Mönch!«, sagte einer der Männer. »So lange wir unsere Zehnten und die Begräbnissteuern entrichten und Münzen an Feiertagen und für die Dienste des Priesters geben, können unsere Seelen zur Hölle fahren, soweit es die Kirche betrifft.«

»Das ist Frevel!«, sagte Thomas. »Die Kirche ist …«

»Die Kirche ist eine fette, träge Kuh«, sagte ein anderer. »Sie kümmert sich nur um sich selbst und nicht um uns. Ich gebe so viel«, er spuckte in die Mitte des Kreises, »auf Eure römische Kirche.«

»John«, sagte ein anderer Mann, trat näher an den Geistlichen heran und legte ihm eine Hand auf die Schulter, »ist unser Wohl wichtiger als das der Kirche. Er ist unser Freund und Gefährte. Er spricht zu uns nicht von der Hölle, sondern nur von der Herrlichkeit der Erlösung.«

»Die Kirche bringt Euch Erlösung, nichts und niemand sonst!«, sagte Thomas. Wie weit hatte sich diese Fäulnis schon ausgebreitet?

»Alles, was ein Mann oder eine Frau zur Erlösung braucht«, sagte John Ball ruhig, »ist, Gottes Wort zu kennen, wie es in der Heiligen Schrift niedergelegt wurde. Wir brauchen keine Schar von fetten, juwelenbehangenen Geistlichen, um es uns zu erklären!«

»Das ist Wycliffes Werk!«, sagte Thomas.

»Nein, Tom«, sagte Wat ruhig. »Das sind die Gedankengänge eines jeden freien Mannes. Wycliffe spricht nur aus, was viele ohnehin glauben.«

Mit vor Ärger rotem Gesicht wollte Thomas etwas erwidern, als ihn ein Schrei innehalten ließ.

Alle drehten sich um. Ein Soldat lief auf sie zu.

»Bruder Thomas! Bruder Thomas!«

Der Mann hatte den Kreis erreicht und packte Thomas am Ärmel. »Herzogin Eleonore liegt im Sterben. Sie hat nach Euch gefragt ... damit Ihr ihr die Beichte abnehmt ...«

Thomas starrte ihn an, dann lief er los, ohne sich noch einmal nach den Männern umzusehen, denn er erinnerte sich an das Gefühl, das er zuvor gehabt hatte, dass irgendjemand ihn brauchte.

»Die Herzogin hätte besser daran getan«, sagte Wat und blickte Thomas hinterher, »nach einer Flasche gutem Branntwein zu verlangen. Dann könnte sie ihre letzten Stunden wenigstens glücklich im Rausch verbringen, anstatt nach einem verfluchten Dominikaner zu rufen, der ihr von nichts als dem Grauen der Hölle erzählen wird.«

Sein Gesicht wurde ausdruckslos, als ihm ein furchtbarer Gedanke kam.

War Meg bei der Herzogin? Oh, süße Meg, wie geht es dir?

Wat Tyler war in seiner Vergangenheit viele merkwürdige Verbindungen eingegangen, doch die seltsamste und geheimste mit jener Frau, die Baron Raby in den letzten Monaten zu seiner Geliebten gemacht hatte.

Margaret war im schmerzhaften Griff von Eleonores Hand gefangen. Wenn die Herzogin sie nicht festgehalten hätte, wäre sie schon längst davongelaufen.

Eleonore verblutete vor ihren Augen.

Sie hatte annähernd zwölf Stunden in den Wehen gelegen, und in dieser Zeit hatten die Schmerzen so sehr zugenommen, dass sie sich krümmte und unentwegt schrie, und trotz all der Anstrengungen seiner Mutter hatte das Kind sich bisher nicht gerührt.

Die Hebamme war immer noch nirgendwo aufzutreiben, und Margaret wusste, wenn sie die Frau jemals fand, würde sie sie eigenhändig am nächsten Baum aufknüpfen.

Gegen Mittag hatte Eleonore angefangen zu bluten. Zunächst war es wenig mehr als ein blutiger Ausfluss gewesen, und Margaret hatte gehofft, dass er anzeigte, dass das Baby nun endlich auf dem Weg war. Doch innerhalb einer Stunde hatte sich diese harmlose Flüssigkeit in dickes Blut verwandelt, das auf die zerwühlten Laken floss und dort gerann.

Weder Margaret noch die Kammerfrau der Herzogin, Mary, hatten gewusst, was sie tun sollten – und Eleonore selbst war angesichts des vielen Blutes in Panik verfallen.

Sie hatte zu schreien begonnen, und ihre Schreie und Zuckungen hatten erst zwei Stunden später nachgelassen, als sie von dem ständigen Blutverlust blass und kühl geworden war.

Sie hatte Margarets Hand gepackt. »Helft mir. Ich will nicht sterben … ich will nicht sterben.«

Margaret konnte sie nur mit nutzlosen Worten trösten. Was blieb ihr sonst übrig?

Sie hatte keine Erfahrung mit dieser Art von Geburt ... sie war so anders ... so anders ...

»Wo ist die Hebamme?«, flüsterte Eleonore.

»Ich weiß es nicht, Madame.« *Und wenn die Hebamme hier wäre, könnte sie etwas ausrichten?*

Eleonore verfiel in Schweigen. Ihre Haut war nun grau und kalt, ihre Augen trübe, ihr Bauch ragte vorwurfsvoll empor. Hin und wieder entfernte Mary die blutgetränkten Laken unter Eleonores Körper und ersetzte sie durch frische.

Sie waren bereits durchtränkt, wenn Mary wieder ein Laken über Eleonore ausbreitete, um ihre Scham zu bedecken.

Warum ist es so schwierig, ein Kind zur Welt zu bringen?, dachte Margaret, fröstelnd und zitternd vor Grauen. *Warum lässt Gott die Frauen so sehr leiden?*

Muss auch ich das durchstehen?

Schließlich bat Eleonore flüsternd um einen Geistlichen und verlangte ausdrücklich nach Thomas, und Margaret rief durch die Tür des Gemachs, dass jemand den Mönch holen solle.

Warum Eleonore ausgerechnet nach Thomas verlangte, konnte sich Margaret nicht vorstellen.

Eleonores Schmerz und Leid waren für sie schwer genug zu ertragen – besonders, da Margaret wusste, dass sie in wenigen Monaten dasselbe würde erdulden müssen –, doch das Schlimmste war, dass niemand der Herzogin helfen konnte.

Ich werde das nicht durchmachen!, dachte Margaret immer wieder. *Ich werde das nicht durchmachen! Wie gefährlich es auch immer sein wird, aber ich werde das nicht durchmachen. Ich werde irgendwo einen abgeschiedenen Ort finden und auf meine eigene Weise gebären.*

»Lady Margaret?«

Margaret hob den Kopf und musste sich dann fast dazu zwingen, die Frau am anderen Ende des Bettes anzusehen.

Mary sah fast so schlecht aus, wie Margaret sich fühlte, und keine von beiden konnte die stille, todesstarre Frau zwischen ihnen mehr anschauen.

»Mylady«, sagte Mary, »wir sollten ein Gebet sprechen …«

»Ich werde kein Gebet an einen Gott richten, den wir erst anflehen müssen, damit er ihr hilft!«, sagte Margaret. »Warum lässt er Eleonore so leiden? Hat sie nicht genügend Gebete gesprochen, um sich auf diesen Augenblick vorzubereiten? Was kann Gott noch mehr von ihr verlangen?«

»Was die Herzogin nicht braucht«, sagte Thomas direkt hinter Margaret – sie hatte nicht einmal gehört, dass er das Gemach betreten hatte, »ist, von solch gottlosem Gerede umgeben zu sein. Sie liegt im Sterben, Frau, und Ihr solltet ihr zumindest helfen, sich darauf vorzubereiten, in Gottes Reich einzutreten, wenn Ihr schon nicht ihr Kind auf die Welt bringen konntet!«

Eleonore regte sich, und ihr Griff um Margarets Hand lockerte sich, als sie Thomas sah. Margaret entriss ihr ihre Hand und trat einen Schritt zurück.

»Bruder!«, flüsterte Eleonore. »Ich danke Gott, dass Ihr gekommen seid.«

Margaret wich langsam zur Tür des Gemachs zurück, ihre Augen immer noch auf die sterbende Frau gerichtet.

Sie würde das nicht durchmachen! Sie konnte nicht!

Thomas drehte sich zu ihr um und blickte sie an. »Margaret, Eleonore braucht Eure Gebete! Kommt zurück!«

»Ich kann nicht«, flüsterte Margaret, den Blick auf Eleonores Gestalt gerichtet, die sich kaum noch bewegte. »Ich kann nicht!«

Und damit wandte sie sich um und floh aus dem Gemach.

Thomas wandte sich wieder der Herzogin zu und blickte Mary an, die hilflos an der anderen Seite des Bettes stand. »Holt Lord Gloucester. Sofort!«

Als Mary davongeeilt war, verschwand die Strenge aus Thomas' Gesicht und es wurde weich und mitfühlend. Er beugte sich zu Eleonore herab – die nun vor Erleichterung weinte – und nahm ihr die letzte Beichte ab.

Als Gloucester schließlich eintraf, kam er zu spät, um sich von seiner Gemahlin zu verabschieden.

Kapitel sechs

Komplet an Allerseelen
Im einundfünfzigsten Jahr der Regentschaft Eduard III.
(Dienstagnacht, 2. November 1378)

– III –

Thomas betrat das Zimmer leise und beinahe unbemerkt. Die Wachen hatten ihn mit einem Nicken eintreten lassen.

Es war bereits tiefe Nacht: Thomas hatte viele Stunden bei der toten Herzogin verbracht und um ihre Erlösung und die ihres Kindes gebetet. Gloucester war vielleicht eine Stunde lang bei seiner Gemahlin geblieben und war dann gegangen, das Gesicht starr vor Trauer und, soweit Thomas feststellen konnte, Wut.

Seine Wut war auch der Grund, weswegen Thomas nun hier war. Er konnte nicht einfach in sein Gemach zurückkehren, ohne zu wissen, gegen wen sich Gloucesters Zorn richten würde.

Er blieb an der Tür des Zimmers stehen. Gloucester stand vor einem Kohlebecken, Raby neben ihm, verlegen und wütend zugleich. Auf einem Stuhl in den Schatten saß der schwarze Prinz, das Gesicht in die Hand gestützt, und musterte die beiden schweigend.

Gloucesters Gesicht wirkte schmal und empfindlich und

war im Augenblick wutverzerrt. Thomas kannte diesen Blick nur zu gut. Die meisten der männlichen Plantagenets waren groß, kräftig und hellhäutig, mit offenen, strengen Gesichtszügen. Nur einige wenige – vielleicht das Erbe einer schüchternen ausländischen Braut – wurden mit Gloucesters schmalem und feinfühligem Gesicht geboren, das auf eine Vorliebe für Musik und die schönen Künste hinwies. Gloucester war Förderer einer Reihe von Künstlern und Schulen, er besaß eine große und ständig wachsende Bibliothek und konnte stets für ein philosophisches Gespräch gewonnen werden, um damit die langen dunklen Winterabende zu verkürzen.

Unglücklicherweise verbarg sich unter dieser Empfindsamkeit aber auch ein oft ungerechter und aufbrausender Geist – und diesen stellte Gloucester gerade unter Beweis.

Margaret stand mit gesenktem Kopf vor Gloucester, die Hände vor der Brust gefaltet. Ihr Haar hing in einem langen dicken Zopf herab, der golden glänzte, wenn das Licht der Lampe auf ihn fiel, die in dem vom Öffnen und Schließen der Tür verursachten Luftzug langsam hin und her pendelte. Thomas nahm außerdem fast unbewusst wahr, dass Margaret dasselbe blassgraue Kleid trug, in dem er sie das erste Mal gesehen hatte, und ihm wurde klar, dass sie bisher nie etwas anderes getragen hatte. Von dort, wo er stand, erhellt von mehreren Lampen, konnte Thomas erkennen, dass die Nähte am Rücken von Margarets Kleid schon viele Male ausgebessert worden waren.

Thomas runzelte die Stirn. Raby hätte seiner Mätresse doch sicher bessere Kleider geben können.

»Wenn Ihr Euch mehr um sie gekümmert hättet, wäre meine Gemahlin noch am Leben!«, sagte Gloucester, und Thomas sah, dass Margaret zusammenzuckte.

»Herr«, sagte sie mit tiefer und zittriger Stimme – fürchtet sie sich tatsächlich, dachte Thomas, oder tut sie nur so? – »Ich bin keine Hebamme und …«

»Wo war dann die Hebamme? Warum habt Ihr nicht darauf geachtet, dass meine Gemahlin gut versorgt wird?«

»Herr, ich habe nach ihr schicken lassen, aber sie war nicht auffindbar!«

»Ihr habt nach ihr schicken lassen? Ist das alles, was Ihr zu sagen habt?«

»Herr …«

»Ich möchte keine Ausflüchte mehr hören! Wenn Ihr die Hebamme nicht finden konntet, warum habt Ihr dann nicht die Festung auseinander genommen? Warum habt Ihr mich nicht rufen lassen … mein Gott, Weib, ich hätte die halbe Armee mobilisiert, um sie zu finden! Und als Ihr gemerkt habt, dass die Hebamme nicht auffindbar war – und ich bin nicht überzeugt davon, dass Ihr jede Anstrengung unternommen habt, um sie zu finden –, warum habt Ihr dann nicht aus einem der Dörfer in der Umgebung eine Hebamme holen lassen? Verflucht, im Umland wimmelt es nur so von Bauern und es muss demnach auch jede Menge Hebammen geben, die sich um ihre Frauen kümmern. Also?«

Margaret sank zitternd auf die Knie. »Herr, ich habe nicht daran gedacht. Ich hatte selbst solche Angst, ich wusste nicht, was ich tun sollte …«

»Es war Eure Pflicht, zu wissen, was zu tun ist!« Gloucester trat einen Schritt vor und hob die Hand. Margaret duckte sich, und Raby machte Anstalten, ebenfalls vorzutreten, doch dann beherrschte er sich und zog sich in den Hintergrund zurück.

Der schwarze Prinz kniff die Augen zusammen, sonst rührte er sich jedoch nicht.

»Meine Herzogin und der Erbe, den sie in sich trug, sind tot – tot, Euretwegen!«

Gloucester hob die Hand höher, sein Gesicht von Hass und Rachsucht verzerrt.

»Lord Gloucester, wenn jemand Schuld an dem Tod der Herzogin trägt, dann seid Ihr es.«

Gloucester hielt inne und musterte den Mann, der nun vortrat, voll Überraschung.

Margaret erstarrte, als könnte sie nicht glauben, was sie gerade gehört hatte.

Thomas ging zu ihnen hinüber, selbst überrascht, dass er sich eingemischt und noch dazu für die Hexe gesprochen hatte. Doch etwas an der Szenerie beunruhigte ihn zutiefst: Sei es nun Gloucester in seinem ungerechten Zorn oder sein Onkel, der offenbar zu viel Angst davor hatte, es sich mit den Prinzen der Plantagenets zu verderben, um der Frau, die unter seinem Schutz stand, beizustehen. Raby hat nicht gezögert, sie gegen mich zu verteidigen, dachte Thomas, doch der Wut des Prinzen liefert er sie einfach aus.

Außerdem schien der Tod der Herzogin eher von Unerfahrenheit und einigen schlechten oder unbedachten Entscheidungen verursacht worden zu sein – und nicht durch Zauberei, wie Thomas es von Margaret erwartet hätte. Gütiger Himmel! Selbst eine ungeschickte Dorfhebamme hätte den Mord einer Frau im Kindbett besser bewerkstelligen können!

»Was habt Ihr gesagt?«, flüsterte Gloucester.

Thomas trat nun ganz vor ins Lampenlicht und sah Margaret kurz an, als er an ihr vorbeiging.

»Lord Gloucester«, sagte er und hielt dem wütenden Blick des Prinzen mühelos stand, »es ist die Pflicht eines jeden Ehemannes, seine Gemahlin zu beschützen und sich für ihre Belange einzusetzen. Jeder Ehemann, der seine hochschwangere Gemahlin in ein Heerlager bringt und sich dann nicht selbst darum kümmert, dass sie mit erfahrenen Hebammen gut versorgt ist, die ständig zu ihrer Verfügung stehen, hat diese Pflicht sträflich vernachlässigt.«

»Thomas«, sagte der schwarze Prinz leise aus dem Dämmerlicht des Raumes heraus. Er beugte sich leicht vor. »Ihr vergreift Euch im Ton. Mäßigt Euch.«

»Das werde ich nicht tun!«, sagte Thomas, seine Augen funkelten nun vor Wut. »Lady Rivers hat offensichtlich nachlässig gehandelt, doch sie hatte Angst und war unerfahren. Sie war nicht die richtige Frau, der man die Niederkunft einer geliebten Gemahlin anvertraut, Gloucester. Sie war eine schlechte Wahl – aber Ihr habt sie gewählt, durch Eure Untätigkeit, wenn auch nicht durch bewusste Entscheidung. Warum befand sich Eure Herzogin zur Geburt Eures Kindes hier? Warum habt Ihr nicht dafür gesorgt, dass es ihr an nichts fehlt?«

Thomas blickte den schwarzen Prinzen an. »Ich habe mich nicht im Ton vergriffen, mein Fürst. Ich habe die letzte Beichte der Herzogin gehört, ihre letzten Worte.« Thomas richtete den Blick wieder auf den Mann, der vor ihm stand. »Lord Gloucester, Lady Eleonore hat nicht von Euch gesprochen. Stattdessen hat sie mich gebeten, Lady Margaret Trost zu spenden, die in einigen Monaten selbst entbinden wird. Die Herzogin machte sich Sorgen darum, dass die Art und Weise ihres Todes Lady Margaret ernsthaft Schaden zufügen könnte.«

Margaret bedeckte das Gesicht mit den Händen, beschämt, dass sie Eleonore im Stich gelassen hatte.

Gloucester ließ schließlich die Hand sinken, doch er war immer noch aufgebracht – sein Zorn richtete sich nun jedoch auf Thomas statt auf Margaret.

»Das werde ich nicht vergessen, Priester«, sagte er ruhig.

»Wir müssen uns um wichtigere Dinge kümmern«, sagte eine Stimme vom Eingang her, »als um die Frage, wer nach einer Hebamme hätte schicken lassen müssen und wann.«

Hal Bolingbroke kam in das Gemach geschlendert. »Lady Gloucesters Tod ist eine Tragödie«, sagte er, »doch im Augenblick müssen die Notwendigkeiten des Krieges unseren Tränen Einhalt gebieten. Ich habe eine Nachricht aus dem Norden erhalten.« Er hielt inne. »Paris brennt.«

Er blickte Margaret an. »Lady Rivers, lasst uns bitte allein.«

Mit rotem, beschämtem Gesicht, das von Tränen benetzt war, stand Margaret schwankend auf und eilte aus dem Gemach.

Während ihr sämtliche Blicke folgten, beugte sich Hal nah an Thomas heran.

»Es freut mich, zu sehen, dass mein einstiger Freund nicht ganz unter der kalten Fassade eines Geistlichen verschwunden ist«, flüsterte er. »Das hast du gut gemacht, Tom, und ich danke dir.«

Kapitel sieben

Das Fest der heiligen Felicitas
Im einundfünfzigsten Jahr der Regentschaft Eduard III.
(Dienstag, 23. November 1378)

– I –

Bolingbrokes Spionen zufolge hatten sich Philipp und Karl innerhalb einer Woche nach Thomas' Abreise nach Chauvigny miteinander verbündet, um Paris wieder einzunehmen. Doch bislang wusste noch niemand, ob es ihnen auch tatsächlich gelungen war. Nun wollte Philipp, zwangsläufig im Geheimen, die Verhandlungen mit dem schwarzen Prinzen vorantreiben, um den Anwärter auf den französischen Thron zu bestimmen. Der schwarze Prinz musste inzwischen über Thomas sein Angebot erhalten haben, und Philipp wartete auf eine Antwort.

Doch das war nicht einfach. Boten mussten zwischen Chauvigny und Philipp hin und her reisen, um einen Ort für das Zusammentreffen festzulegen, der sowohl Philipp als auch Eduard genehm war.

Die Verhandlungen über den Treffpunkt waren schon schwierig genug, ganz zu schweigen davon, wer als Eskorte, Ratgeber und Zeugen mitgebracht werden durfte, welche Maßnahmen getroffen werden mussten, um Sicherheit und

Geheimhaltung zu wahren und alle höfischen Feinheiten zu beachten. Welche alternativen Pläne ließen sich für den Fall eines Verrats entwerfen (oder wie Lancaster es ausdrückte, des beinahe sicheren Verrats von Philipps Seite)?

Beinahe vier Wochen lang stritten und planten beide Seiten, bis selbst der schwarze Prinz die Geduld verlor, und man hörte ihn mehr als einmal murren, dass der französische Thron so viel Aufwand nicht wert sei. Wie dem auch sei, die vier Wochen bedeuteten, dass Eduard nun zumindest eine Möglichkeit verschlossen war: Der Winter stand zu kurz bevor, als dass er hätte allein vorrücken können. Die Verzögerung bedeutete, sich entweder mit Philipp zu verbünden und Karl niederzuschlagen ... oder in Chauvigny zu überwintern und im Frühjahr den Feldzug wiederaufzunehmen und gegen eine vermutlich gestärkte französische Armee zu kämpfen.

Am Ende stimmte der schwarze Prinz Philipps bevorzugtem Treffpunkt zu – einem verlassenen Steinbruch drei Meilen südlich der stark befestigten Stadt Châtellerault, die etwa zwanzig Meilen nördlich von Chauvigny lag. Philipp hatte den weiteren Weg, doch Châtellerault war nicht in englischer Hand, und im englischen Lager waren viele der Ansicht, dass der Steinbruch etwas zu nahe an der Stadt lag.

Der Steinbruch war über eine Ebene, die sich beinahe eine Meile in jede Richtung erstreckte, leicht zugänglich – weder Philipp noch der schwarze Prinz konnten dort irgendwo Truppen verstecken, um den Gegner in einen Hinterhalt zu locken –, doch er lag nicht unter freiem Himmel, sondern bestand aus riesigen unterirdischen Kammern und Schächten wie viele französische Steinbrüche. Er besaß zwei Eingänge: einen im Norden, den Philipp benutzen würde, und einen im Südosten, den der schwarze Prinz nehmen würde. Die jeweiligen Schächte trafen etwa zweihundert Fuß unter der Erde in einer großen Gewölbekammer aufeinander. Als die Mine noch in Benutzung gewesen war, waren von diesem Ort unzählige Schächte abgezweigt, die zu denen führten, in denen das Gestein abgebaut wurde. Doch vor etwa zwanzig Jahren war der Boden der Kammer in eine riesige natürliche Höhle abgesackt, die darunter lag. Nun bestand der Boden nur noch aus einem großen, klaffenden Loch, das Hunderte Meter in die Erde hinabreichte. Eduard und Philipp würden einander über diesen gähnenden Abgrund hinweg anschreien müssen, doch zumindest würde er beiden ein Gefühl der Sicherheit vermitteln.

Schließlich einigte man sich auf ein Datum: das Fest der heiligen Felicitas. Darüber hinaus wurde man sich auch über die Begleiter einig. Der schwarze Prinz würde den Steinbruch nur mit einer symbolischen Gruppe von acht Gefolgsleuten betreten – sechs Soldaten, Hal Bolingbroke und Thomas –; er durfte jedoch eine größere Gruppe als Wache am Eingang zurücklassen. Dem schwarzen Prinzen war es nicht leichtgefallen, zu entscheiden, wer zu der kleinen Gruppe gehören sollte, die ihn in den Steinbruch begleiten sollte. Lancaster, Gloucester und Raby hatten alle mit dem schwarzen Prinzen gehen wollen und ebenso zahllose andere Adlige. Doch Eduard hatte sie nicht in Gefahr bringen wollen. Bolingbroke würde als adliger Gefolgsmann, der Philipp aus seiner Jugend kannte, ausreichen, und Eduard wünschte außerdem, dass Thomas ihn begleitete. Wie Bolingbroke kannte der Mönch Philipp sehr gut und war außerdem vor kurzem im Norden Frankreichs gewesen. Er könnte besser als jeder andere feststellen, ob Philipp die Wahrheit sprach.

Seit der Szene mit Gloucester wurde Thomas vom Hochadel gemieden. Er hatte Gloucester nichts als die Wahrheit gesagt, und alle wussten das, doch er hatte einem der Söhne

Eduard III. Vorwürfe gemacht, und nur wenige wollten mit einem Mann Umgang pflegen, der einen der Plantagenets zutiefst beleidigt hatte. Schließlich hatte jeder seine eigenen Schäfchen ins Trockene zu bringen.

Dennoch wurde Thomas nicht vollkommen geächtet. Bolingbroke leistete ihm jeden Tag mehrere Stunden lang Gesellschaft, und sowohl der schwarze Prinz als auch Lancaster hatten deutlich gemacht – wenn sie Thomas auch für seine Freimütigkeit schalten –, dass sie es für die Pflicht eines Ehemannes hielten, dafür zu sorgen, dass seine Gemahlin so sicher wie möglich entbinden konnte. Der schwarze Prinz war für seine Hingabe gegenüber seiner Gemahlin, Johanna von Kent, bekannt, und Lancaster hatte seine erste Gemahlin, Blanche von Lancaster, angebetet. Auch wenn Lancaster seiner zweiten Frau, Konstanze von Kastilien, nicht dieselbe Zuneigung entgegenbrachte, hatte er sich doch darum gekümmert, dass sie bei der Geburt ihrer beiden Töchter gut versorgt war, und Thomas wusste nur zu gut, mit wie viel Liebe und Sorge er seine langjährige Mätresse Katherine Swynford und ihre beiden Kinder behandelte.

Thomas hatte allen Grund anzunehmen, dass der schwarze Prinz und Lancaster Gloucester im brüderlichen Kreis ebenfalls Vorhaltungen gemacht hatten. Eine Gemahlin – besonders, wenn sie schwanger war – musste behütet und beschützt werden.

Die beiden älteren Plantagenetprinzen mochten Thomas in der Öffentlichkeit mit einer gewissen Kälte begegnen, die sich zugegebenermaßen zum Teil auch auf ihre privaten Gespräche ausdehnte, doch er wusste, dass der schwarze Prinz und seine Ratgeber auf Thomas' Wissen über Philipp von Navarra angewiesen waren. Thomas war nützlich, er wurde gebraucht und deshalb nicht völlig aus der Gesellschaft ausgestoßen.

Außerdem war man mehr und mehr davon überzeugt, dass Thomas etwas verbarg. Wie Bolingbroke konnten auch der schwarze Prinz und Lancaster es förmlich riechen. Er wusste etwas von großer Bedeutung. Warum hatte er sonst den Konvent Sant' Angelo verlassen und war durch die deutschen Länder und halb Frankreich gereist, und warum sonst ersuchte der Ordensgeneral beinahe jeden Adligen in Westeuropa um Hilfe bei seiner Ergreifung?

Die Prinzen und Raby hatten Thomas ausgiebig befragt. Doch obwohl Thomas ihre Fragen ehrlich beantwortet hatte, besonders, was die Ereignisse in Nordfrankreich anging, war er allen Fragen über den Grund seiner Abreise aus Rom ausgewichen. Es handele sich um Kirchenangelegenheiten, hatte er gesagt, mit den Achseln gezuckt und entwaffnend gelächelt. Ebenso hatte er den Einwand abgewehrt, dass es sich wohl kaum um Kirchenangelegenheiten handeln könne, wenn ihn die Kirche so dringend suchte.

»Dann ist es eben Gottes Angelegenheit«, hatte Thomas gesagt und sich geweigert, näher darauf einzugehen. Stattdessen hatte er die Arme verschränkt, die Hände tief in die Ärmel seines Gewandes gesteckt und den wütenden Blicken der Prinzen mit aufreizender Gelassenheit standgehalten.

Der schwarze Prinz und Lancaster hatten sich wortlos angesehen. *Wie ärgerlich, dass ein Geistlicher die Wünsche und Fragen eines weltlichen Prinzen übergehen durfte!*

Thomas hatte Margaret während der Wochen, in denen die Bedingungen des Treffens mit Philipp ausgehandelt wurden, nur selten zu Gesicht bekommen. Raby hatte sie bei sich behalten, und da Thomas nun ein Quartier mit Bolingbroke teilte und er seinen Onkel nicht besuchen durfte, der sich, wie Thomas aufgefallen war, immer enger an die Plantagenets anschloss, hatte er keinen guten Grund, sie zu sehen.

Zumindest nach Meinung seines Onkels … aber Thomas wünschte sich, er könnte mehr Zeit mit ihr verbringen, wenn auch nur hier und da einen Moment. Er musste sie im Auge behalten und herausfinden, was sie über das Vorhaben der Dämonen wusste, die Christenwelt ins Verderben zu stürzen.

Er musste mit Margaret reden, um festzustellen, ob sie wusste, wo sich Wynkyn de Wordes Schatulle befand.

Er wollte sich davon überzeugen, dass sie nichts Böses ausheckte; dass sie mit ihrer dunklen Zauberkunst nicht noch andere Männer verführte, so wie sie ihn verführt hatte. Er fragte sich, was sie in Rabys Gemach tat, wenn sie dort allein war … rief sie womöglich einen Hexenzirkel zusammen, um mit ihren Schwestern Rat zu halten?

Oder saß sie zitternd da, die Hände auf ihrem schwellenden Leib, und dachte an Eleonores furchtbaren Tod? War sie eine Zauberin oder eine normale Sterbliche? Thomas hatte gesehen, wie furchtsam Margaret an Eleonores Kindbett gewesen war – und er fragte sich, ob sie aufrichtig gewesen war … oder ihm nur etwas vorgemacht hatte.

Nun, es gab wenig Grund, sich über Margaret Gedanken zu machen, solange sie unter Rabys Augen in seinem Quartier lebte. Was ihm ernstlich Sorgen bereitete, war die Verzögerung seiner Rückkehr nach England.

Offensichtlich wussten der schwarze Prinz und Lancaster, dass er etwas vor ihnen verbarg, doch Thomas war nicht bereit, ihnen Einzelheiten zu berichten – denn wem konnte er noch trauen? Die Begegnung mit dem abtrünnigen Geistlichen, John Ball, hatte ihn erschüttert, und ebenso die Tatsache, dass John Wycliffe bei Hof eine einflussreiche Stellung innehatte. Wenn die Ketzerei am englischen Hof geduldet wurde, dann wollte Thomas mit niemandem sein Wissen teilen, ehe er nicht wusste, wer vertrauenswürdig war und wer nicht.

Unglücklicherweise bedeutete dies, dass man ihn nicht eher nach England bringen würde – und dort in die Obhut des Ordensgenerals Thorseby übergab, den er ebenfalls besänftigen musste –, bis der schwarze Prinz und Lancaster nicht der Meinung waren, dass sie alles Wissenswerte aus ihm herausgeholt hatten.

Also blieb Thomas auch weiterhin in Chauvigny und wartete auf den Aufbruch zu dem Treffen mit Philipp. Er versuchte, sich einzureden, dass die Dämonen bereits dreißig Jahre lang Zeit gehabt hatten, Wynkyn de Wordes Schatulle zu finden, und dass einige Monate mehr auch nichts ändern würden.

Andererseits konnten sie womöglich entscheidend sein …

Ihm erschienen zwar weder Dämonen noch der heilige Michael, aber die Dämonen würden wohl kaum wagen, sich inmitten der Tausenden von Männern, die in Chauvigny ihr Lager aufgeschlagen hatten, in ihrer wahren Gestalt zu zeigen, und der heilige Michael hatte keinen Grund, ihn aufzusuchen. Thomas hatte einen Auftrag und es war nun an ihm, ihn zu erfüllen.

Außerdem sah Thomas während dieser Wochen weder Wat Tyler noch John Ball. Anscheinend war Tyler von Lancaster auf eine Mission ins Umland geschickt worden, und Ball war einfach … verschwunden.

Vielleicht, dachte Thomas, hatte er sich in die dichten Wälder davongestohlen, um dort mit den anderen Dämonen zu feiern.

Gütiger Herr im Himmel, wie viele Dämonen hatten sich wohl inzwischen am englischen Hof eingeschlichen?

Und wer mochten sie sein?

Schließlich ritt Thomas nach endlos vielen Wochen des Wartens, der vorsichtigen Verhandlungen und der Sorge auf den stillgelegten Steinbruch zu, umgeben von sechs Soldaten, während Bolingbroke und der schwarze Prinz voranritten. Hinter ihnen folgten fünfzig Soldaten; diese Männer würden den Prinzen nicht in den Schacht begleiten, sondern den Eingang bewachen. Die größere Eskorte des schwarzen Prinzen von etwa einhundert Männern war im Lager geblieben.

Thomas musste über die Vorstellung lächeln, dem König von Navarra unter der Erde zu begegnen – Philipp hatte schon immer einen Sinn für Humor gehabt, und Thomas fragte sich, wie viel Überredungskünste es ihn gekostet haben mochte, den schwarzen Prinzen zu diesem Treffpunkt zu überreden.

Vielleicht war Eduard auch ein wenig neugierig – er war auf jeden Fall gespannt darauf, mit Philipp zu sprechen und zu hören, was er zu sagen hatte. Das englische Lager war sich immer noch nicht über seine Vorgehensweise einig: Sollten sie sich mit Philipp verbünden und seine wohlbekannte Neigung zum Verrat in Kauf nehmen, oder im Frühjahr vorrücken, nachdem sie den Winter in Chauvigny verbracht hatten?

Wie auch immer es ausging, dieses Treffen würde zumindest zu einer Entscheidung führen.

Der Tag war stürmisch und grau; der Winter rückte näher. Die Pferde waren unruhig und scheuten und schnaubten, wenn Blätter und vertrocknete Pflanzen über den Weg wehten, und die Männer hatten Mühe, sich im Sattel zu halten.

Alle, außer Thomas, trugen Rüstungen. Der schwarze Prinz und Bolingbroke hatten Plattenpanzer und Kettenhemden angelegt, die ihren Oberleib und ihre Gliedmaßen bedeckten. Beide trugen über der Rüstung Tuniken, auf denen ihre jeweiligen Wappenzeichen prangten, und reich mit Edelsteinen verzierte Kesselhauben mit Visier auf dem Kopf. Die Soldaten, und ebenso die fünfzig, die zwanzig Schritte hinter der kleinen Gruppe ritten, verfügten über metallene Brustplatten, Kettenhemden und runde Eisenhelme. Mit Ausnahme von Thomas' Wallach waren alle Pferde ähnlich gepanzert, mit Rossköpfen über den Häuptern und Fürbugen, die ihre Brust bedeckten. Außer Bolingbrokes Ross, das sein eigenes Wappen besaß, trugen die Pferde außerdem Satteldecken, die mit dem Wappenzeichen des schwarzen Prinzen bestickt waren.

Thomas beneidete die Männer nicht im Geringsten: So schnell und so weit – obwohl sie den größten Teil des Weges zwischen Chauvigny und dem Treffpunkt schon am vorangegangenen Tag zurückgelegt hatten – in voller Rüstung, bei schneidendem Wind und unter schwierigsten Bedingungen zu reiten, war nicht einfach. Thomas war endlich einmal froh über sein zwar schlichtes, dafür aber dickes und bequemes Gewand; nur seine Füße in den offenen Sandalen froren erbärmlich.

Sie erreichten den Steinbruch etwa eine Stunde vor Mittag.

Der schwarze Prinz ließ sie anhalten, und eine ganze Weile blieben er und Bolingbroke noch auf ihren Pferden sitzen, um die Landschaft sorgfältig nach einem Hinterhalt abzusuchen.

Schließlich bedeutete der schwarze Prinz seinen Männern, ihm zu folgen.

»Thomas!«, rief er. »Kommt, reitet hinter mir!«

Thomas trieb seinen Wallach an, bis er ein oder zwei Schritte hinter dem schwarzen Prinzen war. Bolingbroke nahm seine Gegenwart mit einem leichten Nicken seines behelmten Kopfes zur Kenntnis, doch der schwarze Prinz beachtete ihn nicht weiter.

Der Eingang des Steinbruchs kam bereits in Sicht, als sie noch etwa eine Viertelmeile von ihm entfernt waren. Der Pfad führte tief in eine Grube hinein und verschwand in einer Dunkelheit, die undurchdringlich schien. Doch dann sah die heranreitende Gruppe Fackeln darin flackern.

Sie blieben nicht allzu weit vom Eingang entfernt stehen. »Das gefällt mir nicht«, sagte Bolingbroke. »Es könnte eine Falle sein.«

»Wartet«, sagte der schwarze Prinz.

Trotz des geschlossenen Visiers von Bolingbrokes Helm vermeinte Thomas Besorgnis in seinen Augen zu erkennen und wollte etwas sagen, doch da bewegte sich etwas am Eingang des Tunnels, und sie blickten hinüber.

Ein Mann in Kettenhemd, Ledertunika und rundem Eisenhelm ohne Visier trat vor und winkte ihnen zu.

»Tyler!«, sagte Bolingbroke.

Der schwarze Prinz nickte. »Ja. Lancaster hat ihn vor einiger Zeit vorausgeschickt, um für größere Sicherheit zu sorgen. Wenn Tyler der Meinung ist, der Tunnel sei sicher, dann ist er es auch.«

»Herr«, fragte Thomas und ließ sein Pferd ein paar Schritte vorwärtsgehen. »Ist Tyler wirklich vollkommen vertrauenswürdig?«

Der schwarze Prinz wandte sein behelmtes Gesicht Thomas zu. »Habt Ihr etwas über Tyler zu berichten, das ich wissen sollte? Dann sprecht, Mann!«

Thomas zögerte. Was sollte er sagen – dass Tyler vermutlich mit den Dämonen im Bunde, womöglich selbst ein Dämon war?

»Tyler vertritt merkwürdige Ansichten«, sagte er und wünschte sich, er hätte den Mund gehalten.

Bolingbroke lachte. »Tyler ist Tyler, und er hat schon immer ein loses Mundwerk gehabt. Trotzdem«, Bolingbrokes Stimme wurde hart, »würde ich ihm mein Leben anvertrauen.«

»Ich ebenfalls«, sagte der schwarze Prinz mit Nachdruck und gab seinem Pferd die Sporen, während Bolingbroke ihm zu seiner Rechten folgte.

Mit einem Stirnrunzeln ritt Thomas hinter ihnen her, die Soldaten schlossen kurz hinter ihm auf.

»Der Weg ist frei, Ihr Herren!«, rief Wat, als sie näher geritten kamen. »Und der unergründliche König von Navarra ist bereits vor Ort.«

Der schwarze Prinz hob seine in einem Kettenhandschuh steckende Hand, verlangsamte jedoch nicht seinen Ritt. »Ich danke Euch!«, rief er und ritt an Tyler vorbei; die Hufe seines Pferdes wirbelten Erdbrocken und Steine auf.

Thomas versuchte den Ausdruck auf Wats Gesicht zu deuten, doch im Vorbeireiten sah er nur flüchtig dessen helle Augen und den Anflug eines Lächelns.

Der Schacht war breit und von Fackeln erleuchtet, die Neigung wurde jedoch immer steiler, und die Gruppe musste ihre Pferde zügeln, damit sie nicht ins Rutschen kamen.

Die Luft war feucht, wesentlich kälter als draußen, und Thomas zog seine Gewänder fester um sich, während er weiterhin wachsam nach Hinterhalten Ausschau hielt: Er jedenfalls würde Tyler nicht trauen.

Aber hatte er Tyler in der Vergangenheit nicht schon oft sein Leben anvertraut?

Nun ja, Tyler war höchstwahrscheinlich nicht mehr derselbe Mann wie einst. Er sprach von Umsturz und Rebellion.

Er hatte Gedanken ausgesprochen, die ihm die Dämonen selbst eingegeben hatten.

Doch es gab keinen Ort, von dem aus versteckte Truppen – oder womöglich andere Unholde – sie überfallen konnten. Die Wände des Schachtes waren glatt und massiv, und von dem Haupttunnel zweigten keine Nebenschächte ab. Die fünfzig Soldaten am Eingang würden sie warnen, wenn sich jemand in ihrem Rücken näherte. Selbst wenn die Männer überwältigt würden – und das war unwahrscheinlich, da sie kampferfahren und wachsam waren –, würde das Geräusch von aufeinandertreffendem Stahl durch den ganzen Steinbruch hallen.

Thomas hoffte außerdem, dass die Männer auf den möglicherweise gefährlichen Wat Tyler Acht geben würden.

Langsam verringerte sich die Neigung des Schachtes wieder etwas, und die Gruppe trieb ihre Pferde zum Trab an. Die Luft war schal und rauchig von den Fackeln, Schatten huschten über Männer, Tiere und Wände, als würde ein großer Schwarm Nachtfalter über sie hinwegstreichen.

Es herrschte eine sorgfältig berechnete bedrohliche Stimmung. Was waren Philipps wirkliche Absichten?

Die Pferde mussten am kurzen Zügel gehalten werden, damit sie nicht scheuten und ihre Reiter abwarfen, und die Männer waren gezwungen, dicht nebeneinander zu reiten, während der Schacht immer enger wurde.

Bolingbroke murmelte etwas vor sich hin, und obwohl Thomas seine Worte nicht verstand, wusste er, was Hal gesagt hatte: *Das gefällt mir nicht.*

Beinahe im selben Moment ritten sie in eine Höhle hinein, die kaum breiter war als der Schacht, dafür aber vierzig oder fünfzig Fuß hoch.

In ihrer Mitte öffnete sich das gähnende Loch des abgesackten Bodens vor ihnen, das in unbekannte Tiefen hinabführte.

Reicht es womöglich bis in die Hölle hinab?, fragte sich Thomas.

Am gegenüberliegenden Ende der Höhle waren so viele brennende Fackeln in die Wände gesteckt worden, dass sie einen leuchtenden Baldachin über Philipp von Navarra und seinem Gefolge bildeten. Obwohl Philipp dieselbe Anzahl Männer mitgebracht hatte wie der schwarze Prinz, wirkte es, als seien es viel mehr, denn sie trugen weiße Stahlrüstungen, die poliert waren, damit sie die Helligkeit zurückspiegelten. Die Lichtstrahlen der Fackeln wurden von ihnen reflektiert und durch die Höhle geworfen, sodass Philipp und seine Männer von einem goldenen Leuchten umgeben waren.

Philipp selbst saß an der Spitze seiner Männer auf seinem Schlachtross, die Hufe des Pferdes befanden sich fast am Rand des tiefen Abgrunds. Ebenso wie seine Männer war er in glänzenden Stahl gekleidet, und nur die goldene Krone auf seiner Kesselhaube unterschied den König von den Adligen. Sein Visier war hochgeklappt und sein hübsches Gesicht zu einem fröhlichen Grinsen verzogen. Er schien etwas auf seinem Sattelknauf festzuhalten, doch die Entfernung war zu groß, als dass irgendjemand in der Gesellschaft des schwarzen Prinzen hätte erkennen können, was es war.

»Seid gegrüßt, Eduard!«, rief Philipp und hob den rechten Arm zum Gruß.

Der schwarze Prinz brachte sein Pferd gegenüber von Philipp zum Stehen und klappte das Visier hoch. Bolingbroke tat es ihm nach.

»Nun, Philipp«, sagte der schwarze Prinz und nickte mit ausdruckslosem Gesicht. »Das sieht ja recht beeindruckend aus.«

Philipps Grinsen wurde breiter, und er lachte ein wenig gekünstelt.

»Ihr habt Hal mitgebracht«, sagte Philipp, »und Thomas. Thomas! Schön, dich zu sehen, mein Freund!«

Thomas nickte ihm zu, sagte jedoch nichts. Er befand sich direkt hinter Eduard und Bolingbroke – der Platz zwischen ihren Pferden war breit genug, sodass er Philipp gut sehen konnte, und dieser ihn.

»Hattet Ihr einen angenehmen Ritt?«, fragte Philipp.

»Genug der Tändelei!«, erwiderte der schwarze Prinz, und Thomas wurde mit einem Mal bewusst, dass Eduard überaus angespannt und erschöpft wirkte.

War er müde? Er hatte gerade einen anstrengenden zweitägigen Ritt hinter sich gebracht und war von Anfang an nicht bei bester Gesundheit gewesen.

Philipp zuckte mit den Achseln. »Wie Ihr wünscht. Hat Tom Euch mein Angebot überbracht?«

Eduard nickte.

»Und, was sagt Ihr dazu, mein Freund? Reichen wir uns die Hände«, er lachte erneut, »zum Bündnis? Reiten wir gemeinsam gegen den hübschen Karl?«

»Ich glaube nicht, dass Ihr wirklich eine Antwort erwartet«, sagte der schwarze Prinz, »sonst hättet Ihr eine Wiese ausgewählt, wo wir uns die Hand zum Bündnis hätten reichen können. Ich glaube, Philipp, Ihr wollt mir gar nicht die Hand geben.«

»Ach«, sagte Philipp, »wie argwöhnisch Ihr seid. Wollt Ihr Euch denn nicht mit mir verbünden?«

»Ich traue Euch nicht, Philipp.«

Philipp setzte eine verzweifelte Miene auf. »Ihr traut mir nicht? Aber …«

»Niemand in der ganzen Christenheit traut Euch, Philipp,

und niemand weiß das besser als Ihr selbst. Ihr wolltet mich sehen, und Ihr wolltet mir etwas mitteilen. Was ist es? Ich glaube nicht, dass Ihr mit mir verhandeln wollt.«

Philipps Stimme klang entschieden. »Nein. Ich will nicht mit Euch ›verhandeln‹, Eduard. Ich möchte Euch über meinen Entschluss in Kenntnis setzen, und zwar von Angesicht zu Angesicht. Ich wusste, dass Ihr es sicher gern aus meinem eigenen Mund hören wollt. Eduard, hochverehrter schwarzer Prinz, die Franzosen haben Eure Überfälle auf ihr geliebtes Land satt. Ich habe ihre Bitten erhört ...«

Der schwarze Prinz knurrte.

»... und ihnen ihre Wünsche erfüllt. Ich habe mich entschlossen, jeden Gedanken an eigenen Profit fahren zu lassen ...«

Darauf musste der schwarze Prinz lachen.

»... und mich mit Prinz Karl zu verbünden, dem Enkel des entführten König Johann, um dieses schöne Land von Eurer schmutzigen Gegenwart zu befreien. Wir ...«

»Wie viel hat er Euch dafür geboten, Philipp?«, fragte der schwarze Prinz mit ruhiger Stimme, die die Philipps übertönte.

»Geboten?«

»Verflucht, Philipp!«, rief Bolingbroke, sein Pferd wurde langsam unruhig. »Für wie viel habt Ihr Euch verkauft?«

»Ich kann nicht mein eigenes Land ›verkaufen‹!«, sagte Philipp.

»Und wie lange, glaubt Ihr, wird Euer ›Bündnis‹ halten?«, fragte der schwarze Prinz. »Wie lange, ehe einer von Euch beschließt, dass die Krone nun in Reichweite ist und es Zeit wird, auf eigene Faust zu handeln?«

»Unser Bündnis trägt den Segen Gottes!«, schrie Philipp. »Wir wissen das!«

»Und woher wisst Ihr das?«, fragte der schwarze Prinz. »Hat Er selbst zu Euch gesprochen, oder habt Ihr den einen oder anderen Papst bestochen, damit er in Seinem Namen zu Euch spricht?«

Thomas lief ein Schauer über den Rücken, und er wusste plötzlich, was Philipp als Nächstes sagen würde.

»Wir haben Gottes Wort aus dem Munde einer gesegneten Jungfrau vernommen«, rief Philipp. »Sie vollbringt vor unseren Augen Wunder. Gott wird die Franzosen beschützen und den fauligen englischen Gestank aus unserem Land vertreiben. Ich kämpfe mit Gottes Segen! Ich kämpfe auf der Seite Gottes und nicht auf Eurer, der der Verderbtheit!«

Der schwarze Prinz und Bolingbroke versuchten zu lächeln, doch es gelang ihnen nicht. Sie wollten Philipps Worten keinen Glauben schenken, aber seine Stimme hatte einen solch fanatischen Unterton gehabt, dass ...

Thomas trat mit seinem Pferd nahe an den schwarzen Prinzen und Bolingbroke heran.

»Ihr könnt ihm glauben!«, zischte er leise. »Ich kenne dieses Mädchen! Ich weiß, von wem er spricht.«

Der schwarze Prinz warf ihm einen kurzen Blick zu und sah dann wieder zu Philipp hinüber.

»Euer Bündnis wird nicht halten. Ihr habt nicht genug Männer, um gegen eine Armee zu kämpfen, die ...«

»Falsch!«, sagte Philipp. »Wir haben bereits ein Wunder vollbracht, wie die Jungfrau es gesagt hat. Karl und ich haben gemeinsam Paris und die umliegenden aufständischen Gebiete zurückerobert! Wir herrschen nun über Nordfrankreich und werden bald das ganze Land in unserem Besitz haben!«

»Wieso sollten wir Euch Glauben schenken?«, rief Bolingbroke.

Philipp lächelte hart und kalt. »Ich bin überaus froh, dass

Ihr Thomas mitgebracht habt«, sagte er, »denn er kann die Wahrheit dessen bestätigen, was ich Euch jetzt zeigen werde.«

Da nahm Philipp einen schwarzen Beutel von seinem Sattelknauf und im nächsten Moment warf er ihn zu ihnen hinüber.

Er landete mit einem dumpfen Aufprall zwischen den Pferden, und alle drei Männer hatten Mühe, ihre Reittiere im Zaum zu halten.

»Thomas«, befahl der schwarze Prinz ruhig.

Thomas stieg ab und legte die Zügel seines Pferdes in die ausgestreckte Hand des Prinzen. Er ging langsam zu dem Beutel hinüber und sah, dass er nicht etwa schwarz gefärbt, sondern schwarz von Blut war.

Er wusste, was sich darin befinden würde.

Behutsam löste er die Schnur, die den Beutel zusammenhielt, und leerte ihn aus.

Marcels Kopf, die Augen leblos auf die Ewigkeit gerichtet, rollte daraus hervor.

»Wer ist das?«, fragte der schwarze Prinz.

»Etienne Marcel«, sagte Thomas. »Er war der Anführer der Pariser Rebellen. Wenn er tot ist, dann ist Paris tatsächlich gefallen.«

Er blickte auf und bemerkte überrascht, dass Hal Marcels Kopf mit mühsam beherrschter Miene ansah, als hätten ihn sehr starke Gefühle ergriffen.

Doch warum? Hal hatte Marcel doch gar nicht gekannt …

»Ja«, rief Philipp zu ihnen hinüber. »Paris ist gefallen und der Norden gehört uns. Nun, Eduard, ich habe achttausend Soldaten in Châtellerault. Wenn mich in diesem Winter die Langeweile überkommt, könnte ich dazu verleitet sein, Euch in Chauvigny zu besuchen. Vielleicht um ein Trinkgelage abzuhalten? Nun, was sagt Ihr dazu?«

Eduard starrte ihn nur an: *Achttausend Soldaten in Châtellerault? Gütiger Himmel!*

»Karl entbietet Euch seinen Gruß«, fuhr Philipp fort. »Und lässt Euch ausrichten, dass Ihr seinen Großvater behalten könnt. Bei Johanns Alter wird er sein Lösegeld nicht mehr lange wert sein!«

Mit einem Lachen riss Philipp sein Pferd herum, gab seiner Eskorte ein Zeichen, und mit klappernden Hufen und einem letzten Aufleuchten in dem goldenen Licht waren sie verschwunden.

Kapitel acht

Nach der Non am Fest der heiligen Felicitas
Im einundfünfzigsten Jahr der Regentschaft Eduard III.
(Dienstag, früher Nachmittag, 23. November 1378)

– II –

Der schwarze Prinz ließ sein Gefolge anhalten, sobald sie wieder unter freiem Himmel waren. Er wartete, bis alle Männer den Tunnel verlassen hatten, und die fünfzig, die am Eingang geblieben waren – und Wat Tyler, der sein eigenes Pferd aus einem Versteck geholt hatte –, einen schützenden Kreis um die innere Gruppe gebildet hatten, dann wandte er den Kopf seines Schlachtrosses in Richtung Süden und gab ihm die Sporen.

Bolingbroke trieb sein eigenes Tier an, während Thomas neben ihm ritt und die Eskorte hinter ihnen aufschloss.

Der schwarze Prinz drehte sich mit einem kurzen prüfenden Blick um und sagte zu Thomas: »Wenn wir ins Hauptlager zurückgekehrt sind, Thomas, werdet Ihr uns sagen, wer diese Jungfrau ist, die Karl und den verfluchten Philipp zu ihren Taten angespornt hat.«

Dann drehte er sich wieder um, trieb sein Pferd zu noch größerer Eile an und preschte über die sanft ansteigende Hügellandschaft in Richtung Süden.

Sie ritten etwa eine Stunde lang ohne Unterbrechung, bis zum späten Nachmittag. Dann zügelte der schwarze Prinz sein Pferd und blickte sich besorgt um: Der Tag wirkte mit einem Mal so düster, als würde die Sonne bald untergehen, obwohl noch einige Stunden bis zur Abenddämmerung vor ihnen lagen.

Thomas und Hal, die sich direkt hinter dem Prinzen befanden, wurden ebenfalls langsamer, und Thomas warf einen Blick zurück.

Es waren nur noch drei Soldaten zu sehen. Allem Anschein nach waren die anderen in einer dunklen Wolke verschwunden, die ihnen folgte.

Er ritt rasch vorwärts. »Mein Prinz!«

Einen Moment lang glaubte er, der schwarze Prinz hätte ihn nicht gehört, doch dann brachte dieser sein Pferd zum Stehen und drehte sich nach ihm um.

Der Prinz wollte etwas sagen, hielt dann jedoch inne, den Mund vor Erstaunen geöffnet, als er die kleine Reiterschar sah, die noch übrig war.

Thomas und Bolingbroke zügelten ebenfalls ihre Pferde, genauso wie die verbliebenen drei Soldaten.

»Was ist mit dem Rest der Eskorte geschehen?«, fragte der schwarze Prinz, sein scharfer Blick fuhr zwischen Thomas und Bolingbroke hin und her und dann zu den drei anderen Männern hinüber. »Und was ist das für ein sonderbarer Nebel?«

Keiner antwortete ihm, alle waren offenbar genauso erschüttert wie der Prinz, dass über fünfzig Männer so einfach hatten verschwinden können.

Und so geräuschlos.

Eduard blickte sich um. Die ersten Ausläufer des Nebels waren nun herangerückt und würden sie innerhalb weniger Minuten eingehüllt haben.

»Hört!«, sagte der Prinz. »Wir haben noch einen Ritt von einer Stunde vor uns, bevor wir unser Nachtlager erreichen, und ich habe kein Verlangen danach, hier zu warten, bis wir von diesem feuchten Nebel verschlungen werden. Die Männer werden ihren eigenen Weg finden müssen. Sie sind sicher zurückgefallen und haben sich verirrt … Ich habe weder Stahlklirren noch Kampfgeräusche gehört. Kommt.« Er winkte die kleine Gruppe voran, ritt jedoch nur im Trab. Der Nebel umgab sie nun völlig, und wenn sie schneller ritten, liefen sie Gefahr, dass sich eines der Pferde in einem Graben oder Loch ein Bein brach.

Thomas ritt näher an Bolingbroke heran und wollte ihn fragen, ob es ihm gut ginge, denn sein Gesicht war blass und sein Blick nach innen gekehrt, als plötzlich einer der Soldaten aufschrie.

»Vorsicht! Es nähert sich etwas von links!«

Aller Augen blickten in die Richtung, in die er wies.

Sie ritten durch Brachland, das verdorrte braune Gras der Wiese reichte den Pferden fast bis zum Bauch.

Durch das hohe Gras bewegten sich Gestalten im Nebel, vielleicht zehn Schritte von ihnen entfernt.

Große Gestalten, gelbbraun und ebenso schnell wie ihre Pferde.

»Und dort!«, sagte Bolingbroke und wies in die entgegengesetzte Richtung – sie waren völlig von den Geschöpfen eingekreist!

Einer der Soldaten schrie vor Furcht auf, und der schwarze Prinz brachte ihn wütend zum Schweigen.

»Was ist das?«, fragte der schwarze Prinz. In seiner Stimme lagen jedoch weder Furcht noch Entsetzen, und sein Gesicht war ruhig. Thomas wurde klar, dass der Prinz beim ersten Anzeichen von Gefahr kühl und besonnen reagieren würde, ganz so wie man es bei feindlichen Angriffen von ihm gewohnt war.

Einen Augenblick lang antwortete niemand, dann sagte Bolingbroke zögernd: »Ich erinnere mich an Geschichten über die Kreuzzüge, von Männern, die das Grasland Nordafrikas durchquert haben. Dort sind sie auf große Katzen gestoßen – Löwen –, die sich an ihre Pferde heranschlichen und sie oft gerissen haben. Ich … ich habe gehört, es gibt kaum ein Geschöpf, das so schnell und so wirkungsvoll tötet.«

Der schwarze Prinz zog sein Pferd in einer engen Wende herum und versuchte, einen besseren Blick auf die Geschöpfe zu erhaschen. *Löwen? Hier in Frankreich?*

Aber was könnte es sonst sein?

»Rückt näher zusammen«, sagte er, »Rücken an Rücken. Es gibt kein Tier, mit dem ein guter englischer Soldat es nicht aufnehmen kann.«

»Das sind keine Löwen«, sagte Thomas ruhig, Kälte durchströmte ihn. Er wusste, warum sie gekommen waren. »Und es sind keine Tiere, wie wir sie kennen.«

Der schwarze Prinz warf ihm einen scharfen Blick zu, während sich Bolingbroke in seinem Sattel umdrehte und Thomas mit einem schwer zu deutenden Gesichtsausdruck musterte.

»Was sind sie dann, Mann?«, fragte der schwarze Prinz. Die Männer waren zu einem engen Kreis zusammengerückt, die Köpfe der Pferde nach außen gerichtet, die Schwerter gezogen.

Alle außer Thomas, der mit seinem Reittier ein Stück weit von den anderen entfernt stand.

»Es sind Dämonen«, sagte er. »Sie sind hier, um den Kopf ihres Bruders mitzunehmen.«

Dann, wie um die Wahrheit seiner Worte zu bezeugen,

stellte sich eine gekrümmte Gestalt kaum vier Schritte von den Reitern entfernt auf die Hinterbeine. Es war ganz offensichtlich keine Katze, obwohl sie mit ihrem kantigen Gesicht, den scharfen weißen Fängen und dem peitschenden Schwanz einer Katze ähnlich sah. Eher glich sie den grotesken Dämonen und Wasserspeiern aus Stein, die auf den Mauern der Kathedralen des Christentums hockten.

Die Gestalt hatte leuchtend orangefarbene Augen, die im verwirrenden Zwielicht des Nebels wie Laternen funkelten.

Die Soldaten murmelten etwas, und wieder schrie einer von ihnen vor Furcht auf, doch diesmal brachte der schwarze Prinz sie nicht zum Schweigen. Die Pferde versuchten auszubrechen, und es gelang den Männern nur mit Mühe, sie zu bändigen.

Der Dämon grinste – vielleicht verzog er auch nur das Gesicht – und sprach mit rauer Stimme. »Hier ist Tom, der hübsche Tom, ganz ohne Begleitung seines himmlischen Gefährten unterwegs. Was ist los, Tom? Hast du deinen Engel verloren?«

Mehrere andere Dämonen tauchten nun auf und starrten die Reiter unverwandt mit glühenden Augen an, während ihnen der Speichel von den Lefzen troff.

Endlich, dachte Thomas, zeigen sie sich in ihrer wahren Gestalt.

Der schwarze Prinz drehte sich um und warf Thomas einen Blick zu.

Einer der Dämonen kam näher geschlichen und grinste spöttisch angesichts der glänzenden Schwerter, die auf ihn gerichtet wurden. »Hallo, Eduard, die schwarze Rüstung steht dir. Hat Tom dir schon erzählt, dass das Ende eurer Welt kurz bevorsteht? Hat er dir gesagt, dass ihr bald alles verlieren werdet, das euch lieb und teuer ist? Dass der Tag des Jüngsten

Gerichts nicht ganz das sein wird, was euch eure heiligen Brüder darüber erzählt haben?«

Der schwarze Prinz blickte den Dämon an und dann wieder Thomas. »Was hat das zu bedeuten, Thomas?«

»Was? Ja, was wohl?« Nun wurden sie von einigen Dutzend lachenden und johlenden Dämonen umkreist. »Hat Tom dir nicht erzählt, was geschehen wird, Eduard? Hat er dich darüber im Dunkeln gelassen? Nun, nun, du solltest lieber sichergehen, dass er nicht womöglich auf unserer Seite steht.«

Sie brüllten vor Lachen, und Thomas tastete nach dem blutverkrusteten Beutel, der hinter ihm an seinem Sattel hing. Schließlich hatte er den Knoten der Schnur gelöst, richtete sich in den Steigbügeln auf und warf das schreckliche Bündel mitten unter die Dämonen.

»Nehmt ihn!«, schrie er. »Nehmt den Kopf eures Bruders und lasst uns in Frieden … in Gottes Namen!«

Das Gelächter verstummte mit einem Mal, und einer der Dämonen, der größte von ihnen, hüpfte nahe an Thomas heran. »Gott bedeutet uns nichts«, sagte er. »Gar nichts! Wir wollen die Welt nach unseren Wünschen neu erschaffen, Tom, und dein Gott wird darin keinen Platz mehr haben!«

Er zischte, ließ sich dann auf alle viere hinab und war verschwunden. Thomas und die anderen Männer blickten sich um – die Dämonen waren von der Nacht verschluckt.

Der schwarze Prinz ritt zu Thomas hinüber, beugte sich vor, packte ihn am Gewand und zog sein Gesicht nah an seines heran.

»Wir werden jetzt so schnell wie möglich nach Chauvigny zurückreiten«, presste er zwischen den Zähnen hervor, »selbst wenn es die ganze Nacht dauert. Und wenn wir dort sind, werdet Ihr uns jedes einzelne der verfluchten Geheimnisse verraten, die Ihr uns bis jetzt verschwiegen habt!«

Er schüttelte Thomas noch einmal, ließ ihn dann los und wendete sein Pferd. »Bolingbroke! Ihr werdet für Thomas mit Eurem Leben bürgen. Wenn er zwischen diesem verdammten Flecken Erde und Chauvigny entkommen sollte, werdet Ihr sterben! Das könnt Ihr mir glauben!«

Bolingbroke nickte und wollte etwas erwidern, doch in diesem Moment hallte die Stimme eines Mannes durch die Dunkelheit und dumpfes Hufgetrappel war zu hören.

Die fünfzig Soldaten, die verschwunden gewesen waren, schlossen sich der kleinen Gruppe des schwarzen Prinzen an. Sie wurden von Wat Tyler angeführt, der bleich und erschöpft wirkte.

»Mein Prinz!«, sagte Tyler. »Wir glaubten schon, wir hätten Euch für immer verloren!«

»Ich bin nicht derjenige«, sagte der schwarze Prinz ruhig, den Blick auf Thomas' Gesicht gerichtet, »der anscheinend für immer verloren ist.«

Dann sah er zu Tyler hinüber. »Was ist geschehen?«

Tyler zuckte mit den Achseln. »Ein teuflischer Nebel hat uns eingehüllt, und wir haben eine falsche Abzweigung genommen – Sicht und Geräusche wurden vom Dunst verzerrt. Ich schwöre bei Gott, wir wären bestimmt in Paris angelangt, wenn ich den Fehler nicht bemerkt hätte! Es hat eine Weile gedauert, bis wir Euch eingeholt hatten. Stimmt irgendetwas nicht, mein Fürst?«

»Die ganze Welt ist aus den Fugen geraten«, sagte der schwarze Prinz und ritt davon.

Kapitel Neun

Vigil zum Fest der heiligen Katherine
Im einundfünfzigsten Jahr der Regentschaft Eduard III.
(Mittwoch, 24. November 1378)

Der Heimritt zum Lager in Chauvigny war beschwerlich. Die Männer ritten im Galopp und hielten nur alle paar Stunden einmal an, damit ihre Pferde sich ausruhen konnten. Als sie schließlich dort angekommen waren, dämmerte bereits die Morgenröte an der Vigil zum Fest der heiligen Katherine, und Reiter und Pferde stolperten nur noch müde voran. Dennoch wirkte der schwarze Prinz, dessen Gesundheit in den letzten Wochen zu wünschen übrig gelassen hatte, von allen am frischesten, als sie absaßen.

Noch beim Absteigen rief er: »Gebt Lancaster und Raby sofort Bescheid, dass sie in mein Gemach kommen sollen! Tyler – nehmt die drei Soldaten, die sich nicht mit Euch verirrt hatten und sperrt sie irgendwo ein, wo sie nicht mit anderen Männern reden können. Hal, Thomas, Ihr kommt mit mir. Und zwar sofort!«

Lancaster und Raby warteten bereits im Gemach des schwarzen Prinzen.

»Was gibt es für Neuigkeiten?«, fragte Lancaster und ging zu seinem Bruder, um ihn zu begrüßen. »Ihr seid viel eher zurück, als wir erwartet haben. Woran liegt das? Seid ihr mit Philipp ein Bündnis eingegangen? Oder ist er unser Feind?«

»Philipp hat sich mit Karl verbündet, und wir werden ohne ihn kämpfen müssen. Schlimmer noch, Philipp hat eine Streitmacht von etwa achttausend Mann in Châtellerault und droht, herüberzukommen und mit ihr als Verstärkung das neue Jahr einzuläuten.«

Lancaster setzte zu einer entsetzten Erwiderung an, aber Eduard brachte ihn zum Schweigen.

»Du wirst es nicht glauben, aber all das kann warten. Es gibt etwas anderes, über das wir zuerst sprechen müssen … etwas, das Thomas uns erklären wird, ehe wir über Philipp nachdenken können. Wir müssen uns über stärkere Feinde als ihn Gedanken machen, glaube ich.«

Lancaster und Raby warfen Thomas und Bolingbroke, der neben ihm stand, einen Blick zu und sahen dann wieder den schwarzen Prinzen an.

»Was soll das heißen, Eduard?«, fragte Lancaster.

Der schwarze Prinz antwortete nicht. Stattdessen trat er plötzlich neben Thomas, zog sein Messer und drückte es ihm so fest an den Hals, dass die Klinge seine Haut ritzte.

»Redet!«, zischte der schwarze Prinz.

»Mein Prinz!«, sagte Raby und wollte vortreten, überlegte es sich dann jedoch anders. »Warum …«

»Wie es scheint, ist Thomas mit dem Teufel im Bunde«, sagte der schwarze Prinz, das Gesicht unter seiner Kesselhaube entschlossen und schreckenerregend, »und ich werde dieses Messer nicht eher wegnehmen, bis er mir nicht erzählt hat, was das, was wir auf unserer Heimreise erlebt haben, zu bedeuten hatte!«

»Eduard«, sagte Lancaster. »Du bist völlig erschöpft. Lass

dir zumindest von einem Diener die Rüstung ausziehen, ehe du …«

»Ich will sofort hören, was Thomas zu sagen hat!«, schrie der schwarze Prinz, und außer Thomas erstarrten alle Männer im Raum.

»Mein Prinz«, sagte Thomas, den Blick ruhig auf das Gesicht des schwarzen Prinzen gerichtet, »mein Ziel ist lediglich Eure Erlösung und die aller gottesfürchtigen Männer und Frauen der Christenheit. Was uns auf unserer Heimreise begegnet ist, sind unsere wahren Feinde. Nicht Philipp oder Karl. Ich bin keine Gefahr für Euch, mein Prinz, aber ich bitte Euch, hört auf Lord Lancaster – Ihr brecht jeden Moment vor Erschöpfung zusammen, und es wird unseren Feinden nur dienlich sein, wenn Ihr Euch jetzt nicht mit etwas Essen und Wein stärkt. Bolingbroke kann Lord Lancaster und Raby kurz über das Gespräch mit Philipp und das, was wir unterwegs gesehen haben, berichten, während Euer Diener Euch von der Rüstung befreit. Ich bitte Euch, mein Prinz. Ich werde mich keinen Schritt weit entfernen.«

Der schwarze Prinz starrte ihn an und knurrte etwas, nahm dann jedoch sein Messer von Thomas' Kehle und rief nach seinem Diener. »Wenn Ihr Euch bewegt, Thomas, bei Gott, dann werde ich die ganze Armee zusammenrufen, um Euch vom Leben in den Tod zu befördern!«

Während der Diener hereintrat und dem schwarzen Prinzen eilig aus seiner Rüstung half, gesellte sich Bolingbroke zu Lancaster und Raby, bedeutete ihnen, ihm in eine Ecke zu folgen, wo der Diener sie nicht hören konnte, und begann rasch und gestenreich zu sprechen, mit solch ernstem Gesicht, dass die beiden Männer nicht an seinen Worten zweifeln konnten. Einen Moment später blickten beide zu Thomas hinüber, auf ihren Gesichtern spiegelten sich Erstaunen und Furcht.

Nachdem der Kammerdiener seine Aufgabe verrichtet hatte, schlüpfte der schwarze Prinz in ein pelzbesetztes Gewand und ließ sich ein Glas angewärmten Wein reichen. Dann schickte er den Diener fort, nicht ohne ihm zu befehlen, den Wachen zu sagen, dass sie nicht gestört werden wollten und dass der Mönch, sollte er ohne Begleitung das Gemach verlassen, augenblicklich getötet werden sollte.

Schließlich ließ sich der Prinz auf einem Stuhl nieder und blickte Thomas an, der immer noch am selben Fleck stand. »Sprecht.«

In Wahrheit war Thomas erleichtert, dass er nun jemandem von den Ereignissen der vergangenen Monate berichten konnte, obwohl es einige Einzelheiten gab, die er lieber auslassen wollte.

Er sprach ruhig und mit fester Stimme, die Augen auf den schwarzen Prinzen gerichtet. Er erzählte von der Erscheinung, die er gehabt hatte, als er in Rom angekommen war, und von den anderen Malen, an denen der Erzengel ihn aufgesucht hatte.

Keiner zweifelte an seinen Worten. Thomas sprach mit der Autorität eines Gläubigen, dem ein Bote Gottes erschienen war, und allen Anwesenden war von Geburt an der Glaube an die Macht und das Wort Gottes mit auf den Weg gegeben worden, das sich in Wundern, Prophezeiungen und dem Erscheinen von Gottes Dienern offenbarte.

»Es besteht kein Zweifel daran, dass das Böse mitten unter uns ist, mein Prinz«, sagte Thomas. »Seit der Zeit der großen Pest hat sich alles geändert. Menschen, die einst mit ihrem Schicksal zufrieden waren, verlangen jetzt nach einer besseren Stellung im Leben, das gemeine Volk ist der Wahnvorstellung der Freiheit verfallen, und Kaufleute besitzen mehr Reichtum und Macht als so mancher Edelmann. Jeden Tag wenden sich mehr Menschen von der Suche nach Erlösung ab und streben stattdessen nach weltlichen Bequemlichkeiten und Reichtum, sogar, bedauerlicherweise, innerhalb der Kirche.«

Lancaster nickte. Er war ein frommer Mann und der Zustand der Kirche bereitete ihm seit vielen Jahren Sorge. »Die Heilige Kirche selbst ist in trauriger Unordnung«, murmelte er. »Viele Bischöfe und Erzbischöfe sind so reich, dass man mit dem Gold und den Juwelen, die sie besitzen, viele Jahre lang die Armen ernähren könnte. Hinzu kommt, dass wir nun zwei Päpste haben, die beide kostspielige und verderbte Gefolge besitzen, und ich habe gehört, dass der oberste Kirchenrat zusammentreffen und einen dritten Papst wählen will, der die anderen beiden ersetzen soll!«

»Ja«, sagte Thomas. »Und ich habe von Gott den Auftrag erhalten, die Übel, von denen die Christenheit befallen ist, zu beseitigen. Ich habe von einem Mönch erfahren, Wynkyn de Worde ...«

Thomas erzählte, was er über de Worde wusste und wie er Sant' Angelo ohne Erlaubnis verlassen hatte, um in den Norden nach Nürnberg zu reisen – er berichtete ihnen auch von der Begegnung mit einem der Dämonen auf dem Brennerpass – und von dort in die Wälder Norddeutschlands.

Hier hielt Thomas inne und bat um etwas Wein.

Bolingbroke reichte ihm wortlos einen Pokal.

Thomas nahm einige Schlucke und kam dann auf den Höllenschlund zu sprechen.

Er erzählte ihnen nichts von Odile oder dem Dämon, der ihm gesagt hatte, dass der Kampf in Thomas' eigener Seele entschieden würde.

Er sagte ihnen nur, dass er Wynkyn de Wordes Schatulle finden musste – die hoffentlich im Konvent am Bramhamer

Moor versteckt war – und dass sie alles enthielt, was er wissen musste, um den teuflischen Einfluss der Dämonen zu bekämpfen.

»Und diese gesegnete Jungfrau, die Philipp erwähnt hat?«, fragte Bolingbroke. »Was ist mir ihr?«

Thomas zuckte mit den Schultern. »Als ich durch das Dorf Domrémy in Lorraine kam, bin ich einem Bauern begegnet, Jacques d'Arc, der eine Tochter namens Jeannette hat. Sie … sie ist ebenfalls vom heiligen Michael auserkoren worden. Sie sagte, dass es ihre Aufgabe sei, dem französischen Dauphin zu helfen und ihm Mut zuzusprechen. Sie behauptete«, Thomas grinste trocken, »das Böse würde das Land in Gestalt eines englischen Soldaten heimsuchen und müsse vernichtet werden.«

Der schwarze Prinz und Lancaster brachen in Gelächter aus.

»Das klingt nach einem echten französischen Mädchen«, sagte der schwarze Prinz. »Und sie ist die, die Philipp als gesegnete Jungfrau bezeichnet hat?«

»Ich denke schon«, sagte Thomas.

»Der heilige Michael muss den Verstand verloren haben«, sagte der schwarze Prinz, »wenn er glaubt, dass wir die Kräfte des Bösen sind, die die Christenheit heimsuchen!«

Darauf erwiderte Thomas nichts. Wie konnte er diesen Männern sagen, dass der heilige Michael ihm anvertraut hatte, dass das Böse die Gestalt des englischen Königs besaß und sich am englischen Hof Dämonen eingeschlichen hatten? Letzteres glaubte Thomas sofort … aber dass der alte, ehrwürdige Eduard III. das leibhaftige Böse sein sollte? Das konnte er sich nur schwer vorstellen, und er würde ganz bestimmt nicht zu Eduards Söhnen davon sprechen.

»Ein Bauernmädchen ist als Krieger für einen Erzengel

eine schlechte Wahl«, sagte Lancaster. »Sagt mir, besitzt sie Gesicht und Gestalt, um Philipp und Karl dazu zu verführen, ihren Einflüsterungen Glauben zu schenken?«

Thomas lächelte. »Sie ist gedrungen und dunkelhaarig und könnte kaum einen missgestalteten Zwerg verführen, Majestät.«

Die Männer lachten leise, dann sagte der schwarze Prinz: »Wenn ich diese Dämonen nicht mit eigenen Augen gesehen hätte, Tom, würde ich Euren Worten keinen Glauben schenken. Aber ... gütiger Himmel! Sind diese Geschöpfe auch auf Englands grünen Wiesen unterwegs?«

»O ja«, sagte Thomas eindringlich. »Ich denke schon. Etienne Marcel war offensichtlich mit ihnen im Bunde – schließlich hat er sich für einen Umsturz unserer gesellschaftlichen Ordnung eingesetzt –, und ich habe unter Euren eigenen Männern Äußerungen vernommen ...«

»Was?« Der schwarze Prinz setzte sich auf und stellte den Weinpokal ab. »Was habt Ihr gehört?«

Thomas zögerte und fragte sich, wem von den drei Männern er trauen konnte. John Ball stand offenkundig unter dem Einfluss der Dämonen und ebenso der ketzerische Geistliche John Wycliffe, und Thomas hegte auch Wat Tyler gegenüber ernste Zweifel, wenn auch nur, weil er Ball gut kannte und Wycliffe Bewunderung entgegenbrachte. Aber Tyler war unter diesen Männern sehr geachtet, und Wycliffe besaß Einfluss bei Hofe ... wurde er vom schwarzen Prinzen unterstützt und geschützt? Oder von Lancaster? Und wie stand es mit Hal?

»Nun?«, sagte der schwarze Prinz.

»Es ... es ist nur so, dass ich in diesem Lager einige Männer, deren Namen ich nicht kenne, von einer Welt habe reden hören, in der es keine Kirche mehr gibt.«

»An der Kirche ist tatsächlich einiges auszusetzen«, sagte Lancaster, und Thomas war froh, dass er keine Namen genannt hatte. »Und zwar ihr maßloser Reichtum und ihr Ehrgeiz, sich in die Belange des weltlichen Staates einzumischen.«

Thomas zuckte mit den Achseln. »Es gibt eine Form von Respektlosigkeit, die …«

»Ha!«, sagte der schwarze Prinz. »Könnt Ihr es ihnen verdenken, Tom? Gerade Ihr? Habt Ihr nicht gerade selbst auf die Verderbtheit hingewiesen, mit der unsere gesegnete Kirche geschlagen ist? Nun … ich verstehe, warum der Ordensgeneral Thorseby Euch zurückhaben will, um Euch strengstens zu bestrafen, Thomas. Wie Ihr wisst, konnte er Euch noch nie leiden. Dass Ihr von Sant' Angelo fortgelaufen seid, ohne Euch auch nur von Eurem Prior zu verabschieden, musste Thorsebys Zorn erregen.«

»Mein Prinz«, Thomas machte einen Schritt nach vorn, »wenn Ihr mich zu Thorseby schickt, wird er mich womöglich für ein, zwei Jahre zum einsamen Gebet in eine Zelle sperren! Ich werde Wynkyns Schatulle vielleicht nie finden! Ich …«

»Ja, sicher«, sagte der schwarze Prinz. »Ich verstehe Eure Besorgnis, Tom, aber für den Augenblick schweigt. Johann«, er blickte Lancaster an, »ich fürchte, Philipps Neuigkeiten haben uns die Entscheidung erleichtert.«

Lancaster, der sich stets dafür eingesetzt hatte, auf jeden Fall vorzurücken, um ihren Sieg bei Poitiers zu festigen, nickte müde. »Er hat tatsächlich achttausend Männer in Châtellerault? Gütiger Herr im Himmel, Eduard …«

»Der Winter rückt näher«, sagte Eduard, »und unsere Männer sind erschöpft und kriegsmüde. Wir müssen den Winter abwarten und im Frühjahr vorrücken. Aber … wir können nicht hier in Chauvigny überwintern. Wir sind zu nahe an Philipp und der Armee, die Karl bislang ausgehoben hat. Ich sage Euch, was wir tun sollten ... ich werde den größeren Teil der Armee in den Süden führen, nach Bordeaux. Unsere Befestigungsanlagen dort sind stärker, und wir haben genügend Vorräte für den Winter. Im Laufe des Winters und während sich unsere Streitmacht dort ausruht, werde ich die Verhandlungen mit dem Herzog von Burgund wiederaufnehmen – der Herr weiß, dass er schon immer Karls Feind gewesen ist!«

»Ja«, sagte Lancaster erschöpft. »Und was machen wir mit König Johann?«

»Trotz Philipps Worten ist Johann für uns immer noch von Nutzen. Bruder, ich möchte, dass du ihn gemeinsam mit Gloucester nach London zurückbringst. Wir können nicht riskieren, ihn den ganzen Winter über auf dieser Seite des Kanals festzuhalten. Bolingbroke kann euch begleiten. Thomas, Ihr werdet ebenfalls mit Lancaster und Gloucester reisen, und sobald Lancaster der Meinung ist, dass es ohne Thorsebys Wissen geschehen kann, werdet Ihr in den Norden zu diesem Konvent reisen, wo sich de Wordes Schatulle befindet. Johann, du wirst dafür sorgen, dass Thomas nichts geschieht.«

Lancaster nickte erneut, wohl wissend, dass Eduard damit meinte, dass Thomas auf seiner Reise in den Norden zum Bramhamer Moor mit einer Eskorte ausgestattet werden sollte.

»Ich glaube«, sagte er und warf Raby einen viel sagenden Blick zu, »dass auch Lady Rivers mit unserem Gefolge nach England zurückreisen sollte. Euer Lager, Bruder, wird kein Ort für eine Dame sein, die kurz vor der Niederkunft steht, und Lady Rivers könnte sich stattdessen um Lady Katherine kümmern.«

Über diese Eröffnung war Thomas überrascht und zugleich auch wieder nicht. Natürlich würde Margaret Rivers sie zurück nach England begleiten: Die Dämonen wollten, dass sie in Thomas' Nähe war, damit sie sich seiner Seele bemächtigen konnte. Dies überraschte ihn nicht. Dass Lancaster es veranlasste, hingegen schon. Warum sollte Lancaster an dem Schicksal einer Frau interessiert sein, die für ihn nur eine billige Hure sein konnte? Warum hatte er es darauf abgesehen, sie von Rabys Seite zu holen, damit sie sich um Lady Katherine Swynford, Lancasters eigene Mätresse, kümmerte?

Das ist alles sehr interessant, dachte Thomas. Ich werde mich auf dieser Reise gern ein wenig mehr mit ihr unterhalten.

Lancaster blieb zurück, nachdem die anderen das Gemach des schwarzen Prinzen verlassen hatten.

»Eduard«, sagte er leise und sah zu, wie sein Bruder sich erschöpft auf einen Stuhl fallen ließ, »es geht dir nicht gut. Willst du nicht mit uns nach Hause zurückkehren? Es gibt keinen Grund, warum du in Bordeaux bleiben müsstest.«

Eduard winkte müde ab. »Mir geht es einigermaßen gut«, sagte er. »Der Durchfall schwächt mich nicht allzu sehr.«

»Lass mich zumindest einen Arzt rufen.«

Eduard zögerte und nickte dann. »Also gut. Vielleicht ein paar Tropfen Wermut ...«

Lancaster legte kurz die Hand auf die Schulter seines Bruders. »Ohne dich wären wir verloren«, sagte er. »England wäre ohne dich verloren.«

Eduard nickte noch einmal, und Lancaster wandte sich zum Gehen.

»Meg?«

Sie schlief immer noch, und Raby musste sie an der Schulter rütteln. »Meg, wach auf! Deine Schwangerschaft hat dich träge gemacht!«

Margaret rollte sich herum und hob den Kopf, als sie zur Besinnung gekommen war. »Ralph! Ist der Prinz zurückgekehrt? Und Bolingbroke?«

»Ja, und es gibt keine guten Neuigkeiten.« Raby setzte sich auf die Bettkante und betrachtete Margaret. Ihr Haar war vom Schlaf zerzaust, und ihre Augen wirkten dunkel und verträumt. Sie war nackt unter den Decken, und als sie sich aufsetzte, kamen ihre Brüste zum Vorschein.

Einen Moment lang fragte sich Raby, ob ihm genügend Zeit bliebe, um noch einmal mit ihr das Lager zu teilen ... doch dann rutschte die Decke weiter hinunter, und er sah ihren runden Leib.

»Wir werden Chauvigny verlassen«, sagte er barsch, stand auf und zog ein Paar dicke Handschuhe an. »Eduard wird in den Süden gen Bordeaux ziehen, und du wirst mit Lancaster, der König Johann begleitet, zurück nach England reisen. Nun, damit ist unser Abkommen erfüllt. Du wirst nach Hause zurückkehren.«

Margaret schob die Decke beiseite und stand auf.

Raby beobachtete sie aus den Augenwinkeln, tat dabei jedoch so, als würde er einen der Handschuhe zuknöpfen.

»Und Ihr?«, fragte sie und trat neben ihn.

»Ich werde erst einmal mit Eduard hierbleiben«, sagte er, »obwohl ich sicherlich im neuen Jahr an den Hof zurückkehren werde.«

Sie lächelte. »Dann werdet Ihr rechtzeitig zur Geburt Eures Kindes ...«

Er fuhr herum und starrte sie an. »Ich glaube nicht, dass

wir uns jemals wiedersehen werden. Du wirst dich um Lady Swynford kümmern, bis deine Zeit gekommen ist, und dann wirst du zu den Eltern deines Gemahls zurückkehren, um ihnen ihren Enkel und Erben zu überbringen.«

Margaret erbleichte. »Aber ich dachte, Ihr …«

Raby packte ihre Schultern, sein Blick glitt ein letztes Mal an ihrem Körper hinab. Bei Gott, wenn sie doch nur nicht schwanger geworden wäre! Wie schön wäre es gewesen, sie bei Hof als Mätresse zu haben!

»Margaret, ich sage es zum letzten Mal. Du trägst das Kind deines Gemahls in dir. Ich werde es niemals als mein eigenes anerkennen.«

»Und damit wollt Ihr Euch meiner entledigen?«

»Du hast deine Wahl getroffen«, sagte Raby vorsichtig, »und du hast gewusst, was dich erwartet, noch bevor ich das Lager mit dir geteilt habe.«

Margarets Augen füllten sich mit Tränen. »Ralph, nehmt Ihr mich ein letztes Mal in die Arme? Das würde mich trösten und …«

Er ließ sie los. »Ich bin mit dir fertig«, sagte er. »Zieh dir etwas an, denn deine Nacktheit verrät deine Schande, und pack deine Sachen.«

Raby ging zur Tür hinüber, wandte sich dann noch einmal um und deutete mit dem Finger auf sie. »Wenn du jemals versuchst, mich mit diesem Kind zu erpressen, Meg, schwöre ich bei Gott, dass du es bereuen wirst!«

Damit ging er hinaus und schlug die Tür hinter sich zu.

Margaret zuckte zusammen, und Tränen liefen ihr über die Wangen. In diesem Moment hasste sie Raby beinahe, auch wenn sie ihn eigentlich mochte.

Gütiger Himmel, was für grausame Worte!

Und dennoch konnte sie ihn verstehen, wenn sie ihm auch

nicht völlig vergeben konnte. Raby hatte ihr sehr deutlich gemacht, dass von seiner Seite aus keinerlei Beziehungen zwischen ihr und der Familie Neville mehr bestanden.

Margaret legte die Hand auf den Bauch. *Nicht ganz, Raby.*

Sie setzte sich auf die Bettkante, zwang sich zur Ruhe und dachte über Rabys Worte nach. Sie sollte mit Lancasters Gefolge nach England zurückkehren, um sich um Lady Swynford zu kümmern, bis sie ihr Kind zur Welt brachte. Danach konnte sie sich, wenn es nach Raby ginge, vor Rogers Eltern auf die Knie werfen.

Margaret erschauerte. Von ihnen konnte sie keine Gnade erwarten.

Und von Thomas? Raby hatte Thomas nicht erwähnt, aber Margaret zweifelte nicht daran, dass auch er nach England zurückkehren würde.

Erneut lief ihr ein Schauer über den Rücken. Thomas hatte sich nach dem Tod der Herzogin von Gloucester erstaunlich barmherzig gezeigt, doch Margaret vermutete, dass dies eher auf Eleonores Wunsch hin geschehen war als aus freien Stücken. Sie bezweifelte, dass er ihr gegenüber jemals wieder so viel Barmherzigkeit an den Tag legen würde. Nicht bei dem, was vor ihnen lag.

Kapitel zehn

An der Vigil zum Fest des heiligen Andreas des Apostels
Im einundfünfzigsten Jahr der Regentschaft Eduard III.
(Montag, 29. November 1378)

Die Gefolge Lancasters und des schwarzen Prinzen waren bereit, Chauvigny in wenigen Tagen zu verlassen. König Johann zeterte und wütete, doch ohne Erfolg. Er sollte bis zum Fest der Geburt des Heilands an den Hof seines Erzfeindes gebracht werden ... Eduard III. würde zweifellos dafür sorgen, dass Johann eine recht fröhliche Weihnachtszeit erlebte.

Der schwarze Prinz konnte sich keine weitere Verzögerung erlauben. Seine Spione hatten berichtet, dass Châtellerault, wie Philipp gesagt hatte, vor Soldaten nur so wimmelte, und mit einer großen feindlichen Streitmacht in der Nähe war Chauvigny kein Ort zum Überwintern oder gar, um den König der Gegenseite gefangen zu halten.

Von den beiden Anführern würde Lancaster wohl die schwierigere Reise haben. Philipp wusste sicher – oder konnte es sich zumindest denken –, dass die Engländer versuchen würden, Johann nach England zu bringen, und der schwarze Prinz fürchtete, dass Philipp Lancasters Gefolge auf dem Weg zum Hafen von La Rochelle auflauern würde. Während des Handgemenges würde König Johann dann sicher aus Versehen tödlich verletzt werden, und damit wäre ein weiteres Hindernis auf Philipps Weg zum französischen Thron beseitigt.

Diese Erkenntnis bereitete dem schwarzen Prinzen einiges Kopfzerbrechen. Wäre der innere Aufruhr in der französischen Armee es wert, seine Geisel zu verlieren? Nein. Der schwarze Prinz wusste, dass in diplomatischen Verhandlungen viel gewonnen werden konnte, wenn die Engländer den französischen König lebend nach London brachten. Und nicht nur das – den französischen König als Geisel zu haben, würde sowohl dem Volk als auch Eduard III. Grund zur Heiterkeit geben. Dem Volk, weil es dann das Gefühl hätte, dass die englische Armee endlich einmal etwas Sinnvolles getan hatte, und Eduards Vater hätte endlich einen guten Grund, große Feste zu feiern. Bei einem Staatssäckel, das vom anhaltenden Krieg auf der anderen Seite des Kanals immer leerer wurde, besaß Eduard III. sonst kaum eine Entschuldigung dafür.

Jedenfalls sorgte der schwarze Prinz dafür, dass Lancaster und Gloucester von genügend Truppen begleitet wurden, um gegen einen Angriff gewappnet zu sein. Er teilte die englische Armee in zwei Regimenter auf: Die kleinere Streitmacht begleitete Lancaster zurück nach England und sollte rechtzeitig zum Feldzug im Frühjahr nach Bordeaux zurückkehren, die größere reiste mit dem schwarzen Prinzen.

Thomas erfüllte die Tatsache mit neuer Hoffnung, dass er nun mit der Hilfe und dem Schutz Lancasters und des schwarzen Prinzen – neben ihrem alternden Vater die mächtigsten Männer in England – nach Wynkyns Schatulle suchen konnte, ohne dass ihn der Ordensgeneral Thorseby in eine kahle, kleine Zelle einsperren würde. Er verbrachte die ersten zwei Tage nach dem Fest der heiligen Katherine mit Vorbereitungen für seine Reise nach England. Eigentlich war jedoch nicht viel zu erledigen. Er musste nur dafür sorgen, dass sein Wallach gut gefüttert und gestriegelt wurde, das Zaumzeug gereinigt und in Ordnung gebracht wurde und seine eigenen Gewänder in gutem Zustand waren, um einen zügigen Ritt im Frühwinter durch möglicherweise feindliches Gebiet zum Hafen von La Rochelle überstehen zu können. Er verabschiedete sich von Raby, der den schwarzen Prinzen begleiten würde, und betete auch zum heiligen Michael in einer der Kapellen Chauvignys ... aber die Aufregung der Vorbereitungen trieb ihn bereits nach einer Stunde wieder hinaus.

Er würde nach Hause zurückkehren!

Thomas hätte nie gedacht, dass ihn das so aufwühlen würde. Der Weg, der vor ihm lag, erschien ihm nun so klar. Er besaß den Schutz und die Unterstützung der mächtigsten Männer Englands ... aber vor allem kehrte er in seine Heimat zurück.

Thomas konnte es kaum erwarten, England wiederzusehen.

Er hatte sich zwar ausschließlich Gott geweiht, aber etwas an dem Gedanken, nach England zurückzukehren, erfüllte sein Herz noch mit einer ganz anderen Freude, trotz all der Gefahren, die dort möglicherweise auf ihn lauerten.

Im Gegensatz zu Thomas fühlte sich Margaret angesichts ihrer Rückkehr nach England eher unsicher, wenn auch nur deshalb, weil sie nicht wusste, was sie dort erwarten würde. Bei Tagesanbruch an der Vigil zum Fest des heiligen Andreas, dem Tag, an dem Lancaster und sein Gefolge endgültig abreisen würden, stand sie in einen Umhang mit Kapuze gehüllt auf den Zinnen Chauvignys, betrachtete das kalte und trostlose Land, das sich vor ihr ausdehnte, und fragte sich, ob ihre Zukunft in England genauso trostlos sein würde. Sie war seit einem Jahrzehnt nicht mehr zu Hause gewesen … oder noch länger, denn Rogers Haus mit seinen kühlen und abweisenden Eltern konnte man kaum als Zuhause bezeichnen.

Nein, sie war nicht mehr »zu Hause« gewesen, seit sie das Haus ihres Vaters verlassen hatte, und das war viele Jahre her.

Ihr »Vater«. Er war nicht ihr wirklicher Vater gewesen; dieser hatte sie und ihre Mutter verlassen, noch bevor Margaret geboren war, aber er war der einzige Mann, den sie jemals als Vater gekannt hatte. Er hatte ihre Mutter geheiratet, obwohl sie das Kind eines anderen Mannes in sich trug, und sich von Herzen über Margarets Geburt gefreut. Margarets Augen füllten sich mit Tränen. Er war schon so viele Jahre tot, und in diesem Augenblick, im kalten Wind, der über die frühwinterlichen Felder wehte, hätte Margaret alles darum gegeben, seine Arme um sich zu spüren und seine beruhigende Stimme zu hören.

Wann würde sie sich jemals wieder geborgen fühlen? Es gab einige, die sich um sie sorgten, aber sie mussten sich notwendigerweise von ihr getrennt halten und durften sich nicht zu erkennen geben, und ihre Gesellschaft spendete Margaret keinen Trost, denn es war nur hie und da ein Augenblick.

Margaret seufzte und legte die Hand auf den Bauch. Sie war bereits im fünften Monat, mehr als die Hälfte der Schwangerschaft lag hinter ihr. Wenn sie dieses Kind in den Armen hielt, würde sie es niemals wieder loslassen, es sich von niemandem wegnehmen lassen, es niemals verlassen. Sie wusste sehr gut, wie es war, ein ungeliebtes Wesen zu sein, und sie würde ihr Leben dafür geben, ihrem Kind diese Trostlosigkeit zu ersparen.

Wenn sie es jemals in den Armen halten würde. Wenn.

Wenn sie die Geburt überlebte.

Wenn sie alles überlebte, was vor ihr lag. England würde

der Schauplatz der letzten Schlacht sein, dessen war sie sich sicher.

Fühlten sich so die Ritter, bevor sie in den Kampf zogen? Traurig und ein wenig verloren, während sie sich fragten, ob sie das Richtige taten? Es konnte so viel gewonnen werden und so viel verloren, wenn etwas schiefging.

Und bei einem Mann wie Thomas konnte einiges schiefgehen.

»Thomas, Thomas«, flüsterte sie in der Morgendämmerung, »was werdet Ihr tun? Welche Wahl werdet Ihr treffen? Wofür werdet Ihr Euch entscheiden? Für die Liebe oder für Euren furchtbaren Gott?«

ENGLAND

»So mag denn alls nicht frommen.
Und muss es endlich darzu kommen,
Und will dein Sinn nicht wenken,
So musst du anders dich bedenken.
Oh, nicht mit dir darf Grete gehn.
Ich sag, wie's um mich muss stehn:
So sterb ich, lieber Mann, dein Grete
Erzeiget gar im Tod dir treue Stete.«

Ein Lied (für Margarethe)
Mittelalterliche englische Ballade

KAPITEL EINS

Der Freitag in der Oktave der jungfräulichen Empfängnis
Im einundfünfzigsten Jahr der Regentschaft Eduard III.
(10. Dezember 1378)

La Rochelle war eine kleine, den kalten Winden ausgesetzte Hafenstadt an der Nordküste der Bretagne. Es kostete den Herzog zehn Tage Handeln und Feilschen, um sein Gefolge, bestehend aus dem französischen König, mehreren englischen Adligen, einigen hundert Rittern, tausend Soldaten, der gleichen Anzahl Bogenschützen, einem Dutzend Edelfrauen und Zofen, einem dominikanischen Mönch und einer Schar missmutiger französischer Gefangener, die Reit- und Packpferde und die Ausrüstung der gesamten Gesellschaft von Chauvigny an die Küste zu befördern. Unterwegs musste der Herzog nicht nur der Unbill des scheußlichen Wetters trotzen – die meisten Tage waren sie gegen peitschenden Eisregen angeritten, fest in ihre Mäntel gehüllt, während sich die Pferde oft durch kniehohen Matsch gekämpft hatten –, sondern sich auch gegen unversöhnliche Bauern zur Wehr setzen und gelegentliche Angriffe von Banditen und halborganisierten Banden französischer Soldaten abwehren, die nach der Katastrophe von Poitiers immer noch auf den Straßen unterwegs waren. Er musste dem Mangel an Essen und Unterkunft abhelfen und einen französischen König ertragen, der mit seinen Klagen und seiner schaukelnden Sänfte, die den Herrscher ständig in den Schlamm seines Königreiches zu befördern drohte, den ganzen Zug aufhielt.

Sie machten nur selten Rast. Am dritten Tag ihrer Reise hatten Lancasters Kundschafter gegnerische Truppen im Norden gemeldet, und aus Angst, dass Philipp ihnen entgegengeritten kam, hatte der Herzog sein Gefolge zu noch größerer Eile angetrieben. Die Gesellschaft saß nur kurz ab, um Hunger und Durst zu stillen, oder hin und wieder einmal eine Stunde lang, wenn offensichtlich war, dass es die Pferde umbringen würde, wenn sie nicht eine Weile ausruhen durften. Nach fünf Tagen schnellen Rittes fing Lancaster an, Reittiere zu erbitten, zu leihen und zu beschlagnahmen, wo immer er welche fand, und drohte damit, jeden auf seinem Sattel festzubinden, der vor Müdigkeit fast vom Pferd fiel. Und Thomas hatte dreimal erlebt, dass er seine Drohung durchaus wahr machte.

Er begleitete die Gruppe, die der Sänfte des französischen Königs folgte, die von jeweils zwei Pferden vorn und hinten getragen wurde. Hier befanden sich auch die meisten Truppen – sämtliche Ritter und zwei Drittel der Soldaten –, denn Lancaster befürchtete ständig, dass die Franzosen versuchen würden, ihren König zu befreien.

Abgesehen von gelegentlichen Überfällen von Banditen und Horden von Soldaten, die es eher auf etwas Essbares als auf den König abgesehen hatten, unternahmen die Franzosen jedoch keinen solchen Versuch.

Die Adligen und Dienstmädchen des Gefolges reisten ebenfalls dicht hinter Johanns Sänfte, damit sie von den bewaffneten Männern gut geschützt waren, und Thomas ritt mehrmals direkt neben Margaret.

Nach den ersten paar Tagen hatte Thomas das Gefühl, dass

Kälte und Feuchtigkeit bis auf seine Haut durchgedrungen waren, und er konnte sich nicht vorstellen, dass ihm jemals wieder warm sein würde. Dennoch reiste er im Vergleich zu anderen in luxuriöser Bequemlichkeit. Die Ritter und Soldaten, die Rüstungen trugen – viele waren nach einigen Tagen in Kälte und Nässe das Risiko eingegangen, die schwereren und hinderlichen Teile ihrer Plattenpanzer auf den Packpferden unterzubringen –, mussten sich bei jeder Rast von ihren Dienern und Edelknappen die roten und nässenden Hautabschürfungen am ganzen Leib mit Salben behandeln lassen. Auch einige der Frauen litten. Margaret sah aus, als befände sie sich die meiste Zeit am Rande der Verzweiflung. Die Schönheit ihres Gesichtes war einer elenden Blässe gewichen, ihre einstmals klaren, dunklen Augen wirkten trübe und saßen tief in den Höhlen, und ihr Körper schwankte bei jedem Schritt ihres grauen Zelters, sodass ihr stets übel war. Manchmal legte sie die Hand auf den Bauch, beugte sich vor und übergab sich über den Hals ihres Reittiers hinweg, und wenn Lancaster ihnen gestattete, kurz Rast zu machen, lehnte Margaret alles Essen ab, das man ihr anbot, und rollte sich trübselig in einer geschützten Ecke zusammen.

An dem Tag, an dem sie La Rochelle erreichten, zwang Lancaster sie dazu, die letzten Meilen beinahe im Galopp zurückzulegen – es spielte jetzt keine Rolle mehr, ob alle Pferde durchhielten. Bei Tagesanbruch – einer fahlen, grauen Morgendämmerung, die wenig aufmunternd war – waren sie die halbe Nacht im Sattel gewesen, nachdem sie sich nur zwei Stunden vom Ritt des vorangegangenen Tages erholt hatten. Vom unerfahrenen jungen Soldaten bis hin zum gefangenen König waren alle erschöpft, übellaunig und litten unter Erkältungen, schmerzenden Muskeln, schwieligen Händen und von der Kälte starren Gliedmaßen.

Margaret sah aus, als sei sie dem Tode nahe. Sie schwankte besorgniserregend im Sattel, die Augen in ihrem blassen Gesicht geschlossen, ihr Mund vor Elend zusammengepresst, während sie sich mit den Händen am Sattelknauf festhielt und die Zügel lose am Hals ihres Zelters herabhingen. Es sah aus, als würde sie nur deshalb im Sattel bleiben, weil ihre Muskeln in dieser Haltung erstarrt waren.

Thomas beobachtete sie wachsam. Er glaubte, dass sie ihr Elend nur vortäuschte. *Doch warum? Hoffte sie, dass er sich vorbeugte und sie auf seinen Sattel hob? Glaubte sie, dass die Berührung ihrer beiden Körper, schwankend und schlingernd während des wilden Rittes, in ihm unbezähmbares Verlangen erweckte? Hoffte sie, sein Mitleid zu erregen, das sie dann in Liebe verwandeln konnte?*

Plötzlich, während die Hufe der Pferde über die ersten Pflastersteine der Straße nach La Rochelle klapperten, schrie Margaret leise auf und schwankte so gefährlich im Sattel, dass es schien, als würde sie schließlich doch zu Boden fallen und von den Hufen der nachfolgenden Pferde niedergetrampelt werden.

Thomas wandte das Gesicht ab. Er würde ihr nicht gestatten …

»Thomas!«

Er blickte hoch. Bolingbroke, in ein Kettenhemd und eine nasse, dicke Tunika gekleidet, war mit seinem Streitross zu Margarets Zelter hinübergeritten und hatte sie vor sich auf den Sattel gehoben. Sie verlor das Bewusstsein, und Thomas sah, wie sich Bolingbrokes Körper anspannte, während er versuchte, sie festzuhalten und zugleich sein Pferd zu bändigen, das wegen des unerwarteten zusätzlichen Gewichts scheuen wollte.

Sobald Bolingbroke es beruhigt hatte, warf er Thomas einen

wütenden Blick zu. »Warum hast du ihr nicht geholfen, Thomas? Schau doch!«

Er wies mit dem Kinn nach unten. Margarets Umhang war aufgefallen und der Regen ließ ihr graues Kleid an ihrem Körper kleben. Ihr runder Fünfmonatsbauch trat deutlich hervor.

»Sie ist schwanger!«, sagte Bolingbroke. »Sie braucht deine Hilfe, Thomas, nicht deine Missbilligung!«

Damit gab er seinem Pferd die Sporen und zog Margarets Umhang wieder über ihren Körper.

Thomas' Miene erstarrte, das aufkommende Gefühl der Schuld, dass er ihr hätte helfen sollen, ärgerte ihn, und er machte Margaret dafür verantwortlich.

La Rochelle erwachte gerade erst, als Lancasters Zug in die Stadt einritt. Sie war eine der wichtigsten Hafenstädte an der französischen Küste und von den Engländern – die das Gebiet um die Stadt seit ein oder zwei Jahren besetzt hielten – für einen Notfall wie diesen gut ausgerüstet und versorgt worden. Obwohl es keine Unterkunft für den gesamten Zug gab, der aus mehreren tausend Menschen bestand, konnten die meisten Männer in Lagerhäusern in der Nähe des Piers untergebracht werden, während der hohe Adel, der mürrische König und die Frauen in einigen Gasthäusern eine Unterkunft fanden.

Neun Koggen schaukelten im grauen Wasser am Pier. Die unförmigen Gefährte waren Handelsschiffe und wurden dazu eingesetzt, Güter von den Mittelmeerhäfen in die nördlichen Gewässer Europas zu transportieren. Obwohl sie nicht gerade schön waren und schwierig zu steuern, waren sie sehr geräumig und verfügten über viel Platz für Männer und Pferde. Lancaster verschwendete keine Zeit und handelte einen guten Preis für Überfahrt und Verpflegung aus – auch wenn man seine Drohungen eigentlich kaum als Handeln bezeichnen konnte –, und die Koggen sollten in zwei Tagen bereit zum Übersetzen sein. In der Zwischenzeit würden sich alle ausruhen, und auch Lancaster schien endlich aufzuatmen. Seine Späher berichteten ihm, dass das Gebiet in einem Umkreis von etwa fünfzig Meilen abgeriegelt war und keine größere Streitmacht ungesehen nach La Rochelle gelangen konnte.

Zur Mittagszeit, während überall auf dem Pier Männer schwere Proviantbündel aus der Stadt auf die Koggen brachten, zogen aus südwestlicher Richtung dunkle Wolken herauf. Dann kam ein heftiger Wind auf, der Wellen mit Schaumkronen weit über den Pier schleuderte und acht Männer ins Meer hinausspülte. Im nächsten Moment prasselte Hagel vom Himmel herab, und da ließen die Männer ihre Bündel fallen und flüchteten.

Der Wind hielt vier Tage lang an und entwickelte sich bereits wenige Stunden nach seinem Aufkommen zu einem Frühwintersturm. Eis und Schnee regneten aus den Wolken herab, und es stürmte so furchterregend, dass die gesamte Stadt jammerte und stöhnte, während Schieferplatten von den Dächern und Fensterläden und Türen aus den Angeln gerissen wurden.

Mehrere einzeln stehende Hütten wurden zerstört, doch der Rest der Stadt blieb unversehrt. La Rochelle hatte in seiner Geschichte schon viele solcher Stürme erlebt, und die meisten Häuser waren robust gebaut und stark befestigt.

Niemand verließ seinen Unterschlupf, und Lancaster verbrachte einen Großteil des Tages auf den Knien vor einem behelfsmäßigen Altar und dankte Gott dafür, dass der Sturm sie nicht unterwegs überrascht hatte oder womöglich auf ihrer bevorstehenden Reise über das Meer. Als er Gott für seine eigene Rettung gedankt hatte, ging er wieder unruhig auf und ab und sorgte sich um seinen Bruder. War der schwarze Prinz in denselben Sturm geraten? Und wenn ja, war es ihm und seinem Gefolge gelungen, rechtzeitig Schutz zu suchen?

Thomas verbrachte die Tage in seiner Unterkunft, ärgerte sich über die verschwendete Zeit und fragte sich, ob wohl die Dämonen den Sturm geschickt haben mochten. Denn wie könnten sie ihn besser davon abhalten, nach England zu gelangen? Würde es die gesamten nächsten Monate hageln und stürmen, während die Dämonen ihre Stellung auf Erden festigten … wo auch immer das sein mochte?

Nachdem er sich einige Tage lang über die Verzögerung und das Eingeschlossensein in den winzigen Zimmern geärgert hatte, überredete Thomas die drei Soldaten, die über ihn wachten – oder ihn bewachten? –, dazu, gemeinsam über die Gasse zu dem größeren und geräumigeren Gasthaus zu gehen, in dem Lancaster, der englische König und die meisten der Adligen untergebracht waren.

Selbst in der engen Gasse packte der Wind die vier Männer und schleuderte sie schmerzhaft gegen eine Tür, die zur Küche führte. Thomas und einer der Soldaten hämmerten so laut sie konnten dagegen, und nach einigen qualvoll langen Minuten öffnete sie sich, und die Männer stürzten auf einen schmutzigen Küchenboden.

Zumindest war es hier warm. Thomas stand auf, wischte sich, so gut es ging, Schmutz und Feuchtigkeit ab und fragte einen der Männer in dem Raum, wo Bolingbroke war.

Nachdem dieser auf eine schmale Treppe gedeutet hatte, die zu den Gästezimmern hinaufführte, bat Thomas die Soldaten, in der Küche auf ihn zu warten – was sie bereitwillig taten –, und lief die Stufen hinauf. Auf halbem Wege traf er

Bolingbrokes Adjutant, und dieser wies auf eine Tür am Ende der Treppe.

Thomas blieb einen Moment lang vor der Tür stehen, zupfte sein Gewand zurecht und wünschte sich, er hätte sich besser vorbereitet. Schließlich klopfte er.

Bolingbrokes Stimme klang undeutlich, und Thomas öffnete die Tür und blieb ungläubig stehen, als er sah, wer neben Bolingbroke am prasselnden Feuer saß.

Margaret, mit überraschtem Blick, eine Stickerei, an der sie gearbeitet hatte, auf ihrem Schoß.

Thomas blickte zur anderen Seite des Feuers hinüber. Bolingbroke saß gemütlich auf einem Stuhl und drehte träge einen Handschuh in seinen Händen.

Was war das denn? Hatte die Frau etwa einen neuen Beschützer gefunden?

»Thomas!« Bolingbroke stand auf. »Ich freue mich, dass du gekommen bist, um Lady Rivers zu besuchen. Sie hat sich von dem anstrengenden Ritt schon wieder etwas erholt.«

»Ich …«, sagte Thomas.

»Herr«, sagte Margaret zu Bolingbroke. »Ich bin auch froh, dass der Mönch hier ist, denn ich muss mit einem Geistlichen sprechen.«

»Ah.« Bolingbroke verstand den Wink und verneigte sich leicht in Margarets Richtung. »Wenn Ihr Euch von Bruder Thomas verabschiedet habt, könnt Ihr ihn dann in meine Gemächer schicken?«

Margaret nickte und lächelte, und Bolingbroke ging durch das Zimmer zu Thomas hinüber.

»Mein Freund«, sagte Bolingbroke leise und blieb dicht bei ihm stehen. »Ich bin sehr froh, dass du hier bist. Lady Rivers ist nicht bei bester Gesundheit, körperlich wie seelisch, und glaubt, dass sie dich gekränkt hat.«

Mit mürrischem, entschlossenem Gesicht wollte Thomas etwas erwidern, aber Bolingbroke kam ihm zuvor.

»Wir wissen beide, dass sie Rabys Kind in sich trägt«, sagte Bolingbroke, »und dass dieses Kind mit dir verwandt ist. Dafür hat Lady Rivers deine Ehrerbietung verdient und ebenso aufgrund ihrer Stellung und Tugendhaftigkeit.«

»Tugendhaftigkeit?«, zischte Thomas, und Bolingbroke packte ihn am Arm.

»Mäßige dich! Du wirst ihr mit Achtung begegnen, Thomas, denn sie ist nicht die Einzige, die in dieser verrückt gewordenen Welt ihr Ziel aus den Augen verloren hat. Sie ist verwirrt, nicht verdorben. Sie braucht Hilfe, nicht Verachtung!«

Und damit ging er hinaus.

Thomas wäre ihm am liebsten gefolgt, doch ihm war klar, dass Bolingbroke ihn wahrscheinlich nur wieder hierher zurückgeschickt hätte.

Verflucht sollte sie sein! Wie war es ihr gelungen, ihre Klauen in Hals unbefleckte Seele zu schlagen?

Margaret erhob sich, als Thomas zu ihr herüberkam, aber er bedeutete ihr, sitzen zu bleiben.

»Da Ihr so krank seid«, sagte er, »möchte ich nicht, dass Ihr Euch meinetwegen anstrengt.«

Er setzte sich ihr gegenüber. »Ihr wolltet einen Geistlichen sehen?«

»Ich wollte mit Euch sprechen«, sagte sie, ihr Blick und ihre Stimme waren ruhig. »Ich möchte wissen, warum Ihr mich so sehr verabscheut.«

»Was soll diese Frage? Ihr wisst, warum ich …«

Margaret beugte sich vor und legte die Stickerei in einen Korb neben sich. »Ihr glaubt, ich sei der Hexerei schuldig, nicht wahr?«

Thomas war einen Moment lang zu verdutzt, um etwas zu erwidern. Dann sagte er: »Und was wisst Ihr über die schwarzen Künste, Lady Margaret?«

»Ich habe Gerüchte darüber gehört, was dem schwarzen Prinzen und seinem Gefolge begegnet ist, als Ihr von Eurem Treffen mit Philipp dem Schlechten zurückgekehrt seid.«

»Woher wisst Ihr das? Niemand sollte etwas darüber erzählen!«

Margaret lächelte spöttisch. »Die drei Soldaten, die Euch begleitet haben ...«

»... wurden nach ihrer Rückkehr von den anderen getrennt und ...«

»... hatten während des Rittes viele Stunden lang Zeit, mit ihren Gefährten zu sprechen, bevor man sie von den anderen getrennt hat! Gütiger Herr im Himmel, Thomas, das gesamte Lager wusste von den Dämonen, noch ehe wir aufgebrochen sind!«

Sie lehnte sich zurück, ihr Gesicht war blass und ängstlich. »Ihr glaubt, ich sei mit den Dämonen im Bunde, nicht wahr, Thomas?«

Er antwortete nicht. In Margarets Gesicht zuckte es, und sie bedeckte kurz ihre Augen. Ihre Hand zitterte.

»Ich frage Euch noch einmal«, sagte sie schließlich, »warum Ihr, wenn Ihr Euch selbst für unschuldig daran haltet, dass Ihr mir an jenem Tag Euren Samen in den Leib gepflanzt habt, nicht auch an meine Unschuld glauben könnt. Warum kann nicht auch ich ein Opfer der Zauberei geworden sein, anstatt sie zu betreiben?«

»Ich werde diesen Bastard niemals als meinen eigenen anerkennen«, sagte Thomas nach einem Moment des Schweigens.

»Natürlich werdet Ihr das nicht«, sagte Margaret, »schließlich kann ein dominikanischer Mönch nicht zugeben, dass er sich einen Nachmittag lang der Fleischeslust mit einer Hexe hingegeben hat, nicht wahr?«

»Ich wünschte, das Kind wäre von Raby!«, fuhr sie fort, während Thomas sie anstarrte. »Das wünschte ich mir von ganzem Herzen, denn dann wäre es wenigstens mit einer gewissen Achtung und Zuneigung gezeugt worden und nicht mit dem engstirnigen Hass, den Ihr Euch zu eigen gemacht habt. Hat Euch die Kirche diese Blindheit gelehrt, Tom, oder hat sie schon immer in Eurer Natur gelegen?«

Ob es ihre Worte waren oder der verzweifelte Ausdruck in ihren Augen, Thomas rutschte unbehaglich hin und her und fragte sich, ob es stimmte, ob sie vielleicht ebenso unschuldig war wie er.

»Wenn Hexerei im Spiel war«, sagte Margaret leise, »dann haben wir beide daran teilgehabt. Wenn jemand Schuld hatte, dann wir beide. Wenn … wenn jemand unschuldig gewesen ist, dann ebenso wir beide. Thomas, bitte glaubt mir, ich bin genauso ahnungslos wie Ihr … ich wurde genauso hinterhältig benutzt wie Ihr.«

Thomas senkte den Blick und betrachtete seine Hände, die eng ineinander verschränkt in seinem Schoß lagen. Es gefiel ihm nicht, dass ihre Worte so überzeugend klangen.

»Wenn es Dämonen gibt«, sagte sie beinahe im Flüsterton, »dann schwöre ich bei Gott und allen seinen Heiligen, dass ich weder zu ihnen gehöre noch ihr Werkzeug bin. Ich bin nur Margaret, eine arme gottesfürchtige Frau, die ein Kind in sich trägt, das niemand sein eigen nennen will.«

Lange Zeit herrschte Schweigen, dann hob Thomas den Blick. »Wo werdet Ihr hingehen, um das Kind zur Welt zu bringen?«

Ihr Mund zuckte. »Lord Raby sagte mir, dass das ›Kind

meines Gemahls‹ im Haus der Rivers in Bratesbridge, Lincolnshire geboren werden solle. Rogers Eltern haben dort ihren Wohnsitz.« Sie beugte sich ein wenig vor. »Sie werden sicherlich überrascht sein, zu erfahren, dass ihr Sohn, der zehn Jahre lang zu schwach gewesen ist, um mir beizuwohnen, vom Totenbett aufgestanden ist, um dieses Kind zu zeugen.«

»Raby wird zweifellos …«

»Raby wird dieses Kind nicht anerkennen und auch nicht die Tatsache, dass er vor meiner Rückkehr nach England monatelang mit mir das Lager geteilt hat. Er wird dieses Kind weder unterstützen noch ihm beistehen. Wie Ihr mir einmal gesagt habt, hat er auch so schon genügend Söhne und Bastarde.«

»Ich bin sicher, dass er etwas tun wird, um …«

»Nein! Nein, das wird er nicht. Er kann nicht.«

»Was meint Ihr damit?«

Sie zog eine Augenbraue hoch. »Habt Ihr es denn noch nicht gehört?«

»Was?«

»Lord Raby hat um die Hand von Lady Johanna Beaufort angehalten.«

Thomas war so erschüttert, dass er nicht sogleich etwas erwidern konnte. Johanna Beaufort war Lancasters uneheliche Tochter mit seiner Mätresse Katherine Swynford. Plötzlich wurde Lancasters Bestreben, Margaret von Rabys Seite zu entfernen, erklärlich: als liebender Vater – und jeder wusste, wie sehr Lancaster Katherine und ihre gemeinsamen Kinder anbetete – wollte er nicht, dass eine ehemalige Mätresse Rabys seine Tochter in Verlegenheit brachte, indem sie ihren angeschwollenen Leib zur Schau stellte und womöglich eine Art Wiedergutmachung verlangte.

Nein, jeder würde leugnen, dass Raby jemals einen Blick auf die offensichtlich verrückte Lady Rivers geworfen hatte.

Aber warum sollte Raby einen Bastard heiraten wollen, selbst wenn es die Tochter eines so bedeutenden Mannes wie Lancaster war?

»Lancaster will Katherine heiraten, sobald wir nach England zurückgekehrt sind«, sagte Margaret und beobachtete die Gefühle, die sich auf Thomas' Gesicht widerspiegelten. »Die Kinder, die er mit ihr hat, Heinrich und Johanna, werden in den Stand der Ehelichkeit erhoben, wenn sie dafür jeden Anspruch auf den Thron aufgeben.«

Thomas atmete tief ein und versuchte, die Fassung wiederzugewinnen. Lancaster liebte Swynford also genug, um sie zu seiner Gemahlin zu machen. Nun, beide waren schon recht alt, und Lancaster besaß genügend Land und Macht, dass er es sich leisten konnte, sich den allgemeinen Erwartungen zu widersetzen und eine mittellose Frau zu heiraten.

»Woher wisst Ihr das alles?«, fragte er schließlich.

»Einiges von Raby, aber nicht viel – nur, warum er mich und meinen Bauch aus dem Weg haben wollte. Den Rest habe ich von seinem Kammerdiener erfahren, der mich davon überzeugen wollte, dass sein Herr nicht vorhätte, mich zur Frau zu nehmen.«

Thomas nickte. Kammerdiener wussten oft mehr über das Leben ihrer Herren als diese selbst.

Und der Rest ihrer Geschichte klang ebenfalls glaubhaft, wenn auch nur, weil er zu leicht als Lüge zu enttarnen war.

»Margaret … werden die Rivers das Kind anerkennen? Werden sie Euch aufnehmen?«

»Ihr seid nicht der Einzige, der mir nicht traut, Thomas.«

»Was werdet Ihr dann also tun?«

»Kümmert Euch das?«

»Ihr werdet mich nicht mit diesem Kind in eine Falle locken können«, sagte Thomas, doch während er dies sagte, sah Margaret tiefe Gefühle, beinahe Furcht, in seinen Augen, die er nicht verbergen konnte.

»Ich werde dieses Kind niemals dazu benutzen, Euch in eine Falle zu locken, Thomas«, sagte sie sanft.

Lange Zeit schwiegen beide.

»Ich glaube Euch nicht«, sagte Thomas schließlich mit einer Stimme, die noch sanfter als die ihre klang, stand auf und verließ das Gemach.

Kapitel zwei

Der Mittwoch vor dem Fest der Geburt
Unseres Herrn Jesus Christus
Im einundfünfzigsten Jahr der
Regentschaft Eduard III.
(22. Dezember 1378)

Erst sehr spät an diesem Nachmittag, an dem Thomas mit Margaret gesprochen hatte, legte sich der Sturm unvermittelt, und in der Abenddämmerung war der Himmel wieder klar und ruhig. Lancaster befahl, dass sofort mit dem Verladen der Vorräte fortgefahren werden sollte, die ganze Nacht hindurch, damit die Koggen mit der Morgenflut in See stechen konnten.

Die Überfahrt über den Kanal verlief glatt und ereignislos, und innerhalb einer Woche kamen sie sicher in Dover an. Hier stieg der größte Teil der Männer und Pferde aus, doch Lancaster und sein engeres Gefolge – sein jüngerer Bruder Gloucester, Bolingbroke, König Johann, Thomas und Margaret, zwei Dutzend Damen und vier Dutzend Ritter sowie eine kleine Anzahl von Soldaten – stiegen sogleich auf ein prächtiges Schiff um, das König Eduard gehörte, und segelten nach Norden an der Küste Englands entlang.

An einem Nachmittag an der Küste von Kent gesellte sich Hal zu Thomas an Deck. Die beiden Männer lehnten sich über die Steuerbordreling und blickten über die graue, kabbelige See nach Frankreich hinüber.

»Was macht Karl wohl dort drüben, was meinst du?«, fragte Hal.

»Wer weiß. Er hütet sich auf jeden Fall davor, Philipps Messer in den Rücken zu bekommen.«

Hal lächelte, doch sein Lächeln verschwand so schnell wieder, wie es gekommen war. »Ich frage mich, ob es auch seiner Schwester gelungen ist, aus Paris zu fliehen, oder ob sie Marcels Rebellen in die Hände gefallen ist.«

»O nein, sie ist entkommen. Ich bin ihr mit Karl zusammen auf der Straße östlich von Paris begegnet.«

Hal richtete sich auf und blickte Thomas an. »Du hast mir nie gesagt, dass du Katherine begegnet bist!«

»Ich habe es nicht für wichtig gehalten.«

Einige Minuten lang herrschte Schweigen, dann sagte Hal mit gezwungener Gleichgültigkeit: »Wie ging es ihr?«

Thomas blickte Hal forschend an. »Recht gut, auch wenn sie von der Flucht ausgezehrt und erschöpft war. Sie besitzt einen wachen Verstand und eine scharfe Zunge. Sie hat mich angespuckt!«

Hal lachte. »Sie war schon immer ungestüm. Wusstest du, Tom, dass mein Vater beinahe ein ganzes Jahr lang versucht hat, eine Ehe zwischen uns auszuhandeln?«

»Nein, das wusste ich nicht. Ihre und deine Familien liegen doch seit Jahren im Streit miteinander! Wie kann Lancaster glauben, er könnte alles vergessen machen, damit ihr beide heiraten könnt?«

»Mein Vater«, sagte Hal, »dachte, dass sich damit ein Waffenstillstand herstellen ließe.«

Hal sah aus, als würde er noch mehr sagen wollen, doch er schloss unvermittelt den Mund und richtete den Blick wieder auf das graue Meer. Nach einer Weile des Schweigens sagte er: »Meine Chance auf eine Ehe mit Katherine ist nun verwirkt, und sie wird ihre Jungfräulichkeit nicht an einen Mann der Familie Lancaster verlieren. Mein Vater sucht jetzt unter gutem englischem Blut nach einer Frau, die ich heiraten und mit der ich das Lager teilen kann. Hin und wieder erwähnt er den Namen Mary de Bohun, und dann nicke ich und lächele.«

Thomas grinste, und sie schwatzten ein wenig über die Familie der Bohuns, ihren Reichtum und ihre Ländereien, und was eine Verbindung zwischen den Lancasters und den Bohuns bringen könnte, und dann hatte Thomas Katherine wieder vergessen.

An einem klaren Wintertag segelten sie die Themse hinauf und näherten sich London mit der Flut. Thomas stand im Bug des Schiffes, in freudiger Erregung darüber, wieder in England und noch dazu nach London unterwegs zu sein.

Obwohl er aus Nordengland stammte, liebte Thomas London über alles. Es war zwar eine hektische, schmutzige Stadt, dennoch besaß sie einen Charme und eine Lebendigkeit, wie er sie nirgendwo sonst gefunden hatte.

Die Themse schlängelte sich durch schneebedeckte Felder, an kleinen Dörfern vorbei, die sich auf den Winter vorbereiteten. Einige unerschrockene Männer trotzten den Schilfbänken mit ihren flachen Kähnen, auf der Suche nach salzigem Fisch als Ergänzung zu dem Schweinebraten ihres Weihnachtsmahls, und Lancasters Schiff begegnete fünf oder sechs anderen Booten, die in die entgegengesetzte Richtung unterwegs waren und Wolle und Pilger zu den Märkten und heiligen Stätten auf der anderen Seite des Kanals transportierten.

Thomas zog seinen Umhang fester um sich, als sie in die Fahrtrinne einfuhren, die nach London führte. Dort! Der rechteckige Turm des White Tower erhob sich funkelnd im Sonnenlicht und … dort! … die Windung der alten römischen Mauern, welche die Stadt umgaben, die sich am Nordufer des Flusses befand.

Thomas konnte nicht anders – er musste vor Freude grinsen. London war vom Rauch vieler Feuer eingehüllt und voller Bewegung, Farben und Menschen. Als sie sich der London Bridge näherten, sah Thomas Hunderte von Menschen aus den Fenstern der Häuser auf der Brücke lehnen und Fähnchen und bunte Bänder schwenken. Andere – als sie das Südtor der Brücke erreichten, mit seiner grausigen Zier von Verbrecherköpfen, die als Lektion für alle guten Bürger Londons auf Piken aufgespießt waren – standen auf Karren oder am Straßenrand, winkten und jubelten.

Die Engländer kehrten mit dem französischen König zurück! Hurra!

Thomas lachte aus reinem Überschwang. Die Leute hießen nicht etwa Lancaster willkommen – Gott wusste, dass die meisten Engländer ihn verabscheuten –, sondern freuten sich über die Tatsache, dass das Schiff den französischen Monarchen als Geisel mit sich führte. Nichts hätte die Engländer fröhlicher stimmen können, als den französischen König als Gefangenen in ihrem geliebten London zu wissen, wo die Marktfrauen im Vorbeigehen Kohlköpfe nach ihm werfen konnten und Betrunkene an die Außenmauern des Gefängnisses pinkeln konnten, in das König Eduard ihn stecken würde.

Das Schiff segelte unter der Brücke hindurch, und Thomas duckte sich, während die Leute Brotlaibe und Leckereien für die siegreichen Heimkehrer hinabwarfen.

Als sie die Brücke ohne Schaden passiert hatten, richtete sich Thomas wieder auf. Banner und kleine Fahnen flatterten an jedem Fenster, so weit er blicken konnte, und die Glocken der St. Paul's Kathedrale und auch aller anderen Kirchen in den Mauern Londons vereinten sich zu einem klangvollen Willkommenslied. Nicht nur brachte Lancaster den französischen König nach London, es war außerdem Weihnachtszeit, und die ganze Stadt hatte ihr Festtagskleid angelegt.

Thomas ließ den Blick über das Schiff schweifen. Lancaster, Gloucester und Bolingbroke waren an Deck erschienen, in prachtvolle Gewänder und Juwelen gehüllt, und hinter ihnen stand die gebeugte, missmutige Gestalt König Johanns, begleitet von einer Eskorte ehrwürdiger englischer Ritter. Lancaster blickte mit einem Leuchten in den Augen in die Ferne. Gloucester und Bolingbroke standen an der Reling des Schiffes und winkten den Menschen zu, die sich nun am Flussufer drängten.

Thomas schaute wieder nach vorn: Weit vor ihm, so weit, dass er es kaum erkennen konnte, machte die Themse eine große Biegung nach Süden. Am nördlichen, äußeren Ufer der Biegung lag Westminster, wo sich die Abtei und der sagenhafte Palast und Hof König Eduards befanden.

Doch sie segelten nicht direkt nach Westminster. Stattdessen hatte Lancaster den Kapitän des Schiffes angewiesen, am Savoy Palace Halt zu machen, seinem eigenen Wohnsitz am *Strand*, der Straße, die in südwestlicher Richtung von London nach Westminster führte. Der offizielle Empfang und die Begrüßung König Johanns durch König Eduard, seinem alternden Feind, würde am nächsten Tag stattfinden, und für heute wollten Lancaster und sein Gefolge im Savoy ausruhen.

Lancasters Palast war eins der prachtvollsten Gebäude in

der ganzen Umgebung. Es stand am Nordufer der Themse, die Mauern des vom Fluss aus zu sehenden Gebäudes ragten mehrere Stockwerke hoch auf, die Steinfassade wurde von zwei Fensterreihen und drei massiven rechteckigen Türmen durchbrochen. Hinter den Nebengebäuden, in denen die Vorräte und Lancasters Männer untergebracht waren, befand sich der eigentliche Palast, ein riesiges Bauwerk, das einer Kirche ähnelte, mit großen gotischen Buntglasfenstern: Es war der passende Ort, um den französischen König zu empfangen.

Thomas hatte den Palast noch nie betreten. Obwohl er einen Großteil seiner Jugend mit Bolingbroke verbracht hatte, waren sie in dieser Zeit entweder auf dem Landgut der Nevilles im Norden oder auf Lancasters eigenen Ländereien gewesen.

Der Wind frischte auf, und Thomas kniff gegen die beißende Kälte die Augen zusammen. Das Schiff wurde nun langsamer, während es auf die Stufen zufuhr, die von einem kleinen Tor in der Außenmauer des Palastes zum Wasser hinunterführten. Eine Gestalt erwartete sie dort, eine Frau in mittleren Jahren, und als das Schiff am Ufer anlegte, stieg sie anmutig die Stufen hinab, lachte und winkte mit beiden Händen.

Lancaster sprang vom Schiff auf die Stufen und nahm die Frau in die Arme.

»Katherine!«, rief er.

Einen Moment lang schien die ganze Welt stillzustehen und nur noch aus diesen beiden zu bestehen, dann brach um sie herum ein Wirbel aus Bewegung, Lärm und Farbe los. Soldaten, Ritter, Edelknappen, Kammerdiener, Damen, Gepäckträger, Diplomaten, Edelmänner und ihre Damen und zahllose andere ergossen sich durch das Tor, das zur Palastanlage führte. König Johann brachte ein Lächeln zustande und ein Winken für die Londoner, die sich am Flussufer und auf der Brücke drängten oder sich aus Fenstern lehnten, und betrat dann hoheitsvoll die Stufen. Lady Katherine Swynford machte einen tiefen Knicks vor der königlichen Geisel und sprach ein paar höfliche Begrüßungsworte mit leiser Stimme, die dennoch so wunderbar harmonisch klang, dass sie über den Tumult der Menge, die sich um sie herum drängte, hinweg zu hören war.

Nachdem sie ihre Pflichten als Gastgeberin erfüllt hatte, wandte sie sich Bolingbroke zu, der neben König Johann stand, und begrüßte ihn erst mit einem Knicks und dann, nachdem der Form Genüge getan war, mit einer herzlichen Umarmung.

Thomas, der immer noch an der Reling des Schiffes stand, sah mit reglosem Gesicht zu. Bolingbrokes Mutter, Lady Blanche, war gestorben, als er noch ein kleiner Junge gewesen war, und die Mätresse seines Vaters wurde für ihn zu einer Ersatzmutter. Obwohl Lancaster wieder geheiratet hatte – Konstanze von Kastilien –, hatte Hals Stiefmutter England nur selten besucht und wenn doch, war sie ihm mit kalter, abweisender Miene begegnet. Thomas hatte sie nur einmal getroffen, aber Bolingbroke hatte viel von ihr erzählt, und Thomas fragte sich, wie es Lancaster wohl gelungen war, mit ihr zwei Töchter zu zeugen. Thomas hatte schon vor Jahren festgestellt, dass Lancaster ungewöhnlich duldsam gegenüber der ablehnenden Haltung anderer war.

Jetzt wandte sich Katherine Gloucester zu, um ihn zu begrüßen, angesichts seines Verlustes ein wenig zurückhaltender.

Und dann …

… drehte sich Katherine um, hob den Blick und sah Thomas.

Einen Moment lang blieb ihr Gesicht, das trotz ihrer Jahre noch immer schön war, ausdruckslos, dann verzog sie die Mundwinkel zu einem lieblichen Lächeln, das von Herzen kam.

»Thomas!«, rief sie, hob beide Hände und trat vor Aufregung von einem Bein auf das andere. »Thomas!«

Thomas konnte nicht anders, er musste zurücklächeln. Katherine war nicht nur für Bolingbroke eine Ersatzmutter gewesen, sondern auch für ihn. Thomas' Eltern waren gestorben, als er noch recht jung gewesen war, von demselben Wiederaufflackern der Pest dahingerafft, das auch Lady Blanche das Leben gekostet hatte. Rabys erste Gemahlin, seine Tante, war zu sehr mit ihrer eigenen Nachkommenschaft beschäftigt gewesen, um sich viel um Thomas kümmern zu können, und da er einen Großteil seiner Jugend mit Bolingbroke zusammen verbrachte, hatte Katherine ihm gegenüber mit derselben Wärme und Herzlichkeit die Rolle einer Mutter übernommen, wie sie es auch bei Bolingbroke getan hatte.

Sie war mit Sünden beladen, denn sie hatte mit Lancaster viele Jahre lang Unzucht getrieben und ihm zwei uneheliche Kinder geboren, aber Thomas liebte sie dennoch und konnte verstehen, warum Lancaster sie nie aufgegeben hatte und sie jetzt sogar, wenn Margaret die Wahrheit gesprochen hatte, zu seiner Gemahlin machen wollte.

Er winkte, verließ das Schiff, schlängelte sich durch die vielen aussteigenden Reisenden und an den Dienern vorbei, die an Bord gekommen waren, um beim Ausladen der Vorräte und des Gepäcks zu helfen, und eilte zu Katherine.

Sie zögerte, als er bei ihr angelangt war. »Ich weiß nicht, ob ich einen Geistlichen umarmen darf«, sagte sie mit einem unsicheren Lächeln, dann funkelten ihre Augen verschmitzt und sie beugte sich vor, legte die Hände auf Thomas' Schultern und küsste ihn sanft auf die Wange.

»Ich habe dich seit über sechs Jahren nicht mehr gesehen«, sagte sie und betrachtete ihn aufmerksam. »Du hast mit Hal ein Turnier besucht und bist nie mehr zurückgekehrt. Ich habe um dich getrauert, als seist du tot.«

»Madam, Ihr könnt die Priesterweihe nicht mit dem Tod gleichsetzen.«

»Nein? Ich habe dich an jenem Tag verloren, Thomas. Wir alle. Aber«, sie hielt inne und lächelte, »ich bin froh, dass du nun heimgekehrt bist, wenn auch in einem solch trübseligen Gewand.«

Thomas' Miene erstarrte, er spürte ihre unausgesprochene Kritik an seiner Entscheidung, sich zum Priester weihen zu lassen, nur zu deutlich. »Ihr solltet Euch freuen, Madam, denn ich habe die Welt der Menschen verlassen, um Gott zu dienen.«

Ihr Blick glitt prüfend über sein Gesicht. »Ich würde mich auch freuen, Thomas, wenn ich glauben würde, dass es die Liebe zu Gott ist, die dich zu dieser Entscheidung veranlasst hat. Aber Bedauern und Schuldgefühle bieten keine gute Grundlage für den lebenslangen Dienst an Gott … nicht wahr?«

Sie bezog sich auf das Unaussprechliche, Alice' Tod, das Ereignis, das Thomas einst in die Arme der Kirche getrieben hatte, und er entzog sich ihr steif und kalt. Er würde sich nicht schuldig fühlen! Hatte der heilige Michael ihn nicht von aller Schuld entbunden? Hatte er nicht gesagt, dass er richtig gehandelt hatte?

»Thomas«, sagte Katherine in diesem Moment. »Meine Worte waren gedankenlos, und ich muss dich um Verzeihung bitten. Ich war eine unachtsame Gastgeberin und eine schlechte Freundin.«

»Meine Entscheidung, dem Orden beizutreten, ist sicher von vielen …«

»Thomas, lass uns nicht mehr darüber sprechen. Nicht jetzt, nicht heute.« Katherines Gesicht hellte sich auf. »Schließlich ist heute mein Gebieter zu mir zurückgekehrt, und Hal und du! Es ist eine Zeit der Freude, denn meine Familie wird zu Weihnachten wieder beisammen sein. Ach«, sie wandte sich zur Seite, als ein Diener ihr etwas ins Ohr flüsterte, »ich muss gehen, es gibt so viel zu tun. Tom, wirst du dich uns heute Abend in den Privatgemächern meines Herrn anschließen? Einen offiziellen Empfang für Seine Hoheit, den König, wird es erst morgen geben, und so können wir heute Abend ganz unter uns sein und zusammen scherzen wie alte Freunde. Komm, sag, dass du uns Gesellschaft leisten wirst.«

Sie nahm seine Hände und lachte fröhlich. »Ja? Ach, Tom, damit machst du mich sehr glücklich!«

Damit ging sie durch die Menschenmenge zurück zu Lancaster, um König Johann in die Gemächer zu führen, die für ihn vorbereitet waren.

Thomas blickte zu der beeindruckenden Festungsanlage hoch, die den Savoy Palace umgab. Es war kein Wunder, dass der französische König während seiner Gefangenschaft hier untergebracht werden würde. Die Palastanlage von Westminster, wo König Eduard wohnte, war nicht so sicher und der Tower nicht geräumig genug.

König Johann wurde wie ein Gast behandelt, nicht wie ein Gefangener.

Lancasters Kammerherr, ein Mann namens Simon Kebell, stand plötzlich vor Thomas.

»Bruder Thomas, es tut meinen alten Augen gut, Euch wiederzusehen. Ich grüße Euch recht herzlich. Lord Lancaster sagte mir, dass Ihr im Hauptgebäude untergebracht seid.« Kebell streckte die Hand aus und griff nach einem vorbeieilenden Diener. »Robert hier wird Euch zu Eurem Gemach führen.«

Der Savoy Palace war eines der Wunder von London und ganz sicher das luxuriöseste Privathaus der ganzen Stadt. Obwohl sein Herz der traditionelle Saal war, ein riesiger, prachtvoller Raum, in dem alle offiziellen Dinner, Audienzen und Vergnügungen stattfanden, verfügte er auch über eine große Anzahl von Privatgemächern und kleineren Räumen, sodass Lancaster und seine Familie, sowie besondere Gäste, sich in eine ungezwungenere und behaglichere Umgebung zurückziehen konnten. Nicht einmal König Eduard verfügte über solche Bequemlichkeiten in seinem Palast in Westminster. Die *Painted Chamber*, einer der drei Hauptsäle der Palastanlage von Westminster, war der Ort, an dem Eduard nicht nur all seine Audienzen und Bankette veranstaltete, sondern er schlief auch dort – sein Bett war mit einem Vorhang vom Rest des Saals abgeteilt. Privatsphäre war ein Luxus, der den Königen von England nicht vergönnt war.

Lancaster dagegen verfügte nicht nur über luxuriöse Privatgemächer und einen großen Saal, der seinen Glanz und seinen Reichtum zur Schau stellte, er genoss auch alle anderen Annehmlichkeiten der Macht, wie sie sonst nur ein Monarch besaß. Aber schließlich war Lancaster aufgrund seiner Heirat mit Konstanze selbst ein König – wenn auch nur vom Titel her, nun, da Konstanze tot war … es hieß, sie sei an einer Erkältung gestorben, die sie sich durch ihren eigenen frostigen Charakter zugezogen hatte. Die Ländereien und Besitztümer, die er nicht nur in seinem Heimatland, sondern auch auf dem Kontinent besaß, machten ihn zum reichsten – und somit auch mächtigsten – Privatmann von ganz England. Er verfügte sogar über mehr Reichtümer und Soldaten als sein Vater, der König.

Es war höchst bezeichnend, dass König Johann im Savoy Palace von Lancaster eingekerkert werden – wenn man einen so luxuriösen Aufenthaltsort überhaupt als Kerker bezeichnen konnte – und unter dessen Schutz stehen sollte. Denn bis weit in den Norden Englands, wo Thomas in seinem Heimatkonvent in Durham gewohnt hatte, bevor er nach Rom gegangen war, waren die Gerüchte vorgedrungen, dass König Eduards Verstand mit den Jahren nachgelassen hatte, und da der schwarze Prinz so oft unterwegs war – *und seine Gesundheit immer mehr nachließ,* fügte Thomas in Gedanken hinzu –, war Johann von Gent, der Herzog von Lancaster, der eigentliche König von England.

Thomas wandte sich vom Fenster ab, von wo aus er das geschäftige Treiben auf dem Hof beobachtet hatte – immer noch wurden Pferde, Ausrüstung und Gepäck ausgeladen –, und ließ den Blick durch sein Gemach gleiten. Es war klein und nur spärlich möbliert, beinahe wie eine Zelle. Es gab einen Schemel, eine kleine Truhe, in der er seine Habseligkeiten unterbringen konnte – die jedoch nicht sehr zahlreich waren: ein zweites Obergewand, etwas Wäsche und ein kleines, schmuckloses Gebetbuch, an dem er sehr hing –, und es gab ein einfaches Holzbett, auf dem er schlafen konnte, doch nicht einmal einen Kamin. Dennoch war es ein Raum für ihn allein, etwas, womit Thomas nicht gerechnet hatte.

Nun, umso besser, dann konnte er wenigstens in Ruhe beten.

Er seufzte. Er war wieder in England, und ein weiterer Abschnitt seiner Reise lag hinter ihm, doch er hatte noch sehr viel vor sich. Thomas bezweifelte, dass er London vor dem

Weihnachtsfest würde verlassen können und das bedeutete eine weitere Verzögerung von zwei oder drei Wochen.

Und dann war da noch der Ordensgeneral. War ihm womöglich zu Ohren gekommen, dass Thomas in Lancasters Gefolge reiste? War er bereits in diesem Augenblick mit grimmiger Miene auf seinem Maultier von Oxford nach Süden unterwegs?

Richard Thorseby konnte Thomas' Vorhaben, nach Norden zum Konvent am Bramhamer Moor zu reisen, wo er Wynkyn de Wordes Schatulle zu finden hoffte, vereiteln, und nur Lancaster verfügte über genügend Macht, um Thomas vor den Anordnungen des Ordensgenerals zu beschützen.

Thomas warf einen Blick auf den Schemel. Ein Teller mit Brot- und Käseresten stand darauf; Katherines Einladung hatte sich nicht darauf erstreckt, der Familie beim Abendessen Gesellschaft zu leisten. Nun, es war schon weit nach Sonnenuntergang, und in seinem Gemach wurde es langsam kühl. Es wurde Zeit, sich Lancaster und Katherine für den Abend anzuschließen.

Während er sein Gemach verließ und dabei die Wachen bemerkte, die in regelmäßigen Abständen im Gang postiert waren – Lancaster wollte offenbar sichergehen, dass Thomas nicht auf eigene Faust nach Norden aufbrach –, fragte sich Thomas, was aus Lady Margaret geworden war.

Er sollte es bald herausfinden.

Lancasters eigene Gemächer befanden sich direkt hinter dem Hauptsaal, und als ihn die Wachen mit einem Nicken eintreten ließen, fiel sein Blick als Erstes auf Margaret.

Sie saß in der Nähe eines flackernden Feuers – seine Flammen hatten Thomas' Auge sofort auf sich gezogen – und arbeitete an einer Stickerei, wie es viele adlige Damen taten, und zum ersten Mal, seit Thomas ihr begegnet war, trug sie etwas anderes als ihr geflicktes graues Kleid. Katherine, die in ihrer Jugend ebenfalls Armut und Vernachlässigung erfahren hatte, hatte Margaret eines ihrer eigenen Kleider aus zitronengelbem Leinenstoff überlassen, das an Saum, Ärmeln und Ausschnitt mit Kornblumen bestickt war. Es passte gut zu Margarets Hautfarbe, und sein Schnitt verdeckte ein wenig ihren gewölbten Leib.

»Thomas, kommt, schließt Euch uns an«, sagte Lancaster von einem Podest aus, der vor einem hohen Rundbogenfenster aus hauchzartem Buntglas stand. Katherine saß auf einem kleineren Stuhl neben Lancasters Thron, ihre Hand ruhte leicht auf seinem Arm, und ihr Gesicht war von einem Lächeln erhellt.

Katherine, dachte Thomas, *sieht aus, als sei sie die glücklichste Frau der ganzen Christenheit.*

Vor ihnen befand sich ein niedriger Tisch, auf dem Wein- und Wasserkrüge, Pokale und Teller mit Feigen und Datteln standen. An einem Ende war ein Schachbrett mit Figuren aufgebaut, über das sich Bolingbroke beugte. Er drehte unentschlossen einen Bauer in der Hand.

Eine junge Frau saß neben ihm. Ihre Wangen waren lebhaft gerötet. Sie hatte Katherines dunkelbraunes Haar und ihre leuchtenden grauen Augen, und Thomas erkannte in ihr augenblicklich Johanna Beaufort, die uneheliche Tochter von Lancaster und Katherine.

Und vermutlich Thomas' nächste Tante.

Um sie herum hatten sich noch viele andere eingefunden; wie Margaret waren sie niedere Adlige, die zum Haushalt der Familie Lancaster gehörten.

Thomas neigte den Kopf zum Gruß und ging zu dem Stuhl neben Katherine, auf den Lancaster gezeigt hatte, als ein junger Mann aus einem mit Vorhängen abgetrennten Durchgang in der halb runden rechten Wand des Gemachs trat.

Thomas blieb stehen und verneigte sich vor ihm – ein wenig tiefer diesmal. »Lord Richard«, sagte er, »es ist viele Jahre her, seit wir uns das letzte Mal begegnet sind, und ich stelle fest, dass Ihr seither vom Knaben zum Mann herangewachsen seid.«

Es war Richard, der achtzehnjährige einzige Nachkomme des schwarzen Prinzen und seiner Gemahlin Johanna von Kent.

Er war groß und schlank – seine muskulöse Gestalt verriet das Erbe der Plantagenets – und besaß helles Haar, aber es war vor allem sein Gesicht, das Thomas' Aufmerksamkeit erregte. Richard hatte dieselben schmalen, empfindsamen Züge wie sein Onkel, Gloucester, und das ließ nichts Gutes ahnen, denn er würde eines Tages König von England sein, und dem Land würde die Engstirnigkeit und Unduldsamkeit, die diese Züge häufig begleiteten, nicht zum Vorteil gereichen.

»Thomas«, sagte Richard und hielt kurz inne, um Thomas von Kopf bis Fuß zu mustern, »Ihr seht aus wie ein Inquisitor in diesen Gewändern und mit dem verdrießlichen Ausdruck in Eurem Gesicht. Seid Ihr hier, um uns alle in die Hölle zu schicken?«

Thomas gefror innerlich und zwang sich dann zu einem Lächeln. »Ich habe nur die besten Absichten, Richard, und werde niemanden in die Hölle schicken, es sei denn, man zwingt mich dazu.«

Lancaster und Katherine lachten, aber Hal musterte aufmerksam Thomas' Gesicht und richtete den Blick dann wieder auf die Schachfigur, die er in der Hand hielt.

»Wir müssen aufpassen, was wir sagen«, sagte Lancaster

und zwinkerte Richard zu, »sonst reicht Thomas all unsere Namen an das Heilige Amt der Inquisition weiter.«

Richard lächelte hart und kalt. Er setzte sich und nahm sich etwas Obst. »Ich glaube, darüber sollten wir nicht scherzen, Onkel. Thomas' Freunde werden nur allzu schnell Opfer der Flammen.«

Alle erstarrten erschrocken. Margaret, die Alice' Geschichte nicht kannte, war lediglich verwirrt. Doch sie sah, welche Wirkung die Bemerkung auf die anderen hatte, und senkte den Kopf über ihre Stickerei.

»Wenn Euch meine Anwesenheit nicht behagt«, sagte Thomas, »dann sollte ich wohl besser gehen.«

»Nein«, sagte Richard und wedelte lustlos mit seinem angebissenen Apfel, »bleibt. Vielleicht könnt Ihr uns mit Geschichten darüber unterhalten, was reumütige Bauern Euch während der Beichte ins Ohr flüstern. Stimmt es, Thomas, dass einige Bauern gern mit ihren Kühen Unzucht treiben?«

»Richard!«, sagte Lancaster und warf seinem Neffen einen durchdringenden Blick zu.

»Vergebt mir«, sagte Richard zu Thomas. »Ich habe mich im Ton vergriffen.«

Er klang nicht im Geringsten reumütig, und seine Augen funkelten immer noch boshaft.

Thomas nahm die Entschuldigung mit einer Verbeugung an und ging dann zu einem Schemel hinüber, den Hal zu sich herangezogen hatte. Er hoffte, dass Richard noch einige Jahre Zeit hatte, um reifer zu werden, ehe er seinem Großvater und seinem Vater auf den Thron folgte …

Aber Eduard war dem Tode nahe und der schwarze Prinz bereits in mittleren Jahren und krank!

Richard war dem Thron höchstwahrscheinlich näher, als man sich wünschen konnte.

Während die Gesellschaft eine beiläufige – wenn auch etwas gezwungene – Unterhaltung über die Vorzüge verschiedener Falken in Lancasters Stall begann, musterte Thomas den Herzog mit großem Interesse.

Lancaster war schon immer für seinen Ehrgeiz bekannt gewesen … wie sehr mochte es ihn geärgert haben, dass er der vierte Sohn war und nicht der erste? Die beiden Brüder zwischen ihm und dem schwarzen Prinzen waren gestorben … und zwischen Lancaster und dem Thron standen nur noch der Prinz und sein Sohn Richard. Hütete Lancaster den Thron lediglich für seinen Neffen oder wollte er ihn gar an sich reißen?

Es war weit nach der Komplet – Thomas hatte die Glocken von St. Paul's von ferne läuten hören –, als Lancaster und Katherine sich erhoben.

Ehe sie das Gemach verließen, verhielt Lancaster nochmals kurz seine Schritte und drehte sich zu Thomas um.

»Morgen Mittag«, sagte er, »werden wir König Johann nach Westminster bringen, wo er von meinem Vater begrüßt wird. Thomas, es wird eine langwierige und pompöse Angelegenheit werden und ich denke, Ihr werdet hier glücklicher sein. Versteht das bitte nicht als Zurückweisung, Tom, denn Ihr seid zum Weihnachtsfestmahl in der *Painted Chamber* in meiner Familie willkommen … aber im Augenblick ist es das Beste, wenn Ihr in diesen Mauern bleibt.«

Damit gingen er und Katherine hinaus.

KAPITEL DREI

Matutin am Donnerstag vor der Geburt
Unseres Herrn Jesus Christus
Im einundfünfzigsten Jahr der Regentschaft Eduard III.
(23. Dezember 1378, vor der Morgendämmerung)

– DER NAMENLOSE TAG –

– I –

Johann schob Katherine eine dicke Haarlocke aus dem Gesicht und küsste sie sanft auf den Mund.

Gütiger Himmel, er war so froh, sie wieder an seiner Seite, in seinem Haus zu haben.

Sie hatten sich leidenschaftlich geliebt, beide gleichermaßen ausgehungert, und waren nun zwar träge, konnten aber nicht einschlafen.

Die Monate der Trennung waren zu lang gewesen.

»Ich habe meinen Vater benachrichtigt«, sagte Johann, sein Mund nahe an Katherines. »Wir werden am Stephanstag in seiner Kapelle heiraten.«

Katherines Augen füllten sich mit Tränen. Sie gehörte zum niederen Adel und die Ehre, die ihr durch Johann zuteil wurde und die Liebe, die er ihr entgegenbrachte, indem er sie zu seiner Herzogin machte, rührten sie zutiefst. Sie hob die Hände und streichelte sein Gesicht.

»Das wird vielen nicht gefallen«, sagte sie.

»Dann sollen sie zur Hölle fahren!«

»Psst, mein Liebster!« Doch Katherine kicherte trotzdem, und Johann senkte den Kopf und küsste sie genauso leidenschaftlich wie an jenem Nachmittag vor fünfundzwanzig Jahren, als sie zum ersten Mal das Lager miteinander geteilt hatten.

Sie löste sich spielerisch von ihm. »Ihr macht mich wieder schwanger, mein Gebieter!«

Johann lachte. »Wenn du in deinem Alter tatsächlich noch einmal ein Kind bekommst, meine süße, liebe Frau, dann würde der Papst dich zu einem Wunder erklären!«

Eine Weile lang streichelten sie einander nur und murmelten liebevolle Worte, dann, als sie wieder still lagen, seufzte Katherine.

»Bist du meiner schon überdrüssig, meine Geliebte?«, sagte Johann ein wenig schnippisch.

»O nein! Ich musste nur gerade an Lady Margaret denken.«

»Einer der mächtigsten Edelmänner des Königreichs teilt mit dir das Lager, und du kannst nur an eine Dame von niederem Rang denken?«

Katherine lächelte, erleichtert, dass sein Tonfall zu harmlosem Geplänkel zurückgekehrt war. »Der mächtigste Edelmann überhaupt, mein geliebter Herr. Nein, ich musste an Margaret denken, weil wir gerade über Schwangerschaft gesprochen haben.«

Sie hielt inne, denn sie wusste, dass sie beide an jenen Nachmittag vor fünfundzwanzig Jahren zurückdachten. Ihr Gemahl, Hugh de Swynford, war gerade erst gestorben, und Lancaster hatte ihre Witwenschaft sofort ausgenutzt, um sie in sein Bett zu locken. Er hatte noch am selben Nachmittag ein Kind mit ihr gezeugt – ihr erstes gemeinsames Kind, Heinrich – und viele Jahre lang hatten sie alle in dem Glauben gelassen, Heinrich sei Hughs Sohn, der noch vor seinem Tod gezeugt worden war.

Nun war da Margaret, ebenfalls frisch verwitwet und mit dem Kind ihres Liebhabers schwanger, welches als das ihres verstorbenen Ehemannes ausgegeben werden sollte.

Der Unterschied zwischen Margarets und Katherines Lage war jedoch, dass Margarets Liebhaber nicht zu ihr halten würde.

Katherine verstand, warum Raby sich von Margaret abgewandt hatte. Ihr mütterlicher Instinkt dankte ihm sogar dafür, denn dadurch würde ihre Tochter Johanna einen Mann heiraten, der nicht mit einer Mätresse und einem unehelichen Kind beladen war, aber dennoch tat ihr Margaret leid.

Als sie sie am Nachmittag dieses Tages gesehen hatte, war sofort ihr Mitgefühl erwacht. Margaret war ängstlich und wirkte ausgezehrt und krank … und vernachlässigt in ihrem fadenscheinigen Kleid.

»Vielleicht können wir bei Hofe einen Gemahl für sie finden, mein Geliebter«, sagte Katherine.

»Ach! Jetzt weiß ich wieder, warum ich so sehr an dir hänge. Deine Worte gefallen mir, meine Liebe. Ja«, Johann rollte sich auf den Rücken und blickte zur dunklen, gewölbten Decke ihres Gemachs hinauf, »wir werden einen Ehemann für sie suchen.«

Das würde nicht schwierig sein. Margaret war eine schöne Frau, und Lancaster und Raby würden gemeinsam dafür sorgen, dass sie mit genügend Land ausgestattet würde, um sie doppelt so begehrenswert zu machen. Dass sie von einem anderen schwanger war, würde nicht schaden. Ihr Wert erhöhte sich dadurch sogar noch, denn es bewies ihre Fähigkeit, Erben zu gebären.

»Aber erst, nachdem sie das Kind geboren hat«, fuhr Johann fort. »Kein Mann würde gern mit einer Frau das Hochzeitslager teilen, deren Leib so prall ist, dass er nicht auf ihr liegen könnte.«

»Keiner meiner Bäuche hat Euch jemals davon abgehalten, mein Fürst!«

»Nun ja, aber es hat auch nie eine Frau gegeben, die so begehrenswert gewesen wäre wie du.«

Sie kicherte erneut, und dadurch ermutigt, ließ Johann seine Hand zu Stellen ihres Körpers gleiten, die immer noch heiß vom letzten Liebesakt waren.

Sie wand sich und heizte seine Leidenschaft damit nur noch mehr an. »Thomas hat sich stark verändert.«

»Ach!« Johann rollte sich wieder zur Seite. *Wollte sie ihre Gedanken denn gar nicht mehr auf die Gegenwart richten?*

»Alice' Tod hat ihn hart getroffen«, sagte Katherine.

Johann schwieg eine Weile, ehe er antwortete. »Thomas hat sich gegenüber Alice und ihrem Gemahl schlecht aufgeführt und noch schlimmer gegenüber seiner eigenen Familie und seinem Lehnsherrn, indem er sich in den Heiligen Orden geflüchtet hat. Er ist weit gelaufen, um den Folgen seines Tuns zu entkommen. Das ist ihm nicht bekommen.«

»Und dennoch … dennoch sagt Ihr, dass er mit einer heiligen Mission beauftragt wurde. Etwas, das von so großer Bedeutung ist, dass Ihr ihm gestattet habt, an Euren Hof zurückzukehren?«

Johann lag wieder still da. Seine Liebe und sein Vertrauen zu Katherine waren so stark und ihm so sehr in Fleisch und Blut übergegangen, dass er ihr schließlich von den Dämonen erzählte, die den schwarzen Prinzen, Hal und Thomas verhöhnt hatten, und von Thomas' Bestreben, die Schatulle zu finden, welche die Geheimnisse enthielt, mit denen die Dämonen vernichtet werden konnten.

So angstvoll wie noch nie in ihrem Leben klammerte sich Katherine an Johann.

»Was können wir nur tun?«

Johann zuckte mit den Achseln. »Wir müssen tun, was in unserer Macht steht.« Dann legte er die Arme um sie. »Wie es unsere Pflicht ist.«

»Thomas ist so ein seltsamer Mann«, sagte sie und wusste selbst nicht recht, was sie damit meinte.

»In der Tat, seltsam«, sagte Johann und ließ seine Hand erneut in das Reich der Versuchung gleiten, »wenn er den Körper einer Frau gegen die kratzenden Gewänder eines Geistlichen eingetauscht hat.«

Diesmal wehrte Katherine sich nicht. Nichts könnte sie besser von ihrer Furcht befreien und ihr ein Gefühl von Sicherheit verleihen, als Johanns Gewicht auf sich zu spüren.

»Wenn Ihr die Wahrheit sprecht«, sagte sie und stöhnte unwillkürlich, während die Hand ihres Liebhabers ihren Körper liebkoste, »war Thomas vielleicht doch zu einem Leben als Geistlicher bestimmt.«

»Genug von Tom und der Kirche«, sagte Johann. »Was ich dir zu bieten habe, meine Dame, hat weder mit dem einen noch mit dem anderen etwas zu tun!«

Thomas verbrachte die Nacht im Gebet. Die Abgeschiedenheit seines Gemachs und dessen Kargheit, die ihn an die vielen Jahre erinnerte, die er im Schoß der Kirche in innerer Einkehr verbracht hatte, kamen ihm gerade recht.

In den letzten Wochen und Monaten hatte seine lange Reise ihn immer weiter vom Orden und der Disziplin des

Klosters entfernt, und Thomas hatte sie stark vermisst. Er hatte sich zu sehr von der irdischen Welt – mit ihren Menschen und Intrigen – in Anspruch nehmen und von seinem Ziel ablenken lassen.

Katherine hatte angenommen, er sei ins Kloster eingetreten, um seinen Schuldgefühlen wegen Alice' Tod und dem ihrer Kinder zu entkommen.

Stimmte das denn überhaupt?

Ja, er konnte es nicht leugnen, obwohl sich Thomas jahrelang eingeredet hatte, dass ihr Tod nur ein Tor für ihn geöffnet und ihm vor Augen geführt hatte, dass der wahre Sinn seines Lebens nicht in den Machenschaften der Adligen bestand oder darin, seine riesigen Ländereien zu verwalten, und auch nicht, auf dem Schlachtfeld zu Ruhm und Ehren zu gelangen, sondern Gott zu dienen, so gut er es vermochte.

Bei dem Gedanken an Alice musste Thomas an Margaret denken, und einen Moment lang fühlte er sich schuldig. Sie hatte niemanden und erwartete ein Kind, das höchstwahrscheinlich von ihm stammte. Vermutlich war sie an seiner Zeugung ebenso unschuldig wie er und völlig verzweifelt …

Thomas zwang sich, nicht mehr darüber nachzudenken. *Nein!* Das war genau das, was die Dämonen ihn glauben machen wollten! Sie wussten von Alice' tragischem Schicksal und hofften, seine Schuldgefühle würden ihn Margaret gegenüber sensibler machen … damit er ihr seine Seele schenkte und damit die ganze Menschheit ins Verderben stürzte.

Nun, das würde er nicht tun. Nein! Er würde es ganz bestimmt nicht tun! Entsetzt darüber, wie nahe er daran gewesen war, Mitleid für Margaret zu empfinden, überkamen ihn nun Tausende andere Zweifel, ob er dem Auftrag des heiligen Michael gewachsen war.

Was war mit Jeannette? Warum hatte Gott den heiligen Michael auch zu ihr geschickt, um sie auf denselben Kampf vorzubereiten? Meinte Gott, er brauchte jemanden, der einspringen konnte, für den Fall, dass Thomas versagte?

Glaubte Gott denn nicht an ihn?

Thomas ließ den Kopf sinken und weinte, nun vollkommen unfähig, sich der Ruhe des Gebets und der inneren Einkehr hinzugeben. Vielleicht hatte er ja schon versagt, denn er genoss den weltlichen Luxus des Savoy Palace, anstatt im Konvent am Bramhamer Moor die Geheimnisse von Wynkyns Schatulle zu lüften.

Thomas.

Thomas hob den Kopf, das Gesicht bleich und tränenfeucht. »Heiliger Michael?«, flüsterte er.

Vor ihm war nichts als die eisige Finsternis vor der Morgenröte. Gar nichts …

Thomas.

Er drehte sich um und blickte hinter sich. Nichts, außer dem blanken Stein der Außenmauer des Gemachs.

Er richtete den Blick wieder nach vorn und rang nach Luft.

Etwa zwei Fuß vor ihm schwebten zwei Hände in der Luft, die von einem sanften, goldenen Leuchten umgeben waren. Es waren die faltigen, tröstenden Hände eines alten Mannes, die mit der Handfläche nach oben ausgestreckt waren, als wollten sie Thomas ihre Wärme schenken.

Ohne nachzudenken, streckte er die eigenen kalten Hände aus, und im selben Moment ergriff der Erzengel sie und nahm sie in die seinen.

Thomas, du darfst nicht zweifeln, auch wenn dein Weg im Dunkel zu liegen scheint.

»Ich habe so viel Zeit verschwendet, dass die Dämonen die Schatulle inzwischen sicher längst gefunden haben. Ich …«

Thomas, vertraue auf Gott. Selbst wenn die Schatulle den Dämonen in die Hände fällt, werden und können sie ihren Inhalt nicht zerstören. Und während ihr und ihrem Inhalt nichts geschehen kann, kann den Dämonen hingegen Einhalt geboten werden. Du bist Wynkyns Nachfolger. Du allein kannst die Geheimnisse gegen die Dämonen einsetzen. Es mag einen Monat dauern, ein Jahr oder länger, aber sie können dich nicht mehr lange von der Schatulle fernhalten. Sie wird von dir ebenso angezogen wie du von ihr. Vertraue mir.

Thomas brach wieder in Tränen aus, aber diesmal aus Dankbarkeit für den Trost, den der Erzengel ihm mit seiner Berührung und seinen Worten spendete.

»O Heiliger, ich danke dir!«

Der Griff des Erzengels verstärkte sich und erfüllte Thomas mit einem Gefühl von Inbrunst und Ehrfurcht.

Thomas, auch wenn die Dämonen die Schatulle nicht zerstören und sie dir nicht ewig vorenthalten können, lässt sich das Böse, das sie über die Christenheit gebracht haben, nicht mit Worten beschreiben.

»Sie benutzen Ideen als Waffen und machen die Menschen unzufrieden mit ihrem Los und mit Gott.«

Ja.

»Sie müssen über große Überzeugungskraft verfügen, dass ihnen im Reich der Menschen so viele freiwillig dienen.«

Thomas spürte, wie der Erzengel zögerte und seine Hände losließ. Deshalb ergriff er nun seinerseits die Hände des Erzengels, als wollte er ihm Trost spenden.

Das ist noch nicht alles, Thomas. Die Macht der Dämonen hat zugenommen, aber auch ihre Verzweiflung. Sie fürchten dich, und sie fürchten Jeannette – Jeanne. Seit vielen Jahren hätscheln sie in ihrer Mitte eine dunkle, krebsartige Wuche-

rung, die sie ihren Kronprinzen nennen. Sie werden ihn bald auf den Thron setzen, und dann wird er der große Dämonenkönig werden, dessen Aufgabe es sein wird, dir und Jeanne Einhalt zu gebieten und diese Welt ein für allemal den Dämonen zu überlassen.

Thomas öffnete den Mund, um eine Frage zu stellen, und erinnerte sich dann wieder an etwas, das der Erzengel ihm gesagt hatte, als er ihn in Domrémy mit seinem Erscheinen beehrt hatte.

»Der englische König …«

Er wird derjenige sein. Um ihrem Prinzen die größtmögliche Macht zu verleihen, werden die Dämonen ihn auf den Thron setzen.

»Aber … aber … der schwarze Prinz wird auf den Thron gelangen, wenn Eduard stirbt, und ich glaube nicht, dass er ein Dämon ist.«

Es zieht eine Dunkelheit herauf, Thomas. Eine Dunkelheit, die ich nicht ganz durchdringen kann. Alles, was ich weiß und was ich dir sagen kann, ist, dass der uralte Thron der englischen Könige, die von König David selbst abstammen, bald von einem dämonischen Kronprinzen besetzt sein wird.

»Was kann ich dagegen tun?«

Halte dich bereit, Thomas. Der Dämonenkönig wird dich als das erkennen, was du bist – die Waffe Gottes –, und er wird nach dir suchen. Ihr werdet im entscheidenden Kampf gegeneinander antreten. Doch selbst mit der Macht, die ihm zur Verfügung steht, kann er dich nicht lange von der Schatulle fernhalten, die dir als rechtmäßigem Erben zusteht.

Thomas runzelte die Stirn. Wer mochte es sein? Seine Gedanken kehrten immer wieder zum schwarzen Prinzen zurück. Eduard war alt und würde wohl nicht mehr lange leben. Der schwarze Prinz würde sein Nachfolger sein … aber würde der Prinz der teuflische neue Dämonenkönig sein? Irgendwie schien das nicht zu passen.

Und wenn der schwarze Prinz nun ebenfalls nicht mehr lange zu leben hatte? Wer würde es dann sein? Richard … oder womöglich Lancaster?

Ich kann dir nicht mehr sagen. Der Dämonenprinz hält sich gut verborgen.

Thomas erinnerte sich an etwas, über das er seit Monaten nachgedacht hatte. »Heiliger … nachdem ich am Höllenschlund mit dem Dämon gesprochen habe, ist mir der Verdacht gekommen, die Dämonen könnten mithilfe von Magie ihr Aussehen verändern und sich in der Gestalt von Männern und Frauen in unsere Nähe begeben. Könnte das so sein?«

Ja. Du hast ganz recht, Thomas. Jeder, dem du begegnest, könnte ein Dämon sein. Ihre Masken sind undurchschaubar … manchmal kann nicht einmal ich sie erkennen.

»Ich kann also niemandem trauen.«

Niemandem außer Gott. Thomas … warum hast du mir von dieser Vermutung nicht schon in Domrémy erzählt?

Thomas neigte den Kopf. »Ich wollte mein Wissen nicht mit dem Mädchen teilen.«

Dann bist du ein Narr, Thomas, und selbstsüchtig. Dein Schweigen hat dir nur wenig genützt – Jeanne wusste bereits davon, und im Gegensatz zu dir gelingt es ihr viel besser, hinter die Masken zu schauen, mit denen die Dämonen sich tarnen.

Damit verschwand der Erzengel, und Thomas war wieder allein in seiner kalten, dunklen Zelle, mit dem Gefühl, dass Jeannette womöglich doch Gottes bevorzugte Waffe war.

KAPITEL VIER

Die Non am Donnerstag vor der Geburt
Unseres Herrn Jesus Christus
Im einundfünfzigsten Jahr der Regentschaft Eduard III.
(Mittag, 23. Dezember 1378)

– DER NAMENLOSE TAG –

– II –

Johann, Herzog von Lancaster, eskortierte König Johann zu seiner Begegnung mit dem englischen König Eduard in Westminster in vollendeter Haltung, wie es der Stellung und der Macht aller Beteiligten gebührte. Kurz vor Mittag hielten fünf Schiffe an den Stufen, die vom Savoy Palace zur Themse hinabführten.

Die Schiffe waren reich geschmückt: Damaststoffe und gewobene Teppiche hingen über die Reling fast bis zum Wasser hinunter; vergoldete Pavillons waren auf den beiden Hauptschiffen errichtet worden und in beiden standen in kostbare Stoffe gehüllte und mit Kissen ausgelegte Throne für Lancaster und König Johann. Weniger reich geschmückte vergoldete Pavillons befanden sich auch auf den anderen drei Schiffen, mit Sitzen für die Adligen und Ritter, die als Eskorte ausgewählt waren, und an allen fünf flatterten Fahnen und Banner – eine leuchtende, prachtvolle Zurschaustellung von Farbe, Fröhlichkeit und Macht für die Weihnachtsfeierlichkeiten der Einwohner Londons.

Von seinem windigen, kalten Platz an der Brustwehr des Savoy Palace beobachtete Thomas, wie Lancaster und sein Gefolge König Johann durch den Innenhof des Palastes auf das Tor zum Fluss zuführten. Thomas war müde, doch er fühlte sich so ruhig und gefasst wie schon seit Wochen nicht mehr. Der Besuch des heiligen Michael – wenn er ihn auch etwas ratlos zurückgelassen hatte – hatte ihn gestärkt und ihm neue Kraft verliehen, und Thomas dankte dem Heiligen für seine Güte.

Lancaster, König Johann und ihr Gefolge waren winzige helle Flecken tief unter ihm, verirrte Sommerschmetterlinge, die würdevoll den geflaggten Hof durchquerten. Obwohl alle Adligen und Ritter über ihren pelzbesetzten Samtgewändern zeremonielle Schwerter trugen, hatte keiner von ihnen eine Rüstung angelegt, denn in der Umgebung Londons und Westminsters war nicht mit einer Bedrohung zu rechnen.

Thomas lächelte spöttisch. *Keine »Bedrohung«? Wer wusste schon, wie viele Dämonen unter ihnen waren, die lächelten, sich verneigten und dabei ihre eigenen Pläne verfolgten!*

Er beugte sich vor und versuchte, im Gefolge Lancasters und des französischen Königs einzelne Gesichter zu unterscheiden. Da war Hal, direkt hinter seinem Vater, und Gloucester, der schon früh am Morgen aus seinem eigenen Palast in London angereist sein musste. Da war der Bischof von London, die schwache Wintersonne funkelte auf seiner juwelenbesetzten Mitra, und hinter ihm ein in schwarze und braune Gewänder gehüllter, schaukelnder Zug von Mönchen und Geistlichen.

Wer von ihnen konnte ein Dämon sein?

Thomas erschauerte. Bis er herausgefunden hatte, wie man einen Dämon von einem Christen unterscheiden konnte, musste er jeden verdächtigen, dem er begegnete. Überdies wusste er, dass die Dämonen ihn als einen Krieger des heiligen Michael und Gottes erkennen und sich auch zu ihm hingezogen fühlen würden.

Jeder in seiner Umgebung könnte ein Dämon sein!

Bei diesem Gedanken wurde ihm kalt ums Herz. Seit dreißig Jahren bewegten sich die Dämonen frei unter den Menschen. In dieser Zeit hätten sie jedermanns Gestalt annehmen können ... jedermanns ...

Da erklangen Hörner und rissen Thomas aus seinen Gedanken. Er blickte hinab – Lancaster und sein Gefolge waren verschwunden.

Thomas machte einige Schritte zur anderen Seite hin und lehnte sich über die Brüstung der dem Fluss zugewandten Seite der Mauer.

Die beiden Schiffe, die Lancaster und König Johann mit ihrem engsten Gefolge trugen, legten gerade von den Stufen ab, und die nächsten kamen sofort danach, um den Rest der Eskorte an Bord zu nehmen. Ohne großen Aufhebens stiegen sie ein, und eine Viertelstunde später schlossen sich die drei Schiffe den zweien an, die in der Mitte des Flusses auf sie warteten, dann bewegte sich der prächtige Zug nach Westen auf Westminster zu.

Während er der Prozession zuschaute, wurde Thomas plötzlich bewusst, dass der schneidende Wind ihn bis auf die Knochen durchgefroren hatte. Zitternd zog er seine Gewänder fester um sich, ging zum Treppenaufgang und stieg zum Innenhof hinunter.

Er wusste nicht recht, was er tun sollte. Er hätte sich gern mit Bolingbroke unterhalten, aber Hal hatte seinen Vater nach Westminster begleitet. Katherine? Nein, Thomas war sich nicht sicher, ob er mit ihr sprechen wollte.

Er wollte nicht wieder an das Ereignis erinnert werden, das ihn in die Kirche geführt hatte.

Also ging Thomas rasch auf die Tore zu, die von der Anlage des Savoy zum Strand führten, doch er wurde unsanft aufgehalten. Die Wachen, die zu beiden Seiten des Tores standen, versperrten ihm mit ihren Lanzen den Weg.

»Tut uns leid, Bruder«, sagte einer von ihnen, »aber Lord Lancaster wünscht, dass Ihr den Palast nicht verlasst.«

Thomas lachte leise. »Zu meiner eigenen Sicherheit, nehme ich an.«

Da bemerkte er, dass sich auf den Gesichtern der Wachtposten großes Unbehagen spiegelte, und ihm wurde klar, dass ihnen ihr Befehl überaus peinlich war. Es war nicht recht, die Bewegungsfreiheit eines Geistlichen einzuschränken oder ihn ohne die Anweisungen eines Prälaten gefangen zu halten.

Also schenkte Thomas ihnen ein freundliches Lächeln und deutete eine Verbeugung an. »Ich bewundere Euch für Eure Ergebenheit und Euer Pflichtbewusstsein gegenüber Eurem Herrn. Ich weiß, dass dies nicht auf Euren Wunsch hin geschieht.«

Die Angespanntheit in den Gesichtern der Wachleute ließ nach, und zwei von ihnen lächelten sogar.

»Ich wünsche Euch einen guten Tag«, sagte Thomas und ging wieder zurück.

Der Wind war noch eisiger geworden und hatte an Stärke zugenommen. Thomas blickte zum Himmel empor. Schwere Schneewolken trieben aus südwestlicher Richtung heran. Er grinste ein wenig boshaft; die Themse würde nun wütend und aufgewühlt sein, und zweifellos klammerten sich die Könige und ihre Eskorten in diesem Augenblick verbissen an die

Armlehnen ihrer Stühle und wünschten sich, sie hätten den Weg zu König Eduards Empfang zu Pferde zurückgelegt. Was für Schmutz und Dung die Hufe der Pferde auch aufwirbeln mochten – alles wäre den schaumbekrönten Wellen vorzuziehen. Lancaster hatte ihm tatsächlich einen Gefallen damit getan, ihn im Savoy zurückzulassen.

Auf der Suche nach Wärme betrat Thomas den Hauptsaal des Palastes. Er war riesig und erstreckte sich etwa zweihundert Schritte von Ost nach West, vierzig von Nord nach Süd und weitere hundert bis zu seiner hoch aufragenden Balkendecke. Das obere Drittel der Seitenwände wurde von einer Reihe sanft geschwungener Fenster im gotischen Stil mit juwelenartigem Buntglas durchbrochen. Darunter hingen riesige prächtige Wandteppiche und die Banner Lancasters und seiner Gefolgsleute.

An der östlichen Wand befand sich ein großer Kamin und ein weiterer an der westlichen, während sich in der Mitte des Saals sechs offene Feuerstellen aneinanderreihten. In den Kaminen wie in sämtlichen Feuerstellen brannten helle Feuer: Obwohl frühestens in drei Tagen ein großes Fest stattfinden würde – wenn Lancaster und seine Braut am Stephanstag ihr Hochzeitsfest hier feiern würden –, brauchte man die Feuer, um den riesigen Saal rechtzeitig für die Feierlichkeiten bis in den hintersten Winkel zu erwärmen.

Lancaster würde mehrere Wälder verbrennen müssen, um seinen Saal richtig warm zu bekommen ... doch wer konnte es sich leisten, wenn nicht er?

Tische waren bereits für die Hochzeitsfeier aufgestellt worden, denn Lancaster würde mindestens sechshundert Gäste bewirten, und Thomas wusste, dass die Vorbereitungen in den Küchen und Vorratskammern bereits auf Hochtouren liefen.

Im Augenblick war es ruhig, nur einige wenige Diener gingen schweigend ihren Aufgaben nach, und es war angenehm warm. Thomas schlenderte langsam vom Westende des Saals, wo er eingetreten war, auf das Podest zu, das am Ostende für die Haupttafel errichtet worden war. Seine Augen waren halb geschlossen, seine Haltung gelöst, während er die Wärme genoss und den Geruch der Kräuter und Gewürze, die auf den frischen Binsen am Boden verteilt worden waren.

Er hörte den Mann nicht, der sich ihm von hinten näherte – so leise wie eine große schwarze Krähe, die sich auf ihr Opfer stürzte.

»Bruder Thomas«, sagte eine flüsternde Stimme, die dennoch gebieterisch klang, »anscheinend fühlt Ihr Euch in Eurer ehemaligen Heimat sehr wohl. Ist es Euch schwergefallen, die Freuden der Falkenjagd und des Festmahls gegen die Entbehrungen einzutauschen, die ein Diener des Herrn, unseres Gottes, auf sich nehmen muss?«

Thomas fuhr herum und wäre auf den Binsen beinahe ausgerutscht.

Hinter ihm stand ein hochgewachsener, alter Mann, so dürr, dass er fast wie ein Skelett wirkte, in schwarze Gewänder gehüllt und auf dem Kopf die Kappe eines Lehrmeisters von Oxford. Sein Haar und der lange, strähnige Bart waren dünn und grau, die Haut seines Gesichts bleich und von alten Pockennarben gezeichnet. Das leidenschaftliche, fiebrige Leuchten in seinen Augen war der einzige Hinweis auf das innere Feuer, das in ihm loderte.

Thomas starrte ihn an und wurde sich zu spät seiner schlechten Manieren bewusst.

Aber musste er sich denn überhaupt einem Mann gegenüber gut benehmen, der mit großer Wahrscheinlichkeit ein Dämon in Menschengestalt war?

»Meister Wycliffe«, sagte Thomas zur Begrüßung. Er verneigte sich nicht und machte auch keine andere Geste der Ehrerbietung, wie er es sonst gegenüber einem solchen Mann getan hätte.

Wycliffes Mund verzog sich zu einem schmalen Lächeln, das gelbe Zähne enthüllte. »Ihr habt keine Achtung mehr vor mir, Thomas.«

»Die hatte ich noch nie.«

Wycliffe bedeutete ihm, seinen Spaziergang zur Stirnseite des Saals fortzusetzen. »Ihr wart immer einer meiner entschiedensten Gegner an der Universität.«

»Und das bin ich auch heute noch.«

»Ach, Thomas, Ihr solltet Euch in Nachsicht üben.«

Thomas blieb stehen und zwang damit Wycliffe, es ihm gleichzutun.

»Gegenüber solchen wie Euch werde ich keine Nachsicht üben«, sagte Thomas.

Wycliffe runzelte die Stirn, als wollte er fragen, was Thomas damit meinte, sagte jedoch nichts. Stattdessen seufzte er schwer, verschränkte die Arme und ließ die Hände in die Ärmel seines Gewandes gleiten.

»Lord Lancaster hat mich darum gebeten, heute Morgen nach Euch zu sehen«, sagte Wycliffe schließlich, die Augen ruhig auf Thomas' Gesicht gerichtet.

»Lancaster hat Euch darum gebeten?«

Wycliffe neigte den Kopf. »Ich bin der geistliche Ratgeber meines Herrn und seines Hauses.«

»Ihr seid ein Ketzer!«

Wycliffe zeigte keinerlei Regung bei dieser Anschuldigung. Er war sie bereits gewohnt.

»Weshalb?«, fragte er leise. »Weil ich vorgeschlagen habe, dass die Kirche ihren Reichtum und ihre weltliche Macht aufgeben und sich wieder auf die Werte der Kirchenväter besinnen sollte – Armut und den Dienst an Gott?«

»Ich habe gehört, Ihr würdet Euch dafür einsetzen, dass die meisten Ämter der Kirche abgeschafft werden. Die gesamte Hierarchie der Kirche wollt Ihr auflösen.«

»Es freut mich zu hören, dass meine armseligen Überlegungen schon so weit vorgedrungen sind. Aber meint Ihr nicht auch, Thomas, dass man einen Großteil des stinkenden, verdorbenen Fleisches der Kirche wegschneiden und verrotten lassen könnte, wenn doch die Heilige Schrift alles enthält, was wir für unsere Erlösung brauchen?«

»Wir benötigen Geistliche, um …«

Wycliffe brachte ihn mit einer wegwerfenden Geste zum Schweigen. »Geistliche Ratgeber werden gebraucht, das schon, aber der durchschnittliche fette, verdorbene und ungebildete Priester? Die Bischöfe, Erzbischöfe, Kardinäle und Päpste? Nein, ich glaube, wir und selbst Gott würden ohne sie auskommen.«

»Ich weiß nicht, warum der Papst …«

»Von welchem der drei derzeitigen Päpste … so viele waren es jedenfalls, als ich sie das letzte Mal gezählt habe … sprecht Ihr?«

»… Euch nicht schon längst der Ketzerei angeklagt hat!«

»Vielleicht«, sagte Wycliffe ruhig und blickte Thomas in die Augen, »haben sie Angst vor dem, was ich sagen könnte, wenn man mich vor Gericht stellt. Aber«, Wycliffe wandte sich ab und ging weiter, »wir schweifen ab. Lord Lancaster hat mich gebeten, mit Euch zu sprechen, um Euer wahres Wesen herauszufinden.«

Was? Thomas eilte hinter Wycliffe her. »Was meint Ihr damit?«

»Mein Fürst hat mir berichtet, dass Ihr Euch auf irgendeiner göttlichen Mission zu befinden glaubt.« Wycliffe verzog den Mund. »Er will sichergehen, dass dies tatsächlich der Fall ist und dass Ihr nicht vom Teufel verblendet seid.«

»Ich diene Gott mit Herz und Seele ... was weit mehr ist, als Ihr ...«

»Ich diene den Interessen der Menschheit, mein Freund, nicht den Interessen der Kirche!«

Sie waren beinahe bei dem Podest angelangt und blieben nun stehen, einige Schritte voneinander entfernt, Thomas kalkweiß im Gesicht und wütend, Wycliffe aufreizend ruhig.

»Lancaster muss wissen, ob er sich auf Euch verlassen kann«, sagte Wycliffe.

Thomas öffnete den Mund, um einzuwenden, dass sich Lancaster stets auf ihn verlassen konnte, hielt dann jedoch inne und dachte nach.

Wer war Lancaster wirklich, und wem diente er?

Wycliffe lächelte. »An den Akademien von Florenz gibt es einige Gelehrte«, sagte er, »die behaupten, die Welt würde in ein neues Zeitalter eintreten ... das Zeitalter des Humanismus. Das Zeitalter des Menschen. Eine Epoche, in der Erlösung und Erfüllung in diesem Leben gefunden werden können und nicht erst im nächsten. In der«, er senkte die Stimme, »ein Mann seinem König und seinem Land, selbst seiner Frau, mehr Ergebenheit und Liebe schuldet als einem fernen, überheblichen Gott.«

Thomas' Herz hämmerte. Wycliffe ging über die reine Ketzerei, über einen Verrat an Gott hinaus.

»Ich weiß, was Ihr seid!«, flüsterte Thomas.

Wycliffe schüttelte den Kopf, sein Lächeln wurde noch feindseliger. »Nein. Ihr wisst gar nichts. Ich wünsche Euch alles Gute, Thomas.«

Er drehte sich um und ging davon.

»Wartet!«, rief Thomas. »Was werdet Ihr Lancaster sagen?«

Wycliffe blieb stehen und sprach über seine Schulter. »Ich werde Lancaster sagen, dass Ihr keine Gefahr darstellt.«

Und damit war er verschwunden.

KAPITEL FÜNF

Nach der Non an der Vigil zur Geburt
Unseres Herrn Jesus Christus
Im einundfünfzigsten Jahr der Regentschaft Eduard III.
(Freitagnachmittag, 24. Dezember 1378)

– VORABEND DES WEIHNACHTSFESTES –

Lancasters Gesellschaft war am späten Nachmittag zu Pferde zurückgekehrt, mit einer Sänfte für den französischen König. Wie Thomas vermutet hatte, war die Themse durch den Wind aufgewühlt worden, und auf dem Heimweg von Westminster war an eine Flussfahrt nicht zu denken gewesen. Thomas hatte sie nicht zurückkehren sehen. Er war zu dieser Zeit in der Kapelle gewesen und hatte gebetet und sich dann den ganzen Nachmittag und die Nacht hindurch bis zu den Matutingebeten am nächsten Morgen in seinem Gemach aufgehalten.

Er war nicht dazu eingeladen worden, Lancaster und seiner Familie am Abend Gesellschaft zu leisten.

Die Vigil vor der Geburt Jesu Christi war klar und kalt angebrochen: Der Sturm, der sich am Vortag angekündigt hatte, war nach Osten weitergezogen, ohne seine Drohung wahr zu machen, Londons Weihnachtsfeierlichkeiten ins Wasser fallen zu lassen. Thomas hatte die Messe bei Morgengrauen in der Kapelle des Savoy besucht, ein eindrucksvolles Gebäude, das an den Fluss angrenzte. Katherine war dort gewesen und einige ihrer Damen, darunter auch Margaret, mehrere andere Mitglieder des Haushalts der Lancasters, und die meisten der Diener, die gerade nicht gebraucht wurden. Lancaster und Bolingbroke waren nicht anwesend gewesen, und Wycliffe schien sich wieder in das dunkle Loch zurückgezogen zu haben, aus dem er hervorgekrochen war.

Nach der Messe lud Katherine Thomas dazu ein, an ihrem Tisch sein Fasten zu brechen, doch er lehnte ab. Er brauchte Zeit für sich und das Gebet, um seine Seele auf das heilige Fest des kommenden Tages und den bevorstehenden Kampf gegen die Dämonen vorzubereiten, deshalb verneigte er sich höflich vor ihr, nickte der Schar der Damen hinter ihr zu – Margaret hatte das Gesicht abgewandt und vermied es, ihn anzusehen – und ging in sein Gemach zurück, um ein bescheidenes Mahl aus Wasser und Brot zu sich zu nehmen.

Während der Savoy Palace zum Leben erwachte – Soldaten stapften durch die hallenden Korridore, Männer und Pferde erfüllten die Innenhöfe mit Leben, Diener eilten hin und her, Köche und Küchengehilfen überwachten die Vorbereitungen des Weihnachtsfestes –, sank Thomas auf dem kalten Steinfußboden seines Gemachs auf die Knie, faltete die Hände und neigte den Kopf zum Gebet.

Thomas betete drei oder vier Stunden lang, erhob sich schließlich zur Non und streckte seine steifen, kalten Glieder. Er rieb sich mit der Hand über Gesicht und Kopf. Sein Kinn und seine Tonsur waren von Stoppeln übersät, und er musste sich bald darum kümmern. Das Mindeste, was Thomas tun konnte, um Christi Geburt zu feiern, war es, den Tag mit glatt rasiertem Gesicht und einer frischen Tonsur zu begehen.

Als er beides beendet hatte, sehr vorsichtig, da das Messer

fast stumpf war, hörte er draußen im Gang Schritte und schließlich eine Faust, die an seine Tür hämmerte.

»Tom! Tom!«, rief die Stimme eines Mannes. »Ich suche Tom Neville!«

Thomas legte das Messer zur Seite, erhob sich und unterdrückte dabei ein Grinsen. Er glättete seine Gewänder, trat zur Tür und öffnete sie.

Draußen stand ein großer Mann, etwa im gleichen Alter wie er. Er war schlank und durchtrainiert und trug eine reich bestickte knielange Tunika aus blauer und goldener Wolle mit einer Kapuze und Bändern, die von den Ärmeln herabhingen. Sein dichtes schwarzes Haar über den geraden Augenbrauen, der leicht gekrümmten Nase und den fröhlichen braunen Augen war kurz geschnitten.

Hinter dem Mann stand Bolingbroke mit einem Lächeln im Gesicht. Er war ähnlich gekleidet – wenn auch etwas reicher – in eine farbige knielange Tunika, die mit Edelsteinen, Perlen und versilberten Knöpfen besetzt war. Über dem Arm trug er zwei dicke Umhänge.

Beide Männer hatten Messer in ihren Gürteln stecken.

Als er Thomas sah, setzte der Mann, der geklopft hatte, einen überraschten und zerknirschten Gesichtsausdruck auf.

Er sank auf die Knie und rang verzweifelt die Hände. »O Vater! Vergebt mir. Ich dachte, mein alter Freund Tom würde hier wohnen ... aber ich habe mich geirrt! Stattdessen sehe ich einen gesetzten Geistlichen vor mir, der mich für meine Gedankenlosigkeit ins Höllenfeuer schicken will.«

Thomas grinste Bolingbroke über den geneigten Kopf des Mannes zu, beugte sich dann vor und rüttelte den vor ihm Knienden an der Schulter.

»Ach, steh auf, Hotspur. Ich bin es doch immer noch, nur die Gewänder lassen mich so erscheinen!«

Lord Heinrich Percy, Sohn und Erbe des mächtigen und ehrgeizigen Grafen von Northumberland, der wegen seines Mutes im Kampf weithin als »Hotspur«, Draufgänger, bekannt war, sprang auf und umarmte Thomas.

»Mein Freund, es ist so lange her! Viel zu lange!«

»Hotspur ist letzte Nacht hier eingetroffen, Tom«, sagte Bolingbroke. »Er verlangte, auf der Stelle zu dir geführt zu werden, aber ich habe Einspruch erhoben. Ich habe ihm gesagt, dass du wahrscheinlich Zwiesprache mit deinem Gott halten und irdische Fröhlichkeit nicht willkommen heißen würdest.«

Thomas lächelte und ergriff Hotspurs Hände. »Du siehst gut aus ... mehr als gut. Wie vielen der abscheulichen Schotten hast du in den letzten Jahren mit dem Schwert den Garaus gemacht, Hotspur? Ich habe unglaubliche Geschichten über deine Heldentaten gehört!«

Hotspur wurde wieder ernst. »Und ich über deine, Thomas.«

Thomas wechselte einen kurzen Blick mit Bolingbroke. *Was hatte Hal Hotspur erzählt?*

Dieser schüttelte beruhigend den Kopf. *Ich habe ihm nichts von den Dämonen gesagt.*

»Sogar in Rom bist du gewesen!«, sagte Hotspur. »Und jetzt höre ich, der grässliche Thorseby will dich gefangen nehmen und zweifellos hinrichten lassen!«

Obwohl Hotspur im Scherz gesprochen hatte, zogen sich Thomas' Augenbrauen nachdenklich zusammen. *War der Ordensgeneral womöglich kein gewöhnlicher Mensch?*

»Ach!«, sagte Hotspur. »Aber wir sollten nicht auf diesem kalten Gang herumstehen, Thomas. Ich weiß gar nicht, warum Hal dir keine bequemere Unterkunft zur Verfügung gestellt hat.«

Hal zuckte mit den Achseln. »In einem solchen Raum fühlt sich Thomas inzwischen am wohlsten, Hotspur.«

»Du treibst die Heuchelei der Geistlichkeit zu weit«, sagte Hotspur.

»Ich bin kein Heuchler!«, erwiderte Thomas betroffen.

Hotspur achtete nicht auf ihn. Er nahm einen der Umhänge, die Hal über dem Arm trug, und legte ihn sich um die Schultern. »Hast du einen warmen Mantel? Ja? Dann hole ihn, Freund! Ein Abenteuer wartet auf uns!«

Thomas zögerte. Er hatte ständig das Gefühl, als ob er etwas tun oder irgendwohin gehen sollte, doch seine letzte Unterhaltung mit dem Erzengel und die Stunden, die er im Gebet verbracht hatte, hatten ihm klargemacht, dass er nicht ständig unterwegs sein und kämpfen konnte.

Manchmal musste er einfach bleiben und beobachten.

Thomas wusste, dass ihm ein ruhiges, beobachtendes Auge nützlicher sein würde als der Wunsch, ständig aufbrechen zu wollen, um Wynkyns Schatulle zu finden. Schließlich bewegte sie sich ebenso auf ihn zu wie er sich auf sie. Natürlich musste er sie finden und ihre Geheimnisse enthüllen … aber er musste auch hinter die Geheimnisse der Menschen um ihn herum kommen.

Irgendwie war Lancaster oder jemand anderer – womöglich sogar mehrere – in seiner engsten Umgebung mit den Dämonen im Bunde. Wycliffe sicherlich. Wahrscheinlich auch noch andere. War der Erbe, der auf den Thron des Dämonenkönigs gelangen würde, bereits unter ihnen?

Der heilige Michael hatte ihm gesagt, dass der neue Dämonenkönig sich von ihm ebenso angezogen fühlen würde wie die Schatulle.

Wenn Thomas die Augen offen hielt, entdeckte er ihn vielleicht, bevor er allzu viel Schaden anrichten konnte.

Außerdem war Weihnachten, und er konnte London frühestens zwei Wochen nach dem Montag, der dem Dreikönigstag folgte, dem inoffiziellen Ende der Weihnachtsfeierlichkeiten, verlassen.

Es war Weihnachten, und die Menschen würden viel essen und trinken und feiern, und vielleicht würden die Dämonen in Lancasters Gefolge in ihrer Wachsamkeit nachlassen … einen Fehler machen … sich verraten …

»Thomas?«, sagte Hotspur. »Bittest du gerade deinen Gott um Erlaubnis, an einem kleinen Weihnachtsabenteuer teilnehmen zu dürfen?«

Thomas grinste, schüttelte den Kopf und holte seinen Mantel. Ein kleines Abenteuer würde ihm nicht schaden.

Hal und Hotspur hatten Pferde im Hof bereitstellen lassen.

»Kommt, kommt!«, sagte Hotspur, eilte voraus und zog sich dabei dicke Handschuhe gegen die Winterkälte an.

»Darf ich denn hinaus?«, fragte Thomas Hal leise.

Hal warf ihm einen unergründlichen Blick zu. »Mein Vater will sich lediglich deiner sicher sein«, sagte er. »Es herrscht heutzutage zu viel Ungewissheit, um unnötige Risiken einzugehen.«

Hotspur war auf sein Pferd gestiegen, ein prächtiger, feuriger grauer Hengst. »Los, beeilt euch!«

Knechte hielten Hals und Thomas' Pferde, und die beiden Männer saßen auf.

Thomas ritt immer noch den braunen Wallach, den ihm Marcel vor vielen Monaten geschenkt hatte.

Ich muss ihn loswerden, dachte er, *denn dieses Pferd ist ein Geschenk des Teufels*. Dann zuckte er zusammen und fragte sich, ob womöglich das Pferd selbst ein Dämon war.

»Willst du nicht einmal wissen, wohin wir reiten?«, fragte

Hotspur, als sie mit klappernden Hufen durch das Tor preschten.

»Wohin reiten wir?«, fragte Thomas pflichtschuldig, den Blick auf seinen Wallach gerichtet.

»In Smithfield findet ein Turnier statt«, antwortete Hal, bevor Hotspur etwas sagen konnte.

»Und ein Ringkampf und ein Wettkampf im Bogenschießen, und es heißt sogar, dass es ein Feuerwerk geben soll!«

Hal grinste trocken. »Der halbe Hofstaat ist bereits dort«, sagte er. »Wir wollten nur noch dich abholen ... Thomas, starr doch dein Pferd nicht so finster an. Es ist zwar ein eher mittelmäßiges Tier, aber ich dachte, Geistliche ritten nicht so gern auf prunkvollen, tänzelnden Rössern.«

Thomas hob den Blick. »Es ist das Geschenk eines Mannes gewesen, dem ich nicht mehr traue«, sagte er, »und jetzt frage ich mich, ob ich auch seinem Geschenk misstrauen muss.«

»Vertrauen ist etwas, das sehr leicht missgedeutet werden kann«, sagte Hal. »Manchmal nehmen wir vertrauensvoll an, was wir zurückweisen sollten, und lehnen ab, was wir annehmen sollten.«

Hotspur rang in gespielter Verzweiflung die Hände; sein Hengst wäre beinahe durchgegangen, als sein Reiter kurzzeitig die Zügel fahren ließ. Hotspur brachte sein Pferd wieder zur Raison und grinste die anderen über die Schulter hinweg an.

»Ich hätte dich nicht für einen Philosophen gehalten, Hal. Können wir jetzt weiterreiten?«

Hal erwiderte Hotspurs Lächeln, obwohl sein Gesicht nachdenklich blieb, und bald galoppierten die drei durch die vielen Menschen auf dem Platz vor der St. Paul's Kathedrale. In Cheapside wandten sie sich nach Norden auf die kurze

Straße, die durch das Aldersgate auf den freien Platz in der Vorstadt jenseits der Mauern führte, wo oft Märkte und Volksfeste stattfanden. Während sie durch die Straßen ritten, blieben die Menschen stehen, winkten und begrüßten Hal fröhlich.

Thomas ritt näher an ihn heran. »Wenn es nach dem Volk ginge, Hal, würde nicht der schwarze Prinz oder Richard auf den Thron gelangen, sondern du!«

Hal lachte nicht darüber, wie Thomas geglaubt hatte. »Das ist verräterisches Gerede, Thomas. Das hätte ich nicht von dir gedacht.«

»Es war nur ein Scherz«, sagte Thomas, »zwischen Freunden.«

Hal starrte ihn an. »Sind wir denn Freunde, Thomas? Du und ich und Hotspur, wir waren einst unzertrennlich; wir haben gesündigt und gescherzt und zusammen gekämpft. Jetzt … ach, vergib mir. Ich werde rührselig.«

Er wandte den Kopf zur Seite und sein Blick richtete sich nach innen, anstatt über die jubelnden Mengen um ihn herum zu schweifen. »Seit gestern habe ich das schmerzliche Gefühl, dass ein Zeitalter vorübergeht.«

»Wieso?«

Hal antwortete nicht sogleich, sondern winkte nur kurz den Menschen zu. Er wartete, bis sie durch das Tor geritten waren, ehe er weitersprach.

»Seine Majestät, mein Großvater, ist stark gealtert, seit ich ihn vor ein paar Monaten das letzte Mal gesehen habe.«

»Eduard ist ja auch schon alt.«

»Ja. Sein Körper wirkt immer noch kräftig … aber sein Verstand hat nachgelassen. Gestern … gestern während der Begrüßungszeremonie für König Johann hat er gesabbert und vor sich hin gemurmelt, und einige aus dem niederen Adel haben gekichert und sich über ihn lustig gemacht. Mein Vater hat sie später in Ludgate einsperren lassen, trotzdem …«

»Hal.«

Hal zuckte mit den Achseln. »Mein Großvater wird alt und schwachsinnig. Aber er ist immer noch der König, und ich fürchte mich vor dem, was vor uns liegt.«

»Hat dein Vater etwas vom schwarzen Prinzen gehört?«

»Ja. Wir wissen, dass er Bordeaux sicher erreicht hat, mehr aber auch nicht. Mein Vater macht sich immer größere Sorgen. Er wünscht sich jetzt, er hätte meinen Onkel davon überzeugt, nach England zurückzukehren. Mein Gott, Tom, er ist der Thronerbe und eigentlich müsste er hier sein!«

»Kann man ihm keine Botschaft schicken?«

Hal lachte humorlos auf. »Es wurden Tag und Nacht Botschafter ausgesandt, doch vergebens.«

»Hal, es gibt etwas, das du wissen solltest.« Thomas musste sich endlich jemandem anvertrauen … und wenn auch nur, damit noch jemand Augen und Ohren offen hielt, und Hal hatte Zugang zu Personen und Orten, die Thomas verwehrt waren.

Und wem konnte er vertrauen, wenn nicht Hal?

»Ja?«

»Es geht um die Dämonen.«

Hal blickte Thomas prüfend an.

»Ich fürchte, wir haben ihre Kräfte und Fähigkeiten deutlich unterschätzt. Anscheinend …«

»Hal! Tom!« Hotspur hatte sein Pferd schlitternd zum Stehen gebracht, als sie sich Smithfield näherten. »Warum bleibt ihr so weit zurück? Die Spiele haben bereits angefangen!«

Er wies auf ein Feld, auf dem sich Tausende von Londonern drängten und Zelte, Standarten und Banner ein buntes Bild boten. In der Mitte des Feldes wurde für die Ritter bereits unter dem Jubeln und Rufen der Zuschauer ein Turnier abgehalten.

Hal beugte sich vor und berührte Thomas am Arm. »Später, mein Freund. Ich glaube, dies ist nicht die richtige Zeit oder der Ort dafür.«

Als sie an der Tribüne angekommen waren, in der sich Lancasters Gefolge befand, sah Thomas, dass der Herzog und Katherine bereits auf thronähnlichen Sitzen Platz genommen hatten und fröhlich lachten und klatschten.

Einige Schritte hinter Katherine stand Margaret. Sie trug immer noch das zitronengelbe Kleid, doch diesmal einen dunkelblauen Umhang darüber.

Während Thomas zu ihr hinübersah, wurde der Umhang von einem Windstoß geöffnet und ihr hoher Leib enthüllt, und Thomas erinnerte sich einen kurzen, erschreckenden Augenblick lang daran, wie gut es sich angefühlt hatte, Odiles schwangeren Leib an dem seinen zu spüren und wie sie sein Begehren geweckt hatte …

»Thomas«, sagte Hal. »Hör auf, die Damen anzustarren und steig ab. Von der Tribüne aus haben wir eine viel bessere Sicht.«

Kapitel sechs

Nach der Non am Fest der Geburt
Unseres Herrn Jesus Christus
Im einundfünfzigsten Jahr der Regentschaft Eduard III.
(Sonnabendnachmittag, 25. Dezember 1378)

– WEIHNACHTSFEST –

– I –

»Ja? Was gibt es?« Der schwarze Prinz blickte von dem Brief auf, den er gerade an seine Gemahlin schrieb. Raby war in sein Gemach getreten und schwenkte etwas in seiner Hand.

»Herr! Es ist ein Brief …«

Der schwarze Prinz seufzte verärgert. Er fühlte sich nicht gut und wollte eigentlich nicht gestört werden.

»… von Eurer Gemahlin Johanna.«

»Was?« Eduard stand ein wenig schwankend auf, fing sich aber sogleich wieder und trat Raby in der Mitte des Gemachs entgegen.

»Ein Bote hat ihn an den Stadttoren abgegeben, mein Fürst«, sagte Raby.

Der schwarze Prinz warf einen Blick auf das Siegel – es war tatsächlich von Johanna! – und riss den Brief auf. Sie waren bereits seit über einer Woche in Bordeaux, und schon nach dieser kurzen Zeit plagte den Prinzen zunehmend die Langeweile. Er vermisste Johanna schrecklich und wünschte sich nichts mehr, als während der Feiertage mit ihr zusammen zu sein.

Er überflog den Brief kurz. »Gütiger Herr im Himmel! Raby, Johanna ist auf dem Weg hierher!«

»Was? Das kann nicht sein … seid Ihr sicher?«

»Ganz sicher!« Der schwarze Prinz wedelte mit dem Brief. »Sie hat London kurz nach Lancasters Ankunft verlassen, weil sie das Weihnachtsfest mit mir verbringen will. Es sollte eine Überraschung sein, aber ihr Schiff musste in Blaye anlegen, weil der Kapitän so starke Zahnschmerzen hatte, dass er nicht weitersegeln konnte, ehe der verrottete Zahn nicht gezogen war. Herr im Himmel, Raby, Blaye liegt nur etwa zwanzig Meilen nördlich von hier! Johanna ist inzwischen sicher schon unterwegs zu uns! Kommt, Mann! Wir wollen ihr entgegenreiten!«

Und ehe Raby Einspruch erheben konnte, war Eduard aus seinem Gemach geeilt und rief nach seinem Pferd.

KAPITEL SIEBEN

Vesper am Fest der Geburt Unseres Herrn Jesus Christus
Im einundfünfzigsten Jahr der Regentschaft Eduard III.
(Sonnabend, früher Abend, 25. Dezember 1378)

– WEIHNACHTSFEST –

– II –

Weihnachten war stets die geschäftigste Zeit des Jahres am englischen Hof – und wurde nur noch von dem Begräbnis eines Königs und der Krönung seines Nachfolgers übertroffen.

Für die königliche Hofhaltung Lancasters begannen die religiösen Riten des Weihnachtsfestes mit der Christmette um Mitternacht in der Kapelle des Savoy, gefolgt von der Angelnsmesse bei Tagesanbruch und fanden ihren Höhepunkt in der Festmesse zur Mittagszeit. Abgesehen von einigen Wachen besuchte der gesamte Haushalt alle drei Messen; selbst die Köche, denn die Weihnachtsfeier und Lustbarkeiten des Abends sollten im großen Saal in Westminster stattfinden, ausgerichtet von König Eduard. Alle drei Messen waren von Hochstimmung und Besinnlichkeit begleitet. Nun, zur dunkelsten Zeit des Jahres, war Christus geboren worden und kündigte die Wiederauferstehung der Sonne am düsteren und doch zugleich frohen Osterfest an. Die Sonnenwende war vorbei und der Winter gekommen, aber ebenso der neugeborene Christus und mit ihm neue Hoffnung.

Während der Festmesse war die Kapelle von Licht erfüllt – über dreitausend Kerzen waren angezündet worden, und das kalte Mittagslicht drang durch die Buntglasfenster herein –, von Weihrauch und den Stimmen des Chors. Neben dem Altar war unter einer Alabasterstatue der Jungfrau Maria und dem Christuskind eine Krippe aufgebaut worden: mit einer Kuh und einem Esel aus Stroh. Lancaster, Katherine, Bolingbroke und ihre nächsten Angehörigen saßen auf reich verzierten Kirchenbänken an der Stirnseite des Mittelschiffs. Thomas stand neben einer der Säulen, die das Mittelschiff von den Seitenschiffen trennten. Hinter Lancasters Familie befanden sich zahlreiche Ritter und ihre Damen, dahinter etwa hundert Soldaten und hinter diesen wiederum die vielen Bediensteten, die den größten Teil des Hauswesens der Lancasters ausmachten. Zu beiden Seiten des Mittelschiffs standen zahllose Mönche und Geistliche, die nicht Teil des Chors waren, aber in irgendeiner Weise zur Kapelle des Savoy oder Lancasters Hof gehörten. Thomas musterte sie sorgfältig, doch Wycliffe entdeckte er nicht unter ihnen.

Margaret stand inmitten der Damen und Ritter. Sie blickte nicht nach links oder rechts – sie schien Thomas jedenfalls nicht zu bemerken, der hin und wieder zu ihr hinübersah –, sondern hielt den Blick auf das Kruzifix vor dem Altar gerichtet, ihre Lippen murmelten ein Gebet, während ihre Hände ein kleines Gebetbuch umklammert hielten.

War sie wirklich so ergriffen oder täuschte sie ihre Frömmigkeit nur vor?

Lancasters Kaplan erhob sich, um die Weihnachtspredigt zu halten, eine rechtschaffene, aber reichlich ausschweifende

Rede über die Strenge des Lebens eines wahren Christen, und Thomas stellte fest, dass seine Gedanken abschweiften.

Plötzlich bemerkte er eine Bewegung am hinteren Ende der Kapelle.

Wycliffe, der im Schatten einer Säule stand, musterte Thomas genauso sorgfältig wie dieser die Menschen um sich her beobachtet hatte.

Er nickte, als er sah, dass Thomas ihn entdeckt hatte, und trat dann wieder in den Schatten zurück.

Thomas durchlief ein Schaudern.

Der Dämon wagte es, sich sogar zur heiligsten aller Messen in einem Gotteshaus zu zeigen!

Er starrte zu der Stelle hinüber, wo Wycliffe verschwunden war, aber dieser blieb im Dunkel, und schließlich richtete er den Blick wieder auf die Gemeinde ... und versank in Grübeleien ...

Der schwarze Prinz hatte Bordeaux mit einer Eskorte von einigen hundert Männern verlassen. Die Stadt befand sich zwar tief in englischem Gebiet, doch er wollte kein Wagnis eingehen, was das Leben und die Gesundheit seiner geliebten Gemahlin betraf. Wenn er Glück hatte, wäre sie schon bei Anbruch der Dunkelheit bei ihm!

Doch das Glück war ihm nicht hold. Sobald Bordeaux außer Sicht war, verwandelte sich das regnerische Wetter in einen Wintersturm mit Schneeschauern und einem Wind, der die Reiter bis auf die Knochen durchdrang. Der schwarze Prinz versuchte trotz des Sturms weiterzureiten, doch das erwies sich als ganz und gar unmöglich, und so stimmte er Raby widerstrebend zu, dass es besser sei, im Windschatten eines Hügels Schutz zu suchen.

War dieser Sturm auch über Johanna hereingebrochen?

Oder war sie so vorsichtig gewesen, in Blaye auf ihn zu warten?

Innerhalb einer Stunde steckte der schwarze Prinz in größten Schwierigkeiten. Seinen Männern war es gelungen, ein kleines Feuer zu entfachen und auch dafür zu sorgen, dass es nicht ausging, doch alle Wärme, die es abstrahlte, wurde fortgeweht, bevor sie diejenigen erreichen konnte, die sich darum drängten. Der schwarze Prinz saß am Boden, dick in Decken und Umhänge gehüllt, sodass nur seine Augen und die Nase hervorschauten.

Doch das wenige, was man von ihm sah, war alarmierend genug. Die Augen des Prinzen glänzten von einem Fieber, das ihm alle Kräfte raubte, und seine Haut war so blass, dass sie fast durchscheinend wirkte – Raby hätte schwören können, dass er unter dieser dünnen Schicht die Knochen des Prinzen erkennen konnte.

Eduards Körper unter dem Stapel Decken zitterte erbärmlich.

Fast schien es, als würde der Sturm ihm mit jedem Windstoß mehr Lebenskraft entziehen.

Raby stand neben ihm, trotzte den Windböen und fühlte sich doch zum Nichtstun verdammt. Er wusste, er hätte den Prinzen dazu überreden sollen, in Bordeaux zu warten. *Gütiger Herr im Himmel, das Leben des Prinzen war wichtiger als das seiner Gemahlin!*

Er wollte gerade vorschlagen, dass sie sich einen Bauernhof, eine Scheune oder etwas Ähnliches suchen sollten, um den Sturm abzuwarten, als von weitem ein Schrei ertönte.

»Mein Fürst!«

Ein Mann tauchte aus dem Sturm auf und kämpfte mühsam dagegen an.

Raby wischte sich den Schnee aus dem Gesicht und blickte

zu dem Mann hin. Es war Wat Tyler, einer von Lancasters Männern, die der Herzog in der Streitmacht seines Bruders zurückgelassen hatte.

»Herr«, sagte Tyler und rang keuchend nach Luft, während er neben Raby trat. »Da ist etwas …«

»Was?, sprich, Mann!«

»Da ist etwas in dem Sturm, mein Fürst. Etwas Übles und Unheilvolles.«

Erst eine Stunde vor der Vesper gelang es Thomas endlich, mit Hal in dessen Gemach in Ruhe zu sprechen.

»Du lieber Himmel!«, sagte Hal, als er Thomas durch die Tür hereinzog und mit ihm zum Fenster hinüberging. »Ich habe mich das halbe Weihnachtsfest lang gefragt, was du mir mitzuteilen hast!«

»Verzeih mir, Hal, aber das Turnier und die Lustbarkeiten schienen mir nicht die passende Gelegenheit. Dort gab es zu viele Augen und Ohren.«

Bolingbroke warf Thomas einen prüfenden Blick zu. »Vertraust du Hotspur etwa nicht?«

Thomas zuckte hilflos die Schultern. »Ich kann nur wenigen trauen. Ich hege keinen besonderen Argwohn gegen Hotspur … ich weiß nur noch nicht recht, ob ich mich auf ihn verlassen kann. Außerdem waren noch viele andere Leute anwesend, nicht nur Hotspur.«

»Wir haben gestern schon kurz über Vertrauen geredet.« Hal hatte sich nun dem Fenster zugewandt und starrte auf den Hof hinaus, wo Knechte einige Pferde sattelten, die Lancaster und sein Gefolge nach Westminster bringen sollten.

»Du hast gesagt, dass wir manchmal annehmen, was wir ablehnen sollten, und ablehnen, was wir vertrauensvoll annehmen sollten.«

Hal wandte sich wieder Thomas zu. »Mir vertraust du anscheinend immer noch?«

»Was zwischen uns ist, geht über Vertrauen weit hinaus. Wenn ich mich auf dich nicht verlassen kann, dann sehe ich keinen Grund mehr zu leben. Ich habe nur wenige Freunde, Hal, und die wenigen, die ich habe, weiß ich zu schätzen.«

In Hals Augen glänzten Tränen, und er umfasste Thomas' Schultern. »Ich danke dir … mein Freund.«

»Ja, nun … also …«

Hal lächelte ihn an und ließ seine Schultern los. »Was hast du mir zu berichten?«

Thomas zögerte, senkte den Blick und betrachtete seine Hände, ehe er Hal direkt in die Augen sah. Dies hätte er Jeanne sagen sollen … er würde es vor Hal nicht verbergen.

»Hal, die Dämonen sind stärker, als du denkst. Obwohl wir sie auf den Feldern vor Châtellerault in ihrer wahren Gestalt gesehen haben, besitzen diese Geschöpfe die Fähigkeit, ihr Aussehen zu verändern. Sie können die Gestalt gottesfürchtiger Männer und Frauen annehmen!«

»Gütiger Himmel! Aber das würde ja bedeuten, dass jeder in unserer Nähe …«

»Ja, Hal. Aber es ist noch schlimmer, weitaus schlimmer. Vor zwei Tagen ist mir erneut der heilige Michael erschienen und hat mir schlechte Nachrichten überbracht. Während der vergangenen Jahre haben die Dämonen einen Kronprinzen in ihrer Mitte aufgezogen … und den wollen sie in nicht allzu ferner Zeit …«

»Bei den Heiligen!«

»… auf den englischen Thron setzen. Bald werden die Engländer von einem Dämonenkönig regiert und zu solcher Teufelei angestiftet, wie wir es uns kaum vorstellen können!«

Bolingbroke schwieg erschüttert.

»Hal, ich weiß nicht, wer es sein wird oder wie es vonstatten gehen soll. Ich kann mir nicht vorstellen, dass der schwarze Prinz …«

»Nein, nein, ich gebe dir recht. Mein Onkel ist kein Dämon! Aber … Tom, ich verstehe das nicht. Sprach der Erzengel in Bildern? Der neue englische König wird ein Dämonenkönig sein? Nein, ich kann nicht glauben …«

Hal vermochte den Satz nicht zu beenden. Mit halberhobenen Händen stand er da, als wollte er etwas abwehren, die Augen immer noch auf Thomas gerichtet.

»Ich verstehe es ebenso wenig.« Thomas konnte Hal nicht sagen, dass er Lancaster genauso verdächtigte wie Richard. Noch nicht. Hal musste selbst zu diesem Schluss kommen.

»Aber …« Bolingbroke versagte die Stimme. Er senkte schließlich den Blick, bemerkte, dass er die Hände erhoben hatte, und ließ sie sinken.

»Aber ich kenne zumindest einen Dämon in unserer Mitte«, sagte Thomas und musterte sorgfältig Hals Gesicht. »John Wycliffe.«

Hal nickte langsam. »Ja … ja, das überrascht mich nicht. Der Mann hegt so dunkle Gedanken, wie seine Miene finster ist. Weiß mein Vater davon?«

»Ich kann es deinem Vater nicht sagen«, erwiderte Thomas ruhig.

Bolingbroke brauchte einen Augenblick, ehe er verstand, was Thomas damit meinte. »Nein! Du kannst doch meinen Vater nicht verdächtigen … nein, das geht zu weit!«

Thomas streckte die Hand aus und ergriff Hal sanft am Arm. Dieser wollte sich losreißen, ließ es dann aber doch geschehen.

»Ich hoffe bei Gott, dass es nicht stimmt«, sagte Thomas,

»denn ich achte deinen Vater mehr als jeden anderen Mann. Aber er ist in Wycliffes Bann geraten und es wäre nicht ratsam, ihm zu sagen, dass ich – wir – vermuten, dass Wycliffe ein Dämon ist. Es gibt jedoch noch jemand anderen außer deinem Vater, der dem Thron nahe steht – Richard. Wenn dem schwarzen Prinzen irgendetwas zustieße, dann …«

»Ja. Richard.« Hal verzog das Gesicht. »Ob Dämon oder nicht, er würde einen scheußlichen König abgeben.« Er seufzte und rieb sich müde die Augen. »Was können wir denn bloß tun?«

»Im Augenblick wenig, denn Weihnachten ist eine Zeit der Vergnügungen und Feste. Aber wenn die Feierlichkeiten vorbei sind, am Montag nach dem Dreikönigsfest, wenn die Welt wieder zur Vernunft kommt, wirst du dann deinen Vater darum bitten, dass er mich nach Norden reisen lässt? Hal, ich muss diese Schatulle finden!«

»Ja, denn ihre Geheimnisse weisen uns den Weg zur Vernichtung der Dämonen. In der Zwischenzeit …«

»In der Zwischenzeit mischen wir uns unter die Feiernden und halten die Augen offen …«

Thomas wandte sich zum Gehen, doch Hal hielt ihn noch zurück. »Thomas … gibt es sonst noch jemanden, der deiner Meinung nach ein Dämon sein könnte?«

Thomas antwortete nicht sofort.

»Ja«, sagte er schließlich. »Da ist noch jemand. Ein Geistlicher namens John Ball, dem ich bei den englischen Soldaten in Frankreich begegnet bin. Und Wat Tyler.«

Hal sah aus, als wollte er dagegen protestieren, aber Thomas war noch nicht fertig.

»Und Lady Margaret Rivers.«

»Ach, Thomas, nein. Warum glaubst du das?«

»Das kann ich nicht sagen. Und ich weiß auch nicht sicher,

ob sie eine Dämonin ist oder nur das Opfer von dämonischer Hexerei ... so wie ich.«

Hal knurrte. »Du hast sie nie gemocht ... aber ich dachte immer, es missfiele dir, dass sie das Lager deines Onkels teilte. Was die anderen angeht ... diesen John Ball kenne ich nicht ... aber Wat Tyler?«

Thomas zuckte mit den Achseln. »Es gibt keinen besonderen Grund, nur einige Dinge, die Wat mir gegenüber geäußert hat ... und er kannte John Ball, der ganz sicher ein Dämon ist, wenn es je einen gegeben hat!«

»Viele Engländer schwingen heutzutage seltsame Reden«, sagte Hal, »nicht nur Wat. Die traditionellen Bande zwischen Leibeigenen und Herren sind seit der Zeit der großen Pest immer schwächer geworden ...«

»Ja ... und wir wissen auch, warum, nicht wahr?«

»Hal! Ach, Tom, hier bist du.« Lancaster kam zur Tür herein, und Hal und Thomas zuckten schuldbewusst zusammen. *Wie viel hatte er mitgehört?*

»Die Pferde sind bereit«, sagte Lancaster, »die Frauenzimmer erstrahlen in den schönsten Seidenstoffen und Juwelen, und ein großes Festmahl erwartet uns. Was tut ihr beiden hier und flüstert miteinander, als hättet ihr vor, den König vom Thron zu stoßen?«

»Wir hecken nur unseren Weihnachtsstreich für Hotspur aus«, sagte Hal leichthin und klopfte Thomas auf die Schulter. »Komm, Vater hat recht. Warum sind wir eigentlich immer noch in diesem eisigen Gemach?«

Westminster lag eine gute Meile südlich vom *Strand,* hinter Charing Cross. Die Palastanlage und die Abtei bildeten eine eigene Stadt, mit Dutzenden von Häusern, Werkstätten und Schlafsälen, in denen Diener, Arbeiter, Soldaten und Mönche untergebracht waren. Obsthaine und Gemüsegärten lagen zwischen und hinter vielen der Häuser. Das größte Gebäude der Anlage, die Abtei, war über fünfhundert Jahre alt, und der große Saal und der Palast waren nicht sehr viel jünger. Westminster war von den letzten angelsächsischen Königen absichtlich außerhalb der Mauern Londons errichtet worden, um die Monarchen vor Übergriffen der aufsässigen Londoner Bevölkerung zu schützen. Seither hatten sämtliche Könige ihren Hauptwohnsitz in der Palastanlage aufgeschlagen.

Dennoch war das wichtigste Wohngemach nicht besonders gemütlich, denn es war einer von drei großen, zugigen Sälen des Palastes. Sämtliche von Eduards Söhnen hatten sich andernorts Häuser gebaut oder gekauft, und ihren alternden Vater in dem hübschen, aber kühlen Saal, der als *Painted Chamber* bekannt war, seiner Arthritis überlassen.

Die Festlichkeiten des heutigen Abends sollten jedoch nicht in der *Painted Chamber* stattfinden, die zwar geräumig war, aber die Tausende, die zum Bankett eingeladen waren, unmöglich fassen konnte. Stattdessen hatte man die große Westminster Hall für diesen Anlass hergerichtet.

Es war ein beeindruckender Anblick. Fackeln erhellten den Weg durch die Straßen, die zu der Halle führten, und aus allen Teilen Englands, jedenfalls schien es so, waren unüberschaubare Mengen von Reitern herbeigeeilt, in Samt und Seide gekleidet und in Pelze gehüllt, um der Kälte des Winters zu trotzen. Andere kamen zu Fuß.

Doch die wartende Menge teilte sich, um Lancasters Gefolge durchzulassen. Einige Jubelrufe waren zu hören und ebenso einiges Zischen, doch meistens herrschte Stille, und Thomas wurde mit einem Mal klar, wie sehr die Meinungen der Engländer über Lancaster auseinandergingen. Warum war das so? Waren es nur sein Reichtum und seine Macht, oder verdächtigten sie ihn eines größeren Ehrgeizes, so wie er?

Eine Hörnerfanfare erklang, als Lancaster seinen Hengst vor Westminster Hall zum Stehen brachte, und die Gesellschaft stieg unter großer Fröhlichkeit und Geplauder ab. Die Damen, die auf sanften Zeltern geritten waren, blieben einen Augenblick stehen, um ihren Kopfschmuck und ihre Kleider zurechtzuzupfen und die Barone und Ritter zu mustern, die in der Nähe standen.

Hal, der an die Seite seines Vaters getreten war, zwinkerte Thomas zu – während des Ritts durch die kühle Nacht hatte er Zeit gehabt, nachzudenken und sich wieder etwas zu beruhigen – und bot seinen Arm Lady Mary de Bohun, Erbin der Titel und Ländereien von Hereford, die mit ihrem eigenen Gefolge eingetroffen war.

Lady Mary war eine kleine Frau, ihr Gesicht wurde von einem Paar schimmernder haselnussbrauner Augen verschönt. Sie schenkte Hal ein nervöses Lächeln, während sie sich mit der Hand durchs Haar fuhr, und Thomas hatte den Eindruck, dass sie wie eine unruhige Stute wirkte, die jeden Moment durchgehen würde.

Hal redete beruhigend auf sie ein, woraufhin Marys Gesicht weniger besorgt aussah und ihr Lächeln etwas natürlicher wirkte.

Lancaster beobachtete sie nachdenklich und wurde sichtlich ruhiger, als Mary an Unbefangenheit gewann. Dann gab er ein Handzeichen und sein Gefolge betrat den Saal.

Thomas hielt den Atem an, als er über die Schwelle von Westminster Hall schritt.

Der Saal wirkte wie ein Märchenpalast.

Mehr Kerzen und Fackeln, als er zählen konnte, strahlten vom Gebälk herab und standen auf Säulen und in Wandleuchtern; goldenes Licht erfüllte den ganzen Raum. Frische Zweige – Stechpalme, Efeu, Mistel … alles, was auch im Winter grün war – schmückten die Wände und waren auf den Tischen verteilt worden und mit goldenen und silbernen Fäden umwickelt; dazwischen leuchteten rote Wollknäule.

Auf den Fußboden hatte man herrlich duftende Kräuter und Gewürze gestreut, und Stapel von Apfelbaumholz brannten lustig in den Feuerstellen. Der große Weihnachtsscheit befand sich am anderen Ende des Saals bei der Haupttafel, eine Seite brannte knisternd und zischend in dem großen Kamin.

Auf den Tischen standen unzählige Weihnachtskerzen, mit Schleifen und Bändern geschmückt, und eine Mischung von Weihrauch, Wärme und Fröhlichkeit erfüllte die Luft.

Herren und Diener traten zu dem Herzog, um ihn zu begrüßen, und er und sein Gefolge wurden zu den Tischen geleitet, die sich an der Stirnseite des Saals befanden.

Lancaster und Katherine nahmen selbstverständlich an der Haupttafel Platz, an der Gloucester bereits auf sie wartete – Eduard war noch nicht eingetroffen –, doch Thomas stellte überrascht fest, dass man ihm einen Platz am ersten Tisch zur Rechten der Haupttafel zugewiesen hatte, nur wenige Stühle von Hal und Mary de Bohun entfernt.

Dann ließ seine Freude etwas nach, als Margaret direkt neben ihn zu seiner Linken gesetzt wurde.

»Thomas«, sagte sie zur Begrüßung, lächelte ein wenig und senkte sittsam den Blick.

»Edle Dame«, erwiderte er. »Ihr seht gut aus.«

Und das stimmte auch, denn Margaret trug ein neues Kleid aus goldfarbener Wolle, das mit dunkelblauem Garn bestickt war. Es hatte einen weiten Ausschnitt, der den Ansatz ihrer Brüste und ihre Schultern entblößte und eine enge Taille, die ihren Bauch betonte. Thomas stellte überrascht fest, wie viel umfangreicher ihr Leib geworden war, seit sie Frankreich verlassen hatten. Ihr schönes Haar war nicht unter einem Hut oder Schleier verborgen und türmte sich auch nicht auf ihrem Kopf, sondern war zu einem dicken Zopf geflochten, der mit Goldfäden und Perlen durchwirkt war und auf ihren Rücken hinabhing.

Sie sah wunderschön aus, jungfräulich und zutiefst begehrenswert, außer dass ihr Bauch unmissverständlich zeigte, dass mindestens ein Mann bereits sein Begehren an ihr gestillt hatte.

Sie lächelte, als sie sich mit staunendem Blick im Saal umsah. »Es geht mir gut, Thomas. Lady Katherine hat meiner Seele wohlgetan, und Geschichten von ihren eigenen Schwangerschaften haben mir viel von meiner Angst genommen.«

Margaret hielt inne, richtete den Blick wieder auf Thomas und lächelte dabei so fröhlich und ausgelassen, dass er nicht anders konnte, als ihr Lächeln zu erwidern.

»Lady Katherine hat mir gesagt«, fuhr sie fort, »dass die mittleren Monate einer Schwangerschaft stets die besten sind.«

»Und die letzten Monate?«

Margaret verzog das Gesicht. »Dann wird eine Frau so rund, dass sie nur noch herumwatscheln kann und alle wenden den Blick von ihrer Gestalt ab. Ich danke Euch, dass Ihr solches Interesse an weiblichen Sorgen aufbringt.«

»Ich kann nicht so tun, als ob mich dieses Kind kaltließe«, sagte er ruhig und wandte sich dann ab, um mit einem Mann mit fröhlichem Gesicht zu seiner Rechten zu reden, ehe Margaret etwas erwidern konnte.

Sie saß mit ausdrucksloser Miene da und starrte ihn an.

Dann richtete sie den Blick auf jemanden, der weiter hinten am Tisch saß, lächelte kaum merklich und nickte.

»Gütiger Himmel!«, flüsterte Raby und beobachtete die schemenhaften, verzerrten Gestalten, die in dem Schneetreiben kaum zu erkennen waren. Wat Tyler hatte den Baron an den Rand des Lagers geführt und nun standen sie dort und stützten sich auf einer Steinmauer ab, die ihnen bis zur Hüfte reichte.

»Sind dies die Dämonen, die meinem Herrn, dem schwarzen Prinzen, und Euch auf Eurer Heimreise von dem Treffen mit Philipp begegnet sind?«, fragte Wat Tyler.

»Ja.«

Einen Moment lang wandte Raby den Blick von den Dämonen ab und betrachtete die Schnee- und Eisschauer, die durch die nächtliche Luft trieben. »Dieser Sturm ist nicht von dieser Welt.«

Tyler murmelte ein Gebet. »Was sollen wir tun? Wie können wir uns gegen solche Geschöpfe zur Wehr setzen?«

Seine Stimme klang matt, als stünde er kurz vor der Verzweiflung.

Raby packte ihn und zog ihn dicht zu sich heran, damit er ihm ins Gesicht blicken konnte. »Wir müssen den Prinz von hier fortschaffen! Er ist auch so schon dem Tode nahe, und wenn wir diese Geschöpfe erneut in seine Nähe lassen …«

»Thomas Neville müsste hier sein.«

Raby warf Tyler einen Blick zu. »Warum?«

»War nicht er es, der die Dämonen damals in die Flucht geschlagen hat? Wir brauchen einen Geistlichen!«

»Aber wir haben keinen Geistlichen hier«, sagte Raby. »Kommt, Tyler.«

Und damit zog er den Soldaten mit sich ins Lager zurück,

an den vor Furcht schlotternden Männern vorbei, die in den Schneewehen standen oder kauerten und ihren Gott anriefen.

Der fröhliche Mann mittleren Alters zu Thomas' Rechten beugte sich vor und schenkte Margaret ein sanftes Lächeln. Er hatte ein rundes, gerötetes Gesicht, schütteres braunes Haar, eine Stupsnase und klare Augen, deren scharfsinniger Blick die sonst unbeschwerte Heiterkeit seines Gesichtsausdrucks Lügen strafte.

»Edle Dame, ich fürchte, ich hatte noch nicht das Vergnügen ...«

Thomas seufzte. »Lady Margaret Rivers«, sagte er. »Kürzlich aus Frankreich eingetroffen, wo sie ihren Gemahl an die Schwindsucht verloren hat. Lady Margaret steht augenblicklich in den Diensten von Lady Katherine Swynford.«

»Ah!«, sagte der Mann. »Nun, Lady Margaret, ich fühle mich zutiefst geehrt, Eure Bekanntschaft zu machen, denn ich kenne Lady Katherine gut. Mein Name ist Geoffrey Chaucer, und ich schlage mich in dieser Welt als bescheidener Dichter durch.«

Margarets Miene hellte sich auf. »Ich kenne einige Eurer Werke, Meister Chaucer. Lady Katherine hat Eure Gedichte oft für sich und ihre Damen vorlesen lassen, während wir über unseren Stickereien saßen.«

Chaucer strahlte. »Lady Katherine und Lord Lancaster sind immer sehr gut zu mir gewesen. Wenn es sie nicht gäbe, wäre ich schon vor vielen Jahren verhungert.«

»Meister Chaucers Gemahlin Pippa ist Katherines Schwester«, sagte Thomas. »Begleitet sie Euch heute Abend nicht?«

»Nein. Meine liebe Pippa wird vom Schüttelfrost geplagt und hat es vorgezogen, zu Hause im Warmen zu bleiben.« Chaucer blickte Margaret erneut in die Augen und zwinkerte ihr zu. »Aber ich werde auch ohne ihre Gesellschaft einen schönen Abend haben!«

Dann wurde er wieder ernst. »Edle Dame, ich bin zutiefst betrübt zu hören, dass Ihr Euren Gemahl verloren habt. Die Vorstellung, dass er sein Kind nicht mehr sehen wird ... Sagt mir, wie lange ist er schon tot?«

Die Frage war so unhöflich und unverblümt, dass sie schon fast an eine Beleidigung grenzte.

Margaret erstarrte unter Chaucers scharfem, direktem Blick. »Er, oh, er starb letzten, nun ja ...«

Thomas konnte sie beinahe fieberhaft im Geist nachzählen hören. »Er ist vor ein paar Monaten gestorben, Meister Chaucer, nach einer langen und schweren Krankheit.«

»Offenbar nicht allzu schwer, wie ich sehe«, sagte Chaucer.

»Ich habe meinem Gemahl in den langen Nächten seines Leidens Wärme und Trost gespendet«, sagte Margaret nun mit ruhiger Stimme, »wie es jede gute Ehefrau tun sollte. Ich hätte meinen Mann nicht allein am Feuer zurückgelassen.«

Chaucers Mund zuckte. »Gut gesprochen, meine Liebe. Margaret ... ich weiß über Eure Lage Bescheid, so wie die meisten bei Hofe, aber es wäre hilfreich, wenn Ihr auf die unvermeidlichen Fragen und Bemerkungen etwas besser vorbereitet wäret.«

Sie neigte zustimmend den Kopf und wechselte das Thema und bewies damit, dass sie nicht so ungeübt in höfischen Gesprächen war, wie Chaucer angedeutet hatte. »Meister Chaucer, Euer Werk interessiert mich sehr. Offen gestanden erstaunt es mich, dass Eure Kritik an der Ungerechtigkeit unserer Gesellschaft, insbesondere in Bezug auf die Not der Armen und das Schmarotzerdasein der Wanderprediger bei Hofe solchen Anklang findet.«

Chaucer warf Thomas einen Blick zu, amüsiert über die

Spitze, welche sie gegen die Geistlichkeit gerichtet hatte. Der Dichter spottete gern über die fetten, korrupten Prediger, die sich von den Armen und Bedürftigen ernährten, und sein Werk hatte ihm tatsächlich schon öffentlichen Tadel eingebracht. Wenn Lancaster ihn nicht beschützt hätte …

»Lord Lancaster unterstützt viele Schriftsteller und Philosophen, edle Dame. Ohne ihn wären zweifellos viele von uns längst verhungert oder …«

»In den Kerker geworfen worden«, sagte Thomas mit einem Grinsen. Er mochte Chaucer, und wenn sein Werk die korrupten Mitglieder der Kirche offen verspottete, nun … Kritik an der Sünde war noch nie falsch gewesen, ganz gleich, aus welchem Mund sie stammte.

»Es gibt viele, die heutzutage gegen den maßlosen Ehrgeiz und Reichtum der Kirche zu Felde ziehen«, sagte Chaucer und musterte Thomas sorgfältig. »Viele, die sie kritisieren. Ihr habt sicher schon von John Wycliffe gehört …«

Thomas' Gesicht verfinsterte sich. Allerdings gab es einige Stimmen, die man lieber zum Schweigen bringen sollte, anstatt ihnen freie Hand zu lassen.

Bei dem Namen Wycliffe winkte Margaret ab. »Habt Ihr schon das neue Gedicht der Dissidenten gehört, Meister Chaucer, mit dem Titel ›Möge Gott den Pflug vorantreiben‹?«

»Ja! Ja! Herrlich, nicht wahr? Ich kann mir nicht vorstellen, wer es geschrieben hat, aber ihm gebührt ein Platz im Himmel dafür.«

»Ich habe es noch nicht gehört«, sagte Thomas. »Vielleicht …«

»Ein Bauer pflügt ein schlammiges Feld«, sagte Margaret, »und wird von einem endlosen Strom von Geistlichen – Mönchen, Predigern, Bischöfen und Universitätsstudenten – gestört und von anderen, die von der Wohltätigkeit leben – Bettlern, freigelassenen Gefangenen, entlassenen Soldaten und Leprakranken –, die ihn allesamt um Geld und Essen bitten. Wie Ihr wisst, Thomas, sollen wir Wanderpredigern und Bedürftigen gegenüber großzügig sein. Wir, die wir in diesem großen Saal sitzen«, sie deutete auf die glitzernde Pracht um sie herum, »können uns das leisten. Aber der arme Bauer, dem das Essen für seine Kinder weggenommen wird, um damit die Bedürftigen zu ernähren? Er hat durchaus Grund zur Klage, meint Ihr nicht?«

»Wir alle müssen Gutes tun«, sagte Thomas.

»Ja, aber sollen ihre ›guten Taten‹ die Familien der Armen an den Rand des Hungertods bringen?«, fragte Chaucer. »Es gibt einige, die der Meinung sind, unsere Gesellschaft sei so verdorben, dass wir eine neue Ordnung brauchen, um die Not der vielen armen Arbeiter und Bauern zu lindern. Wie Ihr wisst, mehren sich diese Stimmen.«

Darauf erwiderte Thomas nichts. Er hatte den Blick in die Ferne gerichtet, entsetzt darüber, dass die Dämonen ihre Ideen so erfolgreich unter die Menschen gebracht hatten. Sie hatten recht mit ihrer Klage – es gab einige Mitglieder der Kirche und der religiösen Orden, die tatsächlich moralisch verdorben waren –, aber die Vorstellung zu verbreiten, dass nur ein gesellschaftlicher Umsturz richten könnte, was auch durch einfache Ermittlungen innerhalb der Kirche gelöst werden konnte, Gottes Ordnung der Welt in Frage zu stellen, das war unerhört.

»Ach«, sagte Chaucer, »dies ist ein Anlass zur Freude, und wir reden über nichts als Not und Hunger. Ich glaube – ich bin mir sogar sicher –, dass heute Nacht jeder Engländer ein ebenso reiches Mahl genießt wie wir.«

Thomas warf ihm einen finsteren Blick zu, doch was immer er hatte sagen wollen, wurde vom Klang der Glocken, fröhlichen Stimmen und dem Schallen der Hörner unterbrochen.

»Unser König!«, sagte Chaucer und erhob sich mit den anderen Gästen des Festes.

König Eduard III. von England trat durch eine Seitentür in den Saal, um von seinem ältesten anwesenden Sohn, Lancaster, mit einer tiefen Verbeugung und einem Kuss auf die Wange begrüßt zu werden.

Thomas betrachtete den König neugierig. Dies war das erste Mal seit sechs oder sieben Jahren, dass er ihn von Nahem sah. In dieser Zeit schien Eduard um zwanzig Jahre gealtert zu sein. Als Thomas ihn das letzte Mal gesehen hatte – bei einem Ritterturnier in Durham –, war er kräftig, lebhaft und gesund gewesen, trotz seines hohen Alters. Nun war er offensichtlich dem Tode nahe – geistig und vielleicht auch körperlich.

Er war abgemagert, und seine reich mit Edelsteinen und Pelzbesatz verzierten Gewänder hingen völlig formlos an seinem hageren Körper herunter. Sein Gang war unsicher, und Lancaster musste den alten Mann am Arm ergreifen und einen Kammerdiener ablösen, der ihn bis hierher gebracht hatte, um ihn sicher zu seinem Thron auf dem Podest zu geleiten. Sein Haar war schütter, der Bart strähnig und unordentlich und seine gelbe Haut hing so schlaff von Wangen und Kinn herab wie die Gewänder von seinem Körper.

Sein Mund stand offen und entblößte einige schwarze Zähne inmitten von gerötetem Zahnfleisch. Wäre er nicht der König gewesen, hätte man Eduard auf einen Stuhl neben dem Feuer gesetzt und der Obhut einer Kinderfrau überlassen, die achtgab, dass er nicht in die Flammen fiel.

Chaucer warf Thomas und Margaret einen Blick zu.

»Er ist nicht mehr der Mann, der er einst war«, sagte er.

»Wie lange dauert dieser Zustand schon an?«

»Etwa vier oder fünf Monate. Seine Ärzte haben ihn zur Ader gelassen und ihn mit einer Vielzahl von Abführmitteln traktiert, aber sie können seinen Geist nicht von den Gespenstern befreien, die darin hausen.«

Thomas sah zu, wie Lancaster Eduard zum Thron führte und ihn Platz nehmen ließ und sich dann vorbeugte, um kurz mit dem Sohn des schwarzen Prinzen, Richard, zu sprechen, der zur Rechten des Königs saß.

Wenn Eduard unfähig war, zu regieren, der schwarze Prinz in Frankreich weilte und Richard noch zu jung war, bedeutete das, dass nun Lancaster der eigentliche König war.

»Beten wir zu Gott, dass der schwarze Prinz bald zurückkehrt«, sagte Thomas und alle, die sich in seiner Hörweite befanden, murmelten ihre Zustimmung.

»Tyler!«, schrie Raby über den heulenden Wind. »Sattelt das Pferd des Prinzen und ebenso meines und Eures und so viele Destrier, wie wir sicher mit uns führen können.«

»Ja, Herr!«, antwortete Tyler und war schon nach zwei Schritten vom wirbelnden Schnee verschluckt.

Raby stolperte in die Richtung, in der er den schwarzen Prinzen vermutete, und stürzte hin und wieder über Männer, die halb von Schneewehen begraben waren.

Dieser teuflische Sturm soll verflucht sein!, dachte er zum zehnten oder elften Mal, als er wieder auf die Beine gekommen und ein paar Schritte weiter gewankt war. Sie mussten den Prinzen umgehend von hier fortschaffen und dem Rest des Gefolges – denen, die überlebt hatten, denn einige der Männer, über die Raby gestolpert war, waren bereits tot – gestatten, irgendwo Schutz zu suchen.

Er konnte den Prinzen nicht in dieser Kälte erfrieren lassen oder ihn den Klauen der Dämonen überantworten.

Dass er und Tyler den Prinzen allein in Sicherheit brachten, war ein Wagnis, aber Raby war bereit, das Risiko einzugehen. Jeder weitere Mann würde sie nur aufhalten, und Eduards Zustand verlangte nach größtmöglicher Eile.

Außerdem war sich Raby sicher, dass der Sturm nur einen Zweck erfüllen sollte – den schwarzen Prinzen zu töten. Je mehr er darüber nachdachte, desto wahrscheinlicher erschien es ihm, dass der Brief von Johanna eine List gewesen war, um den Prinzen aus der Festung in Bordeaux herauszulocken. Wenn er überlebte, wenn irgendjemand von ihnen überlebte, musste er versuchen herauszufinden, wer der Bote gewesen war, der den Brief überbracht hatte.

Raby kam endlich am Feuer des Prinzen an – das nun nur noch feuchte, graue Asche war –, und im selben Moment erschien erstaunlicherweise auch Tyler mit den Pferden.

»Mein Prinz!« Raby beugte sich vor und rüttelte Eduard an der Schulter.

Er erhielt keine Antwort.

»Eduard!«, schrie Raby, und jetzt endlich regte sich der Prinz und stöhnte.

»Ich habe Stricke, mein Fürst«, sagte Tyler. »Und Decken. Wir müssen ihn auf seinem Pferd festbinden und unsere Reittiere aneinanderseilen, sonst verlieren wir einander in diesem Sturm.«

Raby nickte, erleichtert, dass Tyler so rasch und gut mitgedacht hatte, und wandte sich dann an den Mann, der neben dem schwarzen Prinzen kauerte.

»Robert!«, schrie er. »Verbreitet die Nachricht. Sagt den Männern, sie sollen sich zerstreuen und irgendwo Unterschlupf suchen. Sofort. Nur so können sie überleben.

Und Robert ... wünscht ihnen in meinem Namen viel Glück.«

Robert nickte, kämpfte sich steif auf die Beine hoch und machte sich auf den Weg.

Tyler trat dicht an Raby heran und gemeinsam gelang es ihnen, den schwarzen Prinzen auf sein Pferd zu heben, ihn in Decken zu wickeln und mit Stricken festzubinden.

Erst als Raby zurücktrat und endlich Zeit fand, sich das Eis von den Wangen zu wischen, stellte er fest, dass er geweint hatte.

Nachdem der König Einzug gehalten hatte, wenn auch schwankend und wenig hoheitsvoll, konnte das Fest beginnen.

Überall verstreute Gruppen von Musikern nahmen ihr Lauten- und Flötenspiel auf, und herrliche Musik erfüllte den Saal. Diener eilten herbei, einige mit Tüchern und Schüsseln zum Händewaschen, andere beladen mit Weinen aus der Gascogne und verschiedensten Gerichten: Fleisch, Fisch, Geflügel, Puddings und Pasteten, deren Form und Vielfalt jegliche Vorstellungskraft überstieg.

Margaret blickte sich um und beugte sich dann zu Thomas hinüber. »Wird der französische König nicht an diesem Fest teilnehmen?«

Thomas verzog spöttisch das Gesicht. »Zweifellos war man der Meinung, dass zwei senile Könige einer zu viel wären. Johann ist sicher im Savoy Palace und genießt sein eigenes Festmahl, mit genügend Damen, die ihn die ganze Nacht über bei Laune halten.«

Er sah wieder zu Eduard hinüber. Der alte Mann beachtete das Essen nicht, das ihm die Diener auf den Teller gehäuft hatten, sondern war stattdessen in ein lebhaftes Gespräch mit

Richard vertieft, obwohl Thomas sehen konnte, dass es dem Jungen schwerfiel, seinem Großvater Aufmerksamkeit zu schenken, und er seine Langeweile nur mit Mühe verbergen konnte.

Richards schmales, blasses Gesicht wirkte verärgert und seine listigen Augen wanderten ununterbrochen umher, als suchte er nach Unterstützung für irgendeine kleine Gemeinheit, die er ausheckte.

Neben Richard saß seine Mutter, die geliebte Gemahlin des schwarzen Prinzen, Johanna von Kent, oder die Schöne Jungfer von Kent, wie sie in ihrer Jugend genannt worden war, eine sehr üppige Frau, deren Haar strohblond gefärbt war. Die meiste Zeit aß und trank sie, tupfte sich anmutig mit einem Leinentüchlein den Schweiß ab, der sich in den Falten ihrer Wangen und ihres Halses bildete, und sprach mit niemandem, außer hin und wieder mit ihrem Sohn.

Lancaster, zu Eduards Linken, hatte sich Katherine zugewandt und gab ihr die saftigsten Fleischstücke von seinem Teller.

Ganz gleich, ob sie bald verheiratet sein würden, es war ein Zeichen für Lancasters außergewöhnliche Macht, dass er seine langjährige Mätresse mit an die Haupttafel bringen konnte.

Gloucester, der weiter unten an der Tafel saß – den Oberbürgermeister Londons auf der einen Seite und den Erzbischof von Canterbury, Simon Sudbury, auf der anderen –, wirkte überaus unbehaglich.

Die Familie Plantagenet, die an der Haupttafel von ihren ältesten Mitgliedern vertreten wurde, sah aus, als würde sie an ihrer eigenen Uneinigkeit zerbrechen.

Thomas' Blick wanderte von der Haupttafel zur Spitze seines eigenen Tisches.

Dort saß Hal Bolingbroke, ohne der Tochter des Grafen neben sich Beachtung zu schenken, und beobachtete die Haupttafel genauso aufmerksam, wie Thomas es gerade getan hatte.

Wie viele von ihnen waren Dämonen und wie viele Menschen?

Und befand sich unter ihnen ein Dämonenprinz?

»Mawmenny!«, rief Chaucer, als ein Diener ein Gericht aus stark gewürztem und gesüßtem gehacktem Fleisch mit Früchten und Mandeln vor ihn hinstellte, und Thomas fuhr aus seinen Gedanken hoch.

Der schwarze Prinz war der Einzige, der auf einem Pferd ritt. Die beiden anderen Männer gingen zu Fuß, so fest in Umhänge und Decken gewickelt, dass sie gerade noch die Beine bewegen konnten, auf der windabgewandten Seite der Pferde, um die kräftigen Körper der Tiere als Schutz gegen den Sturm zu benutzen.

Das Lager hatten sie schon lange hinter sich gelassen, und Raby wusste nicht, wie weit sie gekommen waren oder ob sie überhaupt nach Westen, der Küste entgegen, gingen.

Er musste all seine Gedanken darauf richten, einen Fuß vor den anderen zu setzen.

Plötzlich blieben die Pferde stehen, und eines von ihnen schnaubte.

»Tyler«, krächzte Raby. »Könnt Ihr mehr als eine Handbreit vor Euch erkennen?«

Eine Weile lang herrschte Schweigen, bevor Tyler antwortete, und Raby glaubte schon, sein Gesicht sei eingefroren und er könne nicht mehr sprechen.

»Ja«, sagte Tyler schließlich. »Aber ich wünschte, ich würde es nicht sehen.«

Raby hob die Hand – entsetzt über die Kraft, die es ihn kostete – und wischte sich über die Augen, um sie von dem Eis zu befreien, das sich dort gesammelt hatte.

Er blinzelte einige Male und blickte dann voraus.

Er fluchte und schwankte ein wenig, als er versuchte, auch zur Seite und hinter sich zu schauen.

Die Dämonen hatten sich so nahe an sie herangeschlichen, dass sie einen undurchdringlichen Kreis um die Männer und Pferde bildeten, und jetzt kamen sie auf sie zugeschlurft – der Sturm konnte ihnen offenbar nichts anhaben –, die Schnauzen auf die leblose Gestalt des schwarzen Prinzen gerichtet.

Das Bankett setzte sich Gang um Gang fort. Die Gäste nahmen stets nur wenige Fleischstücke von jeder dargebotenen Platte, denn wenn sie sich bereits an den ersten Gängen satt gegessen hätten, wäre in ihren Mägen kein Platz mehr für die dreißig und mehr gewesen, die noch folgen sollten.

Mimen betraten den Saal, tanzten zwischen den Tischen und führten kurze Stücke auf. Sie verbargen ihre Gesichter hinter seltsamen Tiermasken, und ihre Hände steckten in Handschuhen, welche die Klauen wilder Tiere darstellten. Ihre Gewänder bestanden aus farbenfrohen Stoffen, die in dem Luftzug von den vielen Eingängen des Saals und den Feuern, die überall brannten, flatterten und wallten.

Mit voranschreitender Nacht machte sich der nie versiegende Strom des Weins bemerkbar, und einige der Feiernden gesellten sich zu den Mimen, bildeten Kreise und sangen gemeinsam fröhliche und unanständige Lieder. Eine Gruppe von Tänzern begann lautstark eine bekannte Weihnachtsballade zu singen, während Mimen in der Mitte ihres Kreises Purzelbäume schlugen.

Seid froh, ihr Leut', und jauchzt geschwind,
Uns wurd der Heiland heut gebor'n.
In einer Krippe bloß, da liegt's, das Kind,
Das uns zum Retter auserkor'n.
Ein' Kranz es trägt, von Dornen schwer
Und gibt sich hin zu uns'rer Ehr.

Viele an den Tischen in der Nähe lachten, klatschten in die Hände und stimmten mit ein, denn es war ein sehr beliebtes Lied.

O Jesuchrist, sei uns're Freud,
Wenn einkehrst du ins Erdenrund.
Mit deiner Lieb' errette uns,
Und mach uns weise und gesund.
So klingt es hold von fern und nah,
Der Heiland, der Retter, ist da!

Beifall erscholl, als die Ballade zu Ende war und der Anführer der Sänger sprang einige Male auf und ab und rief: »Bringt uns gutes Bier!«

Einige freudige Ausrufe ertönten und selbst Eduard III. schlug mit der Faust auf den Tisch.

»Bringt uns gutes Bier!«, brüllte er. »Bringt uns gutes Bier!«

Bringt uns gutes Bier, ja, bringt uns gutes Bier
Der Jungfrau hold zu Ehren, bringt uns gutes Bier.
Kein dunkles Brot bringt uns,
   denn das füllt nicht den Bauch,
Und auch kein weißes Brot, so ist's nicht guter Brauch.
Nein, bringt uns gutes Bier.

Bringt uns keinen Braten, denn der macht uns nur schlapp.
Bringt uns gutes Bier, das rinnt die Kehl' hinab.
Ja, bringt uns gutes Bier.
Bringt uns keinen Schinken, denn der ist uns zu fett,
Bringt uns gutes Bier, wie's jeder gerne hätt'.
Ja, bringt uns gutes Bier.
Bringt uns auch kein Lamm, denn das ist häufig zäh,
Und von zu vielen Kutteln tut uns der Magen weh.
Nein, bringt uns gutes Bier.

Jetzt stimmten viele Hunderte im Saal mit ein und die Klänge der Ballade hallten bis zur Decke empor.

Bringt uns keine Eier, die Schale leicht zerbricht,
Bringt uns gutes Bier, nach mehr verlangt's uns nicht.
Ja, bringt uns gutes Bier.
Bringt uns keine Butter, oft ist ein Haar darin,
Bringt uns auch kein Schwein,
    denn danach steht uns nicht der Sinn.
Nein, bringt uns gutes Bier.
Bringt uns keinen Pudding, denn der tut uns nicht gut,
Bringt uns auch kein Reh, das ist nicht gut fürs Blut.
Nein, bringt uns gutes Bier.
Bringt uns kein' Kapaun, denn die sind häufig rar,
Und bringt uns keine Ente und keine Gänseschar,
Nein, bringt uns gutes Bier.

Eduard III. sprang auf die Füße – zu Lancasters offensichtlicher Bestürzung – und hüpfte umher, als wollte er tanzen. Als sein Sohn ihn packen wollte, entwischte der König hinter seinen Stuhl und lief auf die Tanzenden und Singenden zu.

»Der Prinz!«, schrie Raby, und er und Tyler stolperten zu der Stelle hinüber, wo der Prinz unbeweglich und in sich zusammengesunken auf seinem Pferd saß.

Raby nestelte an den Knoten, die ihn am Sattel festbanden. »Tyler, kümmert Euch um ihn, ich halte die Dämonen auf.«

»Mein Fürst, es sind zu viele!«

Raby blickte sich vorsichtig um. Die Dämonen waren noch näher gekommen, umkreisten sie und tanzten fröhlich umher.

»Ihr müsst!«, sagte er. »Denn wenn Ihr es nicht tut, werden wir alle mit Sicherheit den Tod finden.«

Der letzte Knoten löste sich, und der Prinz sank zur Seite, glücklicherweise in Rabys Arme.

Der Baron stöhnte unter dem Gewicht auf und wäre selbst gestürzt, hätte Tyler ihm nicht geholfen.

Raby hob den Prinzen hoch und wollte ihn gerade über Tylers Schulter werfen, doch in diesem Augenblick stöhnte er auf, erzitterte und rollte sich herunter. Er sprang und fiel halb zu Boden, irgendwie gelang es ihm jedoch, sich auf den Füßen zu halten.

Der Prinz blickte auf. Sein Gesicht war leichenblass, die Augen von einem strahlenden Blau.

»Raby«, sagte er mit heiserer Stimme.

»Mein Fürst, wir müssen Euch von hier fortbringen!«

Daraufhin warf der schwarze Prinz die Decken von sich und stolperte auf Raby zu.

Als er von ihm zurücktrat, hatte er Rabys Schwert in der Hand, und bevor der Baron oder Tyler etwas tun konnten, stürzte er sich auf die Dämonen. Raby wollte hinter ihm herlaufen, doch Tyler hielt ihn mit erstaunlicher Kraft zurück.

»Wir werden alle sterben, wenn wir versuchen, ihn aufzuhalten«, sagte er.

Eduard III. hatte den Saum seiner Gewänder gerafft und versuchte kichernd und stolpernd zu tanzen. Die Sänger und maskierten Mimen hatten sich um ihn geschart, bildeten tanzende Kreise und jubelten ihm zu.

»Weitersingen«, rief Eduard. »Weitersingen!«

Lancaster stieg leise fluchend in Begleitung von Gloucester von dem Podest herunter.

Richard lümmelte sich mit umwölktem Blick auf seinem Stuhl und beobachtete seinen Großvater, während ein Finger seiner rechten Hand langsam den Rhythmus der Musik klopfte, als würde er den verrückten Tanz dirigieren.

»Trinkt und vergesst all eure Sorgen!«, rief Eduard, und augenblicklich stimmten die Sänger und Mimen ein neues Lied an.

Trinkt und vergesst all eure Sorgen,
Trinkt, als gäbe es kein Morgen;
Leute, sauft die Bierkrüg' leer,
Sind wir erst tot, fällt's Trinken schwer.
Der Wein stärkt Magen, Herz und Hirn,
Dem Alter glättet er die Stirn.
Wirkt gegen Kopfweh und Beschwer,
Und wird ein jeder Krankheit Herr.

Lancaster und Gloucester waren vom Podest herabgestiegen und versuchten, sich durch die Menge der Tänzer zu ihrem stammelnden Vater durchzudrängen. Eine Frau mit einer Stiermaske stolperte und fiel gegen Lancaster. Der Herzog stürzte und riss Gloucester mit sich zu Boden.

Die Tänzer achteten nicht auf die beiden am Boden liegenden Prinzen und sprangen über sie hinweg, als wären sie Teil des Tanzes, und ihre flinken Füße stießen immer wieder gegen die Köpfe der beiden Männer und schickten sie zu Boden zurück.

Von gutem Bier gibt's nie genug,
Drum leert es zügig, Krug um Krug.
Denn wer sich nüchtern legt ins Stroh,
Wird seines Lebens doch nicht froh.

Der schwarze Prinz hob das Schwert und stürzte sich auf den Dämon, der ihm am nächsten stand.

Der Dämon duckte sich, so anmutig wie der vollendetste Tänzer, und die Klinge zischte über seinen Kopf hinweg, ohne Schaden anzurichten.

»Verflucht sollt Ihr sein!«, schrie Raby und versuchte, sich aus Tylers Griff zu befreien.

»Wir können nichts tun … gar nichts«, rief Tyler. »Es liegt nicht mehr in unserer Macht!«

Der schwarze Prinz holte tief Luft, offenbar kurz vor dem Zusammenbrechen, stützte sich mit der Klinge auf dem Boden ab und ließ sie dann in einem weiten Bogen durch die Luft sausen, der fünf Dämonen den Kopf hätte vom Leib trennen müssen.

Die Klinge zischte durch die Luft und erzeugte einen süßen, klaren Ton.

Eduard hüpfte und tanzte umher, als sei er ein einjähriges Fohlen, das zum ersten Mal auf die Weide gelassen wurde.

Die Tänzer johlten vor Freude. Der gesamte Saal war auf den Beinen und brüllte und jubelte dem alten König bei seinem irrsinnigen Tanz zu.

Lancaster und Gloucester gelang es endlich, sich wieder

aufzurappeln, und sie drängten sich unsanft durch die wild gewordenen Mimen hindurch.

Eduard drehte sich um und sein Blick fiel auf sie.

»Meine Söhne!«, krähte er. »Kommt, tanzt mit mir!«

Er reckte die Hände in die Luft, warf die Beine hoch und grölte noch einmal:

Trinkt und vergesst all eure Sorgen,
Trinkt, als gäbe es kein Morgen;
Leute, sauft die Bierkrüg' leer,
Sind wir erst tot, fällt's Trinken schwer.

Plötzlich hielt er inne, einen überraschten Ausdruck im Gesicht, während alle Farbe aus seinen Wangen wich.

Einen Moment lang schien die Vernunft in seine Augen zurückzukehren, und er blinzelte.

»Eduard?«, fragte er, seine Stimme klang verwundert. »Was tust du denn hier?«

Der schwarze Prinz konnte sein Schwert nicht mehr länger halten. Es fiel ihm aus der Hand, und er schwankte.

»Eduard!«, schrie Raby.

Der schwarze Prinz blinzelte, als würde ihn der Anblick der Dämonen überraschen.

»Vater?«, sagte er.

Dann erzitterte er noch einmal und stürzte zu Boden.

»Eduard!«, schrie der König. »Nein!«

Er sah aus, als wollte er einen Schritt nach vorn machen, doch dann durchlief ihn ein Krampf, und er stürzte mit einem dumpfen Aufprall zu Boden.

Lancaster sank neben seinem Vater auf die Knie, aber es

war zu spät. Eduard III. hatte sein irdisches Königreich verlassen.

Der Dämon, der Raby und Tyler am nächsten stand, drehte sich zu ihnen um, sein Gesicht war verzerrt und bösartig.

»Trinkt«, zischte er, »und vergesst all eure Sorgen. Trinkt, denn für euch gibt es kein Morgen.«

Damit verschwanden die Dämonen, und der Sturm ließ nach. Raby und Tyler blieben allein mit den Pferden zurück und starrten auf die Leiche des schwarzen Prinzen hinab, die halb von kaltem Schnee bedeckt war.

»Trinkt«, flüsterten die Mimen, drehten sich um und richteten die Blicke auf Thomas, »und vergesst all eure Sorgen. Trinkt, denn für euch gibt es kein Morgen.«

Der Halbkreis der Sänger und Mimen wich zurück und eine kalte, lastende Stille erfüllte den Saal, als sich alle Blicke auf die Leiche Eduard III. richteten.

Kapitel acht

Mitternacht am Fest der Geburt
Unseres Herrn Jesus Christus
Im ersten Jahr der Regentschaft Richard II.
(Samstag, 25. Dezember 1378)

– WEIHNACHTSFEST –

– III –

Es herrschte eine solch vollkommene Stille, dass sich ein Teil von Thomas' Verstand, der nicht vor Entsetzen gelähmt war, fragte, wer den Mut besitzen würde, den Bann zu brechen.

Wer sonst, dachte Thomas, wenn nicht Lancaster.

Der Herzog, der neben seinem Vater kniete, blickte auf und bemerkte die Menschen, die erschüttert und sprachlos auf die Leiche hinabblickten.

»Hinaus!«, rief er, das Gesicht so wild verzerrt, dass die Adern an seinem Hals hervortraten. »Hinaus mit euch allen!«

Die Sänger und maskierten Mimen hatten sich als Erste von ihrem Schreck erholt und liefen ziellos auseinander, auf der Suche nach einem Ausgang.

Dann breitete sich ein Flüstern unter den Feiernden aus, wie ein Wind, der durch einen Wald junger Bäume rauscht, und sie verließen verstört die reich beladenen Tische.

Hal Bolingbroke war einer der wenigen, die zurückblieben. Er stand ganz in Thomas' Nähe, den Blick auf die tragische Szene gerichtet: Die Leiche seines Großvaters, sein Vater, der davor kniete, sein Onkel Gloucester, der neben ihm stand und voller Verzweiflung und Unentschlossenheit die Hände rang.

»Nein«, murmelte Hal.

»Nein!«, schrie er plötzlich, sprang über den Tisch, stürzte sich auf die letzten der hinauseilenden Mimen und Sänger und versuchte vergeblich, sie am Ärmel zu packen.

»Nein!«, rief er noch einmal und versuchte, die Aufmerksamkeit seines Vaters auf sich zu ziehen. »Lasst sie nicht hinausgehen! Wer, oder besser, was verbirgt sich hinter diesen Masken?«

Lancaster starrte ihn an und sprang dann auf. »Haltet die Mimen!«, schrie er den Wachen zu.

Aber es war zu spät. Sie waren in der Menge verschwunden, die durch die Ausgänge strömte.

Sie waren verschwunden, als hätte es sie nie gegeben.

Westminster Hall hatte sich noch nicht vollständig geleert; viele waren geblieben, um den Fortgang der Tragödie zu verfolgen, und vielleicht, um herauszufinden, wie sie einen Vorteil daraus ziehen konnten.

Prinz Richard, der mit kreidebleichem, entsetztem Gesicht mit angesehen hatte, wie sein Großvater zusammengebrochen und gestorben war, ging von seinem Platz auf dem Podest zu Lancaster und Gloucester hinüber, die wenige Schritte von dem Toten entfernt standen.

Seine Augen waren nachdenklich zusammengekniffen.

Schließlich war er dem Thron um eine Leiche näher gerückt.

Simon Sudbury, der Erzbischof von Canterbury, eilte an

Richard vorbei, um Eduard die Sterbesakramente zu geben, soweit diese seinem erkaltenden Körper und seiner entfliehenden Seele noch helfen würden.

Katherine saß auf ihrem Platz an der Haupttafel, die Hände vor das Gesicht geschlagen, ihre grauen Augen vor Schreck weit aufgerissen. Sie zitterte so heftig, dass ihr ganzer Körper bebte.

Margaret gewann schnell ihre Fassung zurück und während Richard und Sudbury sich Lancaster und Gloucester anschlossen, ging sie zu Katherine hinüber und murmelte Thomas im Vorbeigehen zu, dass ihre Herrin ihren Trost brauchte.

Geoffrey Chaucer stand mit verschränkten Armen da, den Kopf zur Seite geneigt. Seine Augen musterten das Bild, das sich ihm bot, mit großem Scharfsinn, als wollte er sich jede Einzelheit einprägen, um sie vielleicht in einem Gedenklied zu verwenden.

Darüber hinaus waren noch sechs oder sieben weitere Adlige geblieben, Edelleute des Königreichs. Ein König war gestorben, und ein neuer musste gekrönt werden, in der Zwischenzeit würde das Reich jedoch von einem Rat regiert werden.

Thomas stand immer noch an derselben Stelle, völlig regungslos, bis auf seine Augen, die ruhelos von einem zum anderen huschten.

Wer war Mensch, wer Dämon?

Als Lancaster seufzte, sich die Augen rieb und etwas sagen wollte, fiel Thomas' Blick auf eine Gestalt, die sich im Dunkel am hinteren Ende des Saals verbarg, wo viele Kerzen und Fackeln erloschen waren, als die Türen von den Fliehenden, die erschrocken das Weite gesucht hatten, hastig aufgerissen worden waren.

John Wycliffe stand dort mit funkelnden Augen und hing seinen Gedanken nach.

»Der König ist tot«, sagte Lancaster, »und Gott allein weiß, wann der schwarze Prinz zurückkehren wird, um sein Erbe anzutreten. Wir müssen handeln, und zwar schnell, um die Ordnung im Königreich aufrechtzuerhalten. Ich berufe in der Morgendämmerung ein Treffen des Geheimen Rates ein. Gloucester, sorg du dafür, dass Wachen ausgeschickt werden, um die Ratsmitglieder herbeizuholen, die nicht im Saal anwesend sind.«

Froh, eine Aufgabe zu haben, nickte Gloucester und ging davon.

»Ich werde ebenfalls daran teilnehmen!«, sagte Richard, seine Stimme klang schrill und fordernd.

Lancaster wollte den Kopf schütteln, überlegte es sich dann jedoch anders. »Ja, Ihr solltet daran teilnehmen. Verehrter Erzbischof«, sagte er an Sudbury gewandt, »werdet Ihr und die Euren Euch des Toten annehmen?«

Nachdem alles besprochen war, wandte sich Lancaster mit leiser Stimme an Bolingbroke. »Hal, versuch unter allen Umständen, diese Mimen ausfindig zu machen. Bedien dich unserer Kundschafter und bezahlter Augen und Ohren. Hast du verstanden?«

Hal nickte, und ehe er hinausging, blieb er noch kurz neben Thomas stehen. »Wir müssen uns miteinander unterhalten«, sagte er. »Du und ich und, ich glaube, auch mein Vater.«

Damit ging er davon.

Im Augenblick war für Thomas wenig zu tun. Er konnte sich nicht an den Treffen und dem Geraune beteiligen, die den Tod eines Königs stets begleiteten, selbst wenn er gewusst hätte, wer – oder was – ihn verursacht hatte.

Nicht im Moment.

Lancaster, mit Hal an seiner Seite, musste dafür sorgen, dass rasch wirksame Maßnahmen ergriffen wurden, um den Ausbruch von Unruhen zu verhindern. Aber wenn dies erledigt war, das wusste Thomas, musste er mit Lancaster sprechen und den Herzog davon überzeugen, dass er ihm die Erlaubnis erteilte, endlich in den Norden zum Konvent am Bramhamer Moor aufzubrechen.

Kapitel Neun

Das Fest des heiligen Silvester
Im ersten Jahr der Regentschaft Richard II.
(Donnerstag, 30. Dezember 1378)

– I –

In den Tagen nach dem Tod Eduard III. hatte Lancaster vom frühen Morgen bis zum späten Abend alle Hände voll zu tun. Gemeinsam mit den Mitgliedern des Geheimen Rates arbeitete er daran, England für den schwarzen Prinzen zu sichern. Bis der Prinz nach Hause zurückgekehrt sein würde, würde Lancaster als Regent auftreten. Eilboten wurden nach Bordeaux geschickt, in der Hoffnung, dass der schwarze Prinz spätestens Mitte Januar nach London zurückkehren würde. Nicht nur England stand auf dem Spiel, sondern auch Frankreich. Der Tod eines Königs verursachte stets großen Aufruhr, besonders, wenn auch noch ein Krieg eine Rolle dabei spielte.

Eine von Lancasters ersten Amtshandlungen war es, die Nachricht zu verbreiten, dass König Eduard seinem hohen Alter erlegen und eines natürlichen Todes gestorben war, beschleunigt durch die Lustbarkeiten der Weihnachtszeit. Was immer Lancaster und seine engsten Vertrauten vermuteten, Hexerei oder andere unnatürliche Umstände, die mit dem

Ableben des Königs in Verbindung gebracht werden konnten, wurden mit keinem Wort erwähnt. Im Auftrag seines Vaters machte sich Bolingbroke auf die Suche nach den Mimen, die den König bei seinem Tod umringt hatten – doch keiner von ihnen wurde je gefunden.

Vorkehrungen für ein großes Begräbnis wurden alsbald getroffen, und Eduards Leiche wurde einbalsamiert und auf einer Bahre vor dem Altar der Abtei von Westminster zur letzten Ruhe gebettet.

Und Lancaster kümmerte sich außerdem im Geheimen um die Vorbereitungen für den nächsten Feldzug nach Frankreich im Frühjahr. Zweifellos war der schwarze Prinz ebenfalls damit beschäftigt, aber Lancaster war ein kluger Mann und wusste, dass es mehrere Monate dauern konnte, eine ganze Armee auszuheben.

Es gab auch noch etwas anderes, um das sich Lancaster in dieser Zeit kümmern musste: seine Hochzeit mit Katherine. Er hatte viele Jahre darauf gewartet, Katherine zu seiner Gemahlin zu machen, und nicht einmal der Tod seines Vaters oder mögliche Unruhen in England würden ihn davon abhalten können, selbst wenn die Hochzeit um einige Tage verschoben werden musste.

Die Kapelle St. Stephen's, die zum Palast von Westminster gehörte, war vielleicht das schönste Gebäude Englands. Die spitz zulaufenden Lichtgaden und das hoch aufragende Dach des Mittelschiffs erreichten beinahe die Höhe der Türme der Westminsterabtei und ragten weit über die der mächtigen Westminster Hall hinaus.

Doch obgleich St. Stephen's der Abtei von Westminster in mancher Hinsicht nicht das Wasser reichen konnte, stellte es diese im Hinblick auf seine Schönheit und die Pracht seiner

Verzierungen weit in den Schatten. Dies war die Kapelle der Könige, und sie war gebaut und ausgeschmückt worden, um die Macht und den Ruhm der englischen Monarchen zur Schau zu stellen. Licht strömte durch die Buntglasfenster herein, die sich hoch oben in den Lichtgaden befanden, und fiel auf Silber, Gold und Edelsteine, mit denen der Hochaltar geschmückt war. Das Mittelschiff wurde von einer anmutigen Arkade eleganter Rundbögen und Säulen eingefasst, die reich bemalt und vergoldet waren. Der Fußboden war nicht mit den üblichen Steinfliesen gotischer Kathedralen bedeckt, sondern bestand aus einem herrlichen Mosaik himmelblauer, blutroter und elfenbeinfarbener Fliesen. Im Laufe der letzten dreißig Jahre hatten die berühmtesten englischen Maler die Wände der Kapelle mit Darstellungen des Lebens und der Frömmigkeit vergangener Generationen des englischen Königshauses ausgeschmückt und darüber hinaus mit einem Zyklus von Bibelszenen, zu dessen Betrachtung Engel die Vorhänge rafften und der Szenen aus dem Leben von heiligen Gottesstreitern darstellte.

St. Stephen's strahlte höchste Geistigkeit aus und zugleich die grandiose Erhabenheit der englischen Könige und Prinzen.

Hier nahm Johann von Gent, Herzog von Lancaster, am Abend des Silvestertages Lady Katherine Swynford in einer stillen und den Umständen angepassten Zeremonie zu seiner dritten Frau.

Die Hochzeit war bescheiden, die Messe kurz, und Braut und Bräutigam blass und erschöpft – aber dennoch von dem Verlangen erfüllt, ihre Liebesbeziehung nun auch öffentlich zu besiegeln.

Die unmittelbaren Mitglieder ihrer Hofhaltung waren anwesend. Hal Bolingbroke, Lancaster und Katherines uneheliche Kinder – Heinrich und Johanna Beaufort –, Prinz Richard, der ausgezeichnet geruht hatte und wachsam und aufgeweckt wirkte, seine Mutter Johanna von Kent, die aufgrund ihrer Dickleibigkeit eine der wenigen war, die während der Zeremonie saßen, sechs oder sieben von Lancasters ältesten Gefolgsleuten, seine und Katherines Leibdiener – Kammerdiener, Pagen und Damen –, John Wycliffe und Thomas, der ein wenig abseits der Gesellschaft stand, um wieder einmal Augen und Ohren offen zu halten.

Während der Zeremonie warf Margaret, die in der Gruppe von Katherines Damen hinter der Braut stand, Thomas einen Blick zu. Ihr Gesichtsausdruck war nicht zu deuten, aber Thomas glaubte, Tränen in ihren Augen zu sehen, und fragte sich, ob sie wohl hoffte, eines Tages selbst einen Gemahl zu finden, der ihrer Schande ein Ende bereiten würde.

Er sah zu Johanna Beaufort hinüber, die gerüchteweise Rabys nächste Gemahlin werden sollte. Sie war schlicht gekleidet, doch ihre Arme und Finger waren mit erlesenen Edelsteinen geschmückt. Thomas fragte sich, was sie wohl dabei empfand, einer Zeremonie beizuwohnen, die sie, dem parlamentarischen Gesetz nach, nicht nur zu einem ehelichen Kind, sondern auch zu einer der begehrenswertesten Frauen Englands machen würde.

Und sie sollte Raby heiraten?

Die Zeremonie war schon beinahe vorüber, als Thomas hörte, wie die Tür am Ende des Mittelschiffs geöffnet und geschlossen wurde, und schnelle Schritte sich der Hochzeitsgesellschaft näherten.

Er drehte sich um.

Ein Bote, der über und über mit Staub bedeckt war, lief mit bestürzter Miene direkt auf Lancaster zu.

Thomas packte ihn am Arm, als er an ihm vorbeilaufen

wollte. »Halt!«, flüsterte er. »Was immer Ihr für Neuigkeiten bringt, sie haben noch etwas Zeit!«

Der Mann zitterte, als wollte er sich aus Thomas' Griff befreien, und nickte dann widerstrebend.

Thomas hielt seinen Arm weiterhin fest umklammert und blickte zu Lancaster und Katherine hinüber.

Der Kaplan intonierte die letzten Worte, und während Thomas zusah, wandte sich Lancaster seiner neuen Herzogin zu und küsste sie sanft.

Thomas beugte sich zu dem Boten hinüber. »Geht zu Bolingbroke«, wies er ihn an. »Überbringt ihm Eure Neuigkeiten. Er wird den besten Augenblick wählen, um sie Lancaster mitzuteilen.«

Wieder zögerte der Mann, nickte dann jedoch. Er eilte zu Bolingbroke hinüber und murmelte Entschuldigungen, während er sich an mehreren von Lancasters Gefolgsleuten vorbeidrängte, erregte dann Bolingbrokes Aufmerksamkeit und flüsterte ihm aufgeregt etwas ins Ohr.

Thomas' Augenbrauen zogen sich zusammen. Die Nachrichten des Mannes mussten niederschmetternd sein, denn Bolingbroke erschauerte sichtlich und wurde blass.

Lancaster und Katherine wandten sich von ihrem Kaplan ab und begannen, die Segenswünsche der Umstehenden entgegenzunehmen, als Bolingbroke vortrat und seinem Vater ein Zeichen gab.

»Was ist?«, fragte Lancaster.

»Mein Fürst …« Bolingbroke zögerte, als seien die Neuigkeiten, die er ihm mitzuteilen hatte, so schmerzlich, dass er sie kaum verkünden konnte. »Mein Fürst, dieser Mann ist gerade vom Hafen von Dover hierhergeritten, wo ein Fischerboot so beklagenswerte Nachrichten überbracht hat, dass ich fürchte, dass dies einer der schwärzesten Tage der Geschichte …«

»Was für Nachrichten?«, sagte Lancaster, packte seinen Sohn an der Schulter und blickte ihm in die Augen.

»Euer Bruder Eduard, der Thronfolger, ist tot.«

Lancasters Griff verstärkte sich, und ein Zucken durchlief sein Gesicht. »Was?«, flüsterte er.

»Ein Sturm«, fuhr Hal fort, beinahe im Flüsterton, »und noch etwas, das ich in dieser Gesellschaft nicht laut aussprechen möchte, hat den schwarzen Prinzen niedergestreckt.«

Ein schwacher Schrei war zu hören und ein dumpfer Aufprall, als Johanna von Kent in Ohnmacht fiel.

Sofort eilten alle geschäftig hin und her, doch Thomas, ebenso entsetzt wie alle anderen, bemerkte, dass inmitten des Tumults ein Einziger ruhig und gefasst blieb.

Richard.

Im selben Moment, als Thomas dies auffiel, bemerkte es auch Lancaster. Er wandte sich Richard zu und sank vor dem jungen Mann auf ein Knie.

»Majestät«, sagte er.

In Richards Augen flammte Erregung auf … und noch etwas anderes.

Triumph, wurde Thomas bewusst, und plötzlich durchströmte ihn eine Angst, wie er sie noch nie zuvor verspürt hatte.

Bald würden England und die Dämonen einen neuen König krönen … und es würde ein und derselbe Mann sein.

Thomas drehte sich um und erblickte Wycliffe.

Er lächelte ebenso siegessicher wie Richard.

KAPITEL ZEHN

Komplet am Fest des heiligen Silvester
Im ersten Jahr der Regentschaft Richard II.
(Donnerstagnacht, 30. Dezember 1378)

– II –

Im Palast von Westminster herrschte Stille. Den nahenden Neujahrsfeierlichkeiten sah man aufgrund des Todes Eduard III. und seines Erben, des schwarzen Prinzen, mit gemischten Gefühlen entgegen. Eduard hatte mehr als fünfzig Jahre lang auf dem Thron gesessen und, so beliebt er auch gewesen war, die meisten Leute hatten sich doch schon seit geraumer Zeit damit abgefunden, dass er nicht mehr lange unter den Lebenden weilen würde. Doch alle hatten geglaubt, dass der schwarze Prinz, ein weiterer Eduard, nach Eduard III. regieren würde. Der schwarze Prinz war wohlbekannt: mutig, beeindruckend und gerecht. Er hätte einen vortrefflichen König abgegeben.

Aber über diesen Richard wusste man kaum etwas. Er war ein blasser junger Mann, den man hätte besser kennenlernen können, wenn sein Vater erst einmal auf dem Thron gesessen hätte.

Die Gesellschaft der Lancasters war nach der Hochzeit in Westminster geblieben, obwohl Katherine mit ihrem Gefolge am darauffolgenden Tag in den Savoy Palace zurückkehren würde.

Im Augenblick standen Thomas und Hal dicht beieinander in der Abgeschiedenheit und Wärme der Ställe in der Gasse hinter dem Palast von Westminster. Alle Reitknechte und Stallburschen hatten sich zur Ruhe begeben, und Bolingbroke und Thomas, die nicht sicher waren, ob die Dämonen auch die Gestalt von Pferden annehmen konnten, hatten eine leere Box in sicherer Entfernung von allen lebenden Wesen gewählt.

Sie sprachen mit leiser, aber drängender Stimme.

»Hal, dir ist sicher klar, dass weder der Tod des Königs noch der des schwarzen Prinzen natürlichen Ursprungs war!«

»Ja. Die Dämonen waren bei beiden zugegen.« Der Bote hatte von dem teuflischen Sturm und den Dämonen berichtet, die den Prinzen eingekreist und zu Tode gebracht hatten. Hal und Thomas zweifelten nicht einen Moment lang daran, dass die maskierten Mimen, die Eduard III. umringt hatten, ebenfalls Dämonen gewesen waren.

»Thomas ... verdächtigst du immer noch meinen Vater?«

Thomas zögerte. »Nein«, sagte er schließlich. »Ich habe mich gefragt, ob er der neue Dämonenkönig werden würde ... aber die Trauer über den Tod seines Vaters ist so aufrichtig, und in den Tagen seit Eduards unnatürlichem Tod hat er nur getan, was jeder sterbliche Mann tun würde, um seine Pflicht zu erfüllen. Wenn ... wenn er der neue Dämonenkönig gewesen wäre, hätte er sich anders verhalten.«

»Er hätte die Macht an sich gerissen.«

»Ja.« *Und wenn er das getan hätte, Hal, hätte dich das zum Anwärter auf den Thron gemacht.*

Immerhin hatten die Ereignisse der letzten vierundzwanzig Stunden Lancaster und Hal entlastet. Wären sie Dämonen gewesen und hätten im Dienste oder im Bann der Dämonen gestanden, hätten sie anders gehandelt.

Kein Dämon würde je eine solch umfassende Macht ausschlagen.

Nein, Lancaster und Hal hatten sich loyal und rechtschaffen verhalten.

Hal musterte Thomas' Gesicht. »Du glaubst, Richard wird der Dämonenkönig sein, nicht wahr?«

Thomas nickte. »Es gab nur drei Menschen, denen der Tod sowohl Eduards als auch des schwarzen Prinzen nutzen könnte«, sagte Thomas. »Dein Vater, du und Richard. Weder du noch dein Vater haben aus ihrem Tod einen Vorteil gezogen ...«

»Aber Richard kann seine Freude über diesen Glücksfall kaum verbergen.«

»Ja. Er hat nicht eine Träne vergossen, weder um seinen Großvater noch seinen Vater.«

Hal wandte sich ab, sein schönes Gesicht war finster, und er murmelte eine Verwünschung.

Dann drehte er sich wieder zu Thomas um. »Wir müssen das alles mit meinem Vater besprechen.«

Außer Richard und Bolingbroke hätte niemand Lancaster zu so später Stunde und in so schwierigen Zeiten aufsuchen dürfen ... und sicherlich hätte niemand außer Bolingbroke Lancaster dazu bewegen können, ihn während seiner Hochzeitsnacht zu empfangen. Hal und Thomas standen abwartend in einem kleinen Gemach, das zu den Räumlichkeiten der Palastanlage gehörte, die Lancaster vor kurzem für sich als Wohnräume bestimmt hatte, und betrachteten Lancasters Rücken, während dieser aus dem Fenster blickte.

Er hatte Thomas und Hal schweigend und aufmerksam zugehört, hatte sich dann abgewandt und war nachdenklich zum Fenster gegangen.

Seine Hände, die er auf dem Rücken verschränkt hielt, zuckten plötzlich, und er drehte sich wieder zu ihnen um.

Sein Gesicht wirkte müde, grau und furchtbar alt. Für Lancaster hatten die letzten Tage nichts als Schrecken und Trauer bedeutet, abgesehen von den kurzen, schönen Augenblicken, als er Katherine geheiratet hatte.

»Ich weigere mich, das zu glauben«, sagte er.

»Vater«, sagte Hal und trat vor, »wer sonst könnte es sein? Der heilige Michael hat gesagt …«

»Es kümmert mich nicht, was der heilige Michael gesagt hat!«, erwiderte Lancaster. »Vielleicht habt ihr recht damit, dass es einen Dämonenkönig in unserer Mitte gibt, aber ich bin sicher, dass es nicht Richard ist!«

Er ging mit steifem Rücken zu einem Tisch hinüber, goss sich einen Pokal voll Wein ein und ließ ihn dann unberührt stehen. »Ich schulde meinem Vater und meinem Bruder Treue, und durch diese Treue – auf die mein ganzes Leben aufbaut – bin ich auch an Richard gebunden!«

»Vielleicht«, sagte Hal leise, in dem Wissen, dass er mit diesen Worten sein Leben aufs Spiel setzte, und doch überzeugt, dass sie ausgesprochen werden mussten, »wäre es besser, wenn du den Thron selbst besteigst und …«

Lancaster drehte sich ruckartig um und starrte seinen Sohn ungläubig an. »Ist dein Ehrgeiz so überwältigend, Hal?«

»Würdest du einen Dämon auf den englischen Thron setzen, Vater?«

»Beweist es! Beweist mir, dass er ein Dämon ist!«

»Ich glaube …«, sagte Thomas zögerlich, »ich glaube, ich bin in der Lage dazu.«

Jetzt drehten sich sowohl Lancaster als auch Bolingbroke um und starrten Thomas an.

»Wynkyn de Wordes Schatulle«, sagte Thomas.

»Sie wird es Euch verraten?«, sagte Lancaster.

»Möglicherweise«, erwiderte Thomas. »Wer kennt schon alle ihre Geheimnisse? Aber sie wird auch den Dämonenkönig aus seinem Versteck locken, denn er wird tun, was in seiner Macht steht, damit ich sie nicht finde. Mein Herzog, gestattet mir, nach Norden zu reiten. Es muss sein. In London kann ich Euch nicht von Nutzen sein.«

Stille herrschte, abgesehen von Lancasters lautem, ärgerlichem Atmen.

Thomas hielt dem Blick des Herzogs stand. »Gebt mir Eure Erlaubnis, nach Norden zu reisen, mein Fürst.«

»Ihr werdet Euch vor dem Ordensgeneral in Acht nehmen müssen«, sagte Lancaster. »Er wird überall im Norden seine Späher haben.«

»Ich werde ihm aus dem Weg gehen«, sagte Thomas, und Lancaster knurrte.

Wieder herrschte Schweigen, und Thomas gelang es, seine Zunge und seine Ungeduld im Zaum zu halten.

Schließlich nahm Lancaster einen Schluck Wein. »Ihr könnt erst nach dem Begräbnis meines Vaters aufbrechen.«

Thomas neigte den Kopf. Es würde verdächtig wirken; niemand verließ London, ehe der König nicht begraben war.

»Und Ihr werdet mit Eurem ›Beweis‹ zurückkehren, bevor Richard im Frühjahr gekrönt wird.«

»Ja, mein Fürst.«

Lancaster ließ noch einen Moment den Blick auf ihm ruhen, dann sackten seine Schultern herab, und er entließ sie mit einer Handbewegung. »Verschwindet. Beide.«

Als Bolingbroke und Thomas zur Tür gingen, fügte Lancaster ruhig hinzu: »Wenn ich nicht der Meinung wäre, dass Ihr im Auftrag eines Engels handelt, Thomas, würdet Ihr und Hal Euch jetzt wegen verräterischer Worte auf dem Weg zum Tower befinden.«

Kapitel Elf

Matutin am zweiten Sonntag nach Weihnachten
Im ersten Jahr der Regentschaft Richard II.
(Sonntag, vor der Morgendämmerung, 2. Januar 1379)

»Tom!«

Er erwachte mit einem Ruck, sein Geist war immer noch schlaftrunken. Wo war er? Westminster oder … nein, wieder in seinem Gemach im Savoy Palace, wohin er am vorangegangenen Nachmittag nach den eher verhaltenen Neujahrsfeierlichkeiten in Westminster zurückgekehrt war.

»Tom! Tom!«

Sein Verstand wollte nicht klarer werden. Er konnte nur an Lancaster denken, der von Verrat und Gefängnis gesprochen hatte.

»Tom?«

Gütiger Himmel! Es war Margaret! Er sprang aus dem Bett und war schon fast an der Tür, als ihn die kalte Luft auf seiner Haut daran erinnerte, dass er nackt war. Er griff nach seinem Gewand, zog es sich über den Kopf und fluchte, als der Wollstoff nicht über seine Schultern rutschen wollte.

»Tom!«

Thomas riss die Tür auf. »Im Namen der Heiligen, Weib! Ihr weckt den halben Palast auf!«

»Tom!«

Sie stand zitternd in ihrem dünnen Nachthemd da, einen roten Wollumhang um die Schultern geworfen.

Ihr Haar war offen, und Thomas bemerkte trotz der ungewöhnlichen Umstände, dass er es noch nie so gesehen hatte.

»Was macht Ihr hier?«, zischte er und versperrte den Eingang mit seinem Leib.

Sie ergriff ihren Umhang und versuchte, ihn fester um sich zu ziehen. Ihr Zittern war stärker geworden, und es kostete sie sichtlich Mühe, zu sprechen. »Ich habe Gerüchte über das Schicksal des schwarzen Prinzen in Frankreich gehört …«

»Und?«

Sie zuckte angesichts der kalten Gleichgültigkeit in seiner Stimme zusammen. »Ralph … ist ihm etwas zugestoßen?«

»Mein Onkel? Aber …«

»Nur weil es nicht sein Kind ist, das ich erwarte, heißt das nicht, dass ich keine Zuneigung für ihn empfinde. Tom, bitte, was wisst Ihr darüber?«

Er seufzte, blickte den Gang hinunter und zog sie dann in sein Gemach hinein.

Als sich die Tür hinter ihnen schloss, trat John Wycliffe aus einer Nische heraus. Er lächelte und verschwand dann wieder im Dunkel.

»Setzt Euch.« Thomas wies auf das schmale Bett, und Margaret tat wie ihr geheißen, nachdem sie sich flüchtig in der einfachen Kammer umgesehen hatte.

Sie zog den Umhang noch fester um sich und sah mit bittendem Blick zu Thomas auf. »Was habt Ihr gehört …«

»Warum seid Ihr nicht bei Lady Katherine?«

»Die Ereignisse des vergangenen Tages haben ihr stark zugesetzt. Der Arzt ihres Gemahls …«

Thomas bemerkte trocken, wie sie das Wort »Gemahl« betonte.

»… hat ihr einen Schlaftrunk verabreicht. Sie braucht mich im Moment nicht. Aber, ach, Thomas, ich habe nur gehört, dass der schwarze Prinz und seine Streitmacht durch den teuflischen Sturm stark geschwächt wurden und dass der schwarze Prinz tot ist. Ich habe jedoch nichts über Raby in Erfahrung bringen können!«

»Ich weiß nur wenig … aber Raby ist am Leben.«

Margaret atmete erleichtert auf, und ihre Hände lösten sich von ihrem Umhang.

»Er und ein Soldat kamen mit einem Pferd, das die Leiche des Prinzen trug, im Morgengrauen des Stephanstags nach Blaye, wo gerade ein Fischkutter in Richtung Dover ablegte. Nachdem er an der englischen Küste gelandet war, wurde unverzüglich ein Bote nach London geschickt.«

»Und Raby? Wo ist er?«

»Er wollte noch einen Tag länger in Dover bleiben. Er war sterbenskrank – nein, keine Sorge, inzwischen geht es ihm wieder gut, aber er muss sich ausruhen. In Kürze wird er mit der Leiche des Prinzen hier eintreffen. Lancaster hat Gloucester mit einer Eskorte auf den Weg geschickt, um ihn nach Hause zu geleiten.«

Margaret nickte erleichtert und senkte den Blick auf ihre Hände, die in ihrem Schoß lagen. »Und werdet auch Ihr bald aufbrechen, Tom?«

Er fragte sich, warum sie überhaupt der Meinung war, er würde irgendwohin gehen. *Was wusste sie?* »Warum? Wollt Ihr mich aufhalten?«

Sie hob ruckartig den Kopf, ihr Blick war wütend oder verletzt, Thomas konnte es nicht genau sagen.

»Nein. Ich will Euch nicht aufhalten. Ich …«, sie senkte

erneut den Blick, »ich bin eine Frau ohne einen einzigen Freund. Mein Liebhaber will nichts mehr von mir wissen, und der Vater meines Kindes fürchtet sich vor meiner ›teuflischen Hexerei‹.«

Sie schürzte die Lippen.

»Ihr solltet nicht hier bei mir sein«, sagte Thomas. »In den Gemächern der Herzogin könnte jemand Eure Abwesenheit bemerken.«

»Ich sollte nicht hier sein? Warum nicht?«

»Gütiger Himmel, Margaret. Keine Frau sollte mitten in der tiefsten Nacht das Gemach eines Mönchs betreten!«

Sie hob den Kopf und lächelte. »Ich habe es nicht einfach ›betreten‹, Tom. Ihr habt mich hereingebeten. Außerdem glaube ich, dass Ihr inzwischen weniger Mönch als Mann seid, Tom Neville.«

»Ich bin immer noch ein Mann Gottes.«

»Das habe ich auch nicht bezweifelt. Ich glaube, dass Ihr Euch irgendwo auf Eurer Reise während der letzten Monate von der Kirche abgewandt habt, obwohl Ihr noch immer ein gottesfürchtiger Mann seid.«

Thomas wollte ihr gerade widersprechen, als er erkannte, dass sie die Wahrheit sagte. Sein Pflichtgefühl gegenüber Gott hatte nicht nachgelassen – es war sogar stärker als jemals zuvor –, aber seine Verpflichtung der Kirche gegenüber? Er war in höchstem Maße verunsichert. Seit er England betreten hatte, hatte er kaum einen Gottesdienst besucht … und es war Matutin, und er hatte tief und fest geschlafen. Er hatte nicht einmal mit einem Geistlichen gesprochen. Stattdessen hatte er die Gesellschaft seiner alten Freunde und Bekannten gesucht: Lancaster, Hal, Hotspur. Natürlich war dies zum Teil den besonderen Umständen zuzuschreiben, aber er hatte sich auch nicht dagegen gewehrt.

War er nun wieder eher Lord Thomas Neville als Bruder Thomas?

Und welcher von beiden würde Gott und dem heiligen Michael besser dienen können?

»Oh!«, sagte Margaret, und Thomas blickte zu ihr hinab.

Sie hatte die Hände auf den Bauch gelegt – die Falten ihres Umhangs waren auseinandergefallen und enthüllten den weichen, dünnen Stoff ihres Nachthemdes – und sah Thomas mit ihren dunklen Augen ergriffen an.

»Das Kind«, flüsterte sie, streckte die Hand aus und ergriff die seine.

Er hätte die Hand fast zurückgezogen, doch dann ließ er zu, dass sie sie auf ihren Bauch hinabzog und sie sanft auf die Wölbung legte.

»Spürt Ihr es?«, fragte sie.

Thomas ging vor ihr in die Hocke, damit er die Hand bequemer auf ihren Bauch legen konnte. Er spürte eine leichte Bewegung, fast wie ein Flattern, tief in Margarets Körper, und ohne nachzudenken legte er auch die andere Hand auf ihren Leib. »Was ist das?«

»Das Kind bewegt sich.«

Unwillkürlich musste Thomas an Alice denken. Sie war gestorben, bevor sich ihr Leib zu wölben begann. Er hatte dies nie zuvor gespürt, noch nie vor einer Frau gekniet, die ein Kind von ihm bekam, und seine Bewegung gespürt. Er tastete über ihren Bauch, spürte den Umrissen des Kindes nach, von einer Mischung aus Erstaunen und Furcht erfüllt.

Es war sein Kind, das konnte er nicht leugnen. Die Hexenkunst, die Margaret und ihn an jenem Nachmittag miteinander verbunden hatte, war stark gewesen und ebenso unleugbar wie das, was er jetzt unter seinen Händen spürte.

Sein Kind …

»Ein Mädchen«, sagte Margaret leise.

Er blickte zu ihrem Gesicht auf. »Und woher wisst Ihr das? Hexerei? Zauberei?«

Sie lächelte, doch ihr Lächeln wirkte traurig. »Eine Frau weiß das, Thomas. Das Kind ist ein Mädchen. Es muss so sein, denn es hat mir bisher nur wenig Unannehmlichkeiten bereitet.«

Wenn Margaret geglaubt hatte, Thomas mit dieser Bemerkung zum Lächeln zu bringen, hatte sie sich getäuscht.

Stattdessen senkte er erneut den Blick, aufgewühlter, als er ihr gegenüber zugeben wollte. *Eine Tochter.* Er erinnerte sich an den furchtbaren Traum in der Nacht, bevor er die Totenmesse für die Familie Lescolopier gesprochen hatte. Das kleine Mädchen, das er in seinen Armen gehalten hatte, um es vor dem Zorn des heiligen Michael zu beschützen.

»Es wird Zeit, dass sie in die Hölle kommt«, sagte der Erzengel und griff nach dem Kind … und dann stand Alice vor ihm und fragte ihn: »Warum hast du unser Kind sterben lassen?«

»Wenn ich im Kindbett sterben sollte, Thomas«, sagte Margaret und angesichts der Furcht in ihrer Stimme – und der schrecklichen Übereinstimmung ihrer Worte mit seinen Gedanken – hob Thomas erneut den Kopf. »Wenn ich sterben sollte, werdet Ihr ihr an meiner statt einen Namen geben?«

»Margaret …«

»Nennt sie Rosalind, das klingt hübsch. Es ist der Name einer Frau, die einmal freundlich zu mir gewesen ist. Thomas, bitte, werdet Ihr das für mich tun?«

»Das werde ich, Margaret, aber, gütiger Himmel, fürchtet Euch doch nicht so sehr! Nicht jede Frau stirbt so wie Eleonore.« Seine Gedanken und ihre Furcht hatten ihn völlig durcheinandergebracht, und ebenso das Kind – *sein Kind* –, das er mit seinen Händen spürte, und als er weitersprach, hatte seine Stimme einen barschen Tonfall angenommen, den er in Wirklichkeit nicht empfand.

»Warum seid Ihr hier, Margaret? Was ist der wahre Zweck Eures Besuchs heute Nacht?«

»Ich wollte mich nach Raby erkundigen, denn ich mag ihn sehr …«

Ärger stieg in Thomas hoch, und etwas, das er mit Schrecken als Eifersucht erkannte. War sie hierhergekommen, um ihn eifersüchtig zu machen? Um ihren Leib und sein Kind vor ihm zur Schau zu stellen und dann doch nur von Raby zu sprechen?

Thomas' Hände glitten von ihrem Bauch zu den Bändern an ihrem Hals und öffneten erst ihren Umhang und dann die Schnüre, die das Oberteil ihres Nachthemdes zusammenhielten.

Als er ihr den Umhang von den Schultern streifte, ihr das Nachthemd herunterzog und dabei ihre Brüste entblößte, holte Margaret tief Luft – ihre nackten Brüste, die sich direkt vor Thomas' Augen befanden, entflammten sein Verlangen nur noch mehr.

War sie wirklich nur hierhergekommen, um sich nach seinem Onkel zu erkundigen?

»Was tut Ihr, Thomas?«

»Was habt Ihr erwartet, hm? Ihr kommt zu mir mit verführerisch gelöstem Haar und nur einem Hauch von Kleidern am Leib. Was habt Ihr Euch dabei gedacht, als Ihr meine Hände auf Euren Bauch gelegt habt?«

Seine Hände streichelten nun ihre Brüste, und er beugte sich vor und küsste sie.

Sie wich vor ihm zurück. »Thomas … fürchtet Ihr nicht, dass Ihr mich am Morgen noch mehr hassen werdet, weil ich Euch zur Sünde verführt habe? Ich fürchte mich davor, denn

Ihr werdet mir bestimmt mit noch größerer Abscheu begegnen.«

Thomas dachte über ihre Frage nach, ließ währenddessen seine Hände hinter ihren Rücken gleiten, um sie zu sich heranzuziehen, und küsste sie immer leidenschaftlicher.

Sünde? Nein, das war es nicht. Dies war die Prüfung. Die Dämonen wollten, dass er sich so sehr der Lust hingab, dem Verlangen und der Begierde, dass er dieser Frau seine Seele schenken würde, wenn sie ihm nur sagte, dass sie ihn liebte.

Sünde? Nein, jetzt konnte er sich endlich beweisen – vor Gott, dem heiligen Michael und sich selbst. Jetzt konnte er den Dämonen zeigen, dass sie ihn nicht in Versuchung führen konnten und dass seine Seele nicht käuflich war, was auch immer für fleischliche Freuden die Dämonen ihm dafür bieten mochten.

Mit dunkel leuchtenden Augen lehnte er sich zurück und zog ihr das Nachthemd ganz herunter. *O gütiger Himmel, war sie schön!* Kein Wunder, dass die Dämonen sie geschickt hatten. Die Wölbung ihres Bauches machte sie nur umso hübscher und verwundbarer.

Und so viel begehrenswerter.

Thomas hatte seit sechs Jahren – die verhexte Begegnung mit Odile betrachtete er inzwischen nicht mehr als eine normale Vereinigung zwischen Mann und Frau – keiner Frau mehr beigewohnt.

Nicht mehr seit Alice.

Kein Wunder, dass er eine solche Begierde empfand …

Margaret schien nun so sehr von ihrem eigenen Verlangen überwältigt, dass es sie offenbar nicht kümmerte, dass Thomas ihre Frage nicht beantwortet hatte. Er kniete nun neben ihr, und sie wehrte sich nicht, als er sie zum Lager führte, das zwar schmal war, aber seinen Zweck erfüllen würde, und keuchte und wand sich unter seinen Lippen, während er ihre Schenkel, ihren Bauch, ihre Brüste und noch einmal leidenschaftlich ihren Mund küsste.

»Thomas«, sagte sie, als seine Lippen zu ihrem Hals wanderten. »Süßer Tom, liebst du mich?« Ihre Stimme klang überraschend fest.

Er hob den Kopf und blickte sie an. *Das war es also, der wahre Grund, warum sie zu ihm gekommen war.*

»Nein«, sagte er und wählte seine Worte sorgfältig. »Ich würde dich eher zur Hölle schicken, als mich in dich zu verlieben.«

Sie zuckte zusammen und wandte das Gesicht ab. »So sei es denn«, murmelte sie.

Er hatte sich etwas zurückgelehnt, um sich das Gewand über die Schultern zu ziehen. »Hast du wirklich geglaubt, ich würde dich lieben, Margaret? Denkst du wirklich, du wärest die ewige Verdammnis der Menschheit wert?«

»Thomas ...«

»Sei still«, sagte er, jetzt auf dem Bett über ihr, »und nimm entgegen, weswegen du hierhergekommen bist.«

Als sich die Tür hinter Margaret geschlossen hatte, zog Thomas sein Gewand wieder an und trat ans Fenster, ohne auf die Kälte der Nacht zu achten.

Sein Geist und seine Seele waren in Aufruhr.

Die Dämonen hatten ihn in Versuchung geführt, und er hatte ihnen widerstanden. Warum fühlte er sich dann so niedergeschlagen? Selbst wenn dies nicht die wahre Prüfung gewesen war – Thomas zweifelte nicht daran, dass sie noch vor ihm lag –, mussten die Dämonen doch nun sicher erkennen, dass sie auf verlorenem Posten kämpften.

Diese Frau war zu ihm gekommen, verführerisch und begehrenswert, und während er mit ihr das Lager teilte und sie ihm die unvermeidliche Frage stellte – *Liebst du mich?* –, hatte er sie zurückgewiesen, und dies aus ganzem Herzen.

Er hatte Stärke bewiesen. Er hatte sich der Versuchung durch die Dämonen gestellt und über sie triumphiert.

Aber, oh, wie warm Margaret gewesen war, wie süß sie geschmeckt hatte, wie wunderbar sie sich unter ihm angefühlt hatte, als ihr Körper sich ihm und seinen Bedürfnissen hingegeben hatte, mit ihrem Kind zwischen ihnen beiden.

Das war etwas, das Thomas noch nie zuvor erlebt hatte. Odile war schwanger gewesen, aber Margaret … Margarets wohlgestalteter Leib barg sein Kind in sich.

Plötzlich wurde Thomas von Schuldgefühlen gepackt, und er stöhnte auf und stützte sich gegen die Mauer, weil seine Knie nachzugeben drohten. *Hätte sich Alice' Körper so angefühlt?* Wäre es so mit Alice gewesen, einer Frau beizuliegen, die mit seinem Kind schwanger war?

Und hatte Raby Margaret auf diese Weise genossen? Hatte er sie geliebt und sich daran erfreut, sein Kind zu spüren, das in ihr heranwuchs?

»Ach!«, sagte Thomas und schlug mit der Faust gegen die Mauer, einmal, zweimal und noch einmal, um sich von der Vorstellung abzulenken, wie sein Onkel sie auf dieselbe Weise liebkoste, wie er es gerade getan hatte.

Was war Margaret bei ihrem Besuch wichtiger gewesen? Thomas' Entschlossenheit auf die Probe zu stellen oder herauszufinden, ob es Raby gut ging?

»Verflucht soll sie sein!«, sagte Thomas. »Zur Hölle mit ihr.«

Nachdem sie Thomas' Gemach verlassen hatte, blieb Margaret neben der dunklen Nische stehen, und John Wycliffe trat hervor, sodass sie sein Gesicht erkennen konnte und wusste, dass er es war.

Er verneigte sich tief. »Edle Dame«, sagte er. »Hat er …«

»Ja, John. Ich werde sicher einige Tage lang wund davon sein.«

Aber er lächelte nicht über ihren schwachen Versuch, zu scherzen. Stattdessen nahm Wycliffes Gesicht einen unendlich traurigen Ausdruck an. Er streckte die Hand aus und strich ihr mit den Fingern über die Wange »Edle Dame, verliebt Euch nicht in ihn.«

Margaret lächelte zurück, ihre Miene war nun ebenso traurig wie Wycliffes. »Er ist kein Mann, in den man sich verliebt, John. Das würde er nicht zulassen.«

Und mit diesen Worten verließ sie ihn.

Edle Dame, verliebt Euch nicht in ihn. Die Worte hallten noch immer in Margarets Geist nach, als sie zu ihrem Bett zurückkehrte, das sie mit zwei von Katherines Damen teilte.

Verliebt Euch nicht in ihn.

Ach, aber dafür war es zu spät, nicht wahr? Viel zu spät. Zu spät für sie und für das Kind in ihrem Leib. Zu spät für ihr ganzes Volk.

Als sie das Gemach erreicht hatte, war Margaret in Tränen aufgelöst, und sie musste einen Augenblick vor der Tür stehen bleiben und sich mit dem Handrücken über das Gesicht wischen. Als sie die Beherrschung wiedergewonnen hatte, trat sie ein, ging zu dem Bett hinüber und legte ihren Umhang über eine Truhe, ehe sie zu den beiden anderen Frauen ins Bett stieg.

»Margaret«, sagte die eine. »Wo bist du gewesen?«

Margaret antwortete nicht, sondern rollte sich auf die Seite, kehrte den Frauen den Rücken zu und schob die Hand unter die Wange.

»Und du riechst nach einem Mann«, sagte die Frau. »Margaret«, wiederholte sie mit wesentlich mehr Bestimmtheit, »bei wem bist du gewesen?«

Liebster Tom, vergib mir für das, was ich tun werde.

»Bei Bruder Thomas«, sagte Margaret und hörte, wie beide Frauen nach Luft schnappten. Hatten sie wach gelegen und darauf gewartet, diese Frage zu stellen, ohne auch nur im Traum zu vermuten, dass sie darauf antworten würde? *Vergib mir, dass ich dich hereingelegt habe, Tom. Vergib mir … vergib mir …*

»Ein Priester!«, sagte die Frau, und dann unterbrach sie die andere.

»War er gut? Ich habe gehört, Priester seien die besten …«

Darauf erwiderte Margaret nichts mehr und gab vor zu schlafen, während die anderen beiden aufgeregt miteinander tuschelten.

War er gut?

O ja, dachte Margaret und durchlebte noch einmal jeden Augenblick, den sie mit Thomas verbracht hatte. O ja, er war gut. Sie hatte ihm gesagt, dass sie glaube, er sei nun weniger Mönch als Mann, und nachdem er sie so niederschmetternd abgewiesen hatte – *ich würde dich eher in die Hölle schicken, als mich in dich zu verlieben* –, war der Mann in ihm zum Vorschein gekommen.

Und in diesen Mann konnte man sich leicht verlieben.

Sie war zusammengezuckt, als er diese kalten, harten Worte gesprochen hatte, nicht nur weil sie unfreundlich und hartherzig gewesen waren, sondern auch, weil Margaret nur zu gut wusste, dass er sie jederzeit in die Hölle schicken konnte, wenn er erst einmal de Wordes Schatulle gefunden hatte.

Sie war zusammengezuckt, und sie wusste, dass er diese unwillkürliche, furchtsame Reaktion bemerkt hatte, denn danach war seine Berührung überaus sanft und zärtlich gewesen.

Und nicht nur seine Hände. Während des Liebesaktes hatte er sie zu nichts gezwungen und nichts mit ihr getan, das sie nicht gewollt hätte. Er hatte auf sie und das Kind, das sie in sich trug, Rücksicht genommen, und das war mehr, als Margaret erwartet hatte.

Danach, als er seine Lust gestillt hatte und ruhig neben ihr lag, hatte er sich zu ihr hinübergebeugt und geflüstert: *Liebste Meg.*

Das war der wahre Thomas, wurde ihr bewusst, nicht die harte Schale, die er so gewissenhaft pflegte. Nicht der hasserfüllte Mann Gottes, den er für alle Welt herauskehrte.

Sie erinnerte sich auch an den Ausdruck in seinem Gesicht, als sie seine Hände auf ihren Bauch gelegt hatte. Es hatte ihn zutiefst getroffen, als er in diesem Augenblick die Bewegung und die Gestalt seines Kindes gespürt hatte, und sie wunderte sich darüber. Hatte er noch andere Kinder? Ein oder zwei uneheliche Kinder aus seiner Jugend, um die er sich nicht kümmerte? Als er sein heranwachsendes Kind in ihr gespürt hatte, hatte ihn das durchaus berührt, obwohl Margaret wusste, dass er es ihr gegenüber niemals offen zugeben würde. Aus irgendeinem Grund hatte er Angst verspürt.

Was war ihm widerfahren, dass die Vorstellung, dass eine Frau mit seinem Kind schwanger war, in ihm solche furchtsamen Erinnerungen weckte?

Was hatten die Engel ihm angetan?

Gütiger Heiland, hilf mir, betete sie im Geiste.

Dann, nach einem Augenblick: *Gütiger Heiland, bewahre mich davor, mich allzu sehr in ihn zu verlieben, denn dann bin ich verloren.*

KAPITEL ZWÖLF

*Der Montag innerhalb der Oktave
der Beschneidung des Herrn
Im ersten Jahr der Regentschaft Richard II.
(3. Januar 1379)*

Ralph, Baron von Raby, stand im kühlen Inneren der Abtei von Westminster, den Blick auf die beiden Särge vor dem Hochaltar gerichtet. Beide waren von schwarzem Tuch verhüllt und wurden von Rittern bewacht, deren Rüstungen mit einer Schicht grauer Asche bedeckt waren.

Raby konnte kaum begreifen, was er da sah. Selbst jetzt, nachdem er so viele Tage damit zugebracht hatte, die Leiche des schwarzen Prinzen durch Frankreich und dann über das Meer nach England zu begleiten, fiel es ihm schwer, zu glauben, dass der Prinz wirklich tot war.

Und ebenso sein Vater.

Und beide waren auf so ähnliche Weise eines unnatürlichen Todes gestorben.

Raby bekreuzigte sich, murmelte ein Gebet und wünschte sich, dass es ihm Trost spendete, doch er bezweifelte, dass ihn jemals wieder etwas auf dieser öden, trübseligen Welt trösten konnte.

Am nächsten Tag würden der König und sein Thronfolger begraben werden, und irgendwie würde das Leben in England trotzdem weitergehen. Das Land hatte einen neuen König, einen unerfahrenen Jüngling, der erst in etwa zehn Jahren hätte den Thron besteigen sollen.

Zehn Jahre, in denen er hätte Erfahrungen sammeln, heranreifen können … und auf seine Stärke und Aufrichtigkeit hätte geprüft werden können.

Nun war es zu spät. Viel zu spät.

Es befanden sich noch zwei andere Menschen in einer der Seitenkapellen der Abtei und unterhielten sich mit leiser Stimme. Sie waren außerhalb von Rabys Sichtweite.

»Du kannst mich nicht darum bitten, das zu tun«, sagte Margaret. Ihr Gesicht, das auch sonst schon blass war, verlor durch ihre Verzweiflung und das weiche, weiße Leinentuch, das sie aus Ehrerbietung vor den Toten auf dem Kopf trug, noch mehr an Farbe.

»Liebe Meg, ich muss es tun. Es tut mir leid.«

»Ich werde mich zur Närrin machen. Schlimmer noch, ich werde wie eine jammernde Hure dastehen.«

Hal Bolingbroke antwortete nicht, sondern küsste sie sanft auf Stirn, Wange und dann ganz kurz auf den Mund.

»Ich empfinde zu viel Achtung vor Raby«, fuhr Margaret fort und wandte das Gesicht ab, sodass Hal sie nicht mehr küssen konnte. »Und vor Thomas. Gütiger Himmel! Ich verfüge über zu viel Selbstachtung, um zu tun, was du von mir verlangst!«

»Sie müssen aufgerüttelt werden. Sie alle. Lancaster, Raby … Thomas.«

»Wenn Thomas herausfindet, dass ich ihn hintergangen habe …«, sie warf Bolingbroke einen düsteren Blick zu, »… dass wir alle ihn hintergangen haben, werden wir ihn für immer verlieren. Und uns ebenso.«

»Wir sind schon verloren, wenn du jetzt nicht tust, was ich dir sage. Meg, du musst Raby unter Druck setzen. Nur ein wenig. Nur so viel, dass er und Lancaster dankbar für jede Lösung deines …«, er legte eine Hand auf ihren Bauch, »Dilemmas sein werden.« Dann veränderte sich Bolingbrokes Stimme, verlor ihren liebenswürdigen Ton und wurde härter. »Du hast keine Einwände erhoben, als ich dich letzte Nacht gebeten habe, Thomas' Gemach aufzusuchen. Wie ich gehört habe …«, er zögerte und legte besondere Betonung auf seine nächsten Worte, »… war es ein stürmischer Erfolg. Bring zu Ende, was du in der letzten Nacht begonnen hast, Meg. Wenn du Thomas willst … dann bring zu Ende, was du begonnen hast.«

Sie senkte den Kopf, ohne etwas zu sagen, aber er wusste, dass sie tun würde, was er von ihr verlangte.

Margaret näherte sich Raby leise von hinten, wagte kaum zu atmen und fragte sich, ob sie den Mut haben würde, ihr Vorhaben durchzuführen. »Mein Fürst, bitte verzeiht.«

Raby fuhr zusammen, sein Gesicht zeigte Überraschung und Ärger über die Störung seiner Andacht.

Er wandte den Kopf, sah, wer hinter ihm stand, und drehte Margaret dann wieder den Rücken zu. »Lass mich in Frieden.«

»Herr … ich muss mit Euch sprechen.«

»Verflucht, Margaret!«, zischte Raby. »Wir haben uns nichts mehr zu sagen! Du bist sicher in England angekommen und zwischen uns bestehen keine Verpflichtungen mehr. Unser Handel ist abgeschlossen.«

»Es besteht durchaus eine Verpflichtung zwischen uns!« Margaret legte beide Hände auf ihren Sechsmonatsbauch und versuchte nicht daran zu denken, wie Thomas sie in der vorangegangenen Nacht dort berührt hatte.

»Willst du etwa das Kind dazu benutzen, mich an dich zu binden? Du weißt, dass ich es nie anerkennen werde.«

»Dennoch«, sagte Margaret mit ruhiger Stimme, »weiß jeder, dass Ihr zwischen Sommer und Winter des letzten Jahres mein Liebhaber wart. Was auch immer für Geschichten man sich bei Hofe erzählt, alle wissen, dass Ihr dieses Kind gezeugt habt und nicht ein längst verstorbener Ehemann.«

»Im Namen des Herrn, Margaret, was willst du?«

»Einen Vater für mein Kind. Eine Entschädigung für die Schmerzen der Geburt, die ich erleiden muss. Ein Haus, das mir Schutz gewährt, und lebenslangen Unterhalt. Eine Übereinkunft, die mich und das Kind umfasst.«

Raby wurde weiß vor Zorn. »Du selbstsüchtige Hure!«

Mit größter Mühe gelang es Margaret, nicht zu zeigen, wie sehr er sie verletzte. Wie scheußlich, dass sie das tun musste, um jemand anderem zu dienen! »Ich will, dass Ihr dieses Kind anerkennt und ihm – und mir – einen Namen gebt. Ihr könnt uns nicht einfach so im Stich lassen.«

»Du willst, dass ich dich eheliche?« Raby brach in Gelächter aus, verstummte dann jedoch, als zwei der Ritter, die vor den Särgen Wache hielten, zu ihnen herüberblickten.

»Das werde ich nicht tun«, fuhr er fort. »Meine Verlobung mit Lady Johanna Beaufort wird noch diesen Monat bekannt gegeben.«

»Ich habe nicht gesagt, dass ich Euch heiraten will«, sagte Margaret immer noch gelassen. »Ich sagte, ich möchte einen Ehemann und einen Namen … die diesem Kind eine gute Stellung in der Gesellschaft sichern werden.«

»Du wirst zu den Eltern deines Gemahls zurückkehren und dort *sein* Kind zur Welt bringen! Unsere Übereinkunft lautete, dass ich für deine sichere Rückkehr nach England sorge, während du mir im Austausch dafür das Bett wärmst.

Ein einfaches Geschäft. Versuch nicht, im Nachhinein den Preis zu erhöhen.«

»Und wenn ich Eure neue Gemahlin in ihrem gemütlichen Schloss in Raby um eine Audienz bitte, mit einem heulenden, vaterlosen Kind auf dem Arm? Wie wird es ihr gefallen, wenn ich ihr als Hochzeitsgeschenk den Bastard ihres Gemahls überreiche? Wenn es sein muss, Ralph, werde ich ihr das Kind schenken. Der Name und das Erbe der Nevilles sind sein Geburtsrecht, und ich werde mit Zähnen und Klauen darum kämpfen, dass ...«

Raby trat vor, packte ihr Handgelenk und zog sie nah zu sich heran.

»Ich lasse mich nicht erpressen!«, zischte er ihr ins Gesicht. »Und du wirst mich nicht vor meiner Gemahlin und ihrer Familie bloßstellen!«

»Vielleicht hättet Ihr daran denken sollen, bevor Ihr mich bestiegen habt, mein Fürst.«

Er holte tief Luft, von maßlosem Zorn erfüllt. Er wusste, dass sie den Ort der Auseinandersetzung gut gewählt hatte, denn hier konnte er kaum mehr tun, als wütend zu flüstern. Als sie in Rabys zornige braune Augen blickte, glaubte Margaret einen Moment lang, dass er sie tatsächlich schlagen würde, und legte eine Hand schützend auf ihren Bauch.

Er bemerkte es und packte ihr Handgelenk noch fester, sodass Margaret ein Aufkeuchen nicht unterdrücken konnte.

»Hör mir zu«, sagte er. »Gott soll mein Zeuge sein. Ich werde dieses Kind niemals als mein eigenes anerkennen, und ich werde alle notwendigen Schritte unternehmen – hast du mich verstanden? –, um zu verhindern, dass du deinen dicken Bauch oder dieses Balg an meinem Hof zur Schau stellst.«

Es kostete Margaret ihre gesamte Willenskraft, um ihr Handgelenk nicht seinem wütenden Griff zu entreißen. *Ver-*

flucht soll er sein!, dachte sie und meinte damit nicht Raby. »Droht Ihr mir vor Gott, mein Fürst?«

»Hast du mich nicht als Erste bedroht, Hexe?«

Raby ließ sie los, und Margaret trat einen Schritt zurück, eher entsetzt über das Schimpfwort als über ihr schmerzendes Handgelenk. *Eine Hexe hat er mich genannt. Hexe ... Nun, was sonst soll er von mir denken?*

»Ich glaube, es ist höchste Zeit«, sagte er, »dass du zum Haus deines Gemahls zurückkehrst und seinen Eltern die frohe Botschaft überbringst. Ich werde noch heute mit Lancaster sprechen und ihm nahelegen, dass du für das Gefolge seiner Gemahlin ungeeignet bist.«

»Lancaster hat immer zu seiner Mätresse und seinen unehelichen Kindern gestanden«, sagte Margaret ruhig. »Er zumindest ist ein Ehrenmann.«

Sie blickten einander lange Zeit schweigend an, dann wandten sie ihre Blicke beinahe gleichzeitig den verhüllten Särgen zu, verneigten und bekreuzigten sich und gingen das große Mittelschiff der Abtei hinunter, während ihre Schritte durch das Gebäude hallten und die Spinnweben unter den Balken des gewölbten Daches zum Schwingen brachten.

Raby schritt Margaret voraus, und als er die Abtei verlassen hatte, schlüpfte sie in die kleine Kapelle zurück.

»Bist du nun zufrieden?«, zischte sie Bolingbroke zu. Sie hatte Tränen in den Augen und rieb sich das gerötete Handgelenk. »Ich habe mich für deine Ziele erniedrigt!«

»Unsere Ziele, meine liebste Margaret«, sagte Bolingbroke leise. »Unsere Ziele.«

Kapitel Dreizehn

Das Fest des heiligen Valentin
Im ersten Jahr der Regentschaft Richard II.
(Sonntag, 14. Februar 1379)

Der Norden Lincolnshires war eine unwirtliche und düstere Gegend und im Spätwinter mehr noch als sonst. Ein beinahe arktischer Wind wehte über die Mündung des Humber, pfiff zwischen den niedrigen Hügeln unterhalb Bartons hindurch, über das kleine Dorf Saxbye hinweg und gesellte dem Hunger des späten Februars noch Eiseskälte hinzu. Die Fülle der Gaben zur Weihnachtszeit war längst vorbei, und die meisten Familien mussten mit ein paar Handvoll halbverrottetem Getreide und Hülsenfrüchten auskommen, bis das erste Frühlingsgemüse geerntet werden konnte. Selbst ein geschmortes Kaninchen oder ein Hase, die hin und wieder auf dem Speisezettel standen, waren kaum die Mühe des Einfangens wert – unter dem spärlichen, verfilzten Winterfell verbargen sich nur ein dürres Gerippe und leere Eingeweide. In der alten Sprache wurde der Februar als Hungermonat bezeichnet, und im Jahreszeitenkalender der Bauern war er, abgesehen vom Hunger, vor allem für zwei Dinge bekannt: die Geburt und das beginnende Pflügen für das Frühjahr.

Viele Bauersfrauen legten die Geburt ihrer Kinder in den Februar, damit sie spätestens im Mai wieder auf den Feldern arbeiten konnten. Mai bis Oktober waren die arbeitsreichsten Monate des Jahres und nur wenige Bauersfrauen konnten es sich erlauben, während der Sommermonate schwanger zu sein. Deshalb kam es oft zu Abbrüchen. Die Reisegesellschaft, die sich langsam ihren Weg durch Cambridgeshire und den Süden Lincolnshires bahnte, hatte sich schon an den Anblick der dürren, ausgezehrten Frauen mit den winzigen, schreienden Säuglingen im Arm gewöhnt. Auch den Anblick von frisch aufgeschütteter Erde auf den Friedhöfen der Dörfer kannten sie zur Genüge, wenn Mütter und Säuglinge den Qualen der Geburt oder dem Hunger zum Opfer gefallen waren.

So tapfer wie ihre Frauen im Kindbett kämpften – und oft starben –, so tapfer verließen die Bauern die Wärme ihrer Feuerstellen, um auf den gefrorenen Feldern mit schwergängigen Pflügen und störrischen Ochsen zu arbeiten. Es war jetzt Zeit, die Erde umzupflügen, bevor sie auftaute und sich in Schlamm verwandelte, der nicht beackert werden konnte. Dung musste aus den Winterställen herbeigeschafft und in Vorbereitung auf das Ausbringen der Frühjahrssaat auf den Feldern verteilt werden.

Was eine fröhliche Zeit des Jahres hätte sein sollen – die Zeit der Geburt und des ersten Betretens der Felder –, war durch die eisige Kälte und den Hunger von Elend und Verzweiflung gekennzeichnet.

Zumindest waren nicht nur die Felder gefroren, sondern auch die Straßen, und dadurch kamen die Pferde besser voran. Dennoch war den Reitern beinahe ebenso trübselig zumute wie den Bauern, die in den Hütten und auf den Feldern um das schiere Überleben kämpften. Kein Umhang oder Mantel konnte die grausame Kälte abhalten, und in dem gefrorenen Land gab es nichts, das einen erfreulichen Anblick geboten hätte.

Nur die Schritte ihrer Reittiere waren zu hören, die sie gehörig durchschüttelten, der nicht nachlassende Wind, der ihnen bis auf die Haut drang, ansonsten herrschte eisiges Schweigen zwischen ihnen.

Eduard III. und sein Sohn, der schwarze Prinz, waren in der zweiten Januarwoche in der Abtei von Westminster zu Grabe getragen worden. Die Begräbniszeremonien, ob nun die offizielle Trauerfeier in Westminster oder die inoffizielle Trauer, die ganz London erfasst hatte, waren genauso freudlos und kalt gewesen wie die Jahreszeit.

Richards Krönung würde nicht vor Mai stattfinden. England brauchte Zeit, um die beiden geliebten Fürsten zu betrauern, und die Verwaltung, um sich auf einen neuen König vorzubereiten. Neue Siegel mussten hergestellt, neue Münzen geprägt werden. Man würde sich um Ämter streiten und für die erste Krönung, die England seit über fünfzig Jahren erlebt hatte, raffinierte Ränke schmieden und Intrigen spinnen.

All dies würde einige Zeit dauern, und währenddessen konnte Thomas endlich nach Norden zum Konvent am Bramhamer Moor in Yorkshire reisen und dort, so Gott es wollte, Wynkyn de Wordes Schatulle finden und ihre Geheimnisse lüften. Thomas war dankbar für diese Monate, die stets zwischen dem Tod eines Monarchen und der Krönung seines Nachfolgers verstrichen, denn dies gab ihm genügend Zeit, um nach einem Beweis dafür zu suchen, dass Richard tatsächlich ein Dämonenkönig war.

Sein ganzer Instinkt, jeder der merkwürdigen, verschlagenen Blicke, mit denen Richard ihn bedacht hatte, jedes verfluchte Ereignis seit dem Tod Eduards und des schwarzen Prinzen, sagten Thomas, dass Richard der Dämonenkönig sein würde.

Doch das reichte nicht aus, um den einzigen Mann zu überzeugen, der Richard noch daran hindern konnte, den Thron zu besteigen: Lancaster. Der Herzog würde seine Loyalität gegenüber der Krone nicht leichtfertig aufgeben. Er hatte seinem Vater und seinem älteren Bruder versprochen, dass er für Richards Recht auf den Thron kämpfen würde, und er wollte von Bolingbrokes und Thomas' Anschuldigungen nichts wissen.

»Ich brauche einen Beweis«, hatte er gesagt, und nun war Thomas endlich unterwegs, um ihm diesen Beweis zu beschaffen.

Unglücklicherweise durfte er nicht auf direktem Weg zum Bramhamer Moor reisen, und es war ihm auch nicht vergönnt, allein zu reiten, was er vorgezogen hätte.

Lancaster wollte Thomas nicht ohne eine Eskorte nach Norden reisen lassen, und so trabte er nun in Begleitung von fünf Soldaten über die winterlichen Straßen von Nordlincolnshire, die zu seinem großen Verdruss auch noch von Wat Tyler angeführt wurden.

Lancaster hatte darauf bestanden, dass Tyler mit ihm ritt. Der Mann war ein langjähriges Mitglied von Lancasters Gefolge, und der Herzog vertraute ihm bedingungslos. Außerdem kannten sich Thomas und Tyler seit vielen Jahren – Tyler hatte sogar an Thomas' Seite gekämpft, als dieser noch ein Edelmann gewesen war –, und Lancaster sah keinen Grund, warum er nicht Thomas' Eskorte anführen sollte.

Thomas konnte nichts dagegen unternehmen. Er vertraute Tyler nicht, aber er hatte auch nichts gegen ihn in der Hand.

Genauso wie Lancaster darauf bestanden hatte, dass Thomas mit einer Eskorte ritt, so bestand er auch darauf, dass er sein Ordensgewand ablegte. So reiste Thomas also nicht als

Mönch, sondern als ein Ritter, der zu seinen Ländereien in Yorkshire zurückkehrte.

Der Ordensgeneral der Dominikaner in England, Vater Richard Thorseby, hatte herausgefunden, dass Thomas wieder im Lande war, und sein Einfluss war im Norden besonders stark. Wenn Thorseby erfuhr, dass Thomas sich im Norden aufhielt, hätte er keine Schwierigkeiten, einen Adligen zu finden, der den Mönch für ihn gefangen nahm. Der Norden war Thomas' Heimat, konnte zugleich aber auch eine Falle für ihn sein.

Deshalb musste er in Verkleidung reiten. Er fühlte sich unwohl dabei, wieder die Kleidung eines Mannes zu tragen, den er hinter sich gelassen zu haben glaubte. Es erinnerte ihn an Margarets Worte: *Ihr seid inzwischen weniger Mönch als Mann, Tom Neville.*

Hier war er also, mit herausgewachsener Tonsur und einem drei Wochen alten Bart, der den unteren Teil seines Gesichts bedeckte. Am Körper trug er eine kostbare Tunika aus grünem Samt mit versilberten Knöpfen über einem dünnen Leinenhemd, schwarzen Gamaschen und Stiefeln, fein genarbte Lederhandschuhe mit Pelzbesatz und um die Schultern einen gefütterten Umhang von tiefblauer Farbe.

Obwohl es wärmer war, als in offenen Sandalen und dem Gewand eines Mönchs zu reiten, behagte es Thomas nicht, sich so wohl in diesen Kleidern zu fühlen.

Er stellte fest, dass er sein Gewand und die Sandalen nicht im Geringsten vermisste.

Doch was ihn an diesem Ritt noch mehr störte, war Margarets Anwesenheit.

Lancaster hatte darauf bestanden, da Thomas nun schon einmal mit einer ansehnlichen Eskorte nach Norden ritt, dass er auch gleich Lady Margaret Rivers zum Haus der Eltern ihres Gemahls geleiten konnte, das südlich von Saxbye im Norden Lincolnshires lag.

Dort konnte sie das »Kind ihres Gemahls« gebären. Lancaster hatte voller Ingrimm darauf bestanden, dass Margaret Thomas begleitete, und dieser glaubte auch den Grund dafür zu kennen.

Rabys Hochzeit war auf Mitte Februar angesetzt worden – sie war vermutlich sogar schon in der vorangegangenen Woche vollzogen worden, während Thomas, Margaret und ihre Eskorte über die Straßen des nördlichen Cambridgeshires ritten –, und Raby und sein zukünftiger Schwiegervater hatten Margaret und ihren schwellenden Leib aus den Augen haben wollen.

Und zwar so schnell wie möglich.

Thomas hatte sich aus vielerlei Gründen nicht mit Margaret abgeben wollen, aber hauptsächlich deshalb, weil sie ihn aufhalten würde – Herr im Himmel! Sie war fast im siebten Monat – und weil der Umweg, den sie einschlagen mussten, um sie nach Saxbye zu bringen, Thomas' eigene Reise um einige Tage verlängern würde.

Dennoch war er nun mit ihr geschlagen und musste diese Last ertragen, so gut es ging.

Überraschenderweise bereitete ihm Margaret kaum Schwierigkeiten. Im Gegensatz zu ihrem Ritt durch den Westen Frankreichs auf dem Weg zum Hafen von La Rochelle kam sie mit den vielen Stunden im Sattel gut zurecht. An den Abenden, wenn sie an einem Gasthaus Rast machten oder bei einem Vasallen Lancasters einkehrten, aß Margaret rasch und ging dann ins Bett, müde vom langen Reiten. Sie sprach kaum mit Thomas und wenn, dann nur über die Landschaft, durch die sie ritten, oder sie sagte ein paar höfliche Worte, wenn die Situation es verlangte. Sie versuchte nicht noch einmal, ihn zu verführen oder ihre Schwangerschaft zur Schau zu stellen.

Sie sprachen auch nicht über das Kind, obwohl Thomas feststellte, dass er ständig daran – an seine Tochter – denken musste.

Thomas hatte sogar den Eindruck, dass Margaret recht niedergeschlagen wirkte, und fragte sich, was zwischen ihr und Raby vorgefallen war. Aber vielleicht war dies auch die natürliche Gemütslage einer Frau, die bald gebären würde und sich mehr mit Gedanken an Schmerz und Tod auseinandersetzte als mit Verführung und Liebe.

In der Abenddämmerung des Valentinstages ritten sie durch das Dörfchen Saxbye. Bauersfrauen warfen ihnen aus Hauseingängen verstohlene Blicke zu, während ihre Männer von den Gespannen aufsahen, die sie gerade von den Pflügen abschirrten, um die Fremden genauer zu betrachten.

Eine Meile hinter Saxbye, an die Hänge der Gebirgsausläufer geschmiegt, die Lincolnshire von der Mündung des Humber trennten, befand sich Rivers Hall. Es war eher ein befestigtes Haus als eine Burg, das in der Nähe eines gefrorenen Teiches auf Wiesen stand, die im Frühling sicher sehr hübsch waren.

Die Tore zum Hof standen offen – in diesem Teil Englands rechnete niemand mit irgendwelchen Übergriffen –, und Thomas führte seine Reisegesellschaft direkt auf den Hof des Hauses, während das Hufgetrappel überraschte Diener aus Küche und Scheune hervorlockte.

»Nun, Margaret«, sagte er, als er von seinem Pferd absaß. »Jetzt bist du endlich wieder zu Hause.«

Sie blieb auf ihrem Pferd sitzen, ihr Gesicht, umrahmt von der Kapuze ihres scharlachroten Umhangs, wirkte besorgt.

Sie ließ den Blick über die Mauern des Hauses gleiten, die vor ihnen aufragten.

»Dies wird nie mein Zuhause sein«, sagte sie.

Der Ordensgeneral des Dominikanerordens in England, Vater Richard Thorseby, saß erschöpft vor dem Feuer in seinem Gemach. Er hatte den ganzen Tag lang Mitglieder seines Ordens, die in Oxford lehrten, geprüft und befragt, und es war eine ermüdende Angelegenheit gewesen.

Doch es gab noch etwas, um das er sich kümmern musste, ehe er sich endlich zur Ruhe begeben konnte.

Der Brief.

Er war an diesem Morgen eingetroffen, und Thorseby hatte ihn erst einmal beiseitegelegt. Aber Gott ließ sich nicht zum Narren halten, und er wusste nur zu gut, dass er ihn irgendwann doch lesen musste, um nachzusehen, was für Ketzereien er enthielt.

Thorseby griff nach ihm und drehte ihn nachdenklich in den Händen. Er musste nicht erst auf das Siegel schauen, um zu wissen, von wem er stammte: Er kannte diese unleserliche Handschrift so gut wie seine eigene.

Nun, was für Apostasien gab Meister Wycliffe diesmal wieder von sich?

Da sie beide an den Collegien von Oxford lehrten, kannte Thorseby Wycliffe gut.

Leider.

Wycliffe hatte schon vor Jahren Gott abgeschworen und versetzte nun unter Lancasters Schutz ganz London in Aufruhr, indem er immer neue grauenhafte Ideen verbreitete.

Wenn Lancaster nicht gewesen wäre … Thorseby seufzte und erbrach das Siegel.

Seine Augen überflogen den kurzen Brief, dann verfärbte

sich sein Gesicht rot vor Zorn, und er sprang auf und rief nach seinem Sekretär.

Ein alter Mann, dem das drahtige weiße Haar in das bleiche, eingefallene Gesicht hing, kam in solcher Eile aus der Haustür gelaufen, dass er vergaß, sich einen Umhang umzulegen. Hinter ihm folgte eine untersetzte Frau im selben Alter wie der Mann, mit nachlässig gefärbtem braunem Haar und einem rostfarbenen Gewand, das über ihrem rundlichen Körper spannte. Sie hatte zumindest daran gedacht, eine Stola mit hinauszunehmen, die sie sich nun eilig um die Schultern legte.

»Guter Herr«, sagte der Mann, als er vor Thomas stehen blieb. Sein Blick fiel kurz auf Lancasters Wappenzeichen, das die Tuniken der Soldaten und die Satteldecken der Pferde zierte, und seine Haltung wurde noch ehrerbietiger. »Darf ich Euch die Gastfreundschaft meines Hauses anbieten? Ich bin Egdon Rivers und dies«, er wies auf die Frau, »ist meine Gemahlin, Lady Jacquetta.«

»Ich danke Euch, Sir Egdon und Lady Rivers«, sagte Thomas und zog sich die Handschuhe aus, während ein Stallbursche ihm eilig die Zügel seines Pferdes aus der Hand nahm. »Eure Gastfreundschaft käme uns sehr gelegen, denn unsere Reise war lang und ungemütlich. Mein Name ist Thomas Neville, aus der Familie Baron Rabys, und ich habe Eure Schwiegertochter, Lady Margaret Rivers, nach Hause geleitet.« Thomas verspürte nicht einmal einen schuldbewussten Stich, als er sich auf so weltliche Weise vorstellte. Er trug kein Habit, deshalb wollte er die Angelegenheit nicht verkomplizieren, indem er sich als ein Mitglied der Kirche zu erkennen gab.

Sir Egdon und Lady Jacquetta starrten Thomas noch einen

Moment lang ungläubig an, dann richteten sie den Blick langsam auf Margaret, die wenige Schritte hinter Thomas auf ihrem Pferd saß.

»Margaret?«, fragte Sir Egdon zögerlich. »Wo … wo ist Roger?«

Thomas wandte sich verblüfft zu Margaret herum. *Hatte sie ihnen denn keine Nachricht geschickt?*

Margaret verzog hilflos das Gesicht. »Guter Herr, edle Dame, es tut mir sehr leid. Roger … Roger ist vor sechs Monaten gestorben. In Bordeaux, wo wir uns ausgeruht haben, nachdem wir Santiago de Compostela besucht hatten.«

Immer noch entsetzt und wütend darüber, dass sie nicht einmal genügend Anstand besessen hatte, die Rivers wissen zu lassen, dass ihr Sohn tot war, bemerkte Thomas dennoch leicht ironisch, dass Margaret nun zumindest das richtige Datum genannt hatte. Roger war seit sechs Monaten tot, und sie war im siebten Monat schwanger.

Jacquetta begann zu weinen, ein dünnes, schrilles Klagegeheul, das den Männern und Pferden, die sich auf dem Hof drängten, durch Mark und Bein ging. Sir Egdon legte den Arm um die Schulter seiner Frau und zog sie an sich, den Blick vorwurfsvoll auf Margaret gerichtet.

Lady Jacquettas Schluchzen klang dadurch gedämpfter, ließ jedoch nicht nach.

»Lady Margaret Rivers bringt Euch auch gute Nachrichten, Herr«, sagte Thomas, »denn sie ist im siebten Monat schwanger mit dem Kind Eures Sohnes.« Meinem Kind, dachte er, und nun verspürte er doch einen schuldbewussten Stich angesichts seiner Lüge. Energisch vertrieb er jeden Gedanken an Alice aus seinem Geist.

Sir Egdon runzelte argwöhnisch die Stirn. »Das kann ich nicht glauben«, sagte er.

Margaret zuckte zusammen. »Es war ein Wunder, das Gott geschickt hat«, sagte sie.

Der Ausdruck auf Sir Egdons Gesicht veränderte sich nicht und nach einem kurzen Augenblick bedeutete er seinen wartenden Dienern, seine Gäste ins Haus zu führen, und wandte seiner Schwiegertochter den Rücken zu.

Sir Egdon und Lady Jacquetta hatten Margaret nie gemocht. Sie stammte nicht aus einer guten Familie – kaum jemand kannte ihren Vater und ihre Mutter, die dem Vernehmen nach an einem Ausbruch der Pest 1357 gestorben waren –, ihre Mitgift war kaum der Rede wert gewesen, sie besaß kein Land, und sie war so schön, dass sie die Fleisch gewordene Versuchung sein musste.

Sie war somit der Albtraum eines jeden Ehemannes.

Und dennoch hatte Roger nur Augen für sie gehabt. Er hatte sie in York gesehen, wo er zehn Jahre zuvor den Osterfeierlichkeiten in der Kathedrale beigewohnt hatte. Margaret war mit ihrem Vormund dort gewesen, einer ältlichen Frau aus einer noch weniger angesehenen Familie als der Margarets, und das Mädchen hatte keine Zeit verloren, Rogers Vertrauen und Liebe zu gewinnen.

Sie war erst fünfzehn Jahre alt gewesen, aber nach Meinung der Rivers verstand sie sich besser darauf, die Herzen der Männer zu gewinnen, als eine mehrfache Witwe.

Doch Roger war auch damals schon kränklich gewesen – er hatte das Münster von York in der Hoffnung auf eine Wunderheilung besucht –, und weder Egdon noch Jacquetta konnten ihm einen Wunsch abschlagen. Roger und Margaret hatten ein halbes Jahr später geheiratet, als Margaret sechzehn geworden war, und innerhalb eines Monats hatte sie ihren sie abgöttisch liebenden Ehemann davon überzeugt, dass er eine

Heilung seiner rasch voranschreitenden Schwindsucht nur auf einer Pilgerreise finden könne.

Jahrelang hatten sie jedes Heiligengrab Englands besucht. Dann hatte Margaret Roger vor fünf Jahren dazu überredet, es mit den Grabstätten der Heiligen in Europa zu versuchen.

Sir Egdon und Lady Jacquetta hatten ihn seit damals nicht mehr gesehen.

Und nun würden sie ihn überhaupt nie mehr wiedersehen.

Sie saßen im Speisezimmer des Hauses, in dem ein helles Feuer brannte, Lord Thomas Neville auf der einen Seite und ihre Schwiegertochter auf der anderen. Die Mahlzeit – eine eher bescheidene Angelegenheit aus zähem Kaninchen und grobkörnigem Brot – hatten sie schon vor über einer Stunde beendet, und es war nun spät am Abend.

Margaret war offensichtlich müde, doch die Rivers waren nicht bereit, sie schon ins Bett gehen zu lassen. Sie stellten ihr Fragen über Fragen über ihren Sohn und das Kind.

Margaret antwortete auf alle Fragen scheinbar klar und aufrichtig, aber Thomas konnte sehen, dass Rivers' Argwohn ihr gegenüber nicht nachgelassen hatte.

»Mich wundert«, sagte Sir Egdon, die Schatten des Feuers flackerten über sein Gesicht, während er den Blick fest auf Margaret gerichtet hielt, »dass du so lange gebraucht hast, um nach England zurückzukehren.«

»In Frankreich herrschte Krieg«, sagte Margaret und musste sichtlich gegen ihre Müdigkeit ankämpfen. »Es war schwierig, zu reisen.«

»Aber warum bist du bei der Armee geblieben?«, fragte Jacquetta. Ihr Tonfall machte nur zu deutlich, was sie von Frauen hielt, die im Gefolge einer Armee reisten.

Margaret zuckte mit den Achseln. »Baron Raby hat mir

freundlicherweise seinen Schutz gewährt. Und wo wäre man sicherer als in der Begleitung einer bewaffneten Streitmacht der eigenen Landsleute?«

Sir Egdons Blick blieb immer noch unverwandt auf sie gerichtet. »Mir fällt es schwer zu glauben, dass das Kind von meinem Sohn stammt. Er konnte kaum einen Suppenlöffel heben, geschweige denn, eine Frau besteigen.«

Margarets Wangen röteten sich. »Es war ein Wunder«, sagte sie. »Wie sonst könnte ich es erklären?«

Sir Egdon richtete den Blick auf Thomas. »Lord Neville … könnt Ihr Margarets Worte bestätigen?«

»Werter Freund«, sagte Thomas. »Ich begleite Lady Margaret nur im Auftrag meines Onkels. Als ich im englischen Lager eintraf, war Lady Margaret bereits dort, und ich glaube, sie war damals schon einige Monate schwanger.«

»Und in wessen Gemach war sie untergebracht?«, fragte Sir Egdon.

»Sie diente Lady Gloucester.«

»Hm.« Sir Egdon rutschte ein wenig auf seinem Stuhl hin und her und wandte sich dann wieder an Margaret. »Ich frage mich, Margaret, ob du uns nicht sagen kannst …«

Und so ging es weiter, bis spät in die Nacht hinein, so spät, dass es beinahe Matutin war, als Sir Egdon seinem müden Gast, seiner Schwiegertochter und seiner Gemahlin endlich gestattete, zu Bett zu gehen.

Thomas ritt am nächsten Morgen nach wenigen Stunden Schlaf weiter, voller Ungeduld, zum Bramhamer Moor zu gelangen.

Als er auf sein Pferd stieg und den Blick auf das Hoftor richtete, erschien Margaret in einen Umhang gehüllt in der Haustür und kam zu ihm.

Ihr Gesicht war bleich, und vom fehlenden Schlaf hatte sie tiefe Ringe unter den Augen.

»Tom«, sagte sie leise, als sie neben seinem Pferd stehen blieb.

»Gib Acht, was du sagst«, erwiderte er ruhig. »Sir Egdon und seine Gemahlin sind ganz nahe hinter dir.«

Sie drehte leicht den Kopf. Ihre Schwiegereltern standen vor der Haustür und beobachteten sie.

»Lass mich nicht hier zurück«, sagte sie, wieder an Thomas gewandt.

»Wo soll ich dich denn hinbringen?«, fragte er. »Du hast kein Geld und keine Freunde.«

»Sie verachten mich«, flüsterte sie.

»Das überrascht mich nicht«, erwiderte Thomas in barschem Ton, »wenn man bedenkt, dass du es nicht einmal für nötig gehalten hast, sie über den Tod ihres Sohnes zu unterrichten.«

»Dies ist dein Kind!«, zischte sie und trat einen Schritt vor.

»Erwarte nicht, dass ich es anerkenne«, sagte Thomas.

»Du bist ein geborener Neville, nicht wahr? Hat dich dein Onkel diesen Satz gelehrt, als du noch ein kleines Kind warst?«

Wieder durchzuckten ihn Schuldgefühle, und er musste die Erinnerung an Alice zur Seite schieben, die er ebenfalls zurückgewiesen hatte. Er hob den Kopf und rang sich ein Lächeln ab, als er den Rivers zum Abschied zuwinkte. »Guten Tag, Sir Egdon und Lady Jacquetta. Habt Dank für Eure Gastfreundschaft.«

Und dann gab er Wat Tyler, dem Anführer seiner Eskorte, ein Zeichen und ritt ohne ein weiteres Wort vom Hof der Rivers.

KAPITEL VIERZEHN

Die Non am Fest des heiligen Matthias
Im ersten Jahr der Regentschaft Richard II.
(Mittwochmittag, 24. Februar 1379)

– I –

Thomas und seine Eskorte brauchten etwa zehn Tage, um das Bramhamer Moor zu erreichen. Zwei Tage, nachdem sie Saxbye verlassen hatten, zog ein heftiger Sturm herauf, und sie waren gezwungen, etwa drei Tage lang im Gästehaus eines Klosters Zuflucht zu suchen. Doch als der Sturm vorbei war, war das Wetter klar, wenn auch frostig, und die Gesellschaft kam gut voran.

In den ersten ein oder zwei Wochen, nachdem sie London verlassen hatten, hatte Thomas Wat Tylers Gegenwart beunruhigend gefunden. Er wusste nicht recht, was er von dem Mann halten sollte und ob er ihm vertrauen konnte. In Thomas' Kindheit und früher Jugend, als er wegen seiner engen Freundschaft mit Bolingbroke so viel Zeit bei den Lancasters verbracht hatte, war Wat Tyler ein vertrautes Gesicht gewesen. Solange Thomas und Bolingbroke denken konnten, hatte er in Lancasters Diensten gestanden, obwohl er nur etwa sechs oder sieben Jahre älter war als sie, und er gehörte zu Lancasters zuverlässigsten Männern.

Aus Pflichtgefühl seinem Herzog gegenüber hatte Wat die Jungen in der Kriegskunst unterwiesen. Was Thomas über den Nahkampf mit Schwert und Messer wusste, hatte er größtenteils von Wat gelernt.

Und als Bolingbroke und Thomas zum ersten Mal selbst auf das Schlachtfeld geritten waren, hatte Wat sie begleitet, bärbeißig und beruhigend inmitten des Blutvergießens, laut und fröhlich beim Gelage, wenn die Schlacht vorbei war.

Aber der Wat, dem Thomas in Rom begegnet war und mit dem er sich im Verlauf der letzten Monate mehrfach unterhalten hatte, schien sich irgendwie verändert zu haben, und das lag nicht nur an den Ansichten, die er vertrat, oder der ketzerischen Gesellschaft, die er pflegte. Doch Thomas war sich nicht sicher, ob Wat sich verändert hatte oder ob er selbst ein anderer geworden war. Bevor er London verlassen hatte, hätte Thomas bei Gott geschworen, dass es Wat war, der anders geworden war.

Aber nun …

Seit Thomas sein Ordensgewand abgelegt hatte und wieder die Kleidung eines Adligen trug, schienen Wat und er die lockere Freundschaft, die einst zwischen ihnen bestanden hatte, wieder aufgenommen zu haben. Wenn Wat Ansichten äußerte, die der Kirche oder den gesellschaftlichen Verhältnissen gegenüber kritisch waren, dann waren dies nur die schlecht gewählten Worte eines ungehobelten und ungebildeten Kämpfers.

Thomas ertappte sich sogar ein- oder zweimal dabei, wie er nickte, als Wat über die Last der Steuern sprach, die der einfache Mann zu tragen hatte.

Vielleicht war es die Nordluft, grübelte Thomas, die ihn Wat gegenüber weniger argwöhnisch machte. Jeder Tagesritt brachte ihn seiner heimatlichen Grafschaft näher … und vielleicht sogar dem Mann, der er einmal gewesen war.

Möglicherweise war es ein Fehler gewesen, sich Lancasters Anordnung, sein Habit abzulegen, so einfach zu fügen. Es war vermutlich ein weiterer, ziemlich großer Schritt in der Entwicklung, auf die Margaret ihn hingewiesen hatte: Obwohl Thomas immer noch ein Mann Gottes war, wurde er mit jedem Tag weniger ein Mann der Kirche.

Thomas rechtfertigte das Ablegen seiner kirchlichen Gewänder, die Missachtung seiner Gelübde und die Nacht, die er mit Margaret verbracht hatte, damit, dass er nun außerhalb der Gerichtsbarkeit der Kirche stand. Er war ein Gottesstreiter und handelte nur noch auf Weisung und Befehl des heiligen Michael höchstselbst. *Du bist Gottes Auserwählter, Thomas. Du musst nur tun, was deine Aufgabe von dir verlangt.* Wynkyn de Worde war gekommen und gegangen, wie es ihm beliebte, und so musste auch Thomas es halten. Und wenn das bedeutete, der Autorität der Kirche zuwiderzuhandeln, weltliche Gewänder anzulegen, das Gelübde gegenüber einer korrupten Institution zu brechen – hatte ihm der heilige Michael nicht gesagt, dass Satans Geschöpfe sogar die Kirche selbst unterwandert hatten? – oder mit Margaret das Lager zu teilen, um den Dämonen zu zeigen, dass er seine Seele nicht von Gott abwenden würde, dann sollte es so sein. Es war eine tröstliche Litanei der Rechtfertigung, und Thomas hielt sich daran fest und schlug alle Bedenken in den Wind, die er noch vor kurzem darüber empfunden hatte, wie leicht es ihm fiel, in das weltliche Leben zurückzukehren.

Er genoss die Wärme und Behaglichkeit der Leinen- und Wollstoffe und der dicken, gut verarbeiteten Lederstiefel, die seine Füße und Waden umschlossen. Er hatte die Gastfreundschaft der Rivers genossen, nicht nur wegen Margarets offensichtlichem Unbehagen, sondern auch der Achtung wegen, die ihm Sir Egdon und seine Gemahlin als Edelmann aus der Familie Baron Rabys entgegengebracht hatten.

Er fand es wunderbar, auf dem schönen Hengst zu reiten, einem Fuchs aus Lancasters eigenem Stall. Marcels brauner Wallach hatte ein Lahmen im Hinterbein entwickelt, und Thomas hatte nach kurzer Trauer um den Verlust seines treuen Gefährten Lancasters Ersatz angenommen.

Doch am meisten genoss er die Freiheit, sein Leben nicht mehr Stunde für Stunde, Tag für Tag, Jahr um Jahr nach den strengen Vorschriften, Einschränkungen und Anordnungen eines Klosters richten zu müssen.

Thomas hatte vergessen, dass ihm gerade diese Vorschriften, Einschränkungen und Anordnungen einst großen seelischen Trost gespendet hatten.

Er erinnerte sich jedoch daran, dass der heilige Michael ihm und Jeanne gesagt hatte, dass ihnen ihre Wege mitunter merkwürdig vorkommen mochten.

Nun ... vielleicht war es das, was der Erzengel gemeint hatte.

Jedenfalls hatte Thomas zu der Zeit, als sie den Weg entlangritten, der zum Konvent am Bramhamer Moor führte, beschlossen, seine Mönchsgewänder nicht wieder anzulegen, wie er es ursprünglich vorgehabt hatte.

Irgendwie schien es ihm nicht lohnenswert, sich von seinem Bart zu trennen und seine Tonsur nachzuscheren, wenn Bart und Haar so viele Wochen gebraucht hatten, um wieder zu dem dichten, schwarzen Lockenschopf zu werden, den er früher besessen hatte.

Bevor er London verlassen hatte, hatte Thomas einige vorsichtige Erkundigungen über das Kloster eingeholt. Dieses war vor über einhundert Jahren gegründet worden, mithilfe der Geld- und Landspende eines reichen Herzogs, der gehofft hatte, sich damit seiner Erlösung zu versichern. Der Konvent gehörte nur äußerlich zu den Dominikanern; tatsächlich hatte der Orden jedoch wenig damit zu tun. Anscheinend überließ man den Konvent und die Brüder, die darin lebten und beteten, größtenteils sich selbst.

Es gab tatsächlich keinen Beauftragten der Kirche und kein Ordenskapitel, die sich sonderlich um das Kloster gekümmert hätten. Es war winzig und bestand nur aus vier Brüdern – einmal war es sogar nur einer gewesen –; Männer, die aus der Bevölkerung von Schäfern und Bauern dieser Gegend stammten und meist völlige Analphabeten waren. Der Konvent war alles andere als reich. Sein ursprünglicher Gönner hatte genug für seine Gründung gespendet, aber nur wenig für seinen täglichen Unterhalt, und die dünn gesäte Bevölkerung des Bramhamer Moors erwirtschaftete kaum genug Einkommen, als dass sie den Brüdern ein Leben in Luxus hätten bieten können.

Der Konvent war arm und seine Brüder so ungebildet, dass sie zusammen wohl kaum mehr als drei der Zehn Gebote hätten nennen können.

Das Kloster war also kaum der Rede wert, abgesehen von zwei Dingen: Es hatte einmal Wynkyn de Worde beherbergt, und nun befand sich hier seine Schatulle – vorausgesetzt, sie hatte tatsächlich sicher hierher zurückgefunden.

Das Moor, in dem sich der Konvent befand, war typisch für diesen Teil Yorkshires – niedrige Hügel mit wenigen Bäumen, hartes Gras und Heide, vom Wind gepeitscht, und kaum menschliche Behausungen. Die wenigen Häuser, die es gab, bestanden aus Bruchsteinen aus der Umgebung und besaßen dicke Mauern und niedrige Dächer. Oft waren es fensterlose Hütten, die genauso elend und trostlos wirkten wie die Landschaft.

Dies war ein Land, in dem ein Mann seinen Stock in die Erde pflanzte und sich mit gesenktem Haupt daran klammerte, in der Hoffnung, irgendwie den Elementen und der Einsamkeit trotzen zu können.

Thomas konnte Wynkyn de Worde nun ein wenig besser verstehen. Wenn dies die Gegend war, in der er zum Mann herangewachsen war, dann war es kein Wunder, dass sein Wesen den Ingrimm und die Entschlossenheit des Moors widerspiegelte. Ebenso wenig verwunderte es, dass er ein Mann gewesen war, der ohne mit der Wimper zu zucken einem Dämon ins Angesicht blicken konnte.

Der Konvent war etwa fünf Meilen vom nächstgelegenen Dorf entfernt; die Brüder lebten in völliger Abgeschiedenheit. Thomas hatte die Dorfbewohner nach dem Weg gefragt und sie hatten auf einen kaum sichtbaren Trampelpfad gewiesen – eher eine überwucherte Furche –, der durch das Moor führte.

Weder Thomas noch seine Eskorte hatten von der Dorfbevölkerung mehr als ein paar kurze gelangweilte Blicke geerntet. Thomas nahm an, dass der harte Überlebenskampf die Menschen jeder überflüssigen Gefühlsregung oder Neugier beraubt hatte.

Es dauerte weniger als eine Stunde, den Trampelpfad bis zum Ende entlangzureiten, und am Mittag des Matthiastages näherten sie sich dem Konvent selbst. Er war nur wenig größer als die Hütten der Gegend: ein langes, niedriges Steingebäude mit einer Tür in der Mitte einer der Seitenwände, einem einzelnen Fenster in der Quermauer, einem Loch im

Dach, durch das der Rauch der Feuerstelle abziehen konnte. Es gab nicht einmal eine eigene Kapelle, in der die Brüder hätten beten können.

Thomas spürte Aufregung und Furcht in sich aufsteigen. Endlich war er am Ziel.

Er gab seinem Hengst die Sporen, und das Pferd schnaubte und fiel die letzten hundert Meter in Galopp, während Wat und der Rest der Eskorte dicht hinter ihm folgten.

Als Thomas' Pferd vor der Tür des Hauses stehen blieb, öffnete sich diese und ein Bruder in schmutzigen Gewändern trat heraus.

Er riss vor Überraschung über die Besucher seine Augen auf und trat von einem Fuß auf den anderen. Aufgeregt rang er die Hände.

»Brüder!«, rief er. »Brüder, kommt her! Wir haben Gäste!«

Zwei andere Brüder traten aus dem dunklen Inneren des Gebäudes, ein weiterer kam von der Latrine um die Ecke herbeigeeilt, die sich hinter einem Misthaufen befand – seine Gewänder hingen ihm immer noch oben um die Hüfte, während er hastig versuchte, sie herunterzuziehen.

Thomas stieg von seinem Pferd und fragte sich, ob er wohl genügend Geduld aufbringen würde, um die notwendigen Höflichkeiten über sich ergehen zu lassen, ehe er nach der Schatulle fragen konnte.

»Guter Herr!«, sagte der erste Bruder. »Seid gegrüßt! Ich bin Bruder Simon, und dies sind Bruder Fulke und Bruder Paul, und das da«, er nickte in Richtung des Bruders, der aus der Latrine gekommen war und dessen Gewänder nun wieder bis zu den Knöcheln hinabreichten, »ist Bruder Alfred. Dürfen wir Euch unsere Gastfreundschaft anbieten? Ich fürchte, sie wird etwas dürftig ausfallen und …«

»Bitte, macht Euch keine Umstände«, sagte Thomas, »denn

meine Eskorte und ich sind nur auf der Durchreise. Etwas Wasser für unsere Pferde ist alles, was wir brauchen. Mein Name ist Thomas Neville …«

Die vier Brüder brachen in verwunderte Ausrufe aus, denn der Name Neville war im Norden wohlbekannt.

»… und ich bin hier in einem Auftrag, der, so hoffe ich, nur wenige Minuten in Anspruch nehmen wird.«

Die Brüder machten lange Gesichter, und Thomas bedauerte augenblicklich, dass er das Angebot der Gastfreundschaft ausgeschlagen hatte. Offensichtlich hatten sie nur wenige Besucher, und jetzt, da ein Edelmann den Weg zu ihnen gefunden hatte, mussten sie außer sich vor Freude sein.

»Nun«, sagte Thomas, »vielleicht kann ich doch ein wenig bleiben.«

Die Mienen der Brüder hellten sich auf, und Simon bedeutete Thomas, ins Haus zu kommen. »Alfred wird sich um Eure Männer kümmern«, sagte er. »Bitte, tretet ein.«

Das Innere des Klosters – wenn es diese Bezeichnung überhaupt verdiente – war ebenso ärmlich wie sein Äußeres, abgesehen von einer Sache.

An einem Ende befanden sich eine Feuerstelle, Kochgerätschaften und Geschirr, einige kleine Truhen, ein Tisch, Bänke und die Schlafmatten der Brüder. Am anderen Ende des Raumes erhob sich das, was ihnen als Altar diente: ein steinernes Podest mit einem einfachen Steinaltar, auf dem jedoch einige der schönsten und kunstvollsten Goldteller und Pokale standen, die Thomas je gesehen hatte.

An der Wand hinter dem Altar hing ein prächtiges goldenes Kreuz, das mit Rubinen, Smaragden und Perlen verziert und vier Fuß hoch war.

Es war ein Vermögen wert.

Thomas wurde plötzlich sehr kalt.

»Was führt Euch in diese abgelegene Gegend?«, fragte Simon. Hinter ihm hantierten Paul und Fulke geschäftig in der Küchenecke, gossen Wasser in Tassen und Schüsseln und legten Brot und Käse auf Teller.

Thomas war sich nun sicher, dass er die Reise umsonst gemacht hatte. »Ich bin auf der Suche nach einer Schatulle, die einem Bruder gehörte, der ursprünglich aus diesem Konvent stammte«, sagte er. »Ein gewisser Wynkyn de Worde.«

Simon starrte ihn entgeistert an, und Paul und Fulke hielten in ihren Verrichtungen inne und blickten zu ihm hinüber.

»Guter Herr«, stammelte Simon, »es tut mir sehr leid, aber sie befindet sich nicht mehr hier.«

Thomas hätte nicht geglaubt, dass er so stark frieren könnte und trotzdem noch in der Lage war, klar zu denken und zu sprechen. »Seit wann? Und wer hat sie mitgenommen?«

»Es ist gerade einmal sechs oder acht Wochen her, Herr, ich bedaure unendlich … All die Jahre lag die Schatulle vergessen in unserem Kellergewölbe, und nun kommen kurz hintereinander gleich zwei Edelmänner hierher, um nach ihr zu fragen …«

»Wer war der andere?«

Simon warf seinen beiden Mitbrüdern einen Hilfe suchenden Blick zu, aber sie wollten sich nicht einmischen und waren an das Ende des Raums zurückgewichen.

»Nun … es war ein mächtiger Herr, so wie Ihr …«

»Wer?«

»Also, ich glaube, er sagte, sein Name sei Robert … oder war es Eduard? Nein, ich irre mich … ich denke … es könnte …«

»Herr.« Paul trat einen Schritt vor. »Wir können uns an

seinen Namen nicht mehr erinnern, aber wir haben das Wappenzeichen auf seiner Tunika und der Kleidung seiner Eskorte erkannt.«

Thomas blickte ihn erwartungsvoll an.

»Es war das Wappenzeichen Lancasters, Herr.«

Einen Moment lang blieb die Zeit stehen, doch Thomas überwand schließlich seinen Ärger und seine bittere Enttäuschung und fasste sich wieder so weit, um die Brüder zu bitten, ihm Genaueres zu berichten.

Keiner der Brüder war älter als dreißig. Das Bramhamer Moor war eine unwirtliche Gegend, und die Menschen, seien sie nun Mönche oder Hirten, neigten dazu, bereits in mittleren Jahren dahinzuwelken und zu sterben. Bis vor kurzem war ihnen der Name Wynkyn de Worde noch völlig unbekannt gewesen. Die vier Brüder hatten schon Schwierigkeiten, sich an die Namen der Brüder zu erinnern, die vor ihnen im Konvent gelebt hatten.

Aber vor etwa zwei Monaten war ein junger Edelmann an ihrer Tür vorbeigekommen und hatte mit einem herzlichen Lächeln und höflichen Worten nach Wynkyn de Worde gefragt.

Sie hatten erwidert, dass sie den Namen nicht kannten.

Der junge Edelmann – wie schön sein Haar und sein Gesicht gewesen waren! – hatte es ihnen nicht übel genommen, sondern ihnen gesagt, wonach er suchte: eine Schatulle aus Eichenholz, die mit eisernen Bändern beschlagen und wahrscheinlich verschlossen sei. Die Brüder hatten stumm dagesessen und ihn nur verwundert angesehen.

Der gut aussehende junge Edelmann hatte gewartet.

Die Brüder hatten sich flüsternd beraten und hin und her überlegt, bis Paul einfiel, dass es in ihrem Kellergewölbe eine alte Kiste gab, die halb hinter einem Haufen Gerümpel verborgen lag.

Es herrschte Aufregung – konnte dies die gewünschte Schatulle sein?

Der junge Edelmann hatte gelächelt und genickt und gefragt, ob sie vielleicht nachsehen könnten.

Unter großen Mühen und kaum verhohlenen Flüchen gelang es den Brüdern, die überraschend schwere Schatulle unter dem Gerümpel hervorzuziehen, das sich seit Generationen angesammelt hatte, und sie dem Edelmann zu bringen.

Ob sie denn nie hineingeschaut hätten?, fragte sie der junge Herr.

Nun, nein, hatten die Brüder geantwortet und ihn verwundert angesehen, als dieser die Vermutung äußerte, dass sie doch gewiss neugierig gewesen seien und sich gefragt hätten …

Nein. Die Schatulle hatte einfach dort gelegen, mit Staub bedeckt, und sie hatten sich nie darüber gewundert …

Als er ihrer Geschichte lauschte, verstand Thomas, warum der »junge Edelmann« ihnen Glauben geschenkt hatte: Die Brüder lebten in einem Zustand beinahe vollkommener Arglosigkeit und Stumpfheit. Sie waren Männer aus der Gegend, die sich dem Orden angeschlossen hatten, um auf diese Weise ihren Lebensunterhalt zu bestreiten, nachdem sie als Hirten gescheitert waren. Das Kloster bot ihnen Unterkunft und Verpflegung. Mehr verlangten sie nicht und erforschten schon gleich gar nicht seine Geheimnisse.

Der Edelmann hatte also erneut gelächelt, sie für ihre Mühen gelobt und ihnen erzählt, dass sein Vater die Schatulle vor vielen Jahren im Konvent zurückgelassen hatte und sie seit langem hatte abholen wollen.

Die Brüder hatten aufgeregt miteinander zu tuscheln begonnen, Zweifel hatten sich mit einem Mal in ihren trägen Verstand geschlichen.

Der junge Herr hatte sie besänftigt und ihnen versichert, dass sein Vater höchst dankbar dafür sei, dass die Brüder seine Schatulle so lange aufbewahrt hatten, und sich dafür entsprechend erkenntlich zeigen würde.

Die Zweifel der Brüder hatten sich verflüchtigt. Daraufhin hatte der Edelmann seinem Diener ein Zeichen gegeben, der das Gold hereinbrachte, das jetzt auf dem Altar stand. Schließlich hatte er die Schatulle in seinem Gepäck verstaut, sich verabschiedet und war davongeritten

»Und Ihr könnt Euch nicht seines Namens entsinnen?«, fragte Thomas enttäuscht.

»Nein«, sagte Simon. »Er ist hier drin«, er tippte sich gegen den Kopf, »aber er will mir nicht mehr einfallen.«

Nun, dachte Thomas, vermutlich haben die Dämonen seinen Geist mit einem Zauber belegt.

Und so verabschiedete auch er sich und verließ den Konvent.

Als Wat Tyler, der draußen bei den Pferden wartete, ihn fragte, wohin sie jetzt reiten sollten, zischte Thomas ihm nur wütend zu: »Nach London«, stieg auf sein Pferd und ritt auf den Trampelpfad zu, der sie hierhergeführt hatte.

KAPITEL FÜNFZEHN

Vesper am Fest des heiligen Matthias
Im ersten Jahr der Regentschaft Richard II.
(Mittwoch, früher Abend,
24. Februar 1379)

– II –

Margaret legte ihre Näharbeit beiseite und streckte sich unauffällig – ihr Rücken hatte in den letzten Stunden furchtbar angefangen zu schmerzen. Ihre Schwangerschaft wurde immer unangenehmer, und sie konnte nachts kaum mehr schlafen, weil das Kind sich bewegte und mit den Beinen strampelte, als würde es wie seine Mutter das Leben bei den Rivers so sehr verabscheuen, dass es ihm so schnell wie möglich entfliehen wollte.

Jacquetta bedachte ihre Schwiegertochter mit einem kalten Blick. Sie und ihr Gemahl hatten noch nicht recht entschieden, was sie mit Margaret anfangen sollten. Es war verlockend, anzunehmen, das Kind sei von Roger … aber sie waren nicht so leichtgläubig! Nein, die Hure hatte sich von einem anderen Mann schwängern lassen und dann sicher Roger ermordet, um vorgeben zu können, das Kind stamme von ihm. In der Nähe gab es ein Frauenkloster … vielleicht sollten sie sie dort unterbringen, bis das Kind geboren war oder sogar noch länger, denn ein Leben hinter Klostermauern würde der Dirne sicher nicht schaden.

»Madam«, sagte Margaret, die sich so unbehaglich fühlte, dass sie sich bewegen musste oder laut aufschreien, doch just im selben Augenblick erklang Hufschlag vom Hof her und Stimmen, als Sir Egdon die Ankömmlinge begrüßte.

Jacquetta blickte zur Tür hinüber und machte eine Geste in Margarets Richtung. »Bleib, wo du bist.«

Margaret rutschte hin und her, eine Hand auf den Bauch gelegt, und hätte etwas erwidert, wäre nicht in diesem Moment Sir Egdon in Begleitung eines dominikanischen Mönchs von kleiner Statur, aber starker Ausstrahlung ins Zimmer getreten.

Margaret erstarrte, ihre dunklen Augen blickten wachsam.

»Madam«, sagte Sir Egdon zu seiner Gemahlin, »wir haben hohen Besuch. Dies ist Vater Richard Thorseby, der Ordensgeneral des Dominikanerordens von England.«

Thorseby verneigte sich elegant vor Jacquetta und richtete den Blick dann auf Margaret.

»Diese Frau braucht Ihr mir nicht vorzustellen«, sagte er, »denn ich kenne sie gut. Ich fürchte, Ihr beherbergt eine Isebel unter Eurem Dach, guter Herr.«

Margaret starrte ihn an, aber er hielt ihrem Blick mühelos stand. Thorseby war untersetzt und stämmig, doch er besaß ein scharf geschnittenes Gesicht und eine Hakennase und seine braunen Augen wirkten so schlau und gerissen wie die eines Fuchses.

Jacquetta sog scharf die Luft ein und warf ihrem Gemahl einen triumphierenden Blick zu, ehe sie sich an Thorseby wandte: »Vater, wir haben schon vermutet, dass sie eine Sünderin ist, aber wir waren uns nicht ganz sicher. Wollt Ihr Euch nicht setzen und eine Erfrischung zu Euch nehmen?«

»Mit Freuden, Madam.« Thorseby setzte sich, und Margaret musste einige unbehagliche Augenblicke erdulden, während ein Diener Wein brachte – den sie ablehnte – und wieder das Zimmer verließ. Sie wusste genau, was sie in der nächsten Stunde erwartete, doch das verringerte nicht ihre Furcht.

Schließlich stellte Thorseby den Pokal wieder hin, blickte Margaret an und sagte: »Was immer Ihr jetzt sagt, sagt Ihr vor Gott, habt Ihr verstanden, Weib?«

Sie nickte mit gesenktem Blick, damit er ihren Gesichtsausdruck nicht sehen konnte.

»Was habt Ihr Euren Gastgebern über Euer Kind erzählt?«

Margaret zögerte und erwiderte dann leise: »Dass es das Kind meines verstorbenen Gemahls ist, ihres Sohnes, Roger.«

»Sie lügt«, sagte Thorseby, den Blick unverwandt auf Margaret gerichtet.

Außer dass ihre Hände die Armlehnen ihres Stuhles fester umklammerten, wies nichts auf ihre wachsende Verzweiflung hin.

»Wir hielten sie schon vom ersten Tag an, als wir sie kennenlernten, für eine Hure«, warf Sir Egdon ein.

»Während meiner Ehe mit Eurem Sohn bin ich nie untreu gewesen!«, sagte Margaret, helle rote Flecken zeichneten sich auf ihren Wangen ab. Sie blickte die anderen drei trotzig an.

»Aber Ihr habt sein Andenken besudelt«, sagte Thorseby. »Wenn Ihr nicht auf ewig in der Hölle schmoren wollt, Weib, nennt uns den Namen des wahren Vaters Eures Kindes!«

Margaret schwieg.

Thorseby zog ein zusammengefaltetes Stück Pergament aus einer Tasche seines Gewands hervor und wedelte damit vor ihrer Nase herum. »Ich habe einen Beweis! Zeugen, die Euch gemeinsam mit Eurem Liebhaber gesehen haben!«

Margarets Gesicht wurde tiefrot, doch sie sprach immer noch kein Wort.

»Dieser Mann«, sagte Thorseby, nun an die Rivers gewandt, »hat bereits über eine andere Familie unermessliche Trauer gebracht, indem er die Dame des Hauses geschändet hat. Er hat mir geschworen, dass er seine Sünden bereut, aber der Leib dieser Frau ist ein neuerlicher Beweis seiner Schande! Ich sage Euch, der Vater dieses Kindes ist kein anderer als Bruder Thomas Neville!«

Nun war es ihm doch gelungen, Sir Egdon und Lady Jacquetta aus der Fassung zu bringen.

»›Bruder‹ Thomas?«, sagte Sir Egdon. »Ein Lord Thomas Neville hat sie hierher geleitet …«

»Er trug nicht seine kirchlichen Gewänder?«, fragte Thorseby entgeistert. »Er hat all seine Gelübde gebrochen!«

Jacquetta sprang auf, ging von ihrem Stuhl zu Margaret hinüber und schlug ihr kräftig ins Gesicht.

Margaret wurde zur Seite geschleudert, aber niemand rührte sich, um ihr zu helfen.

»Hure!«, rief Jacquetta. »Betrügerin! Verschwinde aus diesem Haus!«

»Darf ich denn gar nichts zu meiner Verteidigung vorbringen?«, fragte Margaret und richtete sich mit einiger Mühe wieder auf.

»Leugnet Ihr, dass das Kind von Thomas Neville stammt?«, fragte Thorseby.

Margaret schwieg.

»Sie hat mit ihm sogar unter dem Dach des Herzogs von Lancaster Unzucht getrieben«, sagte Thorseby seinen Gastgebern. »Es gibt Zeugen dafür. Ich wäre nicht überrascht, wenn Neville sich selbst in Eurem Haus seinen fleischlichen

Gelüsten hingegeben hat, als er hier übernachtete, während Ihr arglos schlieft.«

Sir Egdons und Lady Jacquettas Gesichter zeigten nun eine merkwürdige Mischung aus Grauen und Triumph. *Jetzt hatten sie sie überführt … die Dirne!*

»Leugnet Ihr«, fragte Thorseby Margaret erneut, »dass Thomas Neville der Vater Eures Kindes ist?«

»Nein.«

Sir Egdon und Lady Jacquetta keuchten entsetzt auf.

»Euren Sohn habe ich niemals betrogen«, sagte Margaret zu ihnen. »Niemals. Ich habe Roger geliebt. Wir …«

»Schweig!«, sagte Sir Egdon. »Du hast kein Schamgefühl!«

Margaret wandte das Gesicht ab und wünschte sich, die Finsternis, die sich in den Ecken des kühlen Gemachs ausbreitete, würde sie umfangen. Sie hasste diese Leute, ihren stumpfsinnigen Glauben und ihre schrillen, überflüssigen Anschuldigungen. Sie wünschte sich ein warmes Feuer und ein weiches Bett, und jemanden, der ihr sagte, dass sie bei ihm geborgen sei. Sie wollte ein Zuhause, endlich, nachdem sie sich so viele Jahre lang das Geschwätz eines kranken Mannes über das Christentum hatte anhören müssen.

Sie wünschte sich, ihr Vater wäre bei ihr, doch er war für immer aus der Welt gegangen.

Nach ihrem Bruder sehnte sie sich, doch der wollte nichts mit ihr zu tun haben.

Sie wollte geliebt werden, aber dieses Wagnis mochte niemand eingehen.

Margaret schloss die Augen gegen die Tränen, die plötzlich hervorquollen, und wünschte sich, dass sie ihr Kind schon in den Armen halten könnte, und nicht erst die Schmerzen der Geburt erdulden musste, um diesen kleinen Wunsch erfüllt zu bekommen.

»Seht Ihr«, sagte Thorseby leise, »die Hure empfindet Reue. Sie hat auch allen Grund dazu, denn die Feuer der Hölle werden sie dereinst verschlingen, und das Gewürm der Vergeltung wird bis in alle Ewigkeit an ihrem lüsternen Geschlecht nagen und …«

»Das Feuer und die Würmer der Ewigkeit«, sagte Margaret immer noch mit geschlossenen Augen, »wären eine Erleichterung im Vergleich zu Eurem elenden Geschwätz.«

Nun waren ihre einstigen Schwiegereltern ernsthaft schockiert und wandten sich von ihr ab, unfähig, ihr länger in die Augen zu sehen.

Thorseby jedoch blieb gelassen. Er betrachtete Margaret noch einen Moment lang und rief dann nach dem Anführer seiner Eskorte.

»Ihr braucht Euch nicht mehr länger vor ihr zu fürchten«, sagte er zu Sir Egdon und Lady Jacquetta.

KAPITEL SECHZEHN

Der Mittwoch vor dem dritten Sonntag der Fastenzeit
Im ersten Jahr der Regentschaft Richard II.
(9. März 1379)

Lancaster … Lancaster … Lancaster.

Der Name ging Thomas immer wieder durch den Kopf, während sie nach Süden ritten.

Lancaster.

Wer war nur der schöne junge Edelmann gewesen, der Lancasters Wappen trug und die Schatulle *in den Wochen, nachdem Lancaster und Bolingbroke nach England zurückgekehrt waren,* an sich genommen hatte?

Die Schatulle war sicher gewesen … bis er dem schwarzen Prinzen, Lancaster, Bolingbroke und Raby von ihrer Existenz erzählt hatte.

Nein, nein, die Dämonen hatten bereits von ihr gewusst … *aber sie hatten ihren Aufbewahrungsort nicht gekannt, bis er den vieren davon berichtet hatte!*

Aber nur weil der Mann Lancasters Wappenzeichen getragen hatte, bedeutete das nicht, dass er auch einer seiner Gefolgsmänner oder Vasallen war – Lancasters Wappen war in ganz England bekannt, jeder hätte sich als einen Mann des Herzogs ausgeben können.

Hatte Lancaster jemandem von den Dämonen erzählt? Richard? Gott wusste, dass sich die beiden nahestanden. Hatte Richard veranlasst, dass die Schatulle geholt wurde, und wollte die Schuld auf den Herzog schieben, vielleicht weil er wusste, dass Thomas Lancaster verdächtigte?

Lancaster hätte seine Männer nie in Kleidung losgeschickt, die sein Wappen trug … oder?

Thomas schmerzte der ganze Körper bei dem verzweifelten Versuch, dieses albtraumhafte Rätsel zu lösen: sein Kopf, seine Glieder, sein Herz und seine Seele.

Er zweifelte nicht daran, dass Richard der neue Dämonenkönig sein würde – er war der Einzige, der aus dem offensichtlich unnatürlichen Tod Eduards und des schwarzen Prinzen einen Vorteil zog –, aber Thomas wusste nicht, ob Lancaster ebenfalls Teil der dämonischen Verschwörung war.

Ursprünglich hatte Thomas vermutet, dass Lancaster der neue Dämonenkönig werden würde … aber Lancaster hatte seine Unterstützung für Richard als Thronfolger so deutlich gemacht, dass er ihn für über jeden Verdacht erhaben hielt.

Doch auch wenn Lancaster nicht der Dämonenkönig war, konnte er womöglich einer der dämonischen Anhänger und Diener des neuen Königs sein. Das würde Lancasters Eintreten für Richard ebenso erklären wie die Vorstellung, dass er lediglich ein loyaler, sterblicher Untertan war. Ach! Wer oder was auch immer Lancaster sein mochte, übrig blieb die Tatsache, dass Thomas der Schatulle, auf deren Suche er sich vor sechs Monaten gemacht hatte, immer noch nicht näher gekommen war.

Er wusste nur, dass sie sich nun in den Händen der Dämonen befand … und dass sich die Dämonen irgendwo entweder unter den Mitgliedern der Familie Lancaster oder unter den Gefolgsleuten des Herzogs bei Hofe verbargen.

Und da Lancaster der reichste und mächtigste Mann in

ganz England war, war sein Hof so groß und unüberschaubar wie der eines Königs.

Sie ritten nach Süden auf Lincoln zu, auf der alten römischen Straße, die als Hermelinstraße bekannt war. Überall hielt der Frühling Einzug: Die Vögel kehrten in Scharen aus ihren Winterquartieren zurück, die Bäume begannen zu knospen und die Bauern pflügten nach und nach ihre Felder um.

Das Wetter wurde endlich etwas wärmer, das während des Winters abgemagerte Vieh kehrte auf die Weiden zurück, und die Obstbäume wurden geschnitten und veredelt. Thomas jedoch schenkte alledem keine Beachtung. Er musste ständig an Lancaster denken und daran, wem er noch vertrauen konnte und wie, wenn überhaupt, er verhindern könnte, dass Richard auf den Thron gelangte.

Ein Dämon auf dem englischen Thron? Das war unvorstellbar!

Lincoln lag an der Kreuzung der ältesten Straßen Englands, der Hermelinstraße und dem Kanalweg, und war seit langem eine wichtige Handels- und Marktstadt, besonders für den Wollhandel. Seine prächtige normannische Kathedrale und Burg mit all den Geistlichen und Edelleuten und ihren Bedürfnissen hatten der Stadt zu Reichtum und Einfluss verholfen. Lincoln war eine pulsierende, lebhafte Gemeinde, die immer noch weiter anwuchs. Sie besaß keine Stadtmauer – die Stadtbewohner konnten notfalls in der Burg oder der Kathedrale Schutz suchen –, und so näherten sich Thomas, Wat und ihre kleine Eskorte Lincoln über die offene nördliche Zugangsstraße. Im nördlichen Außenbezirk der Stadt befand sich ein kleiner dominikanischer Konvent, aber Thomas hatte nicht vor, dort zu übernachten. Ein Gasthaus würde denselben Zweck erfüllen, und dort würde er auch nicht von den lästigen Glocken und Gesängen des religiösen Ordens gestört werden.

Es war kurz vor der Abenddämmerung, und sie waren den ganzen Tag unterwegs gewesen. Müde und erschöpft, bemerkten sie zu spät eine größere Gruppe von Reitern, die ihnen entgegenkam.

Thomas war so sehr in seine Gedanken vertieft, dass er erst hochblickte, als er Wat Tyler einen Fluch ausstoßen hörte und sein Pferd zügeln sah.

Kurz darauf wurde auch Thomas' Pferd langsamer, und er sah sich gezwungen, seine Aufmerksamkeit auf seine Umgebung zu richten.

Zu beiden Seiten der Straße befanden sich eingezäunte Höfe, in denen Rinder und Schafe für den Markt untergebracht waren. Direkt vor ihm saß Richard Thorseby, der Ordensgeneral von England, auf einem dunklen Pferd, in Begleitung einer undurchdringlichen Mauer aus berittenen Soldaten.

»Sieh an, sieh an«, sagte Thorseby mit ruhiger Stimme. »Wenn Ihr beschlossen habt, aus dem Orden auszutreten, Thomas, hättet Ihr mich vielleicht darüber in Kenntnis setzen sollen, damit ich nicht halb England nach Euch absuchen muss.«

Einen Moment lang konnte Thomas ihn nur ungläubig anstarren. Er war so sehr in seine Gedanken versunken gewesen, dass er Thorseby zunächst für eine Vision hielt.

Thomas hatte sich inzwischen so weit von der Kirche und dem Einfluss des Dominikanerordens entfernt, dass er sich kaum mehr erinnern konnte, warum Thorseby halb England nach ihm abgesucht haben sollte.

»Tom?«, sagte Wat, und Thomas warf Tyler einen Blick zu. Er war zu allem bereit; eine Hand ruhte auf dem Heft seines Schwertes.

Thomas sah wieder zu Thorseby hinüber. Dieser hatte mindestens zwanzig schwer bewaffnete Soldaten bei sich – vermutlich einem Edelmann abgeschwatzt, der Thorseby einen großen Gefallen schuldete.

»Lass gut sein, Wat«, sagte er und hielt dabei den Blick unverwandt auf Thorseby gerichtet. »Ich will nicht, dass du wegen dieses schwarzen Teufels dein Leben riskierst.«

Thorseby trieb sein Pferd an, bis er nur noch wenige Schritte von Thomas entfernt war und ihm direkt in die Augen blicken konnte.

»Da Ihr Euer Gelübde noch nicht offiziell aufgehoben habt, Bruder Thomas«, sagte Thorseby, »untersteht Ihr immer noch meinem Befehl. Hiermit verhafte ich Euch wegen einer Reihe schwerwiegender Vergehen von Ungehorsam über Unzucht bis hin zu Verdacht auf Ketzerei …«

»In Gottes Namen, Thorseby, *Ketzerei*?«

»… und befehle Euch, mit mir zu kommen … das heißt, falls Ihr noch wisst, was es bedeutet, Euch der Autorität der Kirche zu beugen. Wenn nicht, dann verfüge ich, wie Ihr seht, über die nötigen Mittel, Euch zum Gehorsam zu zwingen. Werdet Ihr freiwillig mit mir kommen?«

Thomas saß eine Weile lang da, den Blick auf Thorseby gerichtet, während sein Pferd nervös tänzelte.

»Ist meine Eskorte ebenfalls verhaftet?«, fragte er schließlich.

»Natürlich nicht. Es sei denn, die Männer haben Euch willentlich unterstützt …«

»Sie sind unschuldig.«

»Dann dürfen sie gehen.«

Ohne den Blick von Thorseby abzuwenden, sagte Thomas ruhig zu Wat: »Reite nach Süden. Schnell. Sag Lancaster, wenn er herausfinden will, was ich entdeckt habe, dann muss er mich aus den Klauen dieses schwarzen Vogels befreien.«

Um Thorsebys Mundwinkel zuckte es verächtlich, aber er sagte nichts.

Wat nickte und ließ sein Pferd einen Schritt nach vorn tun, die anderen Männer seiner Eskorte dicht hinter ihm.

Thorseby, der Thomas' Blick erwiderte, gab seinen Männern ein Zeichen, und sie ließen Wat und seine Männer hindurchreiten.

Nachdem seine Eskorte ihre Reihen wieder geschlossen hatte, sagte Thorseby: »Wir werden die Nacht im Kloster hier in Lincoln verbringen und morgen in Richtung Süden nach Oxford reiten. Dort werde ich Euch vor Gericht stellen.«

Er wollte sich abwenden, blickte Thomas dann jedoch noch einmal mit einem seltsamen Lächeln an. »Ich glaube, Ihr werdet die Gesellschaft dieses Abends überaus anregend finden.«

Thorsebys Grinsen wurde breiter, dann gab er seiner Eskorte erneut ein Zeichen, und die Männer umringten Thomas. Kurze Zeit später wurde Thomas sicher über das kurze Stück Straße geleitet, das zum dominikanischen Kloster in den Außenbezirken Lincolns führte.

Die Abenddämmerung ging in die Nacht über, und Thorseby und Thomas mussten feststellen, dass die Zeit für Überraschungen und Hinterhalte noch nicht vorbei war. Als der Ordensgeneral Thomas und seine Soldaten die Straße hinuntergeleitete, die zum Konvent führte, wurde ihnen von einer noch größeren und besser ausgerüsteten Gruppe bewaffneter Männer der Weg versperrt.

Diese Männer – mindestens sechs Dutzend an der Zahl – wurden angeführt vom Herzog von Lancaster, Baron Raby und der neuen Baronin, Johanna Beaufort, und begleitet von dem selbstgefällig dreinblickenden Wat Tyler, der bei seiner Ankunft in Lincoln beinahe augenblicklich auf Lancasters Reisegesellschaft gestoßen war.

Schließlich geschahen doch noch Wunder auf der Welt.

Thorseby brachte sein Pferd zum Stehen – ebenso überrascht wie Thomas.

»Mein Fürst!«, sagte Thorseby. »Ich … ich …«

»Mein Gefolgsmann«, sagte Lancaster und nickte in Wats Richtung, »hat mir erzählt, dass Ihr einen meiner Männer gefangen haltet.«

»Mir war nicht klar, dass Thomas Neville einer Eurer Männer ist, mein Fürst. Ihr wisst doch sicher, dass er ein dominikanischer Mönch ist und deshalb meinen Befehlen untersteht.«

»Dennoch ist er in meinem Auftrag nach Norden gereist«, sagte Lancaster, »und ich fordere Euch deshalb auf, ihn freizulassen und meiner Obhut zu übergeben.«

Thorsebys Ton wurde streng. »Als Dominikaner und Angehöriger der Kirche untersteht Bruder Thomas nicht Eurem Befehl! Ich bitte Euch, tretet beiseite und lasst uns vorbei.«

»Thomas Neville«, sagte Lancaster, »gehört zu meiner Familie, da sein Onkel mit meiner Tochter verheiratet ist, und das Wohlergehen meiner Familienangehörigen liegt mir sehr am Herzen. Ich schlage vor, Vater Thorseby, dass wir dieses Gespräch nicht hier in der Kälte fortführen – wir sind heute weit geritten, müde und hungrig –, sondern uns lieber in den Konvent zurückziehen … Dort werdet Ihr mir sicher gern erklären, weshalb Ihr ein Mitglied meiner Familie festgenommen habt.«

Thomas sagte während des Schlagabtauschs kein Wort, immer noch überrascht über Lancasters völlig unerwartetes Auftauchen.

War es Zufall gewesen? Oder Absicht?

Raby saß etwas abseits auf seinem Pferd und wirkte genauso aufmerksam wie Thomas … und offenbar ebenso überrascht. Thomas' Onkel hatte anscheinend seine Zeit in London genutzt, um die Hand von Johanna Beaufort zu gewinnen. Sie saß auf einem hübschen, grauscheckigen Zelter neben Raby, durch einen dicken Umhang vor der Kälte geschützt, doch das wenige, was von ihrem Gesicht zu sehen war, verriet Thomas, dass sie über die Ereignisse verärgert war.

Nun, wie Lancaster gesagt hatte, sie war sicher müde und konnte es kaum erwarten, sich im Bett ihres Gemahls aufzuwärmen.

Und zweifellos hatte ihre Heirat Lancaster als Vorwand gedient, um in den Norden zu reisen. Er musste sich mit eigenen Augen davon überzeugen, dass seine geliebte Tochter in Rabys Zuhause, der Burg Sheriff Hutton in Yorkshire, sicher untergebracht war.

Thorseby gab widerwillig nach. »Der Konvent kann jemandem, der an großen Reichtum gewöhnt ist, nur ärmliche Unterkunft bieten …«, begann er.

»Ich habe auch schon in meinem Umhang auf dem Schlachtfeld geschlafen«, sagte Lancaster. »Ein zugiger Konvent ist dagegen der reinste Luxus.«

»Es gibt dort nicht genügend Platz für Eure ganze Eskorte!«

»Dann werden wir sie eben in den Gasthäusern Lincolns unterbringen.« Lancaster drehte sich im Sattel um und sprach mit einem Edelmann hinter ihm.

Der Mann nickte, wendete sein Pferd und gab Lancasters Eskorte Anweisungen, worauf ein Großteil von ihnen wieder in die Stadt zurückritt.

»Mein Fürst!«, versuchte Thorseby es noch einmal. »Ich protestiere gegen Eure Einmischung in die Angelegenheiten der Heiligen Kirche aufs Schärfste!«

Lancaster drehte sich wieder zu dem Ordensgeneral um, sein Gesicht war vor Wut rot angelaufen. »Und ich, als Regent Englands, protestiere im Namen des neuen Königs dagegen, dass Ihr Euch mit seinen Untertanen solche Freiheiten erlaubt! Nun, Vater Thorseby, wenn Ihr jetzt die Güte hättet, uns den Weg zum Konvent zu weisen …«

»Ein Konvent wird für eine Dame eine schlechte Unterkunft sein«, sagte Thorseby und wies auf Lady Johanna, »und ich fürchte, die Ereignisse dieser Nacht könnten sich als aufwühlend erweisen. Bruder Thomas' Vergehen sind höchst abscheulich.«

Lady Johanna neigte den Kopf und sprach mit leiser, lieblicher Stimme. »Thomas ist nun auch mein Familienangehöriger, Vater Thorseby, und ich sorge mich ebenso um sein Wohlergehen wie mein Vater. Außerdem«, sie warf Raby einen zärtlichen Blick zu, »möchte ich mich nur ungern von meinem Gemahl trennen.«

Thorseby gab auf und führte sie zum Konvent.

Im Gegensatz zu Thorsebys Behauptungen war der Konvent recht groß, da er sich in einer der reichsten Städte Englands befand. Abgesehen von der Kirche selbst, gab es eine Reihe einzelner Zellen für die Brüder, zwei Speisesäle, ein Gästehaus, dessen Eingangshalle als Esszimmer für die Gäste diente, eine Krankenstube, Kreuzgänge, Gärten und verschiedene Lagerräume.

Nachdem die Reisegesellschaft, die nun aus Thorseby, Thomas, Lancaster, Raby, Johanna und etwa zwölf Soldaten aus Lancasters Gefolge bestand – Thorsebys Männer waren zu einer Unterkunft geritten, die sich direkt hinter dem Konvent befand – auf dem Hof von ihren Pferden gestiegen und von dem überraschten Prior begrüßt worden war, führte Thorseby sie in die Eingangshalle des Gästehauses, das zum Konvent gehörte.

Sie war recht geräumig, und im Kamin brannte ein helles Feuer.

Während die Neuankömmlinge sich den nächtlichen Tau von ihren Umhängen schüttelten und die Handschuhe auszogen, erregte als Erstes das Feuer ihre Aufmerksamkeit, sodass sie erst ein wenig später eine Gestalt entdeckten, die weiter hinten in der Eingangshalle auf einem Stuhl saß.

Lady Margaret Rivers.

Thorseby bemerkte mit einiger Befriedigung den verblüfften und bestürzten Ausdruck auf Thomas' Gesicht, war jedoch erstaunt, dieselbe Bestürzung auch in Lancasters und Rabys Gesichtern zu sehen.

Er runzelte die Stirn und fragte sich, ob es wohl noch weitere Geheimnisse gab, die es zu erforschen galt.

Kapitel siebzehn

Matutin am Donnerstag
vor dem dritten Sonntag der Fastenzeit
Im ersten Jahr der Regentschaft Richard II.
(vor der Morgendämmerung, 10. März 1379)

– I –

Margaret war blass und zitterte ein wenig, als sie schwerfällig aufstand und sich dabei auf die Armlehne des Stuhls stützte.

Sie schluckte vor Erregung, machte einen unbeholfenen Knicks vor Lancaster und dann vor Raby und seiner Gemahlin, stützte die Hand in die Hüfte und richtete den Blick auf Thomas.

»Vor uns steht Thomas' Hure«, sagte Thorseby. »Ihr runder Leib ist Beweis genug dafür, dass er seine Gelübde gebrochen hat.«

»Was?«, riefen Raby und Lancaster voll Erstaunen.

Lady Johanna wandte lediglich mit geröteten Wangen den Blick ab. Schon der Gedanke an derartige Lüsternheit bereitete ihr Unbehagen.

Thomas seufzte, blickte zu Boden und rieb sich die Augen. *Gütiger Himmel, als gäbe es nicht schon genug Schwierigkeiten in seinem Leben.*

»Leugnet Ihr, dass Ihr mit der Lady Rivers in Lancasters

Palast in London Unzucht getrieben habt?«, donnerte Thorseby.

Thomas ließ die Hand sinken und richtete sich auf. Er sah zu Margaret hinüber – sie besaß genügend Anstand, um zu erröten und den Kopf abzuwenden. »Nein«, sagte er leise.

»Was?«, riefen Raby und Lancaster erneut und tauschten einen Blick.

Raby trat einen halben Schritt zurück und ließ Lancaster den Vortritt bei seinen Fragen.

Der Herzog wandte sich an Thomas. »Ist das wahr?«

Thomas nickte.

»Die Lady Rivers hat mir außerdem gestanden, dass Thomas der Vater ihres Kindes ist«, sagte Thorseby.

Lancaster warf Raby einen Blick zu, der Margaret mit offenem Mund anstarrte, und wandte sich dann an Thomas.

»Gebt Ihr zu, dass Ihr der Vater von Lady Margarets Kind seid?«, sagte er und wählte die Worte mit Bedacht.

Er blickte Thomas in die Augen. *Gesteht es und rettet die Ehre meiner Tochter.*

Thomas zögerte und erinnerte sich daran, wie Alice einst voller Verzweiflung vor ihm gestanden hatte. *Wirst du dieses Kind anerkennen?,* hatte sie ihn gefragt. *Nein,* hatte er erwidert und ihr den Rücken zugewandt. Er dachte an die Nacht, als Margaret in sein Gemach gekommen war und er die Hände auf ihren Bauch gelegt und die Umrisse und Bewegungen ihres Kindes gespürt hatte – seines Kindes – und erinnerte sich an den Traum, in dem er seine Tochter und Alice nicht hatte retten können.

»Gebt Ihr zu, dass Ihr der Vater von Lady Margarets Kind seid?«, fragte Lancaster noch einmal, genauso nachdrücklich.

Thomas warf Raby einen Blick zu, der ihn durchdringend anstarrte, schaute dann zu Margaret hinüber und sah die

Verzweiflung in ihren Augen, *wie er einst die Verzweiflung in Alice' Augen gesehen hatte.*

»Ja«, sagte er, und mit diesem einen Wort schien ein gewaltiges Gewicht von seinen Schultern genommen, und er richtete sich gerade auf. »Ja, ich bin der Vater von Lady Margarets Kind.«

Margaret blickte ihn aus weit geöffneten Augen an, und Thomas sah, dass Tränen in ihnen glänzten, aber es war Rabys Reaktion, die ihn am meisten überraschte. Eine Vielzahl von Gefühlen spiegelten sich auf dem Gesicht seines Onkels wider: Erschrecken, Überraschung, Schmerz, aber vor allem Erleichterung.

»Ihr habt meinen Namen und mein Haus entehrt!«, brüllte Lancaster an Thomas gewandt, und alle zuckten zusammen. Der Herzog drehte sich zu Thomas um, sodass sein Gesicht vor Thorseby verborgen war, und legte ihm beschwichtigend die Hand auf die Schulter.

»Dafür«, flüsterte Lancaster, in seiner Miene spiegelte sich nun Dankbarkeit statt Zorn, »werde ich Euch reich belohnen. Ich danke Euch, Tom.«

Dann hob er wieder die Stimme. »Außerdem habt Ihr die Lady Margaret entehrt. Ich bestehe darauf, dass Ihr …«

Weiter kam er nicht, denn in diesem Moment gab Margaret ein Wimmern von sich und sank zu Boden.

Johanna Beaufort reagierte sofort. Sie lief zu Margaret hinüber und beugte sich zu ihr hinab.

»Lady«, flüsterte sie. »Was habt Ihr … ist es das Kind?«

Mit vor Schmerz und Furcht verzerrten Zügen nickte Margaret, und Johanna blickte zu den Männern hoch, die hilflos daneben standen.

»Ihre Zeit ist gekommen«, sagte sie. »Ich bitte Euch. Schickt nach einer Hebamme.«

Margaret schritt auf und ab, auf der einen Seite gestützt von Lady Raby und auf der anderen von Maude Fiston, einer Hebamme aus der Stadt.

Sie konnte kaum fassen, welche Schmerzen sie erdulden musste, und die Sprüche, die ihre beiden Gefährtinnen bei jedem Stöhnen oder Wimmern beruhigend murmelten, machten die Sache auch nicht besser.

Margaret wusste, dass es nicht gut um sie stand und sie kein braves Mädchen war. Und das Kind würde auch nicht wie ein kleines Lämmchen aus ihr herausgleiten und es würde schon gar nicht in einer Minute vorbei sein.

Nein, sie wurde innerlich zerrissen, und sie würde dabei den Tod finden.

Margaret war sich auch der besorgten Blicke bewusst, welche Lady Raby und Maude über ihren gesenkten Kopf hinweg austauschten.

Die Wehen gingen nicht gut voran, und alle drei Frauen in dem Gemach wussten es, auch wenn keine von ihnen es aussprach.

Nachdem Margaret in der Eingangshalle des Gästehauses zusammengebrochen war, hatte Raby seiner Gemahlin dabei geholfen, Margaret zu einem der Gastgemächer des Konvents zu bringen.

Hier hatte Raby, der sich der Ironie der Situation sicher nur zu bewusst war, seine Gemahlin und Margaret zurückgelassen, und Johanna hatte sich größte Mühe gegeben, Margaret aufzuheitern, bis Maude eine Stunde später zu ihnen kam.

Das war vor zwölf Stunden gewesen. Und in diesen zwölf Stunden hatten weder Johanna noch Maude das Gemach verlassen.

Alles, was Margaret wollte, war etwas Einsamkeit. *Sie brauchte doch nur eine halbe Stunde, um dieses Kind auf ihre Weise zur Welt zu bringen, aber keine der verfluchten Frauen wich von ihrer Seite!*

Und in der Zwischenzeit gingen sie und das Kind dem Tod entgegen.

Margaret beugte sich vor und schrie, riss sich von Johannas und Maudes Händen los und stürzte schwer zu Boden.

Der Schrei hallte durch das gesamte Gästehaus, und Lancaster, Raby, Thomas und Thorseby, die sich immer noch in der Eingangshalle befanden, fuhren bei dem schrecklichen Laut unwillkürlich zusammen.

»Lady Margaret!«, sagte Maude und ging neben der sich windenden Margaret in die Hocke. »Ihr müsst wieder aufstehen. Auf diese Weise wird das Kind niemals geboren werden und …«

»Das Kind wird auch so nicht geboren werden, du Närrin!«, schrie Margaret und rollte sich stöhnend und schreiend zu einer Kugel zusammen.

Unsicher trat Johanna einen Schritt zurück. Was stimmte nicht mit diesem Kind? Warum kam es nicht heraus? Sie warf der Hebamme einen Blick zu, aber diese zuckte nur hilflos mit den Achseln.

»Wir müssen sie aufrichten«, sagte Maude.

Erschöpft und am Ende ihrer Kräfte ging Johanna zu Margaret hinüber und beugte sich vor, um ihren Arm zu ergreifen.

In diesem Augenblick gab Margaret ein lautes Stöhnen von sich, und Blut befleckte die Röcke des Leinengewandes, das sie trug.

»Sie blutet!«, sagte Johanna und wich zurück. »Maude … was können wir denn tun?«

Maude blickte hilflos auf das Blut hinab, das sich in immer größeren Mengen um Margaret herum sammelte, und sah dann zu Johanna auf.

»Holt einen Geistlichen, Mylady«, sagte sie mit tonloser Stimme. »Mehr können wir nicht tun.«

Johanna schlug mit entsetztem Blick die Hände vors Gesicht, nickte dann, machte einen Bogen um Maude und Margaret und verließ das Gemach. Johanna war so verstört, dass sie die Tür des Gemachs offen stehen ließ.

Maude wollte aufstehen, und just in diesem Moment richtete sich Margaret plötzlich auf und stieß die Hebamme mit aller Kraft, die sie aufbringen konnte, von sich weg.

Mit einem überraschten Aufschrei verlor Maude das Gleichgewicht und stürzte durch die Tür in den Korridor hinaus.

Sie rollte sich herum, blickte auf und sah Margaret auf dem Boden des Gemachs liegen und mit wildem Blick zu ihr herüberstarren. Bevor Maude etwas tun konnte, gelang es Margaret irgendwie, auf die Knie zu kommen, sich mit ausgestreckten Armen gegen die Tür zu werfen und sie der überraschten Maude vor der Nase zuzuschlagen.

Ein dumpfes Poltern war zu hören, als sei etwas – Margaret vielleicht – gegen die Tür gestoßen.

Maude erhob sich schnell, ebenso wütend wie besorgt. *Was hatte sie vor? Wollte sie etwa ohne die heiligen Sakramente sterben?*

Maude lehnte sich mit der Schulter gegen die Tür und wollte sie aufstoßen, doch sie bewegte sich nicht.

Mit einem Laut des Erstaunens versuchte sie es noch einmal.

Wieder geschah nichts.

Die Hebamme holte tief Luft und stemmte sich ein weiteres Mal gegen die Tür. Diesmal legte sie all ihr nicht unbeträchtliches Gewicht und ihre Kraft in den Versuch.

Die Tür bewegte sich immer noch nicht.

Stattdessen war auf der anderen Seite ein weiterer dumpfer Schlag zu hören, als hätte sich etwas sehr Schweres gegen die Tür geworfen.

Dann ertönte ein schwacher, aber deutlich zu vernehmender Schrei, und Maude wich von der Tür zurück.

Der Schrei hatte wie eine Mischung aus dem Trällern eines Vogels und dem Fauchen einer Katze geklungen.

Die Hebamme drehte sich um und wäre davongelaufen, wäre nicht in diesem Augenblick Johanna zurückgekehrt, begleitet von Raby, Thomas und Thorseby.

»Maude?«, sagte Johanna. »Was … warum …«

»Sie hat mich rausgeworfen, das Biest!«, sagte Maude. »Und jetzt liegt sie vor der Tür und versperrt den Eingang, und ich kann nicht hinein, und irgendetwas … irgendetwas ist nicht in Ordnung!«

»Was meinst du damit?«, fragte Raby.

»Die Geburt verläuft nicht sehr gut«, sagte Johanna ruhig.

»Nein«, sagte Maude. »Das müsste sie aber, denn dieses Kind ist gerade einmal sieben Monate alt und sollte ohne Schwierigkeiten herauskommen. Aber …«

»Sie hat angefangen zu bluten«, sagte Johanna und blickte ihren Gemahl an. »Maude hat mich gebeten, einen Geistlichen zu holen.«

Raby stöhnte. »Oh, die arme Margaret!« Er erwiderte den Blick seiner Gemahlin. »Sie hat Gloucesters Gattin bei der Geburt beigestanden, als diese im Kindbett verblutet ist. Margaret hatte solche Angst gehabt, dass ihr das Gleiche passieren könnte …«

Johanna dachte nicht weiter darüber nach, warum Margaret Raby das alles anvertraut haben mochte, sondern ergriff nur seinen Arm und biss sich nachdenklich auf die Unterlippe. »Jemand muss die Tür aufbrechen«, sagte sie. »Und wenn auch nur, damit Margaret nicht ohne Beichte sterben muss.«

»Habt Ihr denn gar nichts dazu zu sagen?«, fragte Thorseby Thomas, der hinter Raby stand und den Blick auf die geschlossene Tür gerichtet hielt. »Wenn Ihr die Frau nicht gezwungen hättet, wäre sie nicht …«

»Ach, haltet den Mund!«, fuhr Thomas ihn an und wandte sich dann Raby zu, ohne auf Thorsebys wütenden Blick zu achten. »Wenn wir uns beide mit der Schulter gegen die Tür stemmen, müssten wir sie eigentlich aufbrechen können.«

»Ja!«

Aber als sie auf die Tür zugingen, ertönte dahinter ein Schrei, der klang, als würde er aus einer anderen Welt stammen oder zumindest aus der Kehle eines Geschöpfs aus einer anderen Welt.

Und dann war das Geräusch von etwas sehr Schwerem, Feuchtem zu hören, das über den Fußboden schleifte.

Danach herrschte vollkommene Stille.

Raby und Thomas standen wie erstarrt. Gebannt blickten sie die Tür an.

Das schwere, feuchte Geräusch war erneut zu hören und dann klang es, als würde sich etwas Großes wild hin und her werfen.

Die Tür knarrte leicht, als würde sie jeden Augenblick zerbrechen.

Alle starrten die Tür an.

»Margaret?«, flüsterte Raby.

Nichts war zu hören … dann ein Schluchzen … und das dünne Wimmern eines Kindes.

»Margaret!«, rief Raby und warf sich mit der Schulter gegen die Tür, Thomas neben sich.

Langsam und widerstrebend gab die Tür nach, und die Männer gingen nun etwas vorsichtiger zu Werk, da sie sich gegen Margarets Körper stemmten.

»Gütiger Himmel!«, sagte Raby, als es ihm gelungen war, durch den Spalt zu schlüpfen, den sie geöffnet hatten.

Thomas folgte direkt hinter ihm.

Margaret lag am Boden, nunmehr unbekleidet. Ihr zerrissenes Gewand hatte sie von sich geschleudert, ihr Haar war verfilzt und ihre Glieder verrenkt.

Der erste Gedanke, der den Männern in den Sinn kam, war, dass sie selbst in diesem Zustand noch schön war.

Im nächsten Moment begriffen sie, dass sie tot sein musste.

Alles schien mit Blut besudelt zu sein: Margaret, der Fußboden, selbst die Tür und die Wände waren blutbespritzt.

Maude drängte sich an den beiden Männern vorbei, brach bei dem Anblick, der sich ihr bot, in Jammern aus, beugte sich jedoch sofort zu Margaret hinunter. Sie tastete mit der Hand nach einem Beutel an ihrem Gürtel, nahm einen Bindfaden und ein kleines Messer heraus und hantierte zwischen Margarets Beinen herum.

Dann richtete sie sich auf.

»Nehmt das«, sagte sie zu Thomas und legte etwas Warmes und Feuchtes in seine Arme, »und tauft es im Namen unseres Herrn. Es wird nicht lange in dieser Welt weilen.«

»Mein Fürst?«, sagte Maude zu Raby. »Könnt Ihr mir helfen, die Lady aufs Bett zu legen?«

Während Raby Maude zur Hand ging, richtete Thomas den Blick auf das, was er in den Armen hielt.

Es war ein kleines Mädchen, so winzig, dass es beinahe in

die Fläche seiner Hand gepasst hätte. Sein nackter Körper – es war so dünn! – war mit Margarets Blut bedeckt, ein Stück der Nabelschnur, die mit Bindfaden grob abgebunden war, hing an seinem Bauch herab.

»Bringt es weg!«, sagte Maude zu ihm. »Es ist seiner Mutter jetzt zu nichts mehr nütze, und wir können vielleicht noch ihr Leben retten.«

»Kommt«, flüsterte Johanna Thomas ins Ohr. Sie legte ihm die Hände auf die Schultern und schob ihn sanft aus dem Gemach.

Als er draußen war, schloss Johanna die Tür hinter ihm. Thomas stand im Flur mit seiner winzigen, sterbenden Tochter im Arm, allein mit Thorseby, der endlich einmal zu erschüttert war, um etwas zu sagen.

Kapitel Achtzehn

Die Prim am Donnerstag
vor dem dritten Sonntag der Fastenzeit
Im ersten Jahr der Regentschaft Richard II.
(Tagesanbruch, 10. März 1379)

– II –

Das kleine Mädchen tat einen Atemzug, und dies bereitete ihm solche Mühe, dass sein ganzer Körper bei der Anstrengung zitterte.

Thomas erwachte aus seiner Erstarrung und legte die Fassade der kalten Herzlosigkeit ab, die er seit Alice' Tod so gewissenhaft gepflegt hatte.

Gütiger Herr im Himmel, er musste das Kind warm halten!

Thomas drängte sich an Thorseby vorbei und rannte fast, so sehr beeilte er sich, in die Eingangshalle zu gelangen. Lancaster war dort geblieben und stand neben dem Prior, der zurückgekehrt war.

Beide blickten zu Thomas hinüber, als dieser in die Halle gelaufen kam, das kleine nackte Bündel in den Händen.

Thomas ließ den Blick von Lancaster zum Prior gleiten. »Helft mir!«, sagte er.

Es war der Prior, der als Erster handelte. Er nahm ein Leinentuch von einem Tisch in der Nähe und reichte es Thomas.

»Wickelt das Kind darin ein«, sagte er. »Rasch!«

Mit einiger Mühe gelang es Thomas, das Mädchen in das Tuch einzuwickeln, und er betete mit jeder Faser seines Wesens darum, dass er dabei nicht eines seiner zarten Glieder brach.

»Bruder Harold kümmert sich bei uns um die Krankenstube«, sagte der Prior. »Er weiß am besten, was zu tun ist. Thomas, kommt bitte mit.«

Bruder Harold war ein schmaler, hagerer Mann mit dem freundlichsten Lächeln, das Thomas jemals gesehen hatte.

»Gebt mir das Kind«, sagte er, sobald er die Krankenstube betreten hatte, wo Thomas und der Prior warteten.

Im Kamin brannte ein Feuer, und Harold setzte sich auf einen Schemel, das Kind in seinem Schoß. Er faltete vorsichtig das Leinentuch auseinander und schürzte besorgt die Lippen.

»Das ist kein voll entwickelter Säugling.«

»Nein«, sagte Thomas. »Ich glaube, Margaret war im siebten Monat.«

Harold schüttelte den Kopf. »Das Kind wird nicht überleben. Seht, es kämpft jetzt schon mit dem Atem. Seine Lungen werden feucht und verkümmert sein.«

Er tippte mit einem breiten Finger sacht gegen die Brust des Kindes. »Seht Ihr, wie viel Mühe ihm das Atmen bereitet? Es erhält nicht genug Luft. Es tut mir leid, mein Sohn, aber das Kind wird langsam ersticken. Es wird diesen Mittag nicht überleben.«

»Aber …« Thomas hob hilflos die Hand.

»Es tut mir leid«, sagte Harold erneut und blickte dann den Prior an. »Wurde das Kind schon getauft?«

Der Prior schüttelte den Kopf und holte ein kleines Fläschchen Weihwasser hervor, das er an seinem Gürtel trug. Er entkorkte es, tauchte einen Finger hinein und machte dann das Zeichen des Kreuzes über dem Kopf des Mädchens und berührte seine Stirn mit dem feuchten Finger.

»Ich taufe dich im Namen des Vaters, des Sohnes und des Heiligen Geistes«, sagte er. Es war eine rein formale Taufe, denn eigentlich hätte man dem Kind Salz in den Mund legen und Paten benennen müssen, die in seinem Namen sprechen würden ... aber unter den gegebenen Umständen war es das Einzige, was getan werden konnte. Und eigentlich reichte es auch aus.

Der Prior sah Thomas an. »Wie lautet der Name des Kindes?«

»Der Name des Kindes? Ja ...« Thomas dachte fieberhaft nach und versuchte, sich an den Namen zu erinnern, den Margaret ihm genannt hatte. »Rosalind«, sagte er. »Ihr Name ist Rosalind.«

Der Prior lächelte sanft und empfand Mitleid für den Mann. Er mochte ein der Sünde anheimgefallener Mönch sein, aber er war auch ein Vater, und als solcher stand er gerade die schlimmsten Ängste durch.

»Ein schöner Name«, sagte er und legte die Finger sanft auf das Gesicht des Mädchens. »Ich taufe dich auf den Namen Rosalind.«

Thomas sah wieder Harold an. »Helft ihr, bitte!«

»Ich kann nichts tun, mein Sohn! Nun ... zumindest kann ich sie waschen und ein weiches Wolltuch besorgen, in das wir sie wickeln können. Hier, Ihr könnt mir helfen.«

Harold holte etwas warmes Wasser und wusch vorsichtig das Geburtsblut vom Körper des Kindes, während Thomas es festhielt. Als das Mädchen abgetrocknet war, wickelte Harold es in ein Stück beigefarbenes Wolltuch und gab es Thomas zurück.

Das Kind atmete nun kaum noch.

Thomas blickte zu Harold auf. »Was können wir tun?«, flüsterte er. *Wieder stand er hilflos da, hielt das kleine Mädchen in den Armen, wie in dem Traum, den er in Frankreich gehabt hatte.* Gütiger Himmel, er musste das Kind retten … sein Kind …

Thomas drückte das winzige Mädchen eng an seine Brust und ging zu Margarets Gemach zurück. Er hatte daran gedacht, in die Kapelle zu gehen, hatte den Gedanken jedoch verworfen. Das Kind würde Margarets Stimme und ihre Wärme sicher mehr brauchen als die Kälte einer steinernen Kirche.

Maude und Lady Johanna waren immer noch bei Margaret und wirkten etwas überrascht, als Thomas mit dem Kind eintrat, als hätten sie es ganz vergessen.

»Das Kind lebt noch?«, fragte Maude und zuckte dann mit den Achseln, ohne eine Antwort abzuwarten. Es kümmerte sie ohnehin nicht.

Johanna erhob sich und lächelte Thomas zu. Dann schob sie vorsichtig mit dem Finger das Tuch vor dem Gesicht des Kindes beiseite.

»Es ist so winzig«, flüsterte sie.

Thomas sah zu Margaret hinüber.

Sie war bewusstlos und lag auf dem Rücken auf dem Bett, die Decken bis zu den Schultern hochgezogen. Ihr Haar lag sorgfältig gebürstet über ihrer Schulter.

Ihr Gesicht war hager und grau, ihre Wangen und geschlossenen Augen wirkten, als sei sie dem Tode nahe.

Thomas warf Johanna einen fragenden Blick zu.

»Wir glauben nicht, dass sie es überleben wird«, sagte

Johanna mit leiser Stimme. »Sie hat eine Menge Blut verloren. Vielleicht kann ihr einer der Brüder aus der Krankenstube helfen.«

»Harold? Dieser verfluchte Bruder könnte nicht einmal einer Maus mit einem Dorn im Schwanz helfen«, sagte Thomas. »Ich werde eine Weile bei Margaret sitzen. Allein, wenn es Euch nichts ausmacht.«

Johanna musterte ihn einen Moment lang und nickte dann. »Maude«, sagte sie, »komm mit.«

Neben dem Bett stand ein Schemel, und Thomas schob ihn mit dem Fuß so nahe wie möglich an Margarets Lager heran und setzte sich.

Überaus vorsichtig holte er einen ihrer Arme unter den Decken hervor und legte das kleine Mädchen in ihre Armbeuge.

Margaret gab keinen Laut von sich und rührte sich auch nicht, und einen Moment lang war das einzige Geräusch im Gemach das zittrige, gequälte Atmen des Kindes.

O gütiger Heiland, wie sehr wünschte er sich, dass das Mädchen überlebte! Thomas wurde von einem solch heftigen Drang erfasst, das Kind zu beschützen, dass er fast Wut gleichkam. *Sie durfte nicht sterben! Sie durfte einfach nicht!*

Lange Zeit saß Thomas da und betrachtete Mutter und Kind. Schon einmal war eine Frau gestorben, weil sie sein Kind erwartet hatte, und nun lag eine weitere im Sterben.

Dass dieses Kind geboren worden war, machte die Sache noch schmerzlicher, denn wenn Thomas es betrachtete und sah, wie verzweifelt es um sein Leben kämpfte, wünschte er sich sehnlichst, dass es überlebte. Er wollte es heranwachsen sehen, gut behütet und geliebt … und hätte nicht einmal sagen können, warum er sich dies so sehr wünschte.

Und Margaret. Er wollte auch, dass sie überlebte.

Es kümmerte ihn nicht, wer oder was sie war. Es machte ihm nichts aus, dass sie ihn mit Thorsebys Hilfe in eine Falle gelockt hatte. Er wollte, dass sie am Leben blieb … und wenn es auch nur für das Kind war. Jedes Kind brauchte eine Mutter und einen Vater …

Seine Tochter.

Bei Gott, sie durfte nicht sterben!

Er beugte sich vor und strich dem Kind über die winzige Stirn. Seine Haut war runzlig und rot, aber trotzdem erstaunlich weich. Sein Gesicht war schmal und wirkte durch sein mühevolles Atmen noch verletzlicher. Doch Thomas wusste, wenn es die Augen öffnen würde, würde darin sein ganzes Wesen erstrahlen.

Ein Kind der schwarzen Künste?

Vielleicht, aber die Sünde seiner Zeugung durfte nicht auf das Kind übergehen.

Wie hatte er sich nur jemals von ihm abwenden können?

»Rosalind«, flüsterte er, und das Kind wimmerte.

Margaret lag immer noch starr und kalt da.

Thomas ließ den Kopf sinken und weinte leise mit bebenden Schultern.

Es dauerte eine Weile, ehe er bemerkte, dass er mit der sterbenden Mutter und dem Kind nicht mehr länger allein war.

Er hob den Kopf.

Thomas.

Der Erzengel stand am Fuß des Bettes, von einem rotgoldenen Leuchten umgeben, seine Gestalt fast überdeckt von der Stärke des Lichts, das er ausstrahlte.

»Heiliger Michael«, flüsterte Thomas. »Hilf ihr!«

Das werde ich nicht tun.

»Warum denn nicht?«

Ich bin nur hier, um dich zu lenken.

»Ich möchte, dass sie am Leben bleibt!«

Thomas, du bist von Gott auserkoren. Er hat dich auserwählt, aber deinen Weg musst du selbst finden.

»Was meinst du damit? Was hat das mit diesem kleinen Kind zu tun, das um sein Leben kämpft?«

Es ist besser, wenn das Mädchen stirbt, Thomas. Besser für dich.

»Nein!«

Besser für sie.

»Nein!«, flüsterte Thomas. »Sie muss überleben!«

Thomas, wie willst du Gott dienen, wenn du noch nicht einmal die Prüfungen erkennst, denen du dich stellen musst? Warum begreifst du nicht, dass sie …

Es klopfte an der Tür, zunächst sanft, dann immer lauter und drängender.

Der Erzengel zischte und ließ Thomas zusammenfahren, dann leuchtete das Licht um ihn herum so hell auf, dass Thomas aufschrie.

Der Erzengel brüllte, und Thomas glaubte zwei geballte Fäuste zu sehen, die wütend erhoben wurden …

… dann war er verschwunden, und Thomas blieb mit Margaret, dem Kind und dem immer lauter werdenden Klopfen an der Tür allein zurück.

Er sprang auf und öffnete die Tür.

»Was gibt es?«, knurrte er.

Wat Tyler stand vor ihm und wirkte beinahe ebenso grau und abgehärmt wie Margaret. Er wurde von einem beleibten, glatzköpfigen Mann mit hervorquellenden, erschrocken dreinblickenden blauen Augen begleitet.

»Ich wusste, dass Lady Margaret Hilfe braucht«, sagte Wat

und erhob sich auf die Zehenspitzen, um an Thomas vorbei zu Margaret hinüberblicken zu können. »Ich habe ihre Schreie während der Niederkunft gehört.«

Er sah wieder Thomas an, und dieser bemerkte überrascht, dass sich ernsthafte Sorge auf Wats Gesicht abzeichnete. »Ich bin nach Lincoln gelaufen und habe dort an die Türen geklopft, bis man mir den Weg zum Haus eines Arztes gewiesen hat. Tom, das ist Garland Hooper. Er wird Margaret und ihrem Kind helfen.«

»Ein Arzt?« *Gütiger Himmel, Ärzte sorgten doch nur für mehr Leichen auf dem Friedhof!*

»Guter Herr«, sagte Garland Hooper ernst, »ich kann ihr helfen. Ich bin viele Jahre lang durch die Länder der Araber gereist und …«

»Ihr wollt heidnische Magie an ihr praktizieren?«

Hooper holte tief Luft, schloss kurz die Augen und sprach dann weiter. »Und wenn ich Euch sage, Herr, dass heidnische Magie ihr Leben und das des Kindes retten könnte, würdet Ihr mir dann immer noch den Weg verstellen?«

Thomas starrte Hooper unsicher an.

»Ich kann sie retten«, sagte Hooper, »und das Kind. *Euer* Kind, wie mir dieser freundliche Mann hier berichtete. Ich vermag sie zu retten, auch wenn es kein anderer kann. Oder will.«

Es ist besser, wenn sie stirbt, hatte der Erzengel gesagt.

»Ich kann sie retten«, sagte Hooper noch einmal, den Blick auf Thomas gerichtet.

Im Himmel erhoben die Engel ihre Fäuste und wüteten, während der Dämonengott sich an Seinen Vater wandte und sagte: »Du magst mich gefangen haben, aber er *wird dennoch frei sein.«*

Thomas spürte plötzlich, wie die Macht und Wut des heiligen Michael sein ganzes Wesen erfassten und ihn dazu zwingen wollten, zu sagen: *Nein. Verschwindet. Lasst sie sterben.* Aber der Drang, das Kind zu retten, es zu beschützen, war so überwältigend, dass Thomas schließlich die Kraft fand, sich dem Erzengel zu widersetzen.

»Rettet sie«, sagte Thomas und trat beiseite, ohne auf die Schreie der Engel im Himmel zu achten. »Rettet sie beide.«

Hooper eilte an Thomas vorbei, gefolgt von Wat, und Thomas schloss müde die Tür, die jedoch sofort wieder von jemandem geöffnet wurde.

Es war Lady Johanna.

Sie sah zu Hooper und Wat Tyler hinüber und hob fragend die Augenbrauen.

Thomas zuckte mit den Achseln. »Ein Arzt. Er behauptet, er könne sie retten.«

Johanna kräuselte die Lippen. »Sie braucht wohl eher einen Geistlichen«, sagte sie.

»Oh, das glaube ich nicht«, erwiderte Thomas in bitterem Tonfall, »denn Gott hat sich von Mutter und Kind gleichermaßen abgewandt.«

Ohne auf Johannas überraschten Blick zu achten, ging er zu Margaret hinüber.

»Setzt Euch hierhin«, sagte Hooper zu ihm und wies auf das Kopfende des Bettes, »und haltet ihren Kopf. Ich werde ihr ein Elixier verabreichen, das ihr Herz stärken wird.«

Thomas rückte den Schemel zum Kopfende des Bettes und setzte sich.

Als er Margarets Kopf in die Hände nahm, spürte er, wie Johanna hinter ihn trat und ihm beruhigend die Hand auf die Schulter legte.

Hooper wühlte in der großen Stofftasche, die er mitgebracht hatte, und zog ein Fläschchen aus merkwürdigem durchsichtigem, grün marmoriertem Kristall hervor. Er entkorkte es vorsichtig, goss eine kleine Menge einer tiefroten Flüssigkeit in einen Becher, der so winzig war, dass er kaum die Größe eines Fingerhuts besaß, und nickte Thomas dann zu.

Thomas hob Margarets Kopf hoch, und Hooper setzte ihr vorsichtig den Becher an die Lippen und drückte dagegen, bis sie sich leicht öffneten.

Er goss ihr die Flüssigkeit in den Mund und strich ihr über die Kehle, um ihr Schlucken anzuregen.

»Gut«, sagte Hooper. »Es wird sehr bald wirken. In der Zwischenzeit … das Kind.«

Er kramte erneut in seiner Tasche und holte diesmal eine winzige Maske aus Stoff und Leder hervor. Diese legte er über das Gesicht des Kindes und goss aus einem anderen Fläschchen einige Tropfen einer goldenen Flüssigkeit über die Stoffteile der Maske. Dann stellte er das Fläschchen beiseite, beugte sich vor, legte den Mund auf die Maske, die das Gesicht des Kindes bedeckte, und blies sanft hinein.

Schließlich stand er auf und nahm die Maske wieder vom Gesicht des Kindes.

Thomas, der Margarets Kopf auf dem Kissen abgelegt hatte, richtete den Blick auf das Kind.

Nichts. Immer noch das gleiche gequälte Atmen. Er hob den Kopf, um etwas zu Hooper zu sagen, als ihn ein plötzlicher kräftiger Atemzug des Kindes innehalten ließ. Ein Schrei ertönte, und das Kind begann zu weinen.

Thomas sah wieder auf den Säugling hinab. Er schrie nun, und sein Gesicht wirkte dadurch noch verschrumpelter, aber immerhin bereitete ihm das Schreien keine Schwierigkeiten mehr.

Gütiger Himmel, zuvor hatte das Kind nicht einmal genügend Kraft für ein Wimmern besessen!

Hooper lächelte über Thomas' Gesichtsausdruck und wies mit einem Kopfnicken auf Margaret.

»Seht nur«, sagte er.

Aber Thomas hatte es bereits gespürt, bevor er hinsah. Margaret hatte den Kopf zu dem schreienden Kind gedreht, und jetzt öffneten sich zitternd ihre Augenlider, und sie drückte ihre Tochter an sich.

»Die Magie der Ungläubigen«, sagte Hooper, und er und Wat Tyler lachten leise.

Kapitel Neunzehn

Vesper am Donnerstag
vor dem dritten Sonntag in der Fastenzeit
Im ersten Jahr der Regentschaft Richard II.
(früher Abend, 10. März 1379)

– III –

»Da seid Ihr ja, Tom«, sagte Lancaster und winkte ihn zu sich. »Setzt Euch. Wie geht es Margaret?«

Thomas verneigte sich und nahm auf einem Stuhl Platz, der vor dem Feuer in der Eingangshalle des Gästehauses stand. Raby saß zu Lancasters Rechten und der Ordensgeneral ihnen gegenüber. Thomas nahm auf halbem Wege zwischen Lancaster und Raby auf der einen Seite und Thorseby auf der anderen Platz. Er warf dem Ordensgeneral einen vorsichtigen Blick zu – das Gesicht des Mannes wirkte starr und verärgert – und beantwortete dann Lancasters Frage.

»Margaret ist schwach, mein Fürst, aber Bruder Harold und der Arzt Garland Hooper sind der Meinung, dass es ihr mit viel Ruhe und Pflege in ein paar Wochen wieder gut gehen wird.«

»Und ihr … hm … Euer Kind?«

»Erstaunlicherweise scheint es auch ihm gut zu gehen. Bruder Harold ist in höchstem Maße verwundert. Er sagt, er hätte noch nie erlebt, dass ein Siebenmonatskind länger als ein paar Stunden am Leben geblieben sei.«

Lancaster und Raby nickten mit einem Lächeln, und Thomas glaubte, Erleichterung im Gesicht seines Onkels zu sehen.

Was empfindet Raby tatsächlich für Margaret?, fragte er sich. *Ich glaube, wenn sie letzte Nacht gestorben wäre, hätte er am heftigsten um sie getrauert.*

»Lady Johanna ist jetzt bei ihnen«, sagte Thomas. Er lächelte Lancaster und Raby zu. »Ich weiß nicht, was wir ohne sie getan hätten. Sie hat einen kühlen Kopf bewahrt, als alle anderen die Nerven verloren haben.«

Lancaster und Raby erwiderten sein Lächeln und nahmen das Lob entgegen.

»Es freut mich zu hören, dass es der Frau und dem Kind gut geht«, sagte Thorseby. »Aber die Sünde hat das Fleisch schon immer stark gemacht. Nur die Unschuldigen sehen dem Tod leichtsinnig und fröhlich entgegen.«

»Ich bedaure Euch dafür«, sagte Lancaster und seine Hände schlossen sich fester um die Armlehnen seines Stuhls, »dass Ihr Margaret und ihrem Kind ihr Leben so sehr missgönnt. Tom, Euer Onkel und ich haben Euch einiges zu sagen, aber erst müssen wir uns mit Vater Thorsebys Anschuldigungen auseinandersetzen.«

Thorseby sprang von seinem Stuhl auf und blickte Lancaster und Thomas starr vor Wut an.

»Bruder Thomas hat jeden Anschein von geistlichem Pflichtbewusstsein und Benehmen abgelegt! Er hat jedes einzelne seiner Gelübde gebrochen! Er ist …«

»Ein äußerst ungezogener Junge gewesen«, sagte Lancaster und blickte Thorseby an. »In Gottes Namen, Mann, kommt zur Sache.«

»Ich bitte in aller Bescheidenheit darum, mein Fürst«, sagte Thorseby mit zusammengebissenen Zähnen, »dass Ihr Bruder Thomas meiner Obhut überlasst, damit ich ihn nach dem Gesetz der Kirche und der Dominikaner richten kann.«

»Wie Ihr festgestellt habt«, sagte Lancaster, »hat Thomas offenbar alle Kennzeichen eines dominikanischen Mönchs abgelegt und sämtliche seiner Gelübde gebrochen. Das Gebot der Armut? Ja – seht nur die feine Tunika und die Stiefel, die er trägt. Gehorsam? Ganz gewiss, denn er hat während der gesamten letzten Monate den Gesetzen der Kirche zuwidergehandelt. Keuschheit?« Lancaster lachte. »Oh, ganz sicher, denke ich. Was ich damit sagen will, Vater Thorseby, ist, dass Thomas im Grunde schon längst aus dem Orden ausgetreten ist – er hat keine Tonsur mehr, kleidet sich nicht wie ein Geistlicher und handelt auch nicht mehr wie einer –, und damit fällt er nicht mehr unter Eure Zuständigkeit. Habe ich recht, Thomas? Entsagt Ihr offiziell Euren Gelübden und Eurer Verbindung zum Orden der Dominikaner?«

Thomas seufzte und rieb sich mit den Fingern die Stirn, um die Antwort noch einen Moment lang hinauszuzögern. Er fühlte sich körperlich ausgelaugt, denn er hatte in der letzten Nacht nicht geschlafen, und seelisch erschöpft, nachdem er hatte mit ansehen müssen, wie Margaret und ihr Kind um ihr Leben gekämpft hatten. Zu jedem anderen Zeitpunkt hätte er um etwas Bedenkzeit gebeten … aber nun war er so müde …

Margaret hatte recht. Er war nicht mehr länger ein Mann der Kirche. Er musste tun, was der heilige Michael ihm aufgetragen hatte. Er musste die Kirche, die von Satans Geschöpfen unterwandert war, hinter sich lassen, damit er Gottes Willen auf Erden erfüllen konnte. *Du bist Gottes Auser-*

wählter, Thomas. Du musst nur tun, was deine Aufgabe von dir verlangt.

»Ja«, sagte er. »Ich widerrufe hiermit mein Gelübde gegenüber der Kirche.«

»Dann wäre das geklärt«, sagte Lancaster.

»Nein!«, rief Thorseby, der immer noch dastand und Thomas und Lancaster anfunkelte. »Es ist noch nicht geklärt! Er kann nicht einfach aus dem Orden austreten, wenn es ihm beliebt ...«

»Er hat sein Gelübde gelöst!«, schrie Lancaster und sprang auf, worauf Raby und Thomas zusammenzuckten. »Findet Euch damit ab!«

Thorseby blickte zu Lancaster hoch – der Herzog war eine gute Handbreit größer als er –, ein Muskel zuckte in seiner Wange. »Da wäre noch der Vorwurf der Ketzerei«, sagte er. »Und die fällt sehr wohl unter meine Zuständigkeit!«

»Ketzerei?«, fragte Lancaster. »Ketzerei? Was für eine Ketzerei?«

»Angeblich«, sagte Thorseby und presste die Worte zwischen den Zähnen hervor, »behauptet Thomas, ihm sei der heilige Erzengel Michael erschienen.«

»Was ist daran Ketzerei?«, fragte Lancaster. Seine Augenbrauen zogen sich wütend zusammen. »Oder beschuldigt Ihr womöglich den heiligen Michael der Ketzerei, weil er ihm ohne Eure Erlaubnis erschienen ist?«

Raby lachte, und selbst Thomas musste ein Lächeln unterdrücken. Lancaster hätte Thorseby nicht besser Einhalt gebieten können, wenn er ihn mit einer Axt niedergeschlagen hätte.

»Wenn Thomas tatsächlich der heilige Michael erschienen ist, dann ist er ein Auserwählter«, fuhr Lancaster fort, auch um seine Mundwinkel spielte jetzt ein Lächeln. »Hat Thomas das Volk zum Umsturz aufgehetzt? Nein! Hat er irgendetwas von sich gegeben, das dem heiligen Gesetz der Kirche widerspricht? Nein!« Lancasters Lächeln verschwand. »Dann sage ich Euch, Vater Thorseby, auch wenn Tom ein äußerst schlechter Mönch gewesen ist, er ist kein Ketzer. Jetzt … verschwindet!«

Thorseby fuhr zusammen, doch er blieb immer noch trotzig stehen. Er öffnete den Mund, aber Lancaster gestattete ihm nicht zu sprechen.

»Ich besitze zwar nicht die Gerichtshoheit über die Kirche Englands«, sagte er, seine Stimme war nun leise und drohend, »aber glaubt mir, Thorseby, ich verfüge über genug Macht, Euch das Leben zur Hölle zu machen, wenn Ihr Euch mir widersetzt. Thomas' einzige Sünde ist es, dass er Euch verärgert hat, und ich halte das nicht für schwerwiegend genug, um Euch zu gestatten, ihn von einer Küste zur anderen zu jagen. Und … nun geht!«

Thorsebys Augen quollen hervor, und sein Gesicht lief rot an. Er warf Thomas einen gehässigen Blick zu, machte dann auf dem Absatz kehrt, marschierte aus der Halle und schlug die Eingangstür hinter sich zu.

»Mein Fürst«, sagte Thomas, seine Stimme war mit aufrichtiger Erleichterung und Dankbarkeit erfüllt, »ich danke Euch.«

Lancaster knurrte und setzte sich. »Dann dankt mir, indem Ihr mir aus dem Krug dort noch etwas Wein eingießt.«

Als Thomas den Wein in einen Pokal goss und ihn dem Herzog reichte, blickte ihm Lancaster in die Augen. »Willkommen zu Hause, Tom.«

Thomas nickte, goss auch Raby und sich selbst etwas Wein ein und setzte sich.

Nun war er tatsächlich heimgekehrt.

»Und jetzt«, sagte Raby und blickte auf seinen Pokal hinab, »muss ich dir danken, Tom.«

Er hob die dunklen Augen und musterte Thomas. »Du hättest nicht die Verantwortung für mein Kind mit Margaret übernehmen müssen, aber indem du es getan hast, hast du mir das Leben erleichtert und meiner Gemahlin Kummer erspart. Das hast du gut gemacht, Tom.«

»In der Tat, sehr gut«, sagte Lancaster und lächelte sanft und verschwörerisch. »Habt Ihr tatsächlich in meinem Palast mit Margaret das Lager geteilt?«

»Ja.« Thomas rutschte unbehaglich auf seinem Stuhl hin und her, nicht nur wegen Lancasters prüfendem Blick, sondern auch wegen der Art und Weise, wie sein Onkel ihn anstarrte. »Sie kam eines Nachts in mein Gemach, verängstigt und unsicher über ihre Zukunft. Ich wollte ihr Trost spenden, und eines führte zum anderen …«

Er zuckte hilflos mit den Achseln.

»Hat sie dich absichtlich in eine Falle gelockt?«, fragte Raby.

Thomas zögerte mit der Antwort, denn er war nicht sicher, was sein Onkel damit meinte. »Meine Leidenschaft für sie hat mich übermannt«, sagte er schließlich. »Sie ist eine schöne Frau, selbst als Schwangere.«

»Tom«, sagte Lancaster, »wir müssen Pläne machen für Eure Zukunft. Indem Ihr aus der Kirche ausgetreten seid, seid Ihr vielleicht in eine ganz andere Falle geraten. Nachdem Ihr Euch offiziell als Vater von Margarets Kind bekannt habt, müsst Ihr jetzt die Verantwortung dafür übernehmen … und für Margaret.«

Raby stellte seinen Pokal ab und beugte sich vor. »Als du in den Orden eingetreten bist, Tom, hast du alle Besitztümer und Ländereien, die du von deinen Eltern geerbt hast, mir überschrieben. Du kannst sie jetzt wieder zurückhaben. Ich werde die Sekretäre anweisen, die Urkunden umzuschreiben, sobald ich nach Sheriff Hutton zurückgekehrt bin.«

Thomas blickte seinen Onkel an. Er hatte nicht erwartet …

»Und was mich angeht«, sagte Lancaster leise und suchte Thomas' Blick, »werde ich Euch einige Ländereien vermachen. Das Landgut Eurer Familie liegt weit im Norden, und ich hätte Euch gerne bei Hofe in meiner Nähe.«

»Aber …«, setzte Thomas an.

»Wenn Ihr Margaret zur Frau nehmt«, sagte Lancaster, ein stählerner Unterton trat in seine Stimme, »möchte ich, dass Ihr Euch Hals Familie anschließt. Wenn Margaret nicht gerade schwanger ist, kann sie Hals Gemahlin zur Seite stehen – ich bin überzeugt, dass er in wenigen Monaten heiraten wird. Dafür wird es am besten sein, wenn Ihr Euch in der Nähe Londons niederlasst. Als Hochzeitsgeschenk werde ich Euch zwei meiner Anwesen in Devon überlassen und Halstow Hall in Kent. Kennt Ihr das? Es liegt nur einige Meilen jenseits von Gravesend an der Mündung der Themse. Die Ländereien, die an Halstow Hall angrenzen, sind für die Landwirtschaft eher ungeeignet, denn sie sind salzig und vom Wind gepeitscht, aber zu dem Rittergut gehört ein guter Teil der Einnahmen aus der Fischerei an der Flussmündung, und zusammen mit den Einkünften aus Euren Rittergütern in Yorkshire und Devon könnt Ihr mit Margaret und Euren Kindern gut davon leben. Nun, was meint Ihr dazu?«

In Wahrheit wusste Thomas nicht recht, was er sagen sollte. Raby und Lancaster hatten ihn gerade zu einem reichen Mann gemacht … und zugleich dafür gesorgt, dass Margaret nicht in Johannas Nähe geriet.

Er hatte sich bloß noch nie mit dem Gedanken an eine Heirat auseinandergesetzt. Im Laufe der letzten Nacht war Thomas zwar bewusst geworden, dass er für Margaret und das Kind Verantwortung übernehmen musste … aber Heirat? Thomas dachte fieberhaft nach, während die Blicke der beiden Männer auf ihm ruhten. *Heirat?* Lieber Gott … damit hatte er nicht gerechnet … doch vielleicht konnte es vorteilhaft für ihn sein. Wenn er Margaret heiratete, stand er so hoch in Lancasters und Rabys Gunst, dass er sich einen Platz bei Hofe sichern konnte, *wo in Kürze der Dämonenkönig regieren würde,* und hätte in Lancaster einen mächtigen Beschützer. Außerdem unterstand ihm dann Margaret als seine Gemahlin (*der Teufel, den man sah, war besser als einer, den man nicht sah*). Gab es eine bessere Möglichkeit, um sie und die Beziehungen, die sie möglicherweise zu den Dämonen pflegte, im Blick zu behalten?

Aber in erster Linie dachte er an seine neugeborene Tochter. Rosalind … Thomas fühlte sich plötzlich von dem beinahe überwältigenden Drang erfüllt, sie zu beschützen. Eine Heirat mit Margaret mit all den damit verbundenen Reichtümern, die Raby und Lancaster ihm zum Dank überlassen würden, wäre der beste Weg, um für Rosalinds Sicherheit zu sorgen.

Er fragte sich nicht, wovor er sie eigentlich beschützen wollte.

Raby und Lancaster musterten Thomas mit stählernem Blick. Die letzten zwölf Stunden hatten ihnen die beste Antwort auf die Frage geliefert, wie mit Margaret zu verfahren sei. Die letzten zwölf Stunden *und* Thomas. Wenn er nicht zugegeben hätte, dass er der Vater von Rosalind war …

»Die Vorstellung«, sagte Thomas mit einem wehmütigen Lächeln, »mich von einem Moment zum anderen von einem Mönch, der das Gelübde der Armut und Keuschheit abgelegt hat, in einen reichen Mann mit einer schönen Gemahlin zu verwandeln, bereitet mir einige Schwierigkeiten.« Sein Lächeln wurde etwas breiter. »Ich glaube, ich sollte öfter Sünden begehen, wenn dies das Ergebnis ist.«

Raby und Lancaster schienen erleichtert.

»Aber es gibt noch etwas anderes, über das wir sprechen müssen«, sagte Thomas.

Lancasters Lächeln verschwand. »Den Konvent am Bramhamer Moor«, sagte er und warf Thomas einen warnenden Blick zu: *Ich habe Raby nichts von Euren Vermutungen über Richard erzählt.*

»Ja. Mein Fürst, es tut mir leid, aber die Schatulle ist verschwunden. Sie wurde im Dezember letzten Jahres … von einem ›schönen jungen Edelmann‹ mitgenommen, der das Wappenzeichen der Lancaster trug.«

»Was?« Lancaster sprang auf. Thomas war sich sicher, dass er vollkommen überrascht war – niemand konnte eine solche Bestürzung vortäuschen.

»Ihr wisst nicht vielleicht, wer …?«, begann Thomas.

»Nein!« Lancasters Gesicht wurde finster, statt Überraschung zeichnete sich nun Grimmigkeit darauf ab. »Wer würde es wagen, sich als mein Gefolgsmann auszugeben? Ein Mitglied meines Hauses?«

Lancaster stand auf und begann, vor dem Feuer auf und ab zu gehen. »Wenn ich den erwische, lasse ich ihn aufknüpfen!«, murmelte er.

Er drehte sich wieder zu Thomas um. »Das heißt … Ihr wisst immer noch nicht, was die Schatulle enthält?«

»Nein. Aber … die Schatulle muss sich noch in England befinden. Ich spüre es!«

»Und dieser Mann war ein Edelmann, sagt Ihr?«

»Er drückte sich gewählt aus und benahm sich wie ein Edelmann.«

Lancaster schüttelte nachdenklich den Kopf. »Kein Mann kann Adel vortäuschen. Es muss ihm angeboren sein. Wer kann es gewesen sein? Nun, Tom, es ist gut, dass Ihr bei Hofe in meiner Nähe sein werdet, denn Ihr müsst diesen Feigling aufspüren, der sich nicht getraut, sein eigenes Wappenzeichen zu benutzen.« Er blickte Thomas durchdringend an. »Ich hoffe, dass Ihr nicht zögern werdet, Richard Eure Treue zu schwören.«

Thomas wusste, worauf Lancaster anspielte. Er hatte keine »Beweise« dafür erbracht, dass Richard der Dämonenkönig war, und deshalb würde Lancaster nichts gegen Richards Krönung unternehmen. »Solange sich keine neuen Erkenntnisse ergeben, mein Fürst.«

Raby blickte neugierig von einem zum anderen. »Tom, was soll das heißen?«

»Lord Lancaster meinte wohl«, sagte Thomas, »dass ich dem König meine ganze Treue schwören muss, nachdem ich nun nicht mehr länger dem Papst unterstehe.«

»Gut«, sagte Lancaster. »Ich glaube, Ihr solltet ein wenig schlafen, Tom. Morgen werden wir Eurer Verlobung mit Margaret beiwohnen, und dann müssen wir weiterreiten.«

KAPITEL ZWANZIG

Die Terz an der Vigil zum Fest des heiligen Gregors
Im ersten Jahr der Regentschaft Richard II.
(9 Uhr, Freitag, 11. März 1379)

Thomas stand früh auf, brach sein Fasten allein in der Eingangshalle und aß langsam, während er über die Pläne nachdachte, die Lancaster und Raby für seine Zukunft geschmiedet hatten. In Kürze würden die beiden sich mit ihm in Margarets Gemach einfinden, um Zeugen seiner Verlobung mit ihr zu sein, und dann würden alle bis auf Margaret und das Neugeborene nach Norden aufbrechen: Lancaster, um seine Tochter in ihr neues Zuhause zu begleiten und um sicherzustellen, dass der oft aufrührerische Norden dem neuen König treu ergeben war; Raby, um seine junge Braut in seiner Hauptburg Sheriff Hutton unterzubringen und vermutlich auch, um ihr die elf Kinder seiner früheren Gemahlin vorzustellen; und Thomas, um sich die Güter anzuschauen, die sein Onkel ihm zurückgeben würde, damit er sich einen Überblick über ihre Einkünfte und Kosten verschaffen konnte.

Lancaster würde als Erster wieder in den Süden zurückkehren, denn er wollte nicht lange im Norden bleiben. Raby und Thomas würden ihm Mitte April, nach dem Osterfest, folgen, um rechtzeitig vor Richards Krönung am ersten Mai in London einzutreffen. Auf dem Weg nach Süden würden sie Margaret abholen, und sie und Thomas konnten in einer schlichten Zeremonie nach Richards Krönung in London heiraten.

Danach würde Margaret in Halstow Hall untergebracht werden, während Thomas am Hof bliebe.

Lancaster bot Thomas nicht nur die besten Voraussetzungen, um herauszufinden, wer de Wordes Schatulle Thomas' vor der Nase weggestohlen hatte, sondern auch, um die Dämonen ausfindig zu machen, die sich in Englands höchste und einflussreichste Kreise eingeschlichen hatten. Als Edelmann konnte Thomas den Auftrag des Erzengels viel besser erfüllen denn als bescheidener Mönch. Vor einem redegewandten Edelmann würden sich die Türen öffnen und Zungen lockern, während sie vor einem Mönch zugeschlagen würden. Er konnte mehr in Erfahrung bringen, wenn er zu den ersten Männern der geheimen Gemächer des Königs gehörte, als wenn er aus dritter oder vierter Hand davon erfuhr. Der Erzengel hatte sich geirrt, als er das Mädchen hatte sterben lassen wollen, denn nur durch Rosalind konnte sich Thomas Zutritt zu den dämonischen Kreisen bei Hofe verschaffen.

Thomas wollte dem Erzengel nicht zuwiderhandeln … er wusste lediglich im tiefsten Inneren seines Herzens, dass es besser war, wenn Rosalind am Leben blieb. Vielleicht war er der Sünde des Stolzes erlegen, oder eines zu starken Selbstbewusstseins … doch wann immer er daran dachte, sich abzuwenden und das Kind sterben zu lassen (*nachdem er Alice und ihr Kind, seine Tochter, auf diese schreckliche Weise in den Tod geschickt hatte …*), überkam ihn ein solcher Trübsinn, dass er es unmöglich zulassen konnte. Er beschloss, um Lenkung und Stärke zu beten … aber er war froh, dass er Rosalinds Leben gerettet hatte.

Auch konnte er nicht behaupten, dass er über die Vereinbarungen, die ihn erneut zu einem Teil des höfischen und ritterlichen Lebens machen würden, allzu bestürzt gewesen wäre. Er lehnte sich in seinem Stuhl zurück und ließ die Finger über den prächtigen Stoff seiner Tunika und die üppigen Goldstickereien an Saum und Ärmeln gleiten. Dann hielt er inne, blickte auf seine Finger hinab und fragte sich, ob Raby wohl immer noch die Topas- und Granatringe besaß, die er ihm zur Aufbewahrung übergeben hatte, als er in den Orden eingetreten war.

Thomas verzog ein wenig reumütig den Mund. Er würde besonders um Stärke beten müssen, um seine übermäßige Freude über die Rückkehr in ein Leben in weltlichem Reichtum und privilegierter Stellung nicht überhand nehmen zu lassen.

Thomas seufzte und erhob sich. Lancaster und Raby würden bald da sein, und er konnte in der Zwischenzeit schon einmal mit Margaret sprechen, um sie über die Vereinbarungen in Kenntnis zu setzen, die sie betrafen.

Er lächelte, während er – ohne es zu bemerken – in dem lässigen, überheblichen Gang, der ihm in seinem früheren Leben als Adliger eigen gewesen war, den Korridor entlang auf Margarets Gemach zuging. Thomas wusste, was sie war; oder zumindest glaubte er, es zu wissen. Margaret war keine gewöhnliche Frau. Er war sich ziemlich sicher, dass sie Verbindung zu den dämonischen Kreisen bei Hofe hatte und womöglich sogar selbst eine Dämonin war. Doch er wusste auch, dass Margaret ein wichtiges Teil in dem Puzzle war, das er lösen musste. Wenn er sie heiratete, hätte er sie nicht nur in seiner Nähe und könnte sie überwachen – und war das nicht genau das, was Gott allen Frauen zugedacht hatte? In den Mauern der Ehe eingesperrt zu sein, um ihren natürlichen

Hang zum Bösen zu unterdrücken? –, sondern sie würde die Dämonen auch wie ein Magnet anziehen.

Margaret würde für Thomas von ebenso großem Nutzen sein wie jedes andere Mittel, dessen er sich bedienen würde.

Er runzelte die Stirn und blieb vor der Tür ihres Gemachs stehen. Er musste jedoch dafür sorgen, dass der Hang der Mutter zum Bösen und der Magie sich nicht auf das Kind übertrug.

Thomas klopfte und trat ein.

Maude stand neben dem Bett und machte einen Knicks vor Thomas.

Er nickte ihr zu und sah dann zu Margaret hinüber. Sie war wach und blickte ihn an, das in eine Decke gewickelte Kind im Arm.

»Du kannst gehen«, sagte Thomas an Maude gewandt, und sie schenkte Margaret ein kleines Lächeln, ging aus dem Gemach und schloss leise die Tür hinter sich.

Thomas setzte sich auf den Schemel neben Margarets Bett und musterte sie ruhig. Sie war immer noch blass und ihr Gesicht wirkte ein wenig eingefallen, doch aus ihren dunklen Augen leuchtete das Leben, und ihre Hände zitterten nicht, als sie das Kind fester an sich drückte.

Thomas beugte sich vor und zog eine Ecke der Decke fort, die Rosalinds Gesicht verhüllte.

Im Gegensatz zu dem ihrer Mutter wirkte Rosalinds Gesicht voller als am Abend zuvor, und ein Großteil der Röte und der Runzeln waren verschwunden. Ihr Atem ging leise und leicht … aber sie war immer noch so winzig, so zart.

»Ich habe sie auf den Namen Rosalind taufen lassen«, sagte Thomas. »Wir dachten, sie würde sterben.«

»Ich danke dir«, sagte Margaret leise. »Ich hatte nicht zu hoffen gewagt, dass du dich daran erinnern würdest.«

Ihre Augen waren voller Gefühl, und Thomas musste den Blick abwenden. »Wie es aussieht«, sagte er, »werden wir einander heiraten.«

Margarets Mund verzog sich zu einem kleinen, spöttischen Lächeln. »Dann werde ich also doch noch eine Neville werden.«

»Das Kind braucht einen Vater und ein Zuhause.«

Margarets Gesicht wurde sanft, als sie auf ihre Tochter hinabblickte. »Ja, das braucht sie, und für beides, den Namen und das Zuhause, danke ich dir, Thomas.«

»Margaret, woher wusste der Ordensgeneral Thorseby, dass wir in Lancasters Palast in London miteinander Unzucht getrieben haben?«

»Unzucht? Ich glaube nicht, dass man es so bezeichnen kann.«

»Beantworte meine Frage.«

Margaret senkte den Blick auf das Kind. »Ich wurde beobachtet, als ich in die Gemächer der Herzogin zurückgekehrt bin.«

»Von wem?«

»Von Meister Wycliffe.«

Thomas lachte kurz und hart. »Er hat Euch gute Dienste geleistet, meine Dame.«

»Tom«, sie blickte ihm wieder in die Augen, »ich bitte dich um Verzeihung dafür, dass ich dich in diese Falle gelockt habe. Ich musste mich und mein Kind beschützen.«

»Als ich noch Geistlicher war, Margaret, wolltest du für nichts um Verzeihung bitten. Aber nun, da ich wieder ein Mann bin, geht dir diese Bitte leicht über die Lippen.«

»Der Mann steht ehrlicher zu dem, was er ist. Der Geistliche tat es nicht. Sag mir, Tom, was empfindest du bei dem Gedanken, dass du nun mein Gemahl werden musst?«

»Begierde«, sagte er ohne zu zögern und sah, wie Schmerz in ihren Blick trat. »Ich leugne nicht, dass ich mich nach dir verzehre, und die Ehe gestattet mir, diese Begierde auf ehrbare Weise zu stillen. Aber ich misstraue dir auch, Margaret, das musst du wissen. Unsere Körper mögen sich vereinigen, aber niemals unsere Seelen. Du hast mich nicht wirklich gefangen.«

In ihrem Gesicht zuckte es. »Du liebst mich nicht?«

»Nein. Ich werde dich niemals lieben, Margaret.«

»So sei es denn«, flüsterte sie und wandte das Gesicht ab.

»Margaret, Lancaster und Raby werden bald hier sein, zweifellos in Begleitung eines Mönchs, um unserer Verlobung beizuwohnen. Dann muss ich abreisen, denn ich muss nach Norden gehen, um meine Ländereien wieder in Besitz zu nehmen.«

Darauf drehte sich Margaret wieder zu ihm um, ein seltsames Leuchten in den Augen.

Thomas erinnerte sich, wie Raby sich letzte Nacht um Margaret gesorgt hatte und wie er an ihre Seite geeilt war. Wieder spürte er, wie ihn Eifersucht durchzuckte. Waren Margaret und Raby womöglich ineinander verliebt?

»Aber wir werden uns nicht im Norden niederlassen«, fuhr Thomas fort und sah mit noch größerer Beunruhigung, wie das Leuchten in ihren Augen erstarb. »Lancaster wird uns Halstow Hall in Kent als Hochzeitsgeschenk überlassen, und dort werden wir unseren Wohnsitz aufschlagen. Raby muss das Glück seiner eigenen Ehe genießen können, Margaret, ohne dass du ihn dabei störst.«

Sie presste die Lippen zusammen. »Ich werde dich nicht betrügen, Thomas. Ich weiß, du hältst mich für eine Dirne, aber das bin ich nicht und auch nie gewesen.«

Thomas beugte sich über das Bett und ergriff ihr rechtes

Handgelenk. »Wenn ich dich jemals dabei erwische, dass du mich betrügst, Margaret, werde ich dich zu den Salzmarschen an der Mündung der Themse schleifen und dein Gesicht so lange in das Salzwasser tauchen, bis deine verdorbene Seele ertrinkt.« *Wenn ich dich je mit meinem Onkel erwische …*

Margarets Augen füllten sich mit Tränen, weniger wegen der Drohung, sondern weil er es für nötig gehalten hatte, sie auszusprechen. »Dann werde ich ein langes Leben genießen, Thomas, denn ich werde dir eine treue Gemahlin sein.«

Thomas wollte noch etwas sagen, doch in diesem Moment klopfte es an der Tür, und Maude steckte den Kopf herein.

»Lord Lancaster und Lord Raby, Herr, und Bruder Harold.«

»Bitte sie herein, Maude, denn wir haben heute wahrlich Anlass zur Freude.«

Die Verlobungsgelübde waren gesprochen – die feierlichsten Gelübde, die einen Mann mit einer Frau verbinden konnten –, Thomas und die Zeugen waren gegangen, und nun war Margaret allein mit ihrer Tochter und ihren Gedanken.

Sie würde seine Gemahlin werden. Ach, wenn sie nicht so erschöpft wäre und sich so unwohl fühlen würde, würde sie sich darüber freuen. Oder nicht? War das nicht das, worauf sie und die ihren so lange hingearbeitet hatten? Warum sie Raby und Lancaster so lange unter Druck gesetzt hatte, bis diese wiederum Thomas unter Druck setzten? Warum sie in jener Nacht zu Thomas gegangen war, damit es hieß, sie seien Liebende?

O ja, aber Margaret war in jener Nacht auch zu Thomas gegangen, weil sie sich verzweifelt gewünscht hatte, dass er sie in den Armen hielt. Ja, sie würde sich freuen, seine Gemahlin zu werden, aber sie fürchtete sich auch davor. Sie wäre mit einem Mann verheiratet, der ihr misstraute und der geschworen hatte, dass er sie eher in die Hölle schicken würde, als sich in sie zu verlieben. Es wäre nicht der beste Anfang für eine Ehe.

»Aber zumindest werden wir eine Familie sein«, flüsterte sie Rosalind zu. »Du, ich und er.«

Außerdem gab es Anlass zur Zuversicht. Thomas hatte Rosalind gegen den Erzengel verteidigt. Margaret war zwar bewusstlos gewesen, als der heilige Michael Thomas erschienen war und ihm gesagt hatte, *dass es besser wäre, wenn sie starb.* Aber zwischen Margaret und dem heiligen Michael bestand eine tiefe Verbindung, und auch wenn sie ohnmächtig gewesen war, hatte sie trotzdem bemerkt, was um sie herum vorgegangen war, als der Erzengel erschien.

Als Thomas sich ihm widersetzt hatte.

»Es gibt noch Hoffnung für uns«, flüsterte Margaret und küsste Rosalind auf die Stirn. »Hoffnung.«

Vielleicht würde er sich eines Tages ja in sie verlieben.

Margaret schloss die Augen und träumte, ein leichtes Lächeln umspielte ihre Mundwinkel. *Vielleicht würde er sich doch noch in sie verlieben.*

Kapitel Einundzwanzig

Weißer Sonntag
Im ersten Jahr der Regentschaft Richard II.
(17. April 1379)

Thomas verbrachte vier Wochen im Norden – kaum genug Zeit, um alles zu erledigen, was er zu tun hatte –, bevor er wieder gen Süden reiste. Sein Onkel hatte Wort gehalten und Thomas die Güter, die er von seinem Vater geerbt hatte, zurückgegeben. Allerdings würden die Verträge erst in Kraft treten, wenn Thomas sein Versprechen, Margaret zu ehelichen, tatsächlich eingelöst hatte.

Thomas' Vater Robert war Rabys achtzehn Monate jüngerer Bruder gewesen. Während Raby als ältester Sohn die riesigen Ländereien der Neville-Familie geerbt hatte, waren an Robert die Rittergüter gefallen, die seine Mutter als Mitgift in die Familie eingebracht hatte. Als Robert und seine Gemahlin während der Pest im Jahr 1353 gestorben waren, waren ihre Ländereien an ihren fünfjährigen Sohn Thomas übergegangen, der sie wiederum bei seinem Eintritt in den Dominikanerorden seinem Onkel überlassen hatte.

Nun befanden sich diese wieder in Thomas' Besitz … oder würden es jedenfalls bald sein. Die fünf Güter lagen in einem ungefähren Halbkreis, ausgehend von der Kleinstadt Pickering, über den Südrand des Pickering Forest bis zu der Küstenstadt Scarborough. Zusammen würden sie Thomas ein anständiges Einkommen einbringen. Lancasters »Mitgift«, die Landgüter in Devon und Halstow Hall, und der Einfluss und das Ansehen, die er an Lancasters Hof gewinnen konnte, machten Thomas zu einem reichen Mann. Er hatte nur vier Tage in Sheriff Hutton verbracht, bevor er zu seinen Gütern im Norden aufgebrochen war.

Auf jedem Gut verbrachte er einige Tage, sprach mit den Verwaltern und Vorstehern und sah sich die Listen und Aufzeichnungen über Vieh und Getreide an. Verständlicherweise hatte sich Raby in den letzten fünf oder sechs Jahren, die sie in seiner Obhut gewesen waren, nicht sonderlich um die Anwesen gekümmert, und Thomas war deshalb tagelang damit beschäftigt, mit Leibeigenen und freien Pächtern zu sprechen, den Viehbestand zu prüfen, mit ihnen über Verbesserungen und Neuerungen zu reden und mögliche Märkte für ihre Waren zu erörtern, die sich aus einer besseren Nutzung von Hafen und Markt in Scarborough ergeben konnten.

Thomas' Reisen als Mönch hatten ihm zumindest über die Möglichkeiten europäischer Märkte und Handelsgilden die Augen geöffnet.

Er war rechtzeitig nach Sheriff Hutton zurückgekehrt, um Ostern mit seinem Onkel und dessen neuer Gemahlin zu verbringen, und war am Ostermontag dann wieder gen Süden aufgebrochen.

Thomas ritt nicht zusammen mit seinem Onkel. Raby und Lady Johanna würden zu Richards Krönung und Thomas' Hochzeit nach London zurückkehren, aber Thomas zog es vor, ihnen vorauszureiten.

Es war gewiss besser, Margaret von Raby fernzuhalten, bis sie verheiratet waren.

Auch wenn Thomas nicht von Raby begleitet wurde, war er

dennoch nicht allein unterwegs. In York war er auf den Grafen von Northumberland getroffen, Heinrich Percy, seinen Sohn Hotspur, und das Gefolge der Northumberlands, die allesamt aus dem hohen Norden zur Krönung unterwegs waren. Tatsächlich schien halb Nordengland auf dem Weg nach London zu sein.

Thomas genoss die Gesellschaft von Northumberland und seinem Sohn, aber die Woche, die sie gemeinsam unterwegs waren, bevor sie Lincoln erreichten, hatte auch einige unangenehme Momente.

Northumberland war höchst alarmiert, was Rabys neue Ehe betraf, und fragte Thomas in allen Einzelheiten darüber aus. Die Northumberlands und die Nevilles rangen seit langem um die Vormachtstellung im Norden Englands, eine wilde, unabhängige Region, die weit genug von Westminsters Einfluss entfernt war, dass der Titel Fürst des Nordens dort beinahe genauso viel Macht bedeutete wie der des Königs selbst. Viele Jahre lang hatte Northumberland eine Vormachtstellung besessen und den Titel Fürst des Nordens getragen. Doch nun, da Raby sich so eng mit Lancaster verbündet hatte, der wiederum Einfluss auf Richard besaß, sah Northumberland seinen Einfluss schwinden.

Hotspur war ähnlich misstrauisch wie sein Vater. Nicht nur hatte Raby eine Ehe geschlossen, die ihm eine bevorzugte Stellung sichern würde, nun war auch noch Thomas als möglicher Rivale wiederaufgetaucht. In ihrer Jugend waren Hotspur und Thomas, gemeinsam mit Hal Bolingbroke, unzertrennlich gewesen. Sie hatten einen Freundeskreis gebildet, der gegen alle Außenstehenden zusammenhielt.

Doch als die Jungen zu Männern herangewachsen waren, hatte sich die Lage verändert. Hotspur hatte den Ehrgeiz seines Vaters geerbt. Er erwartete, eines Tages ebenfalls Fürst des Nordens zu werden. Dies brachte ihn unvermeidlich in Konflikt mit Hal, der die Ländereien und Titel seines Vaters erben und deshalb ein Rivale Hotspurs um die Macht am englischen Hof und im Geheimen Kronrat werden würde.

Nachdem Thomas die Priesterweihe empfangen hatte, hatte er für Hotspurs politische und dynastische Ambitionen keine Rolle mehr gespielt. Doch nun war er zurückgekehrt und hatte nicht nur seine Güter wieder in Besitz genommen, sondern stand hoch in Lancasters und Bolingbrokes Gunst und würde gleich drei der Ritterhöfe des Herzogs als Geschenk erhalten. Die Freundschaft zwischen Thomas und Hotspur bestand zwar noch, doch sie war nicht mehr so wie früher. Sie war von einer Zurückhaltung geprägt, die fast schon an Argwohn grenzte, der früher nicht zwischen ihnen bestanden hatte, als sie noch Knaben gewesen waren, die nur davon träumten, das Lager mit einem Mädchen zu teilen.

Thomas erfuhr beinahe ebenso viel über die Percys wie sie über ihn, und er musste feststellen, dass die ehrgeizigen Pläne des Vaters für seinen Sohn weit über den Norden hinausgingen. Eduard hatte über fünfzig Jahre lang regiert und war bis auf die Anfangszeit, als er noch nicht volljährig gewesen war, und seine zunehmende Senilität im Alter ein starker Herrscher gewesen, der seine Adligen fest im Griff hatte.

Wäre Richard dazu ebenfalls in der Lage? Vielleicht mit Lancaster hinter sich? Bekanntlich war es für jeden jugendlichen König schwierig, seine Macht zu festigen, und sicherlich nicht unüblich, dass ein anderer hochrangiger Adliger versuchte, diese an sich zu reißen. Lancaster war königstreu … aber waren es auch die Percys?

So wie Hotspur Thomas argwöhnisch musterte, beobachtete auch dieser ihn und machte sich seine eigenen Gedanken.

Kurz nach Mittag am Weißen Sonntag, dem ersten Sonntag nach Ostern, ritt Thomas in das Dominikanerkloster vor den Toren von Lincoln ein. Das große Fest des Todes und der Wiederauferstehung kündigte stets den Beginn des Frühlings an, und tatsächlich war das Wetter mild und klar. Der Schnee und der schneidende Winterwind schienen endlich den Blumen und dem ersten Grün zu weichen. Die Percys und ihr Gefolge waren in die Stadt weitergeritten; Thomas, Margaret und ihr Kind würden ihnen am nächsten Tag folgen, um ihre Reise nach London fortzusetzen.

Thomas saß im Hof von seinem Pferd ab, und ein Laienbruder, der ihm die Zügel abnahm, wies mit einem Lächeln auf das Tor, das zum Klostergarten führte, als sich Thomas nach Margaret erkundigte.

Thomas dankte ihm und betrachtete das Tor. Es war hoch und bestand aus massivem Holz … und es war geschlossen.

Er zögerte, während er sich langsam seiner Handschuhe entledigte, und blickte nachdenklich das Tor an. Dahinter war sie, seine zukünftige Gemahlin, die Mutter seines Kindes … und sein möglicher Untergang.

Aber nur, wenn er es zuließ.

Thomas holte tief Luft, steckte die Handschuhe in den Gürtel, ging zu dem Tor hinüber, schob den Riegel zurück und stieß es auf.

Er entdeckte sie nicht sogleich. Der Garten war groß und bestand aus rechteckigen Hügelbeeten, auf denen Gemüse und Kräuter wuchsen. Obstbäume, mit Stangen abgestützte Beerensträucher und Weinreben an Spalieren grenzten an die Wege und Beete an, versperrten die Sicht und verwandelten den Garten in eine Reihe von einzelnen Gelassen statt einer offenen Fläche, die sich dem Blick im Ganzen darbot.

Die Sonne stand fast senkrecht am Himmel, sodass alle, die

sich in den Gartenlauben aufhielten, in tiefem Schatten saßen, und erst als Thomas das Tor geschlossen hatte und einige Schritte den Hauptweg entlanggegangen war, sah er Margaret.

Sie saß in einer Rosenlaube, vollkommen in den Anblick des Kindes versunken, dem sie die Brust gab. Ihr Haar war offen und hing ihr mädchenhaft über die Schultern, und sie trug ein schlichtes Gewand, wie man es eher bei einem Dorfmädchen erwarten würde.

Margaret hob den Kopf, als sie Thomas' Schritte hörte. Einen Moment lang spiegelte sich Überraschung auf ihrem Gesicht, dann fasste sie sich wieder und lächelte, als er zu ihr kam und sich neben ihr auf die Bank setzte.

»Hallo, Margaret«, sagte er.

»Willkommen«, erwiderte sie.

Jetzt, da er in ihrer Nähe war und seine Augen sich an die tanzenden Muster von Licht und Schatten gewöhnt hatten, bemerkte Thomas, dass Margaret ihre Schönheit und Gesundheit zurückgewonnen hatte. Ihr Gesicht hatte die graue Blässe verloren und war nun wieder voller Farbe und Leben, und ihre dunklen Augen funkelten.

Thomas betrachtete sie mit ausdrucksloser Miene, und Margarets Lächeln schwand. Unsicherheit machte sich in ihren Zügen breit.

»Ich habe keine Hörner, Thomas«, sagte sie leise.

Thomas musterte sie noch einen Moment lang und blickte dann auf Rosalind hinab, und zum ersten Mal trat ein Lächeln in sein Gesicht. Wenn Margaret ihre Gesundheit wiedererlangt hatte, so waren die Veränderungen, die mit dem Kind vor sich gegangen waren, noch weit bemerkenswerter.

Rosalind war nicht mehr rot und von Furchen durchzogen, sondern wohl genährt, wie Milch und Honig. Sie war immer noch klein, zu klein für ein Kind, das beinahe zwei Monate alt war, aber dass sie gesund und munter war, ließ sich nicht bezweifeln.

Thomas streckte die Hand aus und berührte sie sanft an der Wange.

»Sieh nur«, sagte Margaret und zog die Decke ein wenig von Rosalinds Kopf. »Sie hat das Haar der Nevilles.«

Thomas erinnerte sich, dass Rosalind nach ihrer Geburt ein paar Locken dunklen Haars besessen hatte. Jetzt waren noch mehr dazugekommen und nun hatte sie einen ganzen Schopf davon.

Als er ihr mit dem Finger sanft über das Haar strich, wandte Rosalind den Kopf von Margarets Brust ab und blickte ihn blinzelnd an.

»Sie fragt sich, wer du bist«, sagte Margaret, zog sich das Leinen ihres Mieders über die Brust und wickelte Rosalind ein wenig fester in die Decke.

Dann hob sie das Kind hoch und legte es Thomas in die Arme.

Wie in der Nacht, als er es zum ersten Mal gehalten hatte, wurde Thomas auch jetzt wieder von dem Drang überwältigt, das Kind zu behüten und zu schützen. Er drückte es an sich und wiegte es ein wenig.

»Sie hat einen Schutzengel«, sagte er. »Die Sünde ihrer Zeugung soll nicht auf sie übergehen.«

Margaret verbiss sich eine scharfe Erwiderung. *Meinst du damit die Sünde ihrer Mutter?*

»Sie ist außerhalb der Ehe geboren worden, Tom. Sie wird immer ein Bastard sein.«

»Sie soll nicht darunter zu leiden haben. Das werde ich nicht zulassen.«

»Manche sind der Ansicht«, sagte Margaret sehr leise und

musterte dabei aufmerksam Thomas' Gesicht, »dass es besser gewesen wäre, sie wäre gestorben.«

Thomas riss den Kopf hoch. *Hatte sie etwa sein Gespräch mit dem Erzengel mit angehört?*

»Ich werde sie beschützen, Margaret. Ich würde mein Leben für sie hergeben.«

Margaret lächelte – *würdest du auch deine Seele geben, Tom?* – und richtete den Blick wieder auf ihre Tochter. »Sie hat wahrlich einen Schutzengel und wird ein gutes Leben haben.«

»Ja«, sagte Thomas.

»Und ein langes.«

»Ja.«

Wieder sah Margaret Thomas an. »Ein langes Leben für eine geliebte Tochter lässt sich hier unter den Rosenbüschen leicht versprechen«, sagte sie, »aber es ist oft schwer, dies auch in die Tat umzusetzen. Manchmal treten andere Verpflichtungen in den Vordergrund.«

Thomas fühlte sich unbehaglich. Er wollte Margaret nicht fragen, was sie damit gemeint hatte … das einzige Bild, das ihre Worte heraufbeschworen, war das des Erzengels, der gefordert hatte, das Mädchen sterben zu lassen, obwohl Thomas es so verzweifelt gerne am Leben erhalten wollte.

Es ist besser, wenn sie stirbt, Thomas. Besser für sie und besser für dich.

Der Heilige hatte angedeutet, dass Rosalinds Leben eine Prüfung sei, in der Thomas beweisen musste, dass er Gott treu ergeben war.

Aber wie konnte ihr Tod Gott von Nutzen sein?

»Es ist keine Sünde, deine Tochter zu lieben«, sagte Margaret.

»Nein«, flüsterte Thomas. »Das ist es nicht.«

Dann seufzte er, richtete sich auf und wechselte das Gesprächsthema. »Margaret … warum hast du die Hebamme ausgesperrt, um allein zu gebären?«

»Aus Schuldgefühl.«

»Schuldgefühl?«

»Ich habe nie vergessen, wie Lady Eleonore gestorben ist und dass sie vielleicht noch am Leben sein könnte, wenn ich das Richtige getan hätte.«

»Aber …«

»Nein, lass mich ausreden. Für mich war die Geburt eine Prüfung, mit der Gott mich bestraft hat, wenn man so will. Wenn ich wirklich Lady Eleonores Tod verschuldet hätte, wäre auch ich gestorben. Ich habe Maude ausgesperrt, damit Gott mich zu sich holen konnte, wenn es Sein Wunsch gewesen wäre.«

»Ich hätte dich nicht für eine solch gottesfürchtige Frau gehalten.« *Gütiger Himmel, er hatte noch nie eine fadenscheinigere Lüge gehört!*

»Dennoch …«

»Aus dem Gemach drang ein merkwürdiger Schrei«, sagte Thomas. »Er klang wie der eines wilden Tiers oder von etwas noch Unnennbarerem. Warum hast du uns ausgesperrt, Margaret?«

»Sieh nur!«, sagte sie und wies mit dem Arm auf den Boden vor sich. »Hat mein Schatten vielleicht Hörner? Verbirgt sich unter meinen Röcken ein gespaltener Schwanz? Ich bin kein dämonisches Untier, Thomas. So glaube mir doch!«

Sie beugte sich näher zu ihm vor und ihre Stimme klang eindringlich. »Wenn du mich für einen Dämon oder Schlimmeres hältst … was ist dann Rosalind?«

Thomas blickte bestürzt zu ihr auf.

»Sie ist genauso deine Tochter wie meine, Tom. Und sie ist kein Dämon.«

»Nein … nein, das ist sie sicher nicht.«

Die Anspannung in Margarets Gesicht und Körper ließ nach. Sie lehnte sich auf der Bank zurück und betrachtete Thomas und das Kind zufrieden. Als sie das Gefühl hatte, dass er sich wieder beruhigt hatte, sagte sie: »Erzähl mir von Alice.«

»Was?«

»Du kennst meine Sünden, Tom … du hast mich oft genug an sie erinnert. Jetzt erzähl mir von deinen, denn ich möchte gern wissen, was für dunkle Geheimnisse mein Gemahl verbirgt.«

»Wo hast du diesen Namen gehört?«

»Lady Katherine hat über sie gesprochen, nur einmal. Damals wusste sie noch nicht, dass ich ein Kind von dir erwarte. Sie hat angedeutet, dass diese Alice und das, was du ihr angetan hast, der Grund dafür waren, warum du in den Orden eingetreten bist.«

Das Kind in seinen Armen war vergessen, und Thomas' Blick glitt von Margaret fort in den Garten hinaus. Dort wuchs eine Fingerhutstaude, die von den Brüdern sicher dazu verwendet wurde, ihre schwachen Herzen zu stärken. Und dort die Wachsblume, zum Kühlen schmerzhafter Schwellungen.

»Wer war Alice, Tom?«

Thomas' Blick folgte nun einer Biene, die von Blüte zu Blüte flog, und er fragte sich, ob sie zu einem Bienenstock gehörte, der von den Brüdern oder einem Bauern der Umgebung unterhalten wurde. Es war eine dicke Biene, die sicher froh war, von den Fesseln des Winters befreit zu sein.

»Wer war Alice, Tom?«

Barmherziger Himmel … Alice!

»Sie war meine Geliebte«, sagte er. »Meine Mätresse.«

»Deine Hure.«

Thomas zuckte zusammen und wünschte sich, er hätte Margaret nie eine Hure genannt.

»Sie war eine tugendhafte Dame und ihr Gemahl ein freundlicher und ehrenhafter Ritter.«

»Und dass Alice einen Ehemann hatte, macht sie tugendhaft, während ich, die ich keinen hatte, eine Hure bin?«

»Sie war eine schöne und gebildete Frau und schlug mich stärker in den Bann als jede andere vor ihr. Ich war noch ein junger Mann, kaum alt genug, um mir meine Sporen verdient zu haben, als wir uns zum ersten Mal begegneten. Ich entflammte in Leidenschaft für sie und ließ es sie auch wissen. Ein Jahr oder länger widerstand sie, doch schließlich überwand ihr eigenes Verlangen ihre Bedenken. Sie und ich teilten beinahe ein Jahr lang das Lager, wann immer wir Gelegenheit dazu fanden.«

»Und ihr Gemahl?«

»Er wusste es nicht.« Thomas hielt inne, während sein Blick immer noch über den Garten schweifte. »Eines Tages schickte ihn König Eduard in irgendeiner Angelegenheit, die den Wollhandel betraf, zum Hof des flämischen Grafen. Er war acht Monate lang fort.«

»Und in diesen acht Monaten wurde Alice von dir schwanger.«

»Ja. Ich konnte die Schande nicht ertragen, die dieses Kind mit sich bringen würde.«

»Also hast du sie verlassen.«

»Willst du mir vielleicht Vorhaltungen machen?«, fauchte Thomas und blickte Margaret an. Er war überrascht, Mitleid statt Genugtuung in ihrem Gesicht zu sehen.

Er wandte den Kopf wieder ab, damit sie die Tränen nicht sah, die ihm in die Augen stiegen. »Nun, ja, ich habe sie verlassen und mich geweigert, das Kind anzuerkennen.«

Margaret schwieg, denn sie wusste, was als Nächstes kommen würde.

»Und … und deshalb hat sie sich umgebracht«, sagte Thomas schließlich, seine Stimme war nur mehr ein Flüstern, als könne er die Worte nicht laut aussprechen. »Sich und das Kind, das sie erwartete … und die drei Töchter ihres Gemahls.«

»Ach, Tom! Nein!«

»Sie hat sich mit den Kindern in einer verlassenen Mühle eingeschlossen – der Fluss, an dem sie gebaut worden war, war ausgetrocknet – und Stroh um sich herum verteilt. Dann hat sie es angezündet.«

Margaret hatte vor Entsetzen die Hand vor den Mund geschlagen und blickte ihn ungläubig an. Sie hatte vermutet, dass es in seinem Leben eine Tragödie gegeben hatte, aber so etwas? *Kein Wunder, dass er sein ganzes Leben lang auf der Flucht gewesen war und versucht hatte, seine Schuld als Mönch zu sühnen!*

»Sie ist mit ihren Kindern zur Hölle gefahren«, flüsterte Thomas, »und ich habe nichts getan, um sie davor zu bewahren.«

Er wandte sich Margaret zu, um ihr in die Augen zu blicken. »Ich werde niemandem gestatten, diesem Kind etwas zuleide zu tun«, sagte er. »Niemals.«

Margaret wandte den Blick ab und schloss die Augen, immer noch so bestürzt und traurig, dass sie ihren Triumph nicht einmal genießen konnte.

Wie konnten die Engel, die sonst so vorsichtig waren, einen solch schlimmen Fehler begangen haben?

Hatten sie sich geirrt, oder gab es immer noch einen Hinterhalt, von dem sie nichts wussten?

In dieser Nacht erschien Margaret ein Geist von jenseits des Grabes.

Sie erwachte irgendwann während der Nacht und sah eine blonde Frau wie eine Statue neben ihrem Bett. Die Frau war eher hübsch als schön, aber ihre Augen und ihr Mund strahlten eine angenehme Weiblichkeit aus. In ihren Armen hielt sie einen Säugling und im Schatten hinter ihr standen drei kleine Mädchen, hingen an ihren Röcken und beäugten Margaret schüchtern, die im Bett hochgefahren war, wacher als jemals zuvor in ihrem Leben.

Sie blickte zu Rosalind hinüber, die in einem Kinderbett neben ihr schlummerte.

»Euer Kind schläft friedlich«, sagte die Frau.

Margaret hatte plötzlich große Angst um ihre Tochter. »Ihr seid Alice«, sagte sie leise.

»Ja«, erwiderte die Frau und lächelte traurig. »Ich bin Alice. Margaret, fürchtet nicht um Eure Tochter. Ich bin nicht hier, um ihr oder Euch ein Leid zuzufügen.«

»Warum dann?«, fragte Margaret. Sie griff langsam nach einer Stola. »Warum seid Ihr hier?«

»Weil ich so traurig bin«, sagte Alice, »und zugleich so glücklich. Es hat mich sehr erleichtert, als Thomas Euer Kind angenommen und zu Euch gehalten hat.«

»Er hätte dasselbe für Euch tun sollen.« Margaret stand auf, zog sich die Stola fest um die Schultern und trat so nahe an Alice heran, dass sie das Kind in ihren Armen betrachten konnte.

Es war eindeutig ein Kind der Nevilles, mit seinem dunklen, lockigen Haar. Und ein Mädchen. Thomas' erste Tochter.

Gestorben, bevor sie hatte leben können.

»Ich hätte es nicht tun sollen«, flüsterte Alice. »Meine Kinder ermorden.«

Darauf wusste Margaret nichts zu sagen. Wie verzweifelt Alice auch gewesen sein mochte, für diese Tat gab es keine Rechtfertigung.

Alice mühte sich sichtlich, die Fassung zu bewahren. »Aber ich bin hierhergekommen, Margaret Rivers, zukünftige Neville, um Euch etwas anderes zu sagen.«

Margaret sah sie an, plötzlich noch wachsamer. »Ja?«

»Gebt Acht, wie Ihr mit ihm umgeht, Margaret. Nur mit Täuschung allein könnt Ihr seine Liebe nicht gewinnen.«

Margaret wurde plötzlich sehr kalt. »Es geht um mehr, als einen Gemahl zu gewinnen, Alice. Ich ...«

»Glaubt Ihr, ich wüsste das nicht?«, sagte Alice. »Thomas glaubt, meine Kinder und ich würden im Höllenfeuer schmoren. Aber das stimmt nicht. Auch wenn ich mir selbst nicht vergeben kann für das, was ich getan habe, hat sich jemand anderer meiner erbarmt und mir verziehen.«

Während sie sprach, blickte sie leicht zur Seite, als befände sich etwas hinter ihr.

Margaret folgte ihrem Blick. Doch was sie sah, ließ ihr den Atem stocken. Sie schlang die Arme um sich, als wolle sie sich gegen etwas Übermächtiges schützen, und staunte und war erfüllt von einer fast unerträglichen Freude, wie sie sie noch nie zuvor in ihrem Leben empfunden hatte.

Hinter Alice und ihren Kindern war das Gemach verschwunden. Stattdessen erblickte Margaret einen Hügel, auf dem ein Kreuz stand. Am Fuße des Kreuzes kniete eine Frau. Sie war schwanger und hatte die Hände in tiefer Trauer vor das Gesicht geschlagen.

Und obwohl sie das Gesicht der Frau nicht sehen konnte, hatte Margaret das Gefühl, als würde sie sie kennen.

Margaret blickte von der Frau zu dem Kreuz selbst hoch. Dort war eine Gestalt, von einem solch überirdischen Leuchten umgeben, dass sie von ihr geblendet war.

Margaret, sprach eine Stimme zu ihr, und Margaret weinte, denn sie erkannte die Stimme ihres Herrn Jesus Christus. *Margaret, sei umsichtig und handle mit Bedacht.*

»Aber ich muss es tun, Herr. Ich habe keine andere Wahl.«

Wir alle haben eine Wahl, Margaret.

Margaret sank auf die Knie und senkte den Kopf, als ertrüge sie den Anblick des Heilands nicht mehr länger.

Margaret, wisse, dass ich bei dir bin und schätze, was du in meinem Namen tust …

»Herr …«

Gesegnet seist du, Margaret.

Und dann bemerkte Margaret, dass hinter Alice wieder das Gemach zu sehen war. Der Heiland und die unbekannte Frau, die zu seinen Füßen am Kreuz kniete, waren verschwunden.

»Margaret«, sagte Alice. »Werdet Ihr Thomas sagen, dass ich errettet wurde? Werdet Ihr ihm sagen, dass er sich nicht mehr um meine Seele und die meiner Kinder sorgen muss?«

»Das will ich – und noch mehr«, sagte Margaret.

KAPITEL ZWEIUNDZWANZIG

Der Donnerstag und Freitag vor dem Fest
des heiligen Philipp und des heiligen Jakob
Im ersten Jahr der Regentschaft Richard II.
(28. und 29. April 1379)

Lancaster streckte seine langen Beine aus, lehnte sich zurück und betrachtete Thomas über seine gefalteten Hände hinweg.

»Richard hat meine ganze Unterstützung«, sagte er. »Ich habe ihn von Kindheit an heranwachsen sehen. Er ist kein Dämon und Ihr habt keinerlei Beweis, um mich umzustimmen.«

»Und trotzdem«, sagte Thomas, »kann ich nicht glauben, dass er es nicht sein soll! Wer sonst hätte es gewagt, einen Mann zum Konvent am Bramhamer Moor zu schicken, der Euer Wappen trägt? Er hat aus dem widernatürlichen Tod seines Großvaters und seines Vaters als Einziger Vorteile gezogen.«

»Achte auf deine Worte, Tom!« Bolingbroke beugte sich vor und legte Thomas warnend die Hand auf den Arm. »Wir werden die Schatulle irgendwann finden. Bis dahin …«

Thomas zwang sich zur Ruhe. Hal hatte recht und es war sicher nicht ratsam, Lancaster gegen sich aufzubringen. Wenn er das täte, wäre ihm der Zutritt zum Hof verwehrt … und nur bei Hofe konnte er die Schatulle finden.

Wo konnte Richard sie nur versteckt haben?

»Es tut mir leid«, sagte er zu Lancaster. »Ich habe so darum gekämpft, zum Bramhamer Moor zu gelangen, nur um dann feststellen zu müssen, dass die Schatulle kurz zuvor von jemand anderem mitgenommen wurde.«

»Nun«, sagte Lancaster und musterte Thomas immer noch prüfend, »ich kann Euch versichern, dass sie sich nicht unter Richards Bett befindet.«

»Wir wissen das«, sagte Hal und zwinkerte ihm verschwörerisch zu, »weil wir letzte Woche einmal des Nachts in sein Schlafgemach geschlichen sind und unter die Bettdecken geschaut haben!«

Lancaster und Thomas lachten, und die Stimmung löste sich wieder etwas.

Lancaster richtete sich auf und blickte zum Fenster hinüber. »Ach, ich sehe, wir haben uns verschwatzt, und es gibt noch mehr zu bereden, ehe ich Katherine ins Bett folgen kann. Thomas, hat sich Margaret von der Reise erholt?«

»Ja.« Thomas und Margaret hatten sich gemeinsam mit einer Kinderfrau, die sich um Rosalind kümmern sollte, am Morgen nach dem Weißen Sonntag Northumberland angeschlossen, und das ganze Gefolge war innerhalb von zehn Tagen in Richtung Süden nach London gereist. Trotz ihrer Genesung hatte die Reise Margaret erschöpft, und ihre Milch war versiegt, was sie sehr bekümmert hatte. Es gefiel ihr nicht, Rosalind einer Amme zu überlassen, aber es gab keine andere Lösung.

Sie weilten nun schon seit zwei Tagen im Savoy Palace, lange genug, dass Margaret sich wieder etwas erholen konnte, wenngleich ihre Milch nicht zurückgekehrt war. Morgen zur Vesper würden sie in einer ruhigen Zeremonie in der Kapelle des Palastes den Bund der Ehe schließen. Keiner von beiden wünschte oder erwartete eine große Feier, und selbst wenn sie es gewollt hätten, war London so sehr mit der bevorstehenden Krönung beschäftigt, dass ihrer Hochzeit ohnehin niemand viel Beachtung geschenkt hätte.

»Gut.« Lancaster zögerte einen Moment und nahm sich eine in Honig eingelegte Feige von einem Teller. Er biss hinein, kaute genüsslich und sprach dann weiter. »Wenn die Krönung erst einmal vorbei ist und Richard zum ersten Mal Hof gehalten hat, wäre es das Beste, wenn Ihr Margaret und das Kind nach Halstow Hall bringt. Ihr werdet Euer neues Zuhause ohnehin besichtigen müssen.«

Thomas neigte den Kopf.

»Dann«, sagte Lancaster und drehte den Rest der Feige hin und her, »hätten Hal und ich gern, dass Ihr Euch seinem Haus anschließt, vielleicht als Hals Sekretär, aber auch, wie ich hoffe, als sein Freund.«

Hal lächelte breit. »Nun?«

Thomas war fassungslos über das Angebot. Sekretär bei einem Adligen zu sein, der so viel Macht besaß wie Hal, war eine überaus einflussreiche Stellung. Thomas wäre Hals Vertreter und Sprecher und würde seine Ländereien und Güter verwalten.

»Ich danke Euch sehr«, sagte Thomas und blickte beide Männer an, »und nehme das Angebot an. Aber ...«

Die beiden sahen ihn erwartungsvoll an.

»... es wird eine ermüdende Aufgabe sein, Tag und Nacht hinter Lord Bolingbroke herzulaufen.«

Lancaster lachte und blickte seinem Sohn in die Augen. »Bolingbroke wird bald gezähmt sein«, sagte er, »denn in diesem Sommer wird er Lady Mary de Bohun zur Gemahlin nehmen.«

Thomas wandte sich Hal zu und gratulierte ihm. Lady

Mary de Bohun war eine der reichsten Erbinnen Englands, und ihre Ländereien, Titel und Vermögen würden Hals Macht nur noch mehr vergrößern.

Hal täuschte Bestürzung vor, rollte mit den Augen und gab ein herzzerreißendes Stöhnen von sich. »Du bist nicht der Einzige, der mit dem Ring durch die Nase zum Altar geführt wird, Tom«, sagte er. »Aber zumindest können wir uns gegenseitig Trost spenden.«

Sie redeten noch eine Zeitlang über Belanglosigkeiten, dann fragte Thomas, ob es Neuigkeiten aus Frankreich gäbe. Er war so lange im Norden gewesen, dass ihn nur wenige Nachrichten erreicht hatten.

Die Heiterkeit schwand ein wenig aus Lancasters und Hals Gesichtern.

»Karl und Philipp sind nach wie vor die engsten Busenfreunde«, sagte Lancaster. »Ich habe Berichte gehört, dass sie ihre Armee so weit verstärkt haben, dass sie womöglich schon im Sommer versuchen könnten, den Süden zurückzuerobern.«

»Es heißt auch, das Mädchen Jeanne sei weiterhin an Karls Seite«, warf Hal ein. »Offenbar entleert Karl nicht einmal seinen Darm, ohne vorher ihren Rat eingeholt zu haben.«

»Und wir?«, fragte Thomas. »Können wir …«

Lancaster seufzte tief. »Der Verlust meines Vaters und Bruders hat uns stark geschwächt. Wie jeder neue und unerfahrene König muss Richard erst einmal sein eigenes Reich sichern, bevor er nach einem anderen greifen kann. Ich glaube nicht, dass wir vor … nun, vor Frühjahr nächsten Jahres zu einem weiteren Feldzug aufbrechen können. Gott hat uns schlechte Karten ausgeteilt.«

»Und in der Zwischenzeit«, sagte Hal mit finsterer Miene, »können wir nur beten, dass Jeanne d'Arc Karl nicht zu allzu vielen heldenhaften Taten anstiftet. Frankreich wird noch uns gehören. Es muss einfach.«

In der Kapelle waren nur wenige Menschen, um Thomas' und Margarets Hochzeit beizuwohnen. Lancaster und seine Gemahlin Katherine; Raby und seine Frau Johanna; Hal; und überraschenderweise Geoffrey Chaucer, der der Krönung wegen in der Stadt war und bei der Gelegenheit auch an der Hochzeit teilnehmen wollte.

Lancasters Kaplan hielt eine einfache Messe und jede Würde, die er der Angelegenheit verliehen haben würde, wurde von Hal untergraben, der neben ihm stand und grinste, als wäre Thomas' Heirat etwas, das er selbst eingefädelt hatte.

Margaret war ernst und blass und antwortete mit leiser Stimme. Sie trug ein Kleid aus dunkelgrünem Samt, das am Saum und an den Ärmeln scharlachrot eingefasst war. Es war tief ausgeschnitten und eng anliegend und zeigte, dass die Schwangerschaft sich nicht im Geringsten auf ihre Figur ausgewirkt hatte. Sie sah Thomas nur selten an und schenkte auch sonst niemandem einen Blick. Thomas hatte befürchtet, dass sie Raby eine peinliche Szene machen würde, aber zu seiner Beruhigung schien sie kaum zu bemerken, dass der Baron anwesend war.

Sie hatte gesagt, dass sie Thomas eine gute Gemahlin sein wollte, und daran hielt sie sich auch.

Thomas seufzte erleichtert auf, als der Kaplan sie schließlich zu Mann und Frau erklärt hatte, und beugte sich vor, um Margaret zu küssen.

Als sie das Gesicht hob, stellte Thomas überrascht fest, dass ihre Augen voller Furcht waren, und der Kuss, den er ihr gab, fiel deshalb etwas zärtlicher aus, als er beabsichtigt hatte.

Schließlich traten die Zeugen vor und überbrachten ihre Segenswünsche; die Frauen küssten Margaret auf die Wange und die Männer auf den Mund, wie es Brauch war. Thomas beobachtete Margaret genau, als Raby sie küsste, und bemerkte mit einiger Verwunderung, dass Hals Kuss überraschend zärtlich ausfiel. Dann, als Lancaster gerade fröhlich vorschlug, dass sie sich in seine Gemächer zurückziehen sollten, um ein einfaches Hochzeitsmahl zu sich zu nehmen, trat ein junger Mann aus dem Dunkel eines Seitenschiffs und klatschte langsam Beifall.

Richard.

Er war ganz in Grün gekleidet, von der kurzen, eng anliegenden pelzbesetzten Tunika, die die Wölbung seines Geschlechts betonte, bis zu den ebenso engen Gamaschen an seinen dünnen Beinen.

»Sieh an, sieh an, Neville«, sagte Richard, als er schließlich die Hände sinken ließ. »Ich hatte schon geglaubt, wir hätten Euch an das Priestertum verloren … und hier seid Ihr nun, verheiratet mit einer Frau, mit der jeder Mann gern das Lager teilen würde. Darf ich mich den Glückwünschen meines Onkels und seiner Familie anschließen?«

»Majestät«, sagte Thomas und verneigte sich, aber Richard achtete nicht auf ihn. Er ging zu Margaret, die gerade einen Knicks machte, legte ihr beide Hände auf die Schultern und zog sie hoch, um ihr einen langen Kuss auf den Mund zu geben.

Thomas war nahe daran, den König von seiner Gemahlin wegzuzerren.

»Sie schmeckt süß«, sagte Richard, als er endlich von Margaret abließ. »Ich beneide Euch darum, mit ihr das Lager teilen zu dürfen. Mich dünkt, ich werde mir auch bald eine Frau suchen müssen.«

Er warf Thomas einen listigen Blick zu. »Schließlich kann ich mir wohl kaum die eines anderen Mannes nehmen, nicht wahr? Nein, das würde nur zu einer Tragödie führen.«

Er beugte sich vor, um Margaret noch einmal zu küssen und sie verzog das Gesicht – ob aus Abscheu oder Furcht, konnte Thomas nicht sagen. In diesem Moment war Thomas kurz davor, sein Leben zu verwirken, indem er Richard niederschlug – *wie konnte er es wagen, Margaret zu beleidigen und im selben Atemzug Alice zu erwähnen?* –, doch da trat Hal dazwischen, ergriff Margaret beim Arm und führte sie zu Thomas.

»Wir dürfen das glückliche Paar nicht zu lange voneinander trennen«, murmelte er. »Majestät, möchtet Ihr uns vielleicht bei einem einfachen Hochzeitsmahl Gesellschaft leisten?«

»Nein«, sagte Richard, den Blick auf Thomas gerichtet, »ich glaube nicht. Der Abt von Westminster ist der Meinung, er müsse noch einen Abend mit mir verbringen, um sicherzustellen, dass ich bei der Krönung auch ja keinen falschen Schritt mache. Ich bin nur hierhergeritten, um Thomas meine Glückwünsche zu überbringen und ihm zu sagen, wie froh ich darüber bin, ihn nun so nah an meinem Hof zu wissen, statt ihn an die Familie der Dominikaner verloren zu haben. Thomas, Ihr und Eure reizende Gemahlin werdet doch sicher bleiben und an meiner Krönung teilnehmen, nicht wahr?«

»Ja, Majestät. Es wird uns ein Vergnügen sein.«

Richard sah wieder Margaret an. »Ganz meinerseits. Nun, dann fort mit Euch. Stillt Eure ehelichen Gelüste, so lange Euch noch der Sinn danach steht.«

Damit drehte er sich um und ging davon, zog seine Handschuhe aus dem Gürtel und schwenkte sie im Laufen lässig hin und her.

»Tom«, sagte Hal Thomas leise ins Ohr. »Achte nicht auf ihn. Er hat schlimmere Manieren als der niederste Knecht.«

»Dass er unser König werden soll«, sagte Thomas. »Und noch dazu …«

»Tom!« Hals Finger krallten sich in seinen Arm. »Sprich es hier nicht aus!«

Thomas lag bis spät nachts wach in seinen Kissen, die Hände hinter dem Kopf verschränkt, und blickte zur niedrigen Decke des Gemachs hinauf. Margaret schlief neben ihm auf der Seite, ihr Rücken war ein anmutig geschwungener blasser Schemen in der Dunkelheit. Sie waren nun verheiratet und teilten das Lager miteinander, doch während des Liebesaktes hatte Thomas immerzu an Richard denken müssen, seine Hände auf Margarets Schultern, seinen Mund auf ihrem. Von dort wanderte sein Geist zu der Vorstellung, wie Richard ihm beiläufig Geld anbot oder ihm eine Beförderung versprach, damit er seine Gelüste an Thomas' Gemahlin stillen konnte.

Schließlich, würde Richard mit einem Hauch von Schadenfreude in den grauen Augen sagen, *wisst Ihr doch sicher, was es heißt, die Frau eines anderen Mannes zu begehren.*

Er musste Margaret so bald wie möglich von hier fortschaffen. In Halstow Hall würden sie und Rosalind sicher sein.

Er drehte leicht den Kopf herum, streckte die Hand aus und strich behutsam über Margarets offenes Haar und ihre Schulter.

Er wusste, warum Richard ihn verhöhnte. Er stellte seine Macht zur Schau – *du glaubst, du könntest mich aufhalten, mich in die Hölle zurückbefördern, doch hier bin ich und besitze die Macht, mit einem Fingerzeig deine Gemahlin in mein Bett zu holen* –, und er hatte seine Freude daran.

Thomas wollte nicht, dass Richard – gerade er von allen Geschöpfen – mit seiner Gemahlin das Lager teilte. Allerdings wollte er auch nicht, dass Raby dies tat.

Glaubte sein Onkel, er könnte seine Affäre mit ihr wiederaufnehmen, nun da jedes mögliche weitere Kind seinem Neffen zugeschrieben werden würde?

Thomas war eifersüchtig, und das ärgerte ihn. Er versuchte sich einzureden, dass er lediglich nicht wollte, dass ihn jemand mit Margaret betrog – schließlich ging das gegen seine Mannesehre. Aber reichte das aus, um seine Eifersucht zu erklären?

Wie dachte Margaret darüber? Sie hatte ihn an diesem Nachmittag mit furchtsamem Blick angesehen und war im Bett dennoch recht schamlos gewesen. Hatte sie sich vorgestellt, es sei Raby, der im dämmrigen Licht auf ihr lag?

Liebte sie Raby?

Niedergeschlagen und wütend stand Thomas aus dem Bett auf und ging leise zu Rosalinds Wiege hinüber. Margaret hatte darauf bestanden, dass sie in ihrem Gemach schlief, und er hatte nichts dagegen einzuwenden gehabt.

Thomas' Gesicht wurde sanft, als er auf das Kind hinabblickte. Es schlief auf dem Rücken, fest in eine Decke gewickelt.

»Tom?«

Er sah zum Bett hinüber. Margaret hatte sich auf den Ellenbogen aufgerichtet.

»Geht es ihr gut?«

»Ja, es geht ihr gut. Ich wollte nur nachsehen, ob sie schläft.«

Er kehrte zum Bett zurück und setzte sich neben Margaret. »Du hast immer noch Angst vor mir, ich sehe es in deinem Gesicht.«

Sie legte sich auf die Kissen zurück und zog sich ein Laken über die nackte Haut. »Du bist mein Gemahl und doch kenne ich dich nicht. Wer bist du, Tom?«

Thomas seufzte. »Das ist zum Teil der Zweck der Ehe, dass Mann und Frau einander über die Jahre besser kennenlernen.«

»Versprichst du mir, dass du mich kennenlernen wirst, Tom? Du hast keine Achtung vor mir und du vertraust mir nicht, doch Achtung und Vertrauen sind das, was ich mir am meisten wünsche ... ist nicht auch das der Zweck der Ehe?«

Er zögerte. »Ich dachte, du willst, dass ich dich liebe.«

Sie lächelte traurig. »Um Liebe geht es zwischen uns nicht.«

»Meg, diese Ehe kann nur ein kleiner Teil meines Lebens sein.«

»Das weiß ich.«

»Es gibt noch etwas anderes, das ich tun muss.«

»Ja. Auch darüber weiß ich Bescheid.«

Thomas streckte die Hand aus und zog ihr das Laken vom Leib. »Und woher weißt du das, Meg?«

»Du hast es mir gesagt. Du kämpfst gegen das Böse, für die ganze Menschheit, doch das Böse wird den Sieg davontragen, wenn du einer Frau deine Seele schenkst.«

»Dann begreifst du also, was auf dem Spiel steht, Meg. Du bist meine Gemahlin, aber du wirst nie meine Geliebte sein.«

Als er sich zu ihr herabbeugte, begann Margaret zu weinen – ganz leise, damit er es nicht bemerkte. Sie war seine Gemahlin, sie war sein Eigentum; sie würde niemals Teil seiner Seele sein.

Aber sie konnte ihn immer noch beeinflussen.

Kapitel Dreiundzwanzig

Vor Matutin am Samstag vor dem Fest
des heiligen Philipp und des heiligen Jakob
Im ersten Jahr der Regentschaft Richard II.
(nach Mitternacht, 30. April 1379)

Sie lag ruhig da, die Augen geschlossen, und lauschte seinem Atem. Es hatte eine Ewigkeit gedauert, fast ein ganzes Leben, wie ihr schien, ehe sie hörte, dass er in einen tiefen Schlaf gesunken war.

Margaret seufzte, bemühte sich, leise zu sein, und öffnete die Augen. Sie hatte schon nicht mehr geglaubt, dass er in dieser Nacht überhaupt noch einschlafen würde, und das wäre eine Katastrophe gewesen, denn dies war die einzige Nacht – ihre Hochzeitsnacht –, in der sie so viel Macht besaß.

Wenn sie in dieser Nacht nicht ihr Ziel erreichte, würde womöglich alles misslingen. *Gütiger Heiland, vergib mir,* betete sie, *aber ich muss es tun.*

Überaus vorsichtig und doch nicht verstohlen, denn dann würde er ganz sicher aufwachen, rutschte sie dicht an ihn heran und schmiegte sich an ihn, sodass ihre Körper einander ganz berührten.

Ihr Leib war immer noch feucht von ihrem Liebesakt und das war gut so, denn es würde die Verbindung zwischen ihrer Seele und der seinen herstellen.

Sie lag da und wartete, um ganz sicher sein zu können, dass er nicht aufgewacht war. Ihr Blick glitt über seinen Körper, ein kleines Lächeln trat auf ihr Gesicht, als sie sich daran erinnerte, wie sie sich zuvor geliebt hatten. Er war überraschend zärtlich und sanft gewesen, wie in jener Nacht, als sie ihn im Savoy besucht hatte. Er war ein guter Liebhaber, soweit Margaret dies beurteilen konnte. Sie wusste nur, dass sie den Liebesakt mit Thomas mehr genossen hatte als mit Raby. Irgendwie schien im Bett ein Teil von Thomas' wahrer Natur zutage zu treten.

Dies erinnerte Margaret an Alice und das Versprechen, das sie ihr gegeben hatte. Sie lauschte noch einmal auf Thomas' Atmen … sie würde noch einige Minuten warten müssen, bis er ganz in Tiefschlaf gesunken war.

In der Zwischenzeit … Margaret legte die Hand auf den Bauch und dachte nach. Sie hoffte, dass sie heute Nacht nicht gleich wieder schwanger geworden war – wenn möglich, wollte sie ihre nächste Schwangerschaft noch etwas hinauszögern. Keiner von ihnen beiden war auf das Grauen vorbereitet, das die nächste Geburt mit sich bringen würde, und dennoch ließ es sich nicht ganz verhindern.

Margaret seufzte. Sie bedauerte das Versiegen ihrer Milch nicht nur, weil sie es schön gefunden hatte, Rosalind zu stillen, sondern auch, weil das Stillen eines Kindes häufig eine erneute Empfängnis verhinderte. Nun blieb ihr nichts anderes übrig, als die Wiesen von Halstow Hall zu durchstreifen und die Kräuter zu finden – Schwertlilie, Flohkraut und Panax Herculeus –, welche die Blutung einer Frau auslösen und jedes Kind entfernen konnten, das sich eingenistet hatte.

Thomas' Atem war gleichmäßiger und noch tiefer geworden, und Margaret richtete sich auf einem Ellenbogen auf, sodass sie sein Gesicht sehen konnte.

»Tom?«, flüsterte sie.

Es kam keine Antwort.

»Süßer Tom«, wisperte sie, hob den Arm und legte ihn um seine Schulter.

Er regte sich ein wenig, sank jedoch sofort wieder in Schlaf zurück.

Sie legte die Hand auf sein Haar und vergrub die Finger tief in seinen schwarzen Locken.

Er regte sich erneut und schmiegte sich an ihren Körper.

»Liebster Tom«, flüsterte sie und küsste ihn auf die Stirn. »Träume süß.«

Er stand wieder vor dem Höllenschlund, doch dieser unterschied sich sehr von dem seines früheren Besuchs.

Der Schlund war erwacht. Offen.

Große Stichflammen loderten zischend zwischen den Steinen hervor. Schwefelwolken stiegen auf und verpesteten die Luft. Schreie, Heulen und Jammerrufe erfüllten die Nacht.

Die Tore der Hölle standen offen.

Thomas riss den Arm vor das Gesicht, beinahe überwältigt von der Hitze und dem Gestank. Er stolperte rückwärts, spürte erleichtert einen Felsbrocken in seinem Rücken und wäre in seiner Eile, hinter ihm Schutz zu suchen, beinahe gestürzt.

Das Klagegeschrei wurde immer lauter, doch es schien eher aus dem Tal vor ihm zu kommen als aus dem Höllenschlund. Thomas reckte seinen Kopf hinter dem Felsen hervor und blickte den Pfad hinunter.

Eine Gruppe von etwa fünf oder sechs nackten Kindern wurde von einem Halbkreis aus schattenhaften, tanzenden Dämonen auf die Tore der Hölle zugetrieben. Die Dämonen trugen Heugabeln und angespitzte Holzpfähle, mit denen sie nach den schreienden Kindern schlugen und stachen und sie immer weiter auf die Hölle zutrieben.

Hinter den Kindern und Dämonen folgte ein Mann, der zu den Schreien der Kinder freudig umhertanzte. Seine Gesichtszüge verwandelten sich ständig von denen eines Jünglings in die eines grinsenden Dämons und wieder zurück. Sein Gesicht änderte sich fortwährend, sodass seine menschlichen Züge nur schwer zu erkennen waren.

Aber Thomas wusste, wer er war. Er trug grüne Kleider, die schamlos knapp und eng anliegend waren. Auf seinem Kopf saß eine Krone, und in einer Hand hielt er ein Zepter.

Der Dämonenkönig. Richard.

Thomas erstarrte, von einer Furcht erfüllt, wie er sie noch nie zuvor empfunden hatte. Zugleich wusste er jedoch, dass er der Einzige war, der die Kinder retten konnte. Er duckte sich wieder und wartete, bis Richard in seiner Nähe war. Er wollte sich auf ihn stürzen, ihm das Zepter aus der Hand reißen und ihn damit erschlagen.

Danach musste er sich der anderen Dämonen annehmen, jenen schattenhaften Geschöpfen, die zu gerissen waren, um ihre wahre Gestalt zu zeigen.

Die Kinder – fünf Jungen und zwei Mädchen – waren jetzt ganz nahe, und ihre furchtsamen und hoffnungslosen Schreie zerrissen Thomas das Herz.

Wie konnten die Dämonen es wagen. ihnen das Leben zu rauben und sie in ihrer Unschuld in die ewige Hölle zu führen!

Thomas klammerte sich an den Felsbrocken, während die Kinder und Dämonen an ihm vorbeizogen, und machte sich zum Sprung bereit.

Doch als Richard in seine Nähe kam, hörte er noch eine Stimme und Schritte. Richard und die Dämonen hielten in ihrem verrückten Tanz inne, drehten sich um und blickten zum Wald zurück.

Ein Mann war zwischen den Bäumen hervorgetreten. Ein Ritter. In eine Rüstung gehüllt, die in reinem Weiß erstrahlte. In der Hand hielt er weder Schwert noch Streitkolben oder Axt, sondern einen Langbogen, und vor Thomas' Augen hob er den Bogen und legte einen Pfeil ein.

»Das wirst du nicht wagen!«, schrie Richard.

»Ich wage es«, sagte der Ritter, und Thomas weinte, weil er seine Stimme erkannte, »denn es ist mein Recht.«

Damit schoss er einen Pfeil ab, der Richard in den Bauch traf und mit roter Spitze an seinem Rücken wieder heraustrat.

Richard heulte auf, krümmte sich vornüber und sank zu Boden, während die Dämonen aufschrien und verschwanden. Die Kinder blinzelten überrascht und liefen dann den Pfad zurück auf den glänzenden Ritter zu.

Thomas erhob sich und ging ebenfalls zu dem Ritter hinüber.

Während die Kinder sich um ihn versammelten und seine Beine und Hüfte umklammerten, hob der Ritter das Visier seiner Kesselhaube, damit alle sein Gesicht sehen konnten.

Es war ein Gesicht von außergewöhnlicher Schönheit – mit samtener, heller Haut und großen himmelblauen Augen, die beinahe doppelt so groß waren wie die der meisten Menschen.

Dieser Ritter war kein gewöhnlicher Mensch. Er war ein Engel und doch wieder nicht.

Er war Hal Bolingbroke.

»Hal«, flüsterte Thomas, als er vor ihm stehen blieb.

»Tom«, sagte Hal und streckte eine kettengepanzerte Hand aus. »Willst du als mein Gefolgsmann dienen?«

»Ja«, sagte Thomas. »Ja!«

»Willst du mir Gehorsam und Treue schwören?«

»Ja, ich schwöre es!«

Dann nahm Hal Bolingbroke Thomas' Gesicht in beide Hände, beugte sich vor, während die Kinder sich um ihn scharten, und küsste ihn anmutig und liebevoll auf den Mund.

Thomas regte sich, und Margaret wurde klar, dass er bald erwachen würde.

»Noch nicht, mein Liebster«, flüsterte sie. »Sink noch einmal in einen süßen Traum.«

Den vorangegangenen Traum hatte sie ihm schicken müssen. Den nun folgenden schenkte Margaret ihrem Gemahl aus reinster Liebe zu ihrer Hochzeit.

Thomas stand auf dem Turnierplatz, demselben Turnierplatz, auf dem er die Nachricht von Alice' Selbstmord erhalten hatte. Um ihn herum befanden sich Männer und Pferde, doch sie waren verschwommen und die Geräusche gedämpft, als wären sie in einem Zauber gefangen.

Er stand da und wartete auf etwas, obwohl er nicht wusste, worauf. Im Gegensatz zum Höllentor verspürte er jedoch weder Angst noch Beklommenheit.

Stattdessen war er von einem Gefühl großen Friedens erfüllt.

Zu seiner Linken regte sich etwas, und Thomas wandte sich nach dem Geräusch um.

Eine Frau kam über den Turnierplatz zu ihm herüber, einen Säugling auf dem Arm. Um sie herum stürzten sich Männer in Schaukämpfen aufeinander und Pferde tänzelten, all ihre Bewegungen waren merkwürdig verlangsamt, doch die Frau schenkte ihnen keinerlei Beachtung.

Sie hielt den Blick nur auf Thomas gerichtet und lächelte.

»Alice«, sagte er mit einem Stöhnen. »Alice!«

»Sieh nur«, rief sie ihm zu und hielt das Kind hoch, während sie näher kam. »Sieh nur, unsere Tochter.«

Thomas weinte und nahm das Kind auf den Arm. Es war wunderschön, so vollkommen, so lebendig.

»Alice …«, begann er, doch seine Kehle war wie zugeschnürt, und er konnte kein Wort herausbringen.

Sie beugte sich vor und küsste ihn auf die Wange. »Mach dir keine Sorgen um uns, Thomas. Wir leben ein friedliches Leben nach dem Tod. Ich bereue zutiefst, was ich getan habe, denn weder meine Kinder noch du sollten so viel leiden … aber fürchte nicht, dass wir im Fegefeuer schmoren. Unser Herr Jesus Christus ist voller Liebe und Mitgefühl, und seine Barmherzigkeit ist so allumfassend, dass selbst meine gequälte Seele Ruhe und Frieden gefunden hat. Thomas, sorge dich nicht um uns. Uns geht es gut.«

»Ich hätte dich nicht verlassen dürfen, Alice. Verzeih mir.«

»Du hast zu Margaret gehalten«, sagte sie, »und das ist gut.«

»Ich wünschte …«

»Wünsche dir nichts, geliebter Thomas«, sagte sie und küsste ihn noch einmal auf die Wange, während sie ihm ihre Tochter abnahm. »Sondern handle. Denke daran, Liebe ist nicht Verdammnis, Thomas, sondern Erlösung.«

Damit war sie verschwunden, der Turnierplatz verblasste, und nur noch Alice' Worte hallten in Thomas' Geist wider … Liebe ist nicht Verdammnis, Thomas, sondern Erlösung.

Kapitel Vierundzwanzig

Am dritten Sonntag nach Ostern
Im ersten Jahr der Regentschaft Richard II.
(1. Mai 1379)

– MAIFEIERTAG –

Der Tag der Krönung war angebrochen und London erstrahlte im Festtagsglanz. Der dritte Sonntag nach Ostern war auch der Maifeiertag, das traditionelle Volksfest, bei dem die Wiederkehr des Frühlings nach den langen dunklen Tagen des Winters gefeiert wurde. Überall im ganzen Land hatten junge Männer und Frauen die Nacht in den Wäldern verbracht und nach einem besonders gerade gewachsenen Baum gesucht, den sie als Maibaum fällen konnten ... und sich den Leidenschaften hingegeben, welche die Jugend und der Frühling in ihnen zum Wallen brachte.

Nun wurden die jungen Bäume, die man von ihren Ästen befreit hatte, in die Dörfer und auf die Marktplätze gebracht, wo sie von den Feiernden mit grünem Laub und farbigen Bändern geschmückt wurden, damit junge Frauen in Huldigung des Grünen Mannes, des alten heidnischen Gottes der Bäume und Wälder um den Maibaum tanzen konnten. Jahrhundertelang hatte die Kirche gegen die Maifeierlichkeiten gewettert und sie verboten, doch es hatte nichts genützt, und an diesem Tag konnte ihnen gleich gar nichts Einhalt gebieten.

Denn der Maifeiertag des Jahres 1379 kennzeichnete nicht nur die Wiedergeburt der Natur, sondern auch die Krönung eines neuen Königs, des jugendlichen und gut aussehenden Richard. Der alte König war wie der Winter tot und begraben; nun hatte die Frühlingszeit der Jugend begonnen und ein neuer Anfang war gemacht.

Diese Symbolik entging niemandem.

Schon im ersten Morgengrauen waren die jungen Mädchen mit gelöstem Haar auf die Felder jenseits der Stadtmauern geeilt, um um die Maibäume zu tanzen. Die jungen Männer versammelten sich um sie, ihre Augen und Leiber erhitzt und trunken von dem Bier, das reichlich an Tischen und aus Fässern ausgeschenkt wurde. Eheleute waren ebenfalls anwesend, klatschten und lachten, während sich ihre Kinder – oft das Ergebnis früherer Maifeierlichkeiten – an ihre Röcke und Tuniken klammerten.

Während die Sonne am Himmel hochstieg und ebenso heiß wurde wie die Begierde und die Lustbarkeiten auf der Erde, kehrten die Menschen nach London zurück, immer noch singend, lachend und tanzend. Dort versammelten sie sich in den Straßen und Gassen, als Richard zur Mittagszeit unter dem gewaltigen Läuten sämtlicher Kirchenglocken Londons in einer majestätischen Prozession vom Tower von London, durch die Cheapside, an St. Paul's vorbei bis zum *Strand* hinunterschritt, wo er mit erhobenem Haupt Lancasters Bediensteten und Gefolgsleuten zulächelte und winkte, die sich aus den Fenstern des Savoy Palace lehnten und Bänder und Wimpel schwenkten.

Richard schritt unter einem reich bestickten Baldachin von scharlachroter, blauer und goldener Farbe, der von den vier höchsten Adligen Englands getragen wurde. Johann von Gent, Herzog von Lancaster, trug die vordere, rechte Stange des Baldachins.

Der zukünftige König war in prachtvolle Gewänder gehüllt – Pelze, Samt und Seide – und in den behandschuhten Händen trug er einen kleinen grünen Zweig, das Symbol des Frühlings und seiner Krönung. Er winkte und rief den ausgelassenen Menschen aufmunternde Worte zu, doch was er sagen mochte, ging im Geläut der Glocken und den begeisterten Rufen seiner Untertanen unter.

Blütenblätter und farbige Bänder wirbelten durch die Luft und regneten auf den Zug der hohen adligen Ritter nieder, die Richard folgten.

Hinter Richard liefen seine fünf Hunde: schlanke, hinterhältige Tiere, die nach dem Lärm und Tumult um sie herum schnappten und während der großen Prozession drei Kinder bissen.

Am Charing Cross, das den Wendepunkt vom Strand auf die Straße nach Westminster markierte, stand eine Abordnung von zwölf jungen Mädchen, alle mit sauberen Kleidern angetan und frischen Blumenkränzen auf dem Kopf. Sie hielten Blumen in den Händen, und als Richard vor ihnen stehen blieb, begannen sie zu singen:

Wir grüßen euch, ihr Damen und Herrn,
Kommet herbei zum Maientanz.
Es zieht uns her, von nah und fern,
Bekrönt von einem Blumenkranz.
Auch euch bringen wir ein Blumenband,
und legen es euch zu Füß',
Schön anzusehn, sein Duft so süß,
Nehmt es aus Gottes Hand.

Richard nahm von dem ältesten und hübschesten Mädchen ein Sträußchen entgegen, dann machte das Mädchen einem Diener Platz, der Richards weißen Hengst herbeiführte, der mit grünem Laub geschmückt war. Richard stieg auf und ritt den Rest des Weges nach Westminster, gefolgt von den Adligen, die zuvor den Baldachin getragen hatten und nun ebenfalls ritten. Die Prozession führte nicht auf direktem Wege in die Abtei, sondern erst nach Westminster Hall, wo Richard absaß und eintrat, um von den Mönchen der Abtei einem rituellen Bad unterzogen zu werden.

Rein von allen Sünden konnte er danach gekrönt werden.

In einer weiteren Prozession, die im Vergleich zu der zuvor eher ernst war, schritt Richard über einen roten Teppich zur Abtei. Wieder ging er unter einem Baldachin, der diesmal versilbert und mit kleinen Glöckchen behangen war und von den vier Baronen der Cinque Ports getragen wurde. Hinter ihm folgte der Vorsteher der Abtei und diesem mehrere Mönche, die das Altarkreuz, das Zepter und den Reichsapfel trugen.

Im selben Moment, als Richard die Abtei betrat, stimmte der Chor eine Hymne der Lobpreisung und der Freude an.

Richard ging zu einem Sessel, der neben dem Thron stand – ein großer Krönungssessel aus Holz, der seit dem Ende des vorigen Jahrhunderts das Gewicht der Könige Englands getragen hatte und als Aufbewahrungsort für den Krönungsstein diente.

Als Richard Platz genommen hatte, trat Simon Sudbury vor, der Erzbischof von Canterbury, und fragte mit lauter Stimme, wen das Volk krönen wolle.

Richard!, riefen die versammelten Edelleute.

Daraufhin ging Richard zu seinem Thron hinüber und blieb dort stehen, solange die Zeremonie andauerte.

Thomas stand an der Seite des Mittelschiffs der Abtei inmitten der Mitglieder von Lancasters und Bolingbrokes Häusern. Wie alle anderen war er vornehm gekleidet und mit Juwelen geschmückt; im Gegensatz zu den meisten hatte er jedoch eine betont gleichgültige Miene aufgesetzt.

Margaret, die ebenfalls elegant gekleidet war, in einem Kleid und einer Haube aus blau besticktem elfenbeinfarbenem Stoff, stand bei den Damen der Herzogin von Lancaster und hatte den Blick mehr auf Thomas gerichtet als auf Richards Krönung.

Lancaster und sein Sohn, Bolingbroke, befanden sich viel weiter vorn, bei den anderen hochrangigen Edelleuten, die auf den Sitzkissen saßen, die um den Thron herum verteilt worden waren.

Nach zwei weiteren Chorliedern und einer Hymne salbte der Erzbischof Richard feierlich, der seine Tunika abgelegt hatte, um den heiligen Segen nur in einem Hemd und barfüßig entgegenzunehmen.

Dann legte der Abt von Westminster mithilfe zweier Mönche Richard die Staatsgewänder an. Als er damit fertig war, reichte der Bischof Richard sein Schwert und schnallte es ihm um den Leib.

Danach nahm Richard auf dem Thron Platz, während der Erzbischof die Staatskrone segnete und sie ihm aufs Haupt setzte. Der Erzbischof beugte sich vor, küsste Richard und als er zurücktrat, gingen alle großen Männer Englands, unter der Führung von Lancaster, auf Richard zu, um ihrem neuen König zu huldigen.

Thomas erschien das alles seltsam unwirklich. Er wartete die Zeremonie ab, und als Hal vor den neuen König trat, erwartete er halb, dass er ihn mit seinem Schwert durchbohren würde. Doch Hal beugte sich lediglich vor, verneigte sich, küsste den Ring des Königs und leistete seinen Lehnseid.

Nachdem Richard die Krone und die Treuegelöbnisse des Hochadels empfangen hatte, ließ er sich auf dem Thron nieder und leistete seine eigenen Schwüre, wie sie ihm vom Erzbischof vorgesprochen wurden: Dass er gemäß Gottes Gesetz für Frieden sorgen würde; dass er sein Reich mit Barmherzigkeit und Aufrichtigkeit regieren würde und dass er die rechtmäßigen Gesetze und Bräuche seines Volkes achten würde.

Und dann der letzte Eid, der sowohl auf Englisch als auch auf Französisch gesprochen wurde: »Mit Leib und Leben, voller Wahrhaftigkeit und Aufrichtigkeit will ich Euer Lehnsherr sein und die Menschen dieses Reiches schützen, so wahr Gott mir helfe.«

Und so trat Richard II. nach weiteren Chorliedern und Hymnen, verschiedenen anderen Schwüren und Versprechen sowie dem Entgegennehmen zahlreicher Schwerter, Speere und zeremonieller Gewänder, seine offizielle Herrschaft als König von England an.

Als Richard schließlich in einer großen, feierlichen Prozession die Abtei verließ, wandte er sich um, erblickte Thomas und lächelte ihm zu.

Heute hatte Richard seine eigene Hochzeit gefeiert, die ihn bis ans Ende seines Lebens mit dem Thron vermählte.

Kapitel Fünfundzwanzig

Nach der Vesper am dritten Sonntag nach Ostern
Im ersten Jahr der Regentschaft Richard II.
(Abend, 1. Mai 1379)

– MAIFEIERTAG –

Am Abend hielt Richard anlässlich seiner Krönung seine erste Audienz in der *Painted Chamber* ab. Es würde keine allzu langwierige und pompöse Angelegenheit werden – jeder, von Richard bis hin zum niedersten Pagen, war nach den Zeremonien des Tages erschöpft –, aber es galt, das Protokoll zu wahren, und der neu eingesetzte Monarch musste die üblichen Gunstbeweise verkünden.

Die *Painted Chamber* war einer der drei Hauptsäle der Palastanlage von Westminster und der traditionelle Wohnsitz des Königs, wenn er in London weilte. Es war ein riesiger Saal – wenn auch immer noch kleiner als der Hauptsaal von Westminster – und von solch unvergleichlicher Schönheit, dass er von Botschaftern, die ihn besucht hatten, als eines der Wunder Europas bezeichnet wurde. Links von der Eingangstür befand sich eine Wand, die auf ihrer gesamten Länge von anmutigen Bogenfenstern mit dem kostbarsten Buntglas Englands durchbrochen wurde. Drei weitere Fenster befanden sich in der Wand an der Stirnseite des Saals, über dem königlichen Podest. Die beiden größeren Fenster nahmen die unteren zwei Drittel der Wand ein, und ein kleineres, aber kaum weniger schönes Fenster befand sich darüber und führte das Auge zu der Holzdecke hinauf, die mit kunstreichen Rosettenschnitzereien verziert war.

Doch es waren die Verzierungen der rechten Wand, die dem Saal seinen Namen gaben und jedem Besucher den Atem verschlugen.

Die gesamte Länge der Wand – etwa dreihundert Fuß – war mit prachtvollen Emailmalereien geschmückt worden, die sämtliche Kämpfe der Bibel darstellten. Die gemalten Szenen wurden von französischem Text begleitet, der ihre Bedeutung und ihren Zweck erklärte. Über dem Podest und unter den drei Fenstern an der Stirnseite des Saals befanden sich Szenen aus dem Leben und der Krönung des heiligen Eduard des Bekenners. Verschiedene andere Heilige blickten vom oberen Ende der Längswand auf die Besucher des Saals herab.

Wenn er von Licht erfüllt war, herrschte in dem Raum eine geradezu erhabene Stimmung, die die Macht der englischen Herrscher betonte.

Obgleich Thomas schon einmal hier gewesen war, war die Audienz am Abend Margarets erster Besuch in dem Saal.

Thomas musste sie regelrecht beiseiteziehen, als sie wie gebannt im Eingang stehen blieb.

»Es ist wunderschön!«, sagte sie.

»Ja, nicht wahr?«, erwiderte Hal. Er folgte direkt hinter den Nevilles, begleitet von mehreren Knappen und Bediensteten. Er bedeutete seinem Gefolge weiterzugehen, während er stehen blieb, um sich Thomas und Margaret zu widmen.

»Lady Margaret«, sagte er mit einem sanften Lächeln, »nicht einmal dieser Saal kann Eure Schönheit in den Schatten stellen.«

Thomas warf ihm einen scharfen Blick zu und musterte dann Margaret. Sie erwiderte Hals Lächeln mit mehr als nur vornehmer Höflichkeit.

»Tom«, sagte Hal und wandte sich von Margaret ab, »ich möchte dir noch einmal zur Wahl deiner Gemahlin gratulieren.«

Er richtete den Blick wieder auf Margaret. »Und ich gratuliere Euch, meine Liebe, dass es Euch gelungen ist, ihn der Kirche zu entreißen, da wir alle versagt haben.«

Wieder bemerkte Thomas den Blick, den sie wechselten, und erinnerte sich daran, mit welcher Zärtlichkeit Hal Margaret nach ihrer Hochzeit in der Kapelle geküsst hatte ... und mit welcher Besorgnis er sie auf sein Pferd gehoben hatte, als sie auf dem anstrengenden Ritt nach La Rochelle das Bewusstsein verloren hatte.

»Du musst Margaret bald nach Halstow Hall bringen«, sagte Hal zu Thomas. »Ich glaube, der Hof könnte ein gefährlicher Ort für sie sein.«

»Ja«, sagte Margaret und wandte sich von ihm ab, damit sie sich bei Thomas unterhaken und ihm in die Augen blicken konnte. »Das ist kein Ort für eine Ehefrau oder eine Tochter.«

Was immer für ein Verdacht in Thomas aufgekeimt war, er legte sich sogleich wieder. Sie hatten recht. Er wollte Margaret bald nach Halstow Hall bringen ... fort von Richard.

Und fort von Raby ... und von Hal.

»Fürchte dich nicht vor Richards Groll«, sagte Hal und musterte Thomas' Gesicht, als könnte er Gedanken lesen. »Du bist mein Gefolgsmann und unterstehst mir. Du hast eine frisch angetraute Gemahlin und eine Tochter, die zu früh geboren wurde, und beide müssen sich eine Weile abseits des Trubels bei Hofe ausruhen. Außerdem hast du neue Güter und Ländereien, die du besichtigen musst. Ich werde Richard deshalb mitteilen, dass ich dich gebeten habe, sie nach Hause zu geleiten, ehe du deinen Dienst wiederaufnimmst. Dagegen kann er nichts sagen, ohne großes Aufsehen zu erregen. Und wenn du dann zurückkommst, um deinen Dienst wiederaufzunehmen«, Hal grinste und in seinen Augen funkelte der Übermut, »darfst du dir mit meiner neuen Gemahlin genauso viele Freiheiten erlauben wie ich mir mit deiner.«

Thomas und Margaret lachten, und Thomas wollte etwas erwidern, doch in diesem Moment kam Lady Jane Keate, eine Dame der Herzogin von Lancaster, zu ihnen herüber und teilte Margaret mit, dass die Herzogin ihre Gesellschaft wünsche.

Margaret lächelte, bat Thomas mit einem Blick um Erlaubnis, verabschiedete sich dann von den Männern und folgte Lady Jane.

Thomas trat an Hals Seite, als sie sich ebenfalls durch die vielen Menschen im Saal einen Weg zu dem Podest bahnten.

»Ihr habt gute Miene zu bösem Spiel gemacht, als Ihr heute Nachmittag Richard Treue geschworen habt, mein Fürst«, sagte Thomas ruhig.

»Warum nennst du mich plötzlich ›Fürst‹, Thomas?«

»Ich bin jetzt Euer Diener.«

»Aber du bist immer noch mein Freund, und außerhalb des Protokolls bei Hofe bin ich weiterhin Hal. Was diesen Nachmittag angeht, nun ja, ich habe tatsächlich mitgespielt. Ich hatte keine andere Wahl.«

Hal blickte sich um, um sich zu vergewissern, dass die Menschen in ihrer Nähe in ihre eigenen Gespräche vertieft waren und nicht Bolingbroke und seinem neuen Sekretär zuhörten.

»Tom …« Hal zog Thomas zu einem der großen Buntglasfenster und gab vor, sich für eine der meisterlich ausgeführten Szenen von Noahs Arche zu interessieren, »wir können nichts gegen Richard unternehmen, solange wir keine Beweise gegen ihn haben.«

»Die Schatulle.«

»Ja, die Schatulle. Tom«, Hal blickte seinem Freund in die Augen. »Ich schwöre dir bei der Freundschaft, die uns verbindet, dass ich alles in meiner Macht Stehende tun werde, damit du die Schatulle bekommst. Richard auf dem Thron zu wissen, ist für mich entsetzlich, aber wir können im Augenblick nichts dagegen tun.«

»Was findest du entsetzlich, mein Freund?«

Thomas und Hal zuckten überrascht zusammen und drehten sich nach dem Sprecher um.

Hotspur hatte sich zu ihnen gesellt und sah in seiner schwarzen Samttunika, die über und über mit Perlen bestickt war, verwegen und geheimnisvoll aus.

»Dass Richard noch keine Gemahlin hat«, sagte Hal, ohne zu zögern. »Er hat Toms Frau Margaret recht grob behandelt, und ich fürchte um die Keuschheit meiner zukünftigen Ehefrau, wenn Richard seinen lüsternen Blick auf sie richtet. Wir müssen ihm eine Königin suchen, Hotspur. Irgendwelche Vorschläge?«

Hotspur zog die Augenbrauen hoch und blickte Thomas an. »Fürwahr, es ist keine große Tragödie, wenn ein König den Blick auf die Gemahlin eines anderen wirft, stimmt's? Aus dem schlechten und dankbaren Gewissen eines Königs lässt sich so manche Beförderung oder Ehre gewinnen.«

»Ich würde vorschlagen, dass du Richard deine eigene Ehefrau als Bettgefährtin anbietest«, sagte Thomas, »aber leider hast du ja keine. Doch es gibt noch deine Mutter, Hotspur. Warum ziehst du ihr nicht die Kleider einer Hure an und führst sie dem König vor? Wie du schon sagtest, die Vorzüge werden das schlechte Gerede bei weitem überwiegen.«

Hotspurs Gesicht verfinsterte sich.

»Und diese Spitze«, sagte Hal, »hast du dir selbst eingehandelt, Hotspur. Kommt, dem Gemurmel der Menge nach zu schließen, ist Richard eingetroffen. Lasst uns nicht mehr darüber sprechen, unsere Gemahlinnen oder Mütter als Huren zu verkaufen.«

Hotspur warf Thomas noch einen wütenden Blick zu, folgte dann jedoch Hal, der sich wieder auf das Podest zubewegte. Nachdem Thomas sich davon überzeugt hatte, dass sich Margaret sicher in Katherines Gefolge befand, folgte er den beiden Männern ein wenig später und grübelte darüber nach, wie sich Freundschaft verändern und ganz andere Blüten treiben konnte, wenn es plötzlich um Macht ging.

Richard betrat die *Painted Chamber* unter Fanfaren und Jubelrufen. Dies war sein Tag und es blieben ihm immer noch ein paar Stunden, um sich an ihm zu erfreuen.

Er hatte seine Krönungsgewänder abgelegt und sich wieder in grüne Kleider gehüllt – reich verziert mit Gold und Edelsteinen.

Wie die Staatsgewänder hatte er auch die Krone Eduard des Bekenners abgelegt – ein schwerer Reif, der für prächtige Prozessionen besser geeignet war als für die Ungezwungenheit der Nachkrönungsfeier – und trug eine einfache Krone aus Gold und Silber. Die Dynastie der Plantagenets herrschte seit Jahrhunderten über England, und in Richards ganzem Auftreten kam die Überheblichkeit und Macht dieser Jahrhunderte zum Ausdruck.

Er hatte bereits in sehr jungen Jahren den englischen Thron bestiegen. Er hielt das Schicksal des ganzen Landes in seinen Händen, und Richard wollte jeden Augenblick seines, wie er hoffte, langen Lebens genießen.

Der König war tot, lang lebe der König.

Gefolgt von einer Reihe Kammerherren und Bediensteten, die beinahe ebenso reich gekleidet waren wie der König selbst, bestieg Richard den Thron. Er winkte großmütig, als die versammelten Edelleute sich verbeugten oder knicksten, und sagte mit seiner hohen Stimme, dass die Zeit für würdevolle Zeremonien vorbei sei – zumindest für den Rest des Tages – und dass er wünsche, dass seine Untertanen sich in seiner Anwesenheit ganz unbefangen fühlten.

Während die Edelleute sich wieder aufrichteten – trotz der Worte des Königs war es schwierig, sich ganz unbefangen zu fühlen, wenn es keine Sitzplätze gab –, begann Richard seine Rede und dankte allen Anwesenden dafür, dass die Krönungszeremonie zu einem Erfolg geworden war.

»Und alles nur, weil wir eine einfache Eichenschatulle nicht gefunden haben«, murmelte Hal Thomas ins Ohr.

»Und weil Ihr mir so viel guten Willen entgegengebracht habt«, fuhr Richard fort und sein Blick glitt zu Hal und Thomas hinüber, »will ich Euch nun auch meinen bezeugen. Es ist Sitte, dass ein neuer König sein Volk ebenso reich beschenkt, wie es ihn beschenkt hat und es ist mir eine große Freude, diesen guten Brauch weiterzuführen.«

Richard gab einem Schriftführer ein Zeichen, und dieser reichte dem König eine Pergamentrolle.

»Meine Verwalter werden so bald wie möglich die folgenden Urkunden und Verträge ausstellen, für die Männer, die ich heute Abend hier ehren möchte.«

Richard begann aus dem Pergament vorzulesen und Namen aufzuzählen und die Auszeichnungen, die er ihnen zuteil werden lassen wollte.

Neun seiner Kammerherren, die ihm treu gedient hatten, erhob er in den Adelsstand und vermachte ihnen die Ländereien, die zu den entsprechenden Titeln gehörten.

Seinem Lehrer und Erzieher Sir Guichard d'Angle verlieh Richard den Titel Graf von Huntingdon.

»Wenn ich gewusst hätte, dass er seinen Lehrer so reich belohnt«, flüsterte Hotspur hinter Hals und Thomas' Rücken, »hätte ich ihm schon vor Jahren das Rechnen beigebracht.«

Trotz ihrer Meinungsverschiedenheit zuvor, mussten Hal und Thomas grinsen.

Seinem geliebten Onkel Thomas von Woodstock, Herzog von Gloucester, überschrieb Richard die Ländereien und den Titel des Grafen von Buckingham.

»Lancasters treuem Gefolgsmann Ralph, Baron von Raby«, sagte Richard, »gebe ich die Ländereien und den Titel des Grafen von Westmorland.«

»Was?«, zischte Hotspur, und Hal musste sich umdrehen und ihn zum Schweigen bringen.

Hotspur schüttelte Hals warnende Hand ab und tauschte einen wütenden Blick mit seinem Vater, dem Grafen von Northumberland. Würde die Macht der Percys im Norden von den Nevilles bedroht werden?

»Und meinem geliebten Vetter«, fuhr Richard fort und sah erneut in Hals Richtung, »dem Prinzen Heinrich von Bolingbroke, vermache ich die Ländereien und Titel der Grafschaft Derby und des Herzogtums Hereford.«

Thomas blickte fragend Hal an, der wiederum Richard ernsthaft erschüttert anstarrte.

»Er möchte deine Gunst erwerben«, flüsterte Thomas Hal ins Ohr.

Einen Moment lang schwieg Hal, doch dann wisperte er Thomas zu: »Aber offenbar ist ihm nicht bewusst, dass er mir damit genügend Land und Reichtum gegeben hat, dass ich über kurz oder lang zu einem Rivalen des Thrones werden kann.«

»Lancaster hat gut daran getan«, sagte Hotspur verbittert zu dem Edelmann zu seiner Linken, »den jugendlichen Thronfolger in seinem Haus aufziehen zu lassen, denn heute Abend ist durch seinen Weitblick der Reichtum seines Hauses erheblich gestiegen.«

Nachdem er Hal einen feindseligen Blick zugeworfen hatte, machte sich Hotspur auf die Suche nach seinem Vater.

Als Thomas wieder nach vorn schaute, stellte er fest, dass Richard Hal mit großer Befriedigung anblickte.

Hatte Richard Hal und Raby tatsächlich belohnen wollen oder hatte er absichtlich Feindschaft zwischen den Häusern Lancaster, Neville und Percy gesät, drei der mächtigsten Familien Englands? Wenn ja, dann hatte Richard damit einen Konflikt auf den Plan gerufen, der jede wirkungsvolle Opposition gegen seine Macht verhindern würde.

Richard grinste und gab das Pergament an seinen Schriftführer zurück.

Der Dämonenkönig hatte in seinen ersten Stunden auf dem Thron ganze Arbeit geleistet.

EPILOG

Vigil vor dem Geburtstag
Johannes des Täufers
Im ersten Jahr der Regentschaft Richard II.
(Donnerstag, 23. Juni 1379)

– DER ABEND VOR DER SOMMERSONNENWENDE –

Margaret stand auf einer Wiese in Halstow Hall; ein warmer Wind spielte sanft mit ihren Röcken und ihrem Haar. Das Gras war vor drei Wochen gemäht worden, doch seither waren die Kornblumen erneut hervorgesprossen und hatten angefangen zu blühen, und ein Sträußchen von ihnen hing nun an ihrem Gürtel.

Es war ein friedlicher, schöner Landstrich. Im Norden lag die Mündung der Themse, wo Scharen von Möwen ihre Kreise zogen und schaumbekrönte Wellen ans Ufer schlugen; im Süden befand sich der Medway River und die Stadt Rochester, und dazwischen erstreckten sich die weiten Felder der Halbinsel Hoo. Das Herrenhaus von Halstow Hall war etwa eine halbe Meile entfernt. Es war ein geräumiges und angenehmes Gebäude, voller Licht und dem warmen Farbton, der vom Holz der hohen Stichbalkendecken herrührte, und Margaret hoffte, dass ihre Tochter eines Tages fröhlich die große Haupttreppe zu ihr herunterkäme und sie die langen Winterabende warm und behaglich vor dem großen Kamin in der Eingangshalle verbringen konnten.

Wenn alles gut gehen würde. So viel musste noch geschehen, ehe dieser Traum Wirklichkeit werden konnte.

Sie blickte sich um und beschirmte die Augen mit der Hand gegen die Mittagssonne. Einige Schritte vor ihr ging Thomas, ihr Gemahl.

Hier in Halstow hatte Thomas die höfischen Gewänder abgelegt und trug eine bequeme ländliche Leinentunika und Gamaschen. Er blickte nach Norden zur Mündung der Themse und dem Fluss hinüber. Sicher würde er sie und Rosalind bald verlassen und an den Hof zurückkehren, um seine Freundschaft mit Hal und seinen Dienst bei ihm wiederaufzunehmen.

Ihr wurde ein wenig bang und sie seufzte. Die Monate, die sie hier zusammen verbracht hatten, waren eine Zeit jenseits der Wirklichkeit gewesen. Wenn Thomas an den Hof und zu Hal zurückkehrte und sich wieder auf die Suche nach Wynkyn de Wordes verfluchter Schatulle machte, wusste Margaret, dass ihre Albträume zurückkehren würden.

Und wenn Thomas die Schatulle fand, was irgendwann geschehen musste, würden diese Albträume Wirklichkeit werden. Dann wäre der Tag der Vergeltung gekommen. Was Thomas wohl tun würde, wenn er das Buch las … wenn er feststellte, was geschehen war? Bei dem Gedanken daran lief Margaret ein Schauer über den Rücken.

Sie sah, wie Thomas den Kopf neigte und das vier Monate alte Kind, das er auf seinen Armen trug, anlächelte. Rosalind war eine der wenigen, die sie retten konnten … denn sie war ihr eigen Fleisch und Blut.

Ein kleines Kind – bisher hatte noch kein Kind das Herz eines Engels anrühren können.

Würde es ihm bei Thomas gelingen?

»Verdamme mich nicht zur Hölle«, flüsterte Margaret und schickte ihrem Gemahl einen flehenden Blick zu. »Ach, Thomas, lerne ein wenig zu lieben und zu verstehen, ehe du die Pforten der Hölle vor mir aufstößt ...«

Thomas drehte sich um, als hätte er Margarets Bitte gehört, und kam dann mit langsamen Schritten über die süß duftende, gemähte Wiese auf sie zu.

Ein Lied
(für Margarethe)

Margarethe, liebe Grete, ich muss scheiden,
Des mag ich leider nicht vermeiden,
Dieweil Fortuna es also geruochet hat,
Darumb weiß ich selb mir keinen Rat.

So muss dein trautes Gretlein gehen in den Tot.

Deine Wänglein, wie ein Rubein rot,
Die meinen Blick gleich Sonnen blinden,
Müsst ihre Farb und Pracht daraus entschwinden,
Das wäre meinen Augen gar unhold,
Auch ob man mir gäb Croesuses Gold.
Was ich in meinem Leben gar erblicket han,
Das will ich als für deine Liebe lan.
So soll ich dannoch kehren fort
Zum Streite, heißt des Königs Wort.

Viel Mannen sind, die bass bereitet
Da zu kämpfen, wo man streitet.

Doch muss es ich, sunst keiner sein,
Um mein Leben getorst ich sagen: nein.

Nimm mich doch zu deinem trauten Weibe,
So magst du allhie bleiben.

Wirst sehen du ein liebes Kind,
Noch eh neun Mond vergangen sind.

Darzu noch hat es Zeit genug,
Nimm einen andern Vater dir mit Fug,
Und liebt er dich so wohl als ich
Und lasst dein Kind nie mehr im Stich.

Doch ist mein Herz von dieser Art:
So gar in dein Gesicht vernarrt,
Darumb ich weiter nichts will jagen,
Als was ich dir im Herzen trage:
Das ist die Treue also stet.
Darum dein Grethe mit dir geht.

Des sollt du dich verbern,
Es leit doch Peg gar all zu fern.

Beid, zu den Nächten und den Tagen
Will ich dein Schwert ohn Klagen tragen,
Wohin du kehrst, da folg ich mit.

Es geht iedoch ein scharpfer Ritt
Von Waffenknechten, die wir sind,
Du kleines Gretlein bist darfür ein Wind.

Will halten deinen Stegereifen,
Deins Rosses Fell mit Bürsten streichen,
Und trag ich deine Lanzen schwer,
Das tu ich alles, und noch mehr.

Doch hat mein trautes Gretelein
Zehn Finger allzu fein und klein.
So magst du nicht traktieren,
Sitz ich am Tisch dinieren.

Will hinter deinem Rücken stehn
Und also dich dinieren sehn,
Und ist mein Lieber ohne Wein,
Dann schenk ich dir gestrichen ein.

So musst du seufzen tausend mal
und musst doch leiden große Qual,
Wann mit der Maid ich lach und tanze,
Die ist gar schön von rechter Schanze.

Ob eine Maid dir Kurzweil geit,
So mich das allermeiste freut,
Und ist sie mir so lieb als dir.

Doch hast du großen Kummer schier,
Wann an deiner Statt die Maid
Brust an Brust in meinem Bette leit.

Dein treues Margarethelein
soll gesegnet ob deines Schlafes sein.

So mag denn alls nicht frommen.
Und muss es endlich darzu kommen,
Und will dein Sinn nicht wenken,
So musst du anders dich bedenken.

Oh, nicht mit dir darf Grete gehn.
Ich sag, wie's um mich muss stehn:
So sterb ich, lieber Mann, dein Grete
Erzeiget gar im Tod dir treue Stete.

Nein, mein traute Grete, lasse ab!
Bei meinem Leben, das ich hab,
Ich liebe dich, Feinsliebchen, allzu sehr,
Von dir ich scheide nimmermehr.

So gib mir denn nur deine Hand,
Die ist nu meines Lebens Pfand.

Meine Hand ich wohl gebe dir,
die sei allem Schmerz und Kummer für.
An diesem Kuss magst du ersehen,
Dass es währlich soll geschehen:
Wir sollen werden Weib und Mann.
Nun komm! Es sei recht bald getan!

GLOSSAR

ALPENPÄSSE: der gesamte Reise- und Handelsverkehr zwischen Italien und dem übrigen Europa verlief über die großen Alpenpässe – wenn man sich nicht für die größeren Unwägbarkeiten einer Seereise entscheiden wollte. Die wichtigsten Pässe waren der BRENNERPASS, der Sankt-Gotthard-Pass und der Große Sankt-Bernhard-Pass. Reisende konnten die Passstraßen nur im Sommer oder Winter benutzen, da Lawinen im Herbst und Frühjahr eine Überquerung zu gefährlich machten. THOMAS NEVILLES Reise über den Brenner liefert eine detaillierte Beschreibung der Mühsal, die Reisende im Mittelalter und der frühen Neuzeit auf sich nehmen mussten. Ein hoher Prozentsatz von Menschen und Pferden kam während der Überquerung ums Leben.

AQUITANIEN: eine große und reiche Provinz, die einen Großteil des Südwesten Frankreichs einnimmt. Aquitanien war nicht nur unabhängig von Frankreich, es wurde sogar von der englischen Krone regiert, nachdem Eleonore von Aquitanien die Provinz als Teil ihrer Mitgift in ihre Ehe mit Heinrich II. eingebracht hatte.

ASTERLADEN: ein blühendes Dorf eine Tagereise nördlich von Nürnberg.

AVIGNON: heute Teil von Frankreich, war die Stadt während des Mittelalters nominell unabhängig. Ihre Bewohner sprachen jedoch Französisch und die Stadt war umgeben von französischem Land. Im frühen vierzehnten Jahrhundert ließ sich Papst Clemens V., der mithilfe des französischen Königs Philipp IV. auf den Thron gelangt war, mit all seinen Dienern, Ordensträgern und Verwaltungsbeamten in der Stadt Avignon nieder, wo der Sitz des Papstes bis zum Jahr 1377 blieb. Diese Zeit der französischen »Unterdrückung« wurde auch als BABYLONISCHE GEFANGENSCHAFT bekannt, da die meisten Europäer der Ansicht waren, die französischen Monarchen würden einen zu starken Einfluss auf die Päpste ausüben.

BABYLONISCHE GEFANGENSCHAFT: siehe AVIGNON.

BALLADEN: alle Balladen in *Das dunkle Jahrhundert* sind traditionelle Lieder und Gesänge aus dem englischen Mittelalter.

BEAUFORT, HEINRICH: unehelicher Sohn von JOHANN VON GENT und seiner Geliebten KATHERINE SWYNFORD, Heinrich wurde zum Bischof von Winchester.

BEAUFORT, JOHANNA: uneheliche Tochter von JOHANN VON GENT und seiner Geliebten KATHERINE SWYNFORD.

BLAYE: kleines Küstenstädtchen nördlich von BORDEAUX.

BOHUN, MARY DE: Erbin des Herzogtums und der Ländereien von Hereford.

BOLINGBROKE, HEINRICH (HAL): Sohn von JOHANN VON GENT und seiner ersten Frau Blanche von Lancaster.

BORDEAUX: eine Hafenstadt an der Mündung der Garonne im Südwesten Frankreichs und Hauptstadt des Herzogtums AQUITANIEN. Bordeaux war Sitz des SCHWARZEN PRINZEN in Frankreich (sein Sohn RICHARD wurde sogar dort geboren).

BRENNERPASS: siehe ALPENPÄSSE.

CHÂTELLERAULT: eine stark befestigte Stadt etwa dreißig Kilometer nördlich von CHAUVIGNY in der Mitte Frankreichs.

CHAUCER, GEOFFREY: ein populärer englischer Dichter und Schriftsteller. Verheiratet mit Philippa Roet, der Schwester von KATHERINE SWYNFORD.

CHAUVIGNY: eine Stadt, die aus fünf miteinander verbundenen Burgen besteht und auf einem Hügel über dem Fluss Vienne liegt. Sie befindet sich östlich von POITIERS und etwa dreihundertdreißig Kilometer südlich von Paris.

CINQUE PORTS: die fünf (daher »cinque«) wichtigsten mittelalterlichen Häfen im Südosten Englands: Dover, Hastings, Hythe, Romney und Sandwich. Die Barone der Cinque Ports, vor allem der *Lord Warden of the Cinque Ports,* waren mächtig und einflussreich.

D'ARC, JACQUES: Doyen des Dorfes Domrémy, in der Provinz Lorraine, Frankreich.

D'ARC, JEANNETTE (JEANNE oder JOHANNA VON ORLÉANS): zweite Tochter JACQUES D'ARCS.

DATIERUNG: die Europäer des Mittelalters benutzten fast nie Kalenderdaten, sie orientierten sich mithilfe des religiösen Kreislaufs von Kirchenfesten, Feiertagen und Heiligentagen im Jahr. Obwohl jeder Tag des Jahres einem Heiligen gewidmet war, hielten sich die meisten Gegenden nur an wenige von ihnen. Die durchschnittliche Zahl von Feiertagen, die zum Beispiel im englischen Jahr begangen wurde, betrug zwischen vierzig und sechzig. In Florenz waren es bis zu 120. Die Jahre wurden in der Regel nach der Länge der Regierungszeit eines Monarchen datiert, jedes neue Jahr begann an dem Tag, an dem der Monarch gekrönt worden war – EDUARD III. wurde am 1. Februar 1327 gekrönt, demzufolge begann während seiner Regierungszeit das neue Jahr stets am 1. Februar. Das Gesetzesjahr wurde in England von Maria Verkündigung (25. März) an gerechnet, in rechtlicher Hinsicht begann das neue Jahr also am 26. März. Siehe auch STUNDENEINTEILUNG und meine Webseite zum Thema mittelalterliche Zeitrechnung für eine umfassende Erklärung dazu, wie im Mittelalter das Jahr gezählt wurde (www.saradouglass.com/medtime.html).

DAUPHIN: der offizielle Titel des französischen Thronfolgers, Prinz KARL, Enkel von König JOHANN.

EDUARD III.: König von England.

ELEONORE, HERZOGIN VON GLOUCESTER: Gemahlin von THOMAS VON WOODSTOCK, Herzog von Gloucester.

FÜRBUG: Plattenpanzer, der die Brust eines Pferdes bedeckt. Siehe auch RÜSTUNG.

GASCOGNE, DIE: eine Provinz im Süden Frankreichs, berühmt für ihren Wein und ihre Pferde.

HOOPER, GARLAND: ein Arzt in Lincoln.

HOTSPUR: siehe PERCY, HEINRICH.

HUNDERTJÄHRIGE KRIEG, DER: ein erbitterter Krieg zwischen Frankreich und England, der etwa von Mitte des vierzehnten bis Mitte des fünfzehnten Jahrhunderts dauerte. Er wurde durch viele Faktoren ausgelöst, hauptsächlich jedoch durch das Beharren EDUARD III. darauf, dass er der wahre Erbe des französischen Throns sei. Die königlichen Familien Englands und Frankreichs hatten schon seit mehreren Generationen untereinander geheiratet, und Eduard war tatsächlich der nächste männliche Thronerbe. Doch sein Anspruch ergab sich durch seine Mutter, welche die Tochter eines französischen Königs war, und die Lex Salica ließ keine Thronfolge über die weibliche Linie zu. Der Krieg war auch entstanden aus den jahrhundertealten Spannungen darüber, welche Gebiete England in Frankreich besaß (meist mehr als ein Drittel des gesamten Königreichs).

ISABELLA VON BAYERN: Gemahlin von Prinz LUDWIG von Frankreich, Mutter von KARL und KATHERINE.

JOHANN, KÖNIG: betagter König von Frankreich.

JOHANN VON GENT: HERZOG VON LANCASTER und AQUITANIEN, Graf von Richmond, König von Kastilien und Prinz der Plantagenet-Dynastie, vierter Sohn EDUARD III. (Eduard Plantagenet) und seiner Gemahlin PHILIPPA. Johann von

Gent war der einflussreichste und wohlhabendste englische Adlige des Mittelalters. Der Name John of Gaunt (sein verbreiteter Spitzname) ist an die Stadt Gent angelehnt, wo er geboren wurde. Er war zuerst mit Blanche von Lancaster verheiratet, danach mit Konstanze von Kastilien; beide starben. Mit Blanche hatte er einen Sohn, HEINRICH (HAL) BOLINGBROKE, und mit Konstanze zwei Töchter (die die Königinnen von Kastilien und Portugal wurden). Seine langjährige Geliebte KATHERINE SWYNFORD schenkte ihm zwei uneheliche Kinder, HEINRICH und JOHANNA BEAUFORT.

JOHANNA VON KENT: Gemahlin des SCHWARZEN PRINZEN und in ihrer Jugend eine berühmte Schönheit.

KARL, DER DAUPHIN: Enkel des französischen Königs JOHANN, Sohn von Prinz LUDWIG und ISABELLA VON BAYERN und Erbe des französischen Throns. Älterer Bruder von KATHERINE.

KATHERINE: Tochter von Prinz LUDWIG von Frankreich und ISABELLA VON BAYERN, jüngere Schwester von DAUPHIN KARL.

KESSELHAUBE: ein Helm, der das Gesicht nicht bedeckte (obwohl viele Ritter ihn mit einem Visier trugen), entweder gerundet (kugelförmig) oder spitz zulaufend. Siehe auch RÜSTUNG.

KONVENT AM BRAMHAMER MOOR: ein kleines und armes Kloster am Rande des Bramhamer Moors, südwestlich von York in England.

KONVENT SANT' ANGELO: ein Kloster in Rom. Es befindet sich direkt gegenüber der Engelsburg, der es auch seinen Namen verdankt, auf der anderen Seite des Tiber. Sein gegenwärtiger Prior ist Bertrand.

LA ROCHELLE: ein Hafen an der Küste Frankreichs, der viele Jahre lang in englischem Besitz war.

LANCASTER, HERZOG VON: siehe JOHANN VON GENT.

LESCOLOPIER, SIR HUGH: ein französischer Adliger.

LONDON BRIDGE: jahrhundertelang gab es nur eine Brücke über die Themse. Sie führte von Southwark, am Südufer, nach London hinein und ging in die Watling Street über, eine der großen römischen Straßen Englands. Wie die meisten Brücken im mittelalterlichen Europa war sie mit Mietshäusern und Läden überbaut.

LUDGATE: ein Gebäude in der Westmauer von London, das sowohl als Tor als auch als Gefängnis diente.

LUDWIG: einziger Sohn König JOHANNS von Frankreich. Ludwig hatte eine unglückliche Begegnung mit einem Pfau, die ihn in den Wahnsinn trieb, und so wurde sein Sohn KARL Erbe von König JOHANN.

MARCEL, ETIENNE: ein wohlhabender und einflussreicher Pariser Tuchhändler und Vorsteher der Kaufleute von Paris, ein Amt, das in etwa mit dem des Oberbürgermeisters vergleichbar ist.

NAVARRA: ein wohlhabendes Königreich im äußersten Nordwesten Spaniens, das seit mehreren Generationen von französischen Adligen und Königen beherrscht wurde. Seit dem frühen vierzehnten Jahrhundert besaß der König von Frankreich auch den Titel König von Navarra, doch eine komplizierte Thronfolgekrise führte zur Aufspaltung der beiden Königreiche in zwei verschiedene Zweige derselben Familie. Gegenwärtig wird es von PHILIPP regiert, auch als Philipp der Schlechte bekannt.

NEVILLE, RALPH, BARON VON RABY: ein einflussreicher Baron aus dem Norden Englands.

NEVILLE, THOMAS: ein dominikanischer Mönch.

ODILE: eine Bauersfrau aus ASTERLADEN, verheiratet mit Konrad und Mutter von Wolfram.

PERCY, HEINRICH (»HOTSPUR«, DT. HEISSSPORN): Sohn und Erbe des Grafen von Northumberland und selbst ein einflussreicher Adliger.

PHILIPP DER SCHLECHTE: König von Navarra und Graf von Évreux, Cousin von König JOHANN und eine einflussreiche Persönlichkeit in der französischen Politik. Philipp herrscht nicht nur über Navarra, sondern besitzt auch umfangreiche Ländereien im Westen Frankreichs.

PHILIPPA, KÖNIGIN VON ENGLAND: Gemahlin von EDUARD III., die einige Jahre vor den Ereignissen in diesem Buch gestorben ist.

POITIERS: eine Stadt in der Mitte Frankreichs und Schauplatz eines der größten Siege des SCHWARZEN PRINZEN während des HUNDERTJÄHRIGEN KRIEGES.

RABY, BARON: siehe NEVILLE, RALPH.

RICHARD, PRINZ: einziger Sohn des SCHWARZEN PRINZEN und seiner Gemahlin, JOHANNA VON KENT.

RIVERS, SIR EGDON: Schwiegervater von MARGARET RIVERS.

RIVERS, LADY JACQUETTA: Gemahlin von SIR EGDON.

RIVERS, LADY MARGARET: Witwe von Roger Rivers.

RÜSTUNG: die Rüstung eines Ritters war eine komplizierte Angelegenheit, die in verschiedenen Ländern und Generationen ganz unterschiedlich gehandhabt wurde. Im Allgemeinen trugen die Ritter entweder Kettenhemden oder Plattenpanzer oder eine Mischung aus beidem, je nachdem zu welchem militärischen Zweck sie eingesetzt wurden. Kettenhemden bestanden aus Tausenden von kleinen Eisen- oder Stahlringen, die miteinander vernietet wurden und ein lockeres Hemd bildeten (manchmal mit Ärmeln); Plattenpanzer bestanden aus einer Reihe von Metallplatten, die an den Körper und die Gelenke eines Ritters angepasst wurden – die Ganzkörperrüstung war vor dem 15. Jahrhundert noch nicht sehr weit verbreitet. Helme (entweder KESSELHAUBEN oder gänzlich geschlossene Helme), Ketten- oder Metallplattenhandschuhe und Waffen vervollständigten die Ausrüstung des Ritters. Siehe auch FÜRBUG.

SAVOY PALACE: Residenz des HERZOGS VON LANCASTER am STRAND, direkt vor Londons Westmauern.

SAXBYE: ein kleines Dorf im äußersten Norden des mittelalterlichen Lincolnshire.

SCHWARZE PRINZ, DER: Eduard, Prinz von Wales und Herzog von Cornwall, ältester Sohn von EDUARD III.

SHERIFF HUTTON: Baron RALPH RABYS Hauptburg und Residenz etwa fünfzehn Kilometer nordöstlich von York.

SMITHFIELD (oder SMOOTHFIELD): große freie Fläche im Norden Londons, direkt vor dem Aldersgate. Viele Jahrhunderte lang war sie der Schauplatz für Spiele, Turniere, Handel, Handwerk und Jahrmärkte.

STRAND, THE: eine wichtige Straße, die von London am Nordufer der Themse entlang bis nach WESTMINSTER führte und an der die Paläste der Adligen lagen.

STUNDENEINTEILUNG: obwohl sich gegen Ende des vierzehnten Jahrhunderts langsam das Stundenmaß der Uhr durchsetzte (die Uhrzeit umfasste einen Tag, der in vierundzwanzig gleich lange Stunden aufgeteilt war), orientierten sich die meisten Menschen in Hörweite von Kirchen- oder Klosterglocken mithilfe der kanonischen Stunden innerhalb des Tages. Die Kirche unterteilte den Tag in sieben Stunden, entsprechend den sieben Gebetsstunden:

- Der Tag begann mit der *Matutin*, normalerweise ein oder zwei Stunden vor der Morgendämmerung.
- Die zweite Stunde war die *Prim* – der Tagesanbruch.

– Die dritte Stunde war die *Terz*, etwa um 9 Uhr.
– Die vierte Stunde war die *Sext*, am späten Morgen (ursprünglich Mittag).
– Die fünfte Stunde war die *Non*, etwa um drei Uhr nachmittags, die jedoch im dreizehnten Jahrhundert näher an den Mittag heranrückte.
– Die sechste Stunde war die *Vesper*, normalerweise am frühen Abend.
– Die siebte Stunde war die *Komplet*, Schlafenszeit.

Diese Stunden waren sowohl innerhalb des Tages als auch des Jahres stets unterschiedlich, weil sie sich am Auf- und Untergang der Sonne orientierten. Deshalb konnten die Stunden je nach Jahreszeit kürzer oder länger sein.

SWYNFORD, LADY KATHERINE: Geliebte von JOHANN VON GENT, HERZOG VON LANCASTER. Ihr Ehemann war der bereits verstorbene Sir Hugh Swynford, ein Mitglied des Gefolges von JOHANN VON GENT. Katherine ist die Schwägerin von GEOFFREY CHAUCER. Mit JOHANN VON GENT hat sie zwei Kinder, HEINRICH und JOHANNA BEAUFORT.

THORSEBY, RICHARD: der Ordensgeneral Englands, dem alle Dominikaner und ihre Klöster auf dem Gebiet Englands unterstehen.

TONSUR: eine runde, geschorene Stelle auf dem Scheitel eines Geistlichen.

TYLER, WAT: ein englischer Soldat.

WESTMINSTER: im mittelalterlichen England war Westminster ein eigener Stadtbezirk, der unabhängig von London war, wenn auch untrennbar mit der Stadt verbunden. Der größte Teil Westminsters wurde im frühen neunzehnten Jahrhundert durch ein Feuer zerstört; es bestand aus einer großen Palastanlage, die drei Säle (von denen einer noch erhalten ist) und eine Klosterkirche umfasste.

WOODSTOCK, THOMAS VON: Graf von Buckingham und Herzog von Gloucester, siebter und jüngster Sohn von EDUARD III. von England. Constable von England, verheiratet mit ELEONORE VON GLOUCESTER.

WORDE, WYNKYN DE: ein geheimnisvoller Mönch aus dem KONVENT SANT' ANGELO.

WYCLIFFE, JOHANN: ein exzentrischer englischer Geistlicher und Vorstand des Balliol College in Oxford.

Inhaltsverzeichnis

SEI UNSER
HELD!
PIPER FANTASY
Gleich mitmachen und die magische
Welt der Piper Fantasy erleben! Neugierig?
Dann auf zu www.piper-fantasy.de!
Piper-Fantasy.de
PIPER

Sara Douglass

Die Erben der Götter

Tencendor – Im Zeichen der Sterne 1. Aus dem australischen Englisch von Hannes Riffel und Sara Schade. 336 Seiten. Piper Taschenbuch

Endlich herrscht Frieden in Tencendor. Die Himmelsgötter führen ein idyllisches Leben, und die alten Feindseligkeiten unter den Völkern scheinen vergessen. Bis plötzlich innere Unzufriedenheit das Reich zu entzweien droht. Aus der verarmten Provinz des Westens fliehen die Bewohner – ausgerechnet ins Herrschaftsgebiet ihrer ärgsten Widersacher. Auch dort breiten sich Unmut und Groll aus. Doch dann geschieht ein grausamer Mord. Und der Hauptverdächtige, Drago Sonnenflieger, verstrickt sich in einem Netz wahnwitziger Träume und heimtückischer Intrigen …

»Ein Feuerwerk an Action, Magie und Romantik.«
Locus

05/2229/02/L

Sara Douglass

Dämonensturm

Tencendor – Im Zeichen der Sterne 2. Aus dem australischen Englisch von Hannes Riffel und Sara Schade. 336 Seiten. Piper Taschenbuch

Axis' und Aschures Sohn Caelum herrscht über das geeinte Tencendor. Als durch seine Unbesonnenheit Tausende von Kriegern sterben, verzweifelt er an seinem Herrschaftsauftrag und an sich selbst. Seine Eltern indessen versuchen mit aller Macht, ihren göttlichen Status zu erhalten. Doch alle Zwistigkeiten verlieren an Bedeutung, als sich furchtbare Dämonen ihren Weg durch das Sternentor bahnen, um Tencendor mit Krankheit und Tod zu überziehen. Hoffnungslosigkeit und Verzweiflung senken sich über das einst blühende Land.

»Sara Douglass' Romane sind unwiderstehlich.«
Booklist

05/2289/02/R

Sara Douglass

Wächter der Träume

Tencendor – Im Zeichen der Sterne 3. Aus dem australischen Englisch von Hannes Riffel und Sara Schade. 384 Seiten. Piper Taschenbuch

Die Völker Tencendors leiden unter der Herrschaft dunkler Mächte. Alle magischen Quellen sind versiegt, die heiligen Stätten entweiht, und das Böse schreitet unaufhaltsam voran. Caelum und Drago, Axis' und Aschures Kinder, wollen nicht tatenlos zusehen und kämpfen mit dem Mut der Verzweiflung gegen die grausamen Dämonen und ihren gnadenlosen Herrn Qeteb. Doch im Flammeninferno von Karlon müssen sie erkennen, daß ihr Widerstand die Bestien nicht aufhalten kann. Alles scheint vergeblich und Tencendor dem Untergang geweiht.

»Romantik, Spannung und Magie – Sara Douglass' Zaubertrank macht lesesüchtig.«
buch-aktuell

05/2305/02/L

Sara Douglass

Sternensohn

Tencendor – Im Zeichen der Sterne 4. Aus dem australischen Englisch von Hannes Riffel und Sara Schade. 432 Seiten. Piper Taschenbuch

Wehrlos ist Tencendor den dunklen Mächten der Dämonen ausgesetzt. Das ganze Land leidet unter der Gewaltherrschaft des Bösen. Werden die feindlichen Brüder Caelum und Drago ihren Haß aufeinander überwinden und gemeinsam gegen die grausamen Feinde vorgehen? Nur eine Versöhnung der beiden kann Erlösung bringen. Indem sie ihre Alpträume überwinden, wachsen sie über sich selbst hinaus. Doch zahlreiche Kämpfe und tödliche Schlachten stehen bevor, und Tencendor muß untergehen, um in neuem Glanz wiederaufzuerstehen.

»Sara Douglass ist die unangefochtene Meisterin der Mythen und schillernden Phantasien.«
Publishers Weekly

05/2306/02/R

PIPER

Richard Schwartz

Das Erste Horn

Das Geheimnis von Askir 1.
400 Seiten. Piper Taschenbuch

Ein verschneiter Gasthof im hohen Norden: Havald, ein Krieger aus dem Reich Letasan, kehrt in dem abgeschiedenen Wirtshaus »Zum Hammerkopf« ein. Auch die undurchsichtige Magierin Leandra verschlägt es hierher. Die beiden ahnen nicht, dass sich unter dem Gasthof uralte Kraftlinien kreuzen. Als der eisige Winter das Gebäude vollständig von der Außenwelt abschneidet, bricht Entsetzen aus: Ein blutiger Mord deutet darauf hin, dass im Verborgenen eine Bestie lauert. Doch wem können Havald und Leandra trauen? Die Spuren führen in das sagenhafte, untergegangene Reich Askir …

Ein sensationelles Debüt mit einer intensiven, beklemmenden Atmosphäre, die in der Fantasy ihresgleichen sucht.

05/2032/03/L

Richard Schwartz

Die Eule von Askir

Roman. 432 Seiten.
Piper Taschenbuch

Am Hafen der altehrwürdigen Stadt Askir wird ein bestialisch zugerichteter Toter gefunden. Es ist der Botschaftsdiener Jenks, der in diesem zwielichtigen Viertel eigentlich nichts zu suchen hatte. Stabsleutnant Santer wird mit den Ermittlungen betraut, unterstützt durch die faszinierende Magierin Desina. Diese hat die Gabe, die Vergangenheit vor ihren Augen neu erstehen zu lassen. Doch was Desina in der Nacht des Mordes erblickt, bedeutet für ganz Askir eine unberechenbare Bedrohung. Denn der Feind beherrscht schwarze Magie, gegen die alle Mittel Desinas machtlos sind.

05/2436/01/R

Thomas Plischke

Die Zwerge von Amboss

Die Zerrissenen Reiche 1.
496 Seiten. Piper Taschenbuch

Der Auftakt zur neuen actiongeladenen Fantasy-Serie um »Die Zerrissenen Reiche«: In der Industriestadt Amboss herrscht Aufruhr unter den Zwergen. Gerüchten zufolge planen die Menschen – die Diener der Zwerge – eine Revolution. Als der Ermittler Garep Schmied zum Schauplatz eines brutalen Mordes gerufen wird, halten alle einen Menschen für den Täter. Sein Motiv: Hass auf die Zwerge. Garep jedoch ermittelt gegen alle Widerstände und Vorverurteilungen weiter. Denn nicht nur die Machenschaften von Menschen bedrohen den Bund, sondern auch unter den Zwergen herrschen Hass und Machtgier.

05/2313/02/L

Thomas Plischke

Die Ordenskrieger von Goldberg

Die Zerrissenen Reiche 2.
400 Seiten. Piper Taschenbuch

Die Zwerge von Amboss sind zurück: Der Weg in den Zwergenbund ist dem ehemaligen Sucher Garep Schmied verwehrt. Zusammen mit der Spionin Sira hofft Garep in den Zerrissenen Reichen Unterschlupf zu finden. Doch die Menschenlande sind in Aufruhr. Eine schier unbesiegbare Zwergenarmee rückt aus dem Norden vor. In der Ordensburg von Goldberg setzen die Krieger alles daran, ein magisches Artefakt vor den Invasoren in Sicherheit zu bringen. Doch der Vormarsch der bärtigen Krieger scheint unaufhaltsam.

05/2318/02/R